JÖRG BÖHM

UND DIE SCHULD TRÄGT DEINEN NAMEN

KRIMINALROMAN

DER KLEINE BUCH VERLAG

Der Autor

Jörg Böhm (*1979) ist der Geburtsname des Journalisten Jörg Henn. Nach einem Studium der Journalistik, Soziologie und Philosophie war er unter anderem Chef vom Dienst der Allgemeinen Zeitung in Windhoek/Namibia, um von den Geschichten des Schwarzen Kontinents zu erzählen. Lange Zeit arbeitete Jörg Henn als Kommunikationsexperte für ein großes deutsches Versicherungsunternehmen, bis er sich 2014 nur noch schriftstellerischen Tätigkeiten widmete. Geboren und aufgewachsen im Westerwald, hat er jahrelang dort gewohnt, wo seine Krimis spielen: im Südschwarzwald und an der Südlichen Weinstraße. Nun lebt der Autor mit seinem Mann in der Lüneburger Heide.

Besuchen Sie Jörg Böhm im Internet auf www.jörgböhm.com und auf facebook.

Impressum

Lektorat & Satz: Eva Lichtenberger, www.evalicht-konzepte.de
Umschlagbild und -gestaltung: röger & röttenbacher GbR, r² | Büro für Gestaltung, www.roeger-roettenbacher.de
Satz und Herstellung: post scriptum, www.post-scriptum.biz
Druck: CPI Ebner & Spiegel, Ulm
Umschlagbild: Millennium Images / LOOK-foto;
Blutstropfen: © BirgitKorber / fotolia.com

ISBN: 978-3-7650-8805-6

Dieser Titel erscheint auch als E-Book:
ISBN: 978-3-7650-2105-3

www.derkleinebuchverlag.de
www.facebook.com/DerKleineBuchVerlag

»Die wahre Liebe verausgabt sich nie.

Je mehr du gibst, desto mehr verbleibt dir.«

Antoine de Saint-Exupéry

Meinem Mann Boris Henn – in Liebe

prolog

SONNTAG, 8. DEZEMBER 2013

Als er in seinen Weinkeller hinabstieg, wusste Günther Rabold noch nicht, dass er in wenigen Minuten sterben würde. Und doch war es eine unbestimmte Vorahnung, die ihn innerlich so bewegte. Es war dieser zeitlich kaum erfassbare Moment, in dem das eigene Leben wie im Schnelldurchlauf an einem vorüberzog und in dem man sich noch einmal fragte, ob alle Entscheidungen, die man getroffen hatte, auch wirklich richtig gewesen waren.

War es wirklich sinnvoll gewesen, sich gegen eine Lehre als Bäcker und für ein Leben als Winzer zu entscheiden? Hatte er damals wirklich richtig gehandelt, als er noch mal von vorne angefangen und das alte, heruntergekommene Weingut gekauft hatte, um es eigenhändig und mit viel Liebe zum Detail zu renovieren? Und war er wirklich glücklich mit der Frau, die nun seit mehr als 45 Jahren das Leben mit ihm teilte und neben der er jeden Abend einschlief?

Eigentlich hätte er dies alles mit Ja beantworten können. Wenn er damals nicht eine große Schuld auf sich geladen hätte.

Eine Schuld, die ihn auffraß, die ihn zu einem Gefangenen seines eigenen Lebens machte.

Eine Schuld, die ihn von Jahr zu Jahr mehr zerstörte.

Und die ihn nun töten würde.

Dabei hatte der Tag für Günther Rabold ganz normal angefangen. Er hatte die gesamte Helligkeit des Wintertages ausgenutzt und im Weinberg gearbeitet. So war er durch

jede Reihe seines Weinbergs gegangen und hatte dort, wo es nötig gewesen war, Reben nachgeschnitten, verfaulte Weinstöcke ausgegraben, die er im Frühjahr durch neue ersetzen würde, und die kleinen braunfarbigen Pheromonspender, die Schädlinge von seinen Reben fernhalten sollten, ausgetauscht. Er hatte sich auch die Drahthalterungen angesehen und jene erneuert, die durch die schweren Reben verbogen worden waren. Müde und erschöpft, aber auch zufrieden ob der getanen Arbeit, hatte er sich dann auf den Heimweg gemacht, als die Dämmerung längst eingesetzt und alles verschluckt hatte, was ihr keinen Widerstand bot.
Nun lag tiefe Dunkelheit über dem Ort und seinem Weingut. Das Haus war hell erleuchtet. In der Küche sah er, wie sich der Schatten seiner Frau hin- und herbewegte. Im angrenzenden Wohnzimmer lief der Fernseher und im Esszimmer brannte auf dem großen Tisch eine Kerze munter vor sich hin. Er hatte einen Bärenhunger, doch er wollte noch schnell in seinen Weinkeller und nach seinen Schätzen schauen, ehe er sich an den gedeckten Tisch setzte.
Bei der Gelegenheit kann ich ja auch gleich einen guten Tropfen mitbringen, da wird sich Eva sicher freuen, dachte er und schloss das Eichentor der Scheune auf, in der sich der Eingang zu seinem Weinkeller befand. Die Scheune war erfüllt vom rauchigen Duft der Barriquefässer, den er bereits als kleiner Junge als Prädikat ausgezeichneter Weine kennen- und liebengelernt hatte.
Schon sein Urgroßvater hatte seinen Lebensunterhalt als Winzer verdient. Eine Tradition, die er nun fortführte, die aber auch mit ihm enden würde, da es ihm, im Gegensatz zu seinen kinderreichen Geschwistern, Onkeln und Tanten, nicht vergönnt gewesen war, eigenen Nachwuchs zu haben.
Er blieb für einen kurzen Augenblick im Halbdunkel stehen und atmete tief ein. Ein letztes Mal klopfte er sich seine Stiefel ab, zog sich seinen Anorak zurecht und fuhr sich mit

der linken Hand durchs Haar, ehe er die Tür zum Weinkeller aufschloss.
Ein modrig-wohliger Geruch von Holz, Vanille und Mandarine empfing ihn, als er die Tür öffnete.
Mein Zuhause. Hier will ich sterben, sollte meine letzte Stunde geschlagen haben, dachte er und lächelte, während er die Kerze und die Streichholzschachtel vom Regal nahm, das Streichholz mit einem kräftigen Schwung über die Zündfläche zog und dann die Kerze anzündete. Er stockte kurz, als er sah, dass die Kerze bereits zu einem kaum mehr vorhandenen Stumpen heruntergebrannt war.
Mensch Eva, du wolltest doch die Kerze austauschen, ärgerte er sich über seine Frau, um sich im nächsten Augenblick daran zu erinnern, dass der Weinkeller ja eigentlich seine Sache war und er ja sowieso nur kurz nach seinen Lieblingen schauen und eine Flasche Wein aus dem Keller holen wollte. So ließ er auch die Taschenlampe auf dem Regal stehen.
Noch bevor er die erste Stufe der Treppe betreten hatte, drückte er den Schalter der Deckenlampe. Das Gewölbe unter ihm war in ein warmes, einladendes Licht getaucht.
Er war schon zur Hälfte hinabgestiegen, als er plötzlich jemanden hinter sich wähnte. Er drehte sich ruckartig um. Auf der Schwelle zum Gewölbekeller stand Ben, sein irischer Setter, und schaute ihn mitleidig an. Zumindest war es ein Hauch von Mitgefühl, das Günther Rabold meinte, in den Augen seines treuen Gefährten gesehen zu haben.
»Ben, es ist alles okay. Ich komm ja gleich. Du weißt doch, das hier ist nichts für Hunde.« Er war mittlerweile die Stufen wieder hochgegangen, beugte sich über seinen Hund und kraulte ihm den Nacken. »Lauf schon mal vor, gleich gibt's was zu fressen«, sagte er, ehe er den Vierbeiner mit einem leichten Klaps auf die Hinterläufe davonschickte.
Für einen kurzen Moment sah er ihm hinterher, dann lehnte er die Tür des Weinkellers hinter sich an und stieg erneut die Treppenstufen hinunter.

Unten angekommen stellte er zuerst die Kerze auf den Boden, um für einen kurzen Augenblick innezuhalten. Das Gewölbe war niedrig und trotzdem hatte man bei Weitem nicht das Gefühl, eingeengt oder gar erdrückt zu werden. Die Luft war mit Gärstoffen, Aromen und einer gewissen Feuchte erfüllt, dafür war es im Raum nahezu still, als habe jemand die Pausentaste vom hektischen Treiben außerhalb des Weinkellers gedrückt.

Es waren diese alten Steinmauern, die in sich ruhenden Fässer und das wärmende Licht der indirekten Wandleuchten, die ihn tief in seinem Innersten so berührten. So muss sich Glück anfühlen, dachte er, während er an den Fässern vorbei zu seinen Weinregalen ging und Flasche für Flasche umdrehte. Es war ein wichtiges Ritual, das er jeden dritten Tag vollführte und das seinem Wein - so sagten es zumindest die Weinkenner unter seinen Kunden - eine ganze besondere Note verlieh. Nachdem er fertig war, nahm er den großen Besen, den er hinter dem letzten Fass gegen die Wand gestellt hatte, und kehrte den feinen Staub zusammen, der seit seinem letzten Gang durch den Keller von der Sandsteindecke heruntergerieselt war.

Von Minute zu Minute wurde die Luft dünner. Er atmete schwer. Aus den Augenwinkeln sah er bereits, wie die Flamme der Kerze im Kampf zwischen Sauerstoff und Kohlendioxid um ihr Leben tanzte. Mir bleibt nicht mehr viel Zeit, ermahnte er sich, seine Kehrarbeiten zu beschleunigen und sich dann mit einer Flasche Rotwein auf den Rückweg zu machen.

Er beeilte sich, den Staub zusammenzutragen, als plötzlich etwas die Stille unterbrach. Hatte da eben Ben gebellt?

Er hielt kurz inne, aber er vernahm keinen Laut. Er wollte gerade das Kehrblech holen, als er wieder ein Geräusch vernahm. Doch ehe er registrierte, was es war, ging plötzlich das Licht der Decken- und Wandleuchter aus.

»Hey, ist da jemand?«, rief er und drehte sich in Richtung Ausgang. Die Tür war ins Schloss gefallen. Hatte der Hund sie vielleicht versehentlich zugedrückt? Langsam und schwer atmend stieg Rabold die steile Treppe hoch. Er war fast an der Tür angekommen, als diese sich plötzlich wie von alleine wieder öffnete. Rabold wollte eben die letzten Stufen hochsteigen, als unvermittelt eine Gestalt im Türrahmen auftauchte. Noch ehe der Winzer erkennen konnte, wer es war, spürte er einen kräftigen Tritt gegen den Brustkorb. Er verlor das Gleichgewicht, stürzte die steile Treppe hinab und schlug auf dem steinigen Boden auf. Rabold krümmte sich vor Schmerzen. Bei dem Sturz musste er sich das Bein verletzt haben, denn er konnte es nicht mehr bewegen. Minutenlang versuchte er, sich irgendwie an der Treppe hochzuziehen, doch seine Kraft reichte nicht aus und durch die starken Schmerzen verlor er das Bewusstsein. Als er wieder zu sich kam, wusste er nicht, wie lange er schon auf dem kalten Steinboden des Weinkellers gelegen hatte. Er blickte nach oben und sah die Gestalt immer noch im Türrahmen stehen. Sie schien ihn die ganze Zeit beobachtet zu haben. Er wollte laut um Hilfe rufen, doch seine Stimme versagte. Seine Frau hätte ihn sowieso nicht gehört, denn die Scheune lag zu weit entfernt vom Wohnhaus und der Keller war zu tief. Er wusste, dass er in der Falle saß.
Er hörte noch, wie der Schlüssel der Eichentür zweimal umgedreht wurde, ehe ihm das Kohlendioxid langsam die Sinne raubte. Noch einmal rappelte er sich hoch und versuchte, zur Treppe zu gelangen, doch die schwindende Kraft seines Körpers ließ ihn wieder zu Boden stürzen. Er röchelte. Mit letzter Kraft robbte er sich auf die erste Stufe, als er erneut das Bewusstsein verlor.
Vergebung – das war das Letzte, was er dachte, als das Flackern der Kerze erlosch.

eins

7 WOCHEN SPÄTER SONNTAGABEND, 26. JANUAR 2014

Auf den Feldern rechts und links der Straße lag Reif, der die aufgewühlte Erde durch seinen eisigen Glanz unwirklich und abweisend aussehen ließ, als Emma Hansen ihren schwarzen Mini von Freinsheim über die A 650 nach Ludwigshafen lenkte. Es war ihr täglicher Weg ins Kommissariat, der sie bereits seit nun schon gut vier Jahren in die Industriestadt führte.

Doch heute nahm sie nicht die Ausfahrt Zentrum/Walzmühle, sondern fuhr die Bundestraße 37, in die die Autobahn nahtlos überging, einfach weiter. Über die Konrad-Adenauer-Brücke überquerte sie den Rhein nach Mannheim, vorbei am Schlossgarten, und fuhr in südöstlicher Richtung weiter auf der Bundesstraße. Sie folgte der Hauptstraße links in die Möhlstraße, um kurz hinter dem Europaplatz in die Theodor-Heuss-Anlage abzubiegen. Nach weiteren gut zwei Kilometern hatte sie ihr Ziel endlich erreicht: den City-Airport Mannheim.

Seit knapp einem Jahr verbrachte sie hier nun ihre Sonntagabende. Nahezu genauso lange, wie es nun auch schon das Tanzstudio »Flying Tango« gab, das nach der Insolvenz des Flughafens und den dadurch eingestellten Flugbetrieb hier eröffnet hatte. Die Stadt Mannheim, so wusste sie aus den unzähligen Zeitungsberichten, hatte eigens ein finanziell großzügiges Wirtschaftsentwicklungsprogramm für kleinere Unternehmen aufgelegt, um das Flugplatzgelände inmitten der Stadt nicht verkommen zu lassen. Nun hatten

sich neben dem Tanzstudio und verschiedenen Restaurants auch erste Geschäfte und kleinere Betriebe angesiedelt.
So sehr Emma die heißen Rhythmen von Salsa und Merengue, die erotische Faszination des Tangos oder die schwungvolle Samba auch liebte, die nun vor ihr liegenden zwei energiegeladenen Stunden bedeuteten für sie die größte Herausforderung seit Langem.
Es war gerade einmal einen guten Monat her, dass sie ihren Vater Knut hatte zu Grabe tragen müssen. Wie gerne hätte sie alles das, was zwischen ihnen gestanden hatte, noch einmal mit ihm besprochen. Sich mit ihm versöhnt oder zumindest noch einmal kurz mit ihm gesprochen. Doch ihr größter Wunsch war ihr nicht erfüllt worden.
Sie hatte noch im Waldshuter Krankenhaus gelegen, als Luciana, die Freundin ihres Vaters, Emma auf ihrem Handy angerufen hatte. Emma war in der Klinik behandelt worden, nachdem sie über ein Jahr zuvor im November 2012 bei der Suche nach ihrer verschwundenen Ferienfreundin Charlotte in Nöggenschwiel fast ums Leben gekommen wäre. Sie hatte dank der Rettung in letzter Sekunde mit viel Glück überlebt und hatte immer noch leicht unter Schock gestanden, als ihr Luciana abgehackt und wegen der schlechten Telefonverbindung in mehreren Anläufen vom angeblichen Tod ihres Vaters erzählt hatte. So war sie dann – noch völlig erschöpft und ohne Erlaubnis der behandelnden Ärzte – unverzüglich in die Pfalz zurückgekehrt.
Ihr Vater war zwar nicht tot, aber er lag in der Ludwigshafener Uniklinik und kämpfte um sein Leben. Als Schichtführer im Kombiverkehrsterminal bei »PalPha«, dem großen Chemiekonzern in Ludwigshafen, hatte er versucht, einen Kran zu reparieren, als sich ein Starkstromkabel gelöst, ihn erfasst und ihm dabei einen lebensgefährlichen Stromschlag versetzt hatte. Wie durch ein Wunder hatte er diesen schlimmen Unfall überlebt, doch seine Organe waren so geschädigt worden, dass er nach mehr als einem Jahr im

künstlichen Koma am 1. Weihnachtstag 2013 gegen 16 Uhr gestorben war.
Emma hatte nahezu jeden Tag an seinem Bett gesessen, ihm sanft die durch den Stromschlag verbrannte Hand gestreichelt und gehofft, dass er wenigstens noch einmal die Augen öffnen würde. Doch Knut Hansen zeigte keine Reaktion. Aber das Allerschlimmste war, dass der Mann, der auf der Intensivstation lag und nur noch von Maschinen am Leben gehalten wurde, so gar nichts mehr mit dem Mann gemein hatte, der bisher ihr Vater gewesen war.
Knut Hansen, ein moderner Wikinger mit tiefer Stimme, breiten Schultern und dichtem, rötlich-blondem Haar, war stets ein Lebemann gewesen, der nichts ausgelassen und der sein Leben in vollen Zügen genossen hatte: lebendig, unaufhaltsam, stark. Der Mann, den Emma tagein, tagaus besucht hatte, war genau das Gegenteil gewesen: kraftlos, entwürdigt, dem Tode geweiht.
Sie musste schlucken, als sie die Treppen zum Studio emporstieg. Mit Bitterkeit, Trauer und Wut dachte sie an das vergangene Weihnachtsfest zurück, das sie so gerne bei ihrem Vater in der Klinik verbracht hätte. Doch wegen eines ignoranten Kollegen, der partout nicht mir ihr tauschen wollte, und eines Überfalls auf einen Geldtransporter zwischen Ludwigshafen und Frankenthal konnte sie weder am Heiligabend noch tags darauf ihren Vater besuchen.
So war es dann der Anruf der Stationsschwester, der ihr die Endlichkeit des Lebens ihres Vaters bewusst werden ließ. Ich hätte mich noch so gern von ihm verabschiedet, dachte sie und knallte die Tür ihres Spinds zu. Ob sich auch Luciana von ihrem Vater verabschiedet hatte, überlegte sie, während sie sich umzog. Die brasilianische Schönheit hatte sich seit diesem Telefonat nicht mehr bei ihr gemeldet und auch im Krankenhaus hatte sie sich nie blicken lassen, wie Emma von der leitenden Stationsschwester erfahren hatte.

Sie überprüfte ein letztes Mal die Schnürsenkel ihrer Tanzschuhe, strich sich noch einmal ihre schwarzen, dreiviertellangen Leggings glatt und band sich ihre blonden Haare zu einem Pferdeschwanz zusammen, ehe sie, 25 Minuten zu spät, das Studio betrat.

»Die Hüfte rausnehmen, den Körper gerade strecken und die Spannung ...«, hörte sie einen Mann sagen, der abrupt seine Ausführungen unterbrach, als Emma die Tür hinter sich zuzog und mit einem Kopfnicken grüßend auf die Formationstanztruppe, bestehend aus sechs Pärchen und ihrem etwas abseitsstehenden Tanzpartner Oliver, zuging und sich neben ihn gesellte. Der Tanzlehrer folgte ihr mit seinem Blick, während er immer noch eine dunkelhaarige und gut proportionierte Frau im Arm hielt.

»Hej, wo ist denn Amanda?«, flüsterte Emma Oliver zu, der gerade ansetzen wollte, ihr zu antworten, als er unterbrochen wurde.

»Oh, guten Abend und schön, dass Sie es einrichten konnten.«

»Es tut ...«

»Was tut Ihnen leid? Dass Sie zu spät sind, ohne zu grüßen hier einfach reinkommen, mich während des Trainings unterbrechen und ihren Tanzpartner wie einen begossenen Pudel alleine rumstehen lassen?«

»Also erstens bin ich kein Pudel und fühle mich auch nicht wie einer, nur weil ich ein paar Minuten ohne Partnerin tanzen musste. Und zweitens ist Emma beruflich sehr eingespannt«, erwiderte Oliver Becker, der Emma einen aufmunternden Blick zuwarf.

»Lass gut sein, Olli, aber danke. Ich brauche mich nicht ...«

»Wir haben alle einen stressigen Job«, schnitt der Tanzlehrer ihr das Wort ab. »Und auch beim Tanzen zählt Disziplin, Disziplin und noch mal Disziplin, und wer das nicht schafft, der sollte vielleicht lieber Hallenhalma spielen. So, und jetzt wärmen Sie sich auf, am besten mit zehn Liegestützen extra,

und versuchen dann, wenn Ihnen das genehm ist, mit uns mitzuhalten und die Musik zu fühlen.«
Auch wenn Emma innerlich kochte und ihm am liebsten ins Gesicht gesprungen wäre – so sehr ärgerte sie sich über diesen ungerechtfertigten Einfall dieses selbstverliebten Schnösels –, sie musste sich insgeheim eingestehen, dass der neue Tanzlehrer, der Matthias hieß, wie sie von Oliver erfahren hatte, sie mehr als nur als Tänzer faszinierte. Es waren dieser selbstsichere, nahezu unverwundbare Ausdruck und diese besondere Form seiner Männlichkeit, gepaart mit einer hundertprozentigen Körperbeherrschung, die sie in seinen Bann zogen. Und auch wenn sie wusste, dass sie Matthias von ihren weiblichen Reizen niemals würde überzeugen können, so würde sie ihn gewiss nicht von der Bettkante stoßen, würde sich diese Chance einmal ergeben. Und, wer weiß, am Ende musste man sich seiner eben nur annehmen, dachte sie und sie musste auf einmal verstohlen grinsen.
Sie wunderte sich selbst, wie schnell sie die deprimierenden Gedanken an den Tod ihres Vaters überwunden hatte.
Und wenn es auch nur für diese Tanzstunde gewesen war.

zwei

MONTAG, 27. JANUAR 2014

Pfälzer Nachrichten

Mutter-Kind-Heim in Burrweiler feierlich eröffnet

Demenzkranke Patienten und Mütter mit Kindern werden therapiert / Umbau kostet rund 1,2 Millionen Euro

Burrweiler. In einem großen Festakt hat Landrat Lutz Weiland am Samstagvormittag die St.-Anna-Klinik, das erste Mutter-Kind-Heim der Pfalz, in Burrweiler an der Südlichen Weinstraße feierlich eröffnet. Insgesamt gut 500 Gäste, Besucher, Mitarbeiter sowie Patienten und deren Angehörige erlebten einen bunten Tag der offenen Tür mit Tombola, Klinikbesichtigung und verschiedenen Vorträgen und Aktionen wie beispielsweise einem anziehbaren Körperanzug, der die Beweglichkeit eines 80-jährigen Demenzpatienten simulieren soll. Der Umbau des nördlichen Traktes des ehemaligen Kurfürstlichen Altenheims *(wir berichteten; Anm. d. Red.)* kostete rund 1,2 Millionen Euro und dauerte gut ein Jahr. „Das Land Rheinland-Pfalz setzt verstärkt auf eine Einbindung aller Generationen, gerade wenn es darum geht, in Würde zu altern. Mit der Eröffnung der Klinik ist jetzt ein Ort entstanden, an dem sich Mütter mit ihren Neugeborenen genauso wie an Demenz erkrankte Menschen wie zu Hause fühlen", so Landrat Lutz Weiland.

Beide Behandlungsschwerpunkte der Klinik ergänzen sich gut: „Studien haben ergeben, dass sich gerade ältere, an Alzheimer erkrankte Menschen besonders gut erinnern oder wieder aktiver am Leben teilhaben können, wenn sie mit Babys und Kleinkindern zusammen sind. Beide Gruppen, Kinder wie Erkrankte, lernen voneinander, oft spielerisch, leicht und auf Augenhöhe", erklärte die ärztliche Direktorin und Geschäftsführerin der St.-Anna-Klinik, Dr. Hannah Weiden.

Aktuell werden gerade 24 Mütter mit ihren Kindern für eine Dauer von vier Wochen bis zu drei Monaten behandelt. Hinzu kommen 45 Patienten, die an Demenz und anderen Gehirnerkrankungen leiden. Weitere 20 Betroffene stehen schon auf der Warteliste, weshalb sich der Kreis sowie das Land darauf verständigt haben, dem Umbau einen Neubau anzuschließen. „Das Grundstück dafür wurde uns bereits zugesichert, wofür ich Pater Clemens Bauer herzlich danken möchte«, sagte der Landrat, der ankündigte, dass bereits nach den letzten Frosttagen mit den Bauarbeiten begonnen werden soll. „Unterstützt werden wir dabei von Alois Straubenhardt, der uns den Großteil seines Weinbergs schenkt. Am kommenden Dienstag werden wir dazu die letzten notariellen Hürden nehmen", so Bauer, der als Seelsorger die Klinik begleitet.

„Jetzt haben wir mit der psychosomatischen Klinik in Gleisweiler und der St.-Anna-Klinik in Burrweiler gleich zwei moderne und fachlich über die Landesgrenzen hinaus anerkannte Institutionen. Damit unterstreicht unser Landkreis seinen Anspruch, der perfekte Ort für Erholung und Gesundung zu sein, und das in allen Lebenslagen", unterstrich der Landrat, der sich noch einmal bei allen Förderern und Unterstützern dieses Projekts bedankte. Vor allem Pater Bauer und drei örtliche Winzer, einer davon Alois Straubenhardt, hatten vor über einem Jahr mit ihren Spenden den Grundstein zur neuen Therapiestätte für demenzkranke Menschen sowie Mütter mit postnataler Depression und ihren Kindern im Landkreis Südliche Weinstraße gelegt.

Als die Person den Artikel fertiggelesen hatte, blieb ihr Blick am großen Foto haften, das von der Überschrift und dem Textlauf eingerahmt wurde.
Es war der besondere Ausschnitt des Fotos, den ihre Augen fokussierten.
Der sich in ihre Seele brannte.
Den sie nie mehr vergessen würde.
Mit einem Lächeln faltete sie die Zeitung zusammen und legte sie auf den Altpapierstapel.
Endlich war die Zeit gekommen, das Schicksal in die richtige Bahn zu lenken.

drei

Der Winter hatte Burrweiler an diesem Morgen fest im Griff. Schon seit Tagen hatte die eisige Kälte aus dem Osten ihr glitzerndes Gewand über der gesamten Region ausgebreitet. Während die Dächer und Giebel der Häuser aussahen, als wären sie unter der Eisschicht geschrumpft, wirkten die abgemähten Felder und knorrigen Rebstöcke wie erstarrt, nicht in der Lage, gegen die eisige Kälte ankommen zu können.

Der verträumte Ort, an der alten Weinstraße gelegen, der sonst mit seinen romantischen Innenhöfen, den ausgezeichneten Weingütern sowie als idealer Ausgangspunkt für Wanderungen durch den Pfälzer Wald von den Touristen vom Frühjahr bis spät in den Herbst hinein stark frequentiert wurde, wirkte wie ausgestorben. Ab und zu fuhr ein Auto die Kirchstraße oder die Weinstraße Richtung Gleisweiler entlang. Hier und da trauten sich einige Schulkinder auf die Straße, die schnell zur Bushaltestelle hasteten, um keine Sekunde länger als unbedingt nötig die Kälte ertragen zu müssen.

Selbst von den Feierlichkeiten des renovierten und am Samstag eröffneten Umbaus der St.-Anna-Klinik war nichts mehr zu spüren. Nur ein paar vereiste Girlanden hingen noch an den Stromkabeln, die die Dorfstraßen überspannten. Vereinzelt standen noch Plakate an einigen Straßenlaternen und an den wenigen Straßenkreuzungen. Sie erinnerten an das Fest und den Tag der offenen Tür in der Klinik, die nicht nur viele Besucher und Angehörige der Patienten angelockt, sondern über welche auch Funk und Fern-

sehen in den Nachrichten landesweit ausführlich berichtet hatten.
Doch keine 48 Stunden später war der Alltag längst ins Dorf zurückgekehrt. Es schien ein ganz normaler friedlicher Tag zu werden, so wie alle anderen 364 Tage im Jahr auch.
Das dachte auch Rosa Gadinger, als sie kurz nach 7 Uhr mit der Tageszeitung unterm Arm das Pfarrhaus neben der großen, im spätgotischen Stil erbauten Kirche betrat. Sie liebte es, früh in den Tag zu starten. Im Gegensatz zu Pater Clemens Bauer, der sich im Badezimmer im ersten Stock gerade rasierte und seiner Morgentoilette nachging, wie sie mit einem Lauschen ins Treppenhaus vernahm, war sie bereits jeden Tag gegen 5.30 Uhr auf den Beinen. Wenn es mal später wurde, dann blieb sie bis um 6 Uhr liegen, aber spätestens nach den Morgennachrichten auf SWR4 stieg sie aus dem Bett. Während sich ihr Mann noch einmal für einige Minuten umdrehte – er war ein ausgewiesener Morgenmuffel und meistens schlecht gelaunt, wenn sie ihn vor seiner zweiten Tasse Kaffee ansprach –, ging sie in die Küche, setzte eine große Kanne Kaffee auf, schob drei Aufbackbrötchen für ihren Mann in den Backofen, nahm sich eine Scheibe Vollkornbrot aus dem Brotkasten, holte die Butter aus dem Kühlschrank und ging dann wieder hoch ins Badezimmer, um sich frisch zu machen. Auf ihrem Weg zurück in die Küche ging sie zur Haustür, um dort die im Briefschlitz steckende Zeitung mitzunehmen und in Ruhe bei ihrer ersten Tasse Kaffee am gebeizten Esstisch darin zu blättern.
So war es auch an diesem Morgen gewesen, auch wenn sie heute wegen dieses alltäglichen Rituals fast zu spät das Haus verlassen hätte.
Der große Artikel auf Seite neun war es, der ihre volle Aufmerksamkeit auf sich gezogen hatte. Immer und immer wieder musste sie den Bericht zur Neueröffnung des renovierten Altenheims lesen, in dem nun auch eine Abteilung für

Mütter mit Neugeborenen und Kleinkindern eröffnet worden war. Eine bessere Erholung für ausgebrannte Mütter konnte man sich hier, in der deutschen Toskana zwischen dem Pfälzer Hügelland und der sonnengeküssten Rheinebene, auch wahrlich nicht vorstellen.
Doch es waren nicht nur die ausführlichen Erklärungen zur neuen St.-Anna-Klinik, die Dankesworte des Landrats oder die Beschreibungen der Therapien, die sie faszinierten. Es war das große Aufmacherbild, das Rosa Gadinger magisch anzog, das sich in ihre Pupillen einbrannte und das sie nie wieder loslassen würde.
Sie hatte die grinsenden Gesichter aller wichtigen Personen, die sich für die feierliche Wieder- beziehungsweise Neueröffnung verantwortlich zeigten, auch dann noch in ihrem Kopf, als sie gedankenverloren ein »Guten Morgen, Pater« ins Treppenhaus hinaufrief, in die Resopalküche aus den 60er-Jahren ging, Wasser für den grünen Tee des Paters aufsetzte und anschließend im kleinen Pfarrbüro nebenan ihren Computer hochfuhr.
Sie nahm gerade einen Ordner aus dem Aktenschrank, der hinter ihrem Schreibtisch stand, als die Tür des Büros aufgerissen wurde. Es war gerade erst 7.45 Uhr, wie sie der Uhr am rechten unteren Ende der Menüleiste auf dem Flachbildschirm ihres Computers entnehmen konnte.
»Wo ist er?«, schnaubte Alois Straubenhardt. Der Kopf des 1,70 Meter kleinen Mannes war rot angelaufen, die Vene an seiner Schläfe pochte merklich und seine Mundwinkel wiesen bereits erste Speichelfäden auf. Er fuchtelte wild mit der Zeitung herum, die er in seiner rechten Hand hielt.
»Guten Morgen, Alois. Pater Bauer ist sicherlich noch …«
Doch so weit kam Rosa Gadinger nicht, denn der Winzer hatte längst auf dem Absatz kehrtgemacht und sie hörte, wie er, zwei Stufen auf einmal nehmend, die Holztreppe in den ersten Stock und damit in die Gemächer des Pfarrers hinauflief.

»Hallo Alois ...«, hörte sie, wie der Pater den frühen Gast willkommen hieß, um im nächsten Augenblick von einem wilden Verbalangriff überrascht zu werden.
»Was fällt dir ein? Wie kannst du dich nur so aufspielen und über mein Grundstück und vor allem über meinen Kopf hinweg entscheiden?«, kläffte Straubenhardt und beschallte damit das gesamte Treppenhaus.
Gut erzogen, wie sie nun einmal war, und weil sie noch dringend etwas zu erledigen hatte, stand Rosa Gadinger auf und schloss vorsichtig die Tür. Was er nun schon wieder hatte, dieser alte Schreihals, überlegte sie und kehrte zu ihrem Schreibtisch zurück. Der Arme konnte einem wirklich leidtun, dachte sie und mit einem Seufzer widmete sie sich wieder den Akten für die Buchhaltung, während sie Straubenhardt durch die geschlossene Bürotür weiter auf den Pater einreden hörte.
»Du hast mich vor dem gesamten Ort blamiert, vor dem Landrat und meinen Kunden. Was fällt dir eigentlich ein?« Straubenhardt hatte mittlerweile die Zeitung mit dem Lokalteil für die Südliche Weinstraße aufgeschlagen und streckte dem Pfarrer den Artikel entgegen. »Hier, es steht alles schwarz auf weiß da!«
»Jetzt beruhig dich doch erst mal ...«
»Wieso sollte ich, du hast mir alles ruiniert! Schon wieder ...«
»Weil es das Beste ist.« Clemens Bauer war mittlerweile aus dem Flur, wo er vor wenigen Augenblicken Alois Straubenhardt in die Arme gelaufen war, in sein Ankleidezimmer getreten. Er ging zum schweren Kleiderschrank aus Kirschholz, der am anderen Ende des Raumes stand, nahm die Soutane heraus und hängte sie von außen an die Schranktür. Bevor er sie überzog, nahm er seine anthrazitgraue Strickjacke vom Bügel und streifte sie sich über sein von Rosa Gadinger frisch gestärktes und gebügeltes Oberhemd.

»Das Beste? Das *Beste?*« Straubenhardt schrie regelrecht. »Dass ich nicht lache! Du machst das sofort wieder rückgängig, hörst du …«
»Mein lieber Alois. Vertrau mir doch einfach. Du wirst mit keinem deiner Weine auch nur annähernd so viel Anerkennung bekommen, wie du sie mit dieser überaus großzügigen Geste erhältst.«
»Ich soll dir mein Grundstück auch noch schenken? Das war so nie abgemacht.«
»Manchmal ändern sich eben die Dinge, aber Gott wird dich dafür reichlich belohnen. So wie er alle guten Schäfchen reichlich belohnt.« Der Pater steckte sich seinen Stehkragen zurecht und betrachtete sich ausgiebiger als sonst im großen Spiegel, der in der Innenseite der anderen Schranktür angebracht war.
»Bleib mir bloß weg mit deinem Gott. Ich glaube eher, du spielst den lieben Gott und willst großzügige Geschenke verteilen, und zwar an dich selbst. Damit du gut dastehst, nach allem, was du dir hast zuschulden kommen lassen«, sagte Alois Straubenhardt, der laut trampelnd die Treppe hinunterlief. Unten angekommen drehte er sich noch einmal um und blickte erst zornerfüllt, dann aber mit einem kaum merklichen, aber doch vielsagenden Lächeln nach oben, dem Pater, der mittlerweile an die Treppe getreten war, tief in die Augen. Beide Männer fokussierten sich für den Bruchteil einer Sekunde, wie in einem Duell, abwartend, wer den ersten Fehler machte, ehe Straubenhardt weiter durch den Flur in Richtung Haustür marschierte, sich noch einmal umdrehte und dem Pater zurief: »Du wirst noch sehen, wozu ich in der Lage bin.«
»Alois, hüte deine Zunge. Du wirst gar nichts unternehmen, sonst …«
Aber die Tür war bereits mit einem lauten Knall ins Schloss gefallen.

vier

Im Nachbarzimmer klapperte jemand mit Geschirr, vor der Tür schob eine Schwester den Tablettwagen vorbei und auf dem Innenhof hinter ihrem Fenster kehrte ein Mitarbeiter des Hausdienstes die letzten Überreste der Feierlichkeiten vom Wochenende zusammen.
Gefangen in der Tristesse des Lebens und der Langeweile völlig ausgeliefert, saß Ruth Martin in ihrem roten Ohrensessel und starrte das Fernsehgerät an.
Auch wenn sie weder genau wusste, wo sie sich gerade befand, noch wer sie war, so wusste sie doch, dass irgendetwas ganz Merkwürdiges vor sich ging. Sie fühlte sich mehr und mehr beobachtet. Vorsichtig schaute sie sich nach rechts um. Aber da, wo vor wenigen Minuten noch Marlene Dietrich mit ihr und Bette Davis Kaffee getrunken hatten, standen jetzt nur ihr Bett und im Hintergrund der aus Eichenholz gefertigte Kleiderschrank.
Komisch, ich könnte schwören, dass jemand anderes mich die ganze Zeit angestarrt hat, dachte sie und versuchte angestrengt, sich daran zu erinnern. Aufgeregt schaute sie sich immer wieder im gesamten Raum um, der in hellem Gelb gestrichen war. Neben ihrem Schreibtisch schlossen sich direkt der Nachttisch und das Bett ihrer Mitbewohnerin Elisabeth an. Eigentlich konnte sie Elisabeth gut leiden, wenn diese nicht so ein bisschen verrückt im Kopf wäre und andauernd etwas von Außerirdischen und der Kaiserin Sissi faseln würde. Dabei wusste doch jeder, dass es die Kaiserin Sissi gar nicht gegeben hatte und die Außerirdischen bestimmt nicht den weiten Weg

geflogen kamen, nur um ihre Mitbewohnerin Elisabeth zu besuchen.
Da! Da war es wieder. Fast wäre sie hochgesprungen, doch ihre müden Beine versagten ihr den Dienst. Sie drehte ihren Kopf wieder zurück in Richtung Fernseher, in dem ein Mann im eleganten Anzug in einem blauen Studio saß und die Nachrichten des Tages verlas.
Durch die Tür hörte sie jemanden schreien. Ob es wieder diese Babys waren? Das ging schon die ganze Zeit so. Auch wenn sie sich nicht mehr daran erinnern konnte, wann diese Schreierei losgegangen war, so hatte sie besonders zugenommen, seitdem diese ganzen Mütter mit ihren Kindern hier eingezogen waren. Was die hier eigentlich wollten? Diese schreienden Babys? Und warum bekamen Mütter, die es nicht schafften, ein Kind zu beruhigen, dann überhaupt welche?
Man müsste sie ihnen einfach wegnehmen, denn anscheinend hatten sie es nicht verdient, Mutter zu sein und ein Kind großzuziehen, sonst würden die Kinder ja nicht die ganze Zeit und unablässig wie am Spieß schreien, dachte Ruth und lächelte.
Sie wusste, was es bedeutete, für Gerechtigkeit zu sorgen und das Schicksal im Sinne der Vernunft zu beeinflussen. Auch wenn dafür jemand anderes hatte sterben müssen. Und sie dafür den Tod verdiente.

Nur noch ein Zimmer, dachte Maria Kuhnert, die von den jungen Müttern liebevoll nur Schwester Maria genannt wurde, während sie gerade ein weiteres Wasserglas auf den Tablettwagen in den dafür vorgesehenen blauen Plastikkorb stellte. Jeden Morgen und Mittag und, wenn sie Spätdienst hatte, dann auch am Abend, machte sie die gleichen Handgriffe bei der Essensausgabe. Zuerst wurde der silbergraue Wagen aus Aluminium von der Küche aus in den Gang der Station geschoben, dann verteilte das Pflegepersonal die Ta-

bletts mit den Mahlzeiten an die hauptsächlich an Demenz erkrankten Patienten. Nach gut 30 Minuten wurden die nur selten vollständig leer gegessenen Tabletts wieder eingesammelt und zurück in die Schubfächer des Wagens geschoben. Bis dahin kümmerte sie sich um die ihr zugewiesenen Patienten, die nicht mehr selbstständig essen und trinken konnten oder deren Beutel mit Flüssignahrung ausgetauscht werden musste. Eine liebevolle Geste hier, ein beruhigendes Wort dort, für mehr blieb ihr meist keine Zeit, denn die 30 Minuten waren immer mit der Gewissheit verbunden, gefühlt bereits nach 15 Minuten abgelaufen zu sein.
Vorsichtig und doch beherzt klopfte sie an Ruth Martins Zimmertür. Es war ihr erster Tag auf dieser neuen Station, auf der die besonders schwer demenzkranken Patienten nun gemeinsam mit Müttern wohnten, die bedingt durch ihre postnatale Depression erst wieder lernen mussten, ihre Kinder anzunehmen und sie zu lieben. Hier wurden in speziellen Therapieeinheiten auch die Mütter mit ihren Kindern zusammen mit den Demenzkranken betreut. Ärzte, Psychologen und Therapeuten versprachen sich von den Begegnungen eine Anregung für beide Patientengruppen, die den Verlauf der Therapien positiv beeinflussen sollte.
»Hat es Ihnen geschmeckt?«, fragte Schwester Maria, als sie den Raum betrat. Ruth Martin bemerkte sie nicht oder zumindest hatte es nicht den Anschein, denn obwohl Maria laut gesprochen hatte, starrte Ruth Martin unentwegt auf den Fernseher. Die Nachrichten waren mittlerweile vorbei und gerade lief eine Reportage über das Schicksal verstoßener Kinder.
Wie passend, dachte Maria, die das Tablett nahm, das hinter Ruths Ohrensessel auf dem kleinen Beistelltisch am Bett stand. Als sie wieder um den Ohrensessel herumgegangen war und sich nach vorne beugte, um Ruth einen schönen Nachmittag zu wünschen, kreuzten sich für den Bruchteil einer Sekunde die Blicke der beiden Frauen.

In dem Moment erstarrte Ruth. Ihre Augen waren weit aufgerissen. Maria Kuhnert wollte gerade etwas zu ihr sagen, als Ruth plötzlich anfing zu schreien.
Maria erschrak wegen dieser unerwarteten Reaktion so sehr, dass sie das Tablett fallen ließ. Während der Teller, das Salatschälchen und der Nachtischbecher aus Porzellan mit lautem Knall zu Boden krachten und dabei in tausend Scherben zersplitterten, ergoss sich die Champignoncremesuppe über Ruths Schoß, was sie noch mehr dazu animierte, in höchster Frequenz und ohne Unterlass wie um ihr Leben zu brüllen.
Ein Pfleger, der gerade zwei Zimmer weiter dabei gewesen war, eine pflegebedürftige Patientin zu waschen, kam genauso angerannt wie ein junges Mädchen, das gerade ihr soziales Jahr auf der Station absolvierte.
Er, mit großen, hellblauen Papiertüchern bewaffnet, versuchte, Ruths Rock trocken zu tupfen, während die junge Frau alles daran setzte, beruhigend auf die alte Frau einzureden. Als die Stationsleitung mit einem Kehrblech und Handfeger sowie einem Eimer mit Spülwasser das Zimmer betrat, nutzte Maria Kuhnert das hektische Treiben und schlich sich aus dem Zimmer. Sie war immer noch ganz benommen. Auf dem Flur angekommen ging sie in den gegenüberliegenden Wäscheraum, schloss vorsichtig die Tür und lehnte sich mit ihrem gesamten Gewicht gegen die Wand. Sie atmete tief durch und genoss die Ruhe. Minutenlang stand sie zwischen Handtüchern, Bettwäsche und Tischdecken in der länglichen Kammer, in der auch die Plastikstühle für den Sommer aufbewahrt wurden. Mit beiden Zeige- und Mittelfingern massierte sie ihre Schläfen, während sie ihren Kopf tief in den Nacken legte.
Es war ihr auch jetzt immer noch nicht möglich, das gerade Erlebte einzuordnen oder gar zu verstehen. Warum hatte die Frau sie so entgeistert angestarrt? Und warum war diese Frau so zusammengefahren, als sie in das Zimmer

gekommen war, nur um das Tablett abzuräumen und sich nach dem Wohlbefinden der Patientin zu erkundigen?
Sie spürte immer noch den Blick dieser Frau in ihrem Nacken, als sie, zehn Minuten später und mit mehr Mühe als sonst, den Essenswagen zurück an den Aufzug zur Küche schob.
Ihr war, als habe ihr der Tod höchstpersönlich in die Augen geschaut.

fünf

Alois Straubenhardt war immer noch aufgebracht, als er die Haustür seines Weinguts aufschloss. Wie hatte der Pfarrer ihn nur so übers Ohr hauen können, nachdem sie gemeinsam so füreinander eingestanden waren, ärgerte sich Straubenhardt und warf seine ärmellose Fleeceweste achtlos in die Ecke.
Für einen kurzen Moment streiften seine Augen sein Spiegelbild, in dem er einen Mann sah, der seiner Ansicht nach noch ziemlich gut aussah, auch wenn die jahrzehntelange schwere Arbeit im Weinberg ihre Spuren hinterlassen hatte. Er war mit seiner etwas untersetzten Figur kein besonders stattlicher Mann, aber er war auch nicht dick. Er hatte große, wache Augen, dickes, silbergraues Haar und ein markantes Gesicht. Besonders herausstechend war seine Nase: fleischig, großporig und dank seiner Liebe zum vergorenen Saft auch schon stark rot-bläulich angelaufen.
»Paul, wo bist du, du fauler Hund?«, rief er ins Treppenhaus hoch, während er in den offenen Essbereich ging, der die kleine und dunkle Küche mit dem großen und im Sommer lichtdurchfluteten Wohnbereich verband, den er ein Jahr vor dem Tod seiner Frau hatte umbauen lassen. »Nie ist der Kerl da, wenn man ihn braucht.«
Erneut nahm er die Zeitung, breitete sie ganz auf dem Esszimmertisch aus und schlug den Teil auf, der ihn so aus der Fassung gebracht hatte.
Das Bild des Artikels mit den grinsenden Fratzen sprang ihn förmlich an, während er immer und immer wieder diesen einen Satz lesen musste: *»Unterstützt werden wir dabei von*

Alois Straubenhardt, der uns den Großteil seines Weinbergs schenkt. Am kommenden Dienstag werden wir dazu die letzten notariellen Hürden nehmen.«
Was hatte sich der alte Tattergreis nur dabei gedacht, ihn so zu düpieren und auch noch Spaß daran zu haben? Und das, obwohl er ihn stets davor gewarnt hatte. Dann wird er eben jetzt dafür büßen, dachte Straubenhardt, der plötzlich erschrak, als sein Sohn Paul ins Esszimmer trat.
»Warum schreist du denn so?«, fragte Straubenhardt Junior und schaute seinen Vater intensiv an.
Paul war ein eher unscheinbarer Mann. Sein Körper war schlaksig, ohne dabei wirklich eine Figur zu haben. Er hatte schlanke, aber kräftige Finger, die einem aber nicht das Gefühl von Sicherheit vermittelten. Und dünne Lippen, etwas zu große Ohren und kleine Augen, die ihn mit ihrem aggressiven und oft besserwisserischen Blick nicht gerade sympathischer machten. Seine fast pechschwarzen Haare waren das auffälligste Zeichen seines Äußeren.
»Ach, hast du den Artikel also auch schon gelesen?« Paul hatte sich mittlerweile über den Tisch gebeugt und schaute seinen Vater süffisant von der Seite an.
»Dieser Schwachsinn, man müsste den Schmierlappen dafür eigenhändig erschießen.«
»Der Redakteur kann nichts dafür, und das weißt du.«
»Er hätte mich fragen müssen. Dann hätte ich ihm die ganze Wahrheit erzählt.«
»Wahrheit? Welche Wahrheit denn?« Paul hatte seinen Blick, ohne mit der Wimper zu zucken, fest auf seinen Vater gerichtet.
»Was fragst du denn so blöd? Nie und nimmer werde ich mein Grundstück für diesen Laden hergeben.«
»Dir wird beim Pfaffen nichts anderes übrigbleiben«, sagte Paul, während er in die Küche ging, die Kaffeemaschine einschaltete und sich Milch in einen Kaffeebecher goss, der mit einem Werbeaufdruck des lokalen Energieversorgers beschriftet war.

»Das werden wir noch sehen.« Alois Straubenhardt brütete immer noch gedankenverloren über der Zeitung.
»Du hättest das Grundstück uns geben sollen, da wäre dir ...« Doch Paul schaffte es nicht, seinen Satz zu vollenden. Wie ein in die Enge getriebener Hund stürzte Alois Straubenhardt in die Küche. Fast wäre er seinem Sohn an die Kehle gesprungen, hätte dieser sich nicht gerade umgedreht, um die Kaffeemaschine mit Wasser aufzufüllen.
»Ich hätte *was?* Dir und diesem durchgeknallten Weltverbesserer mein Grundstück, *mein* Grundstück überlassen sollen?« Alois Straubenhardts Gesicht war erneut knallrot angelaufen. Doch dieses Mal zitterte er am ganzen Körper, während seine sonst eher tief innenliegenden Augen fast vollständig hervorquollen.
»Ich muss dich schon durchfüttern, weil du nichts Gescheites lernen und das Weingut übernehmen willst. Und jetzt willst du dir auch noch das Wertvollste, was ich habe, unter den Nagel reißen und für deine hirnverbrannten Versuche missbrauchen?«
»Vater, ich ...«
»Halt einfach dein Maul und scher dich zum Teufel. Lass mich endlich in Ruh.« Alois Straubenhardt hob noch einmal die Hand, um mit einer abwinkenden Geste das Gespräch zu beenden, drehte sich um, ging durch den Flur und knallte die Tür hinter sich zu.
Paul hörte noch, wie sein Vater in die Gerätescheune ging, die sich direkt an das Haupthaus anschloss, den Motor des großen Traktors anließ und schneller als gewöhnlich vom Hof fuhr.
Schrei du nur, das wird dir auch nichts mehr nutzen, dachte Paul Straubenhardt und grinste. Es ist alles nur noch eine Frage der Zeit, freute er sich, griff nach den Autoschlüsseln, die im Flur am Haken hingen, und verließ das Haus - mit dem einen Ziel vor Augen.

sechs

Der Morgen war eisig und klar. Die Hausdächer, Autos und Gehsteige waren mit leichtem Raureif überzogen und es glitzerte alles ganz verwunschen, als Emma Hansen aus dem Fenster ihrer Wohnung in der Freinsheimer Innenstadt schaute. Wobei Innenstadt vielleicht etwas großspurig klang, war der romantische Ort an der Weinstraße mit seinen knapp 5000 Einwohnern eigentlich viel zu klein, um ein Stadtzentrum im klassischen Sinne zu besitzen.

Doch mit der nahezu vollständig erhaltenen, spätgotischen Stadtmauer unterteilte sich die Stadt in einen neueren Teil mit den Straßenzügen, die außerhalb der Mauer lagen, und einen historischen Stadtkern, in dem die Zeit stehen geblieben zu sein schien. Als Emma mit ihrer Freundin Rike zum ersten Mal Freinsheim, das die Einwohner liebevoll Fränsem nannten, besucht hatte, da hatte sie sich sofort und auf Anhieb in das Städtchen verliebt.

Mit seinen gut erhaltenen und aufwendig restaurierten Sandsteinhäusern, dem gepflegten Kopfsteinpflaster und den kleinen, von ihren Besitzern mit viel Leidenschaft und Hingabe geführten Geschäften besaß Freinsheim einen Charme, der einen immer wiederkehren ließ. So auch Emma.

Bereits seit drei Jahren wohnte Emma nun schon hier, nachdem sie sich zuvor erst mit Rike in Büchenbeuren im Hunsrück eine Wohngemeinschaft geteilt hatte, als sie dort zur Polizeischule gegangen war, während Rike vom Flughafen Hahn aus als Stewardess für eine irische Fluglinie die Welt bereist hatte.

Ihre Wohnung unterm Dach befand sich direkt an der Freinsheimer Stadtmauer, keine hundert Meter vom Eisentor entfernt. Schwere, dunkelbraun lackierte Holzbalken stützen und verzierten gleichzeitig den großen Wohnbereich, in dem sich neben dem Wohnzimmer auch eine kleine Essecke befand. Während die schrägen Wände hier nicht so stark auffielen, hatte man in der Küche wie auch im Badezimmer das Gefühl, von den angewinkelten Wänden förmlich erdrückt zu werden. Auch nach drei Jahren stieß sich Emma immer wieder den Kopf an einer der Schrägen und verfluchte die Wohnung dafür mit einem lautstarken »Ich zieh hier aus!« Aber sie liebte ihr knapp 50 Quadratmeter großes Domizil und wollte es um nichts auf dieser Welt mehr hergeben. Auch wenn sie dafür einen weiten Anfahrtsweg zum Polizeipräsidium Ludwigshafen auf sich nehmen musste. Im Präsidium war auch ihre Dienststelle, die »Zentrale Kriminalinspektion« - landläufig auch Mordkommission genannt - untergebracht, die für alle Kapitalverbrechen in der Vorder- und Südpfalz wie auch an der Südlichen Weinstraße zuständig war.
Dieser Tag sollte ein besonderer werden, weswegen sie extra eine halbe Stunde früher aufgestanden war, um entspannt in den Morgen zu starten und sich etwas mehr Zeit für Make-up und Kleidung zu nehmen.
Emma bekam heute einen neuen Kollegen, mit dem sie zukünftig ihren Dienst verrichten durfte. Sachlich ausgedrückt. Doch emotional war der neue Kollege mehr als nur irgendein Kollege. Der Neue, dessen Name sie noch nicht kannte, sollte ihr Mitstreiter, ihr Vertrauter, ihr Partner werden. Eine Beziehung, die oftmals gut und gerne ein ganzes Berufsleben halten konnte. Und in der der Andere, wollte man einen guten Job machen, am Ende mehr von einem wusste als man selbst. Es war dieses bedingungslose Einstehen füreinander, das diese Partnerschaft charakterisierte. Und genau diese Verlässlichkeit wünschte sich

Emma von ihrem künftigen Partner, als sie ihren schwarzen Mini auf den Parkplatz des Präsidiums fuhr.
Sie hatte vor Ludwigshafen fast 20 Minuten im Stau gestanden, und dann war in der Stadt fast jede Ampel rot gewesen, trotzdem kam Emma mehr als pünktlich im Präsidium an der Wittelsbachstraße an.
So ging sie zuerst in ihr Büro in der Mordkommission, das sie sich ab sofort mit ihrem neuen Kollegen teilen würde, um kurz durchzulüften, den Computer hochzufahren und sich anschließend ihre Karaffe am Wasserautomaten in der Abteilungsküche aufzufüllen.
»Guten Morgen Emma«, begrüßte sie Joachim Hellmann, der als Erster Kriminalhauptkommissar und Leiter der Zentralen Kriminalinspektion Ludwigshafen Emmas direkter Vorgesetzter war.
»Hej Chef«, antwortete sie und schaute Hellmann nach. Auch ihr Chef hatte sich offensichtlich in Schale geworfen, denn außer zur Weihnachtsfeier oder zum Geburtstag des Polizeipräsidenten sah sie Hellmann nie eine Krawatte tragen. Doch heute zierte ein Schlips seinen dunklen Anzug und gab zusammen mit dem weißen Hemd und der goldenen Krawattennadel mit Ludwigshafener Stadtlogo ein durchaus stimmiges Bild ab. Auch wenn Emma dieser Auftritt zu konservativ, für ihren Chef gar zu spießig vorkam. Sie mochte Hellmann viel lieber, wenn er in Jeans, offenem Hemd und sportlichem Sakko im Büro erschien.
»Kommst du?«, fragte Hellmann, der gerade dabei war, seine Mannschaft für den Empfang des Neuankömmlings zusammenzutrommeln.
»Wie heißt er eigentlich?«, rief Emma ihrem Chef hinterher.
»Wer?«, fragte er, während er den Kopf in ein weiteres Büro steckte, um auch dort die Kollegen noch einmal persönlich einzuladen.
»Na, der Neue …«

»Du bist doch gleich auch dabei, da sage ich dann alles. Sonst muss ich ja alles doppelt und dreifach erzählen«, erwiderte er und so folgte Emma ihm und einer Traube von Kollegen in den Konferenzraum.
Sie zog sich eine heiße Schokolade am Automaten, nahm sich ein belegtes Käsebrötchen von der Schnittchenplatte und stellte sich ans Fenster neben Annegret Bender, der Abteilungssekretärin und rechten Hand ihres Chefs.
»Na, auch schon aufgeregt?«, fragte die 48-Jährige und lächelte. »Er sieht gut aus, wenigstens auf dem Foto.« Annegret Bender, glücklich verheiratet, aber um einen Flirt nie verlegen, strahlte.
»Er muss gut sein und zuverlässig, so wie Martin Jost.«
»Das war aber auch die einzige Stärke deines ehemaligen Partners.« Annegret Bender musste immer die Augen verdrehen, wenn Josts Name nur erwähnt wurde. Sie mochte Emmas ehemaligen Kollegen nicht, der sich vor ein paar Wochen in den Ruhestand verabschiedet hatte. Daher freute sie sich besonders auf den Neuen in der Abteilung.
»Ich meine, so was fürs Auge ist doch auch nicht schlecht.« Emma verkniff sich einen Kommentar und lächelte milde, aber etwas gequält, denn sie wusste genau, was jetzt wieder kommen würde.
»Ich versteh dich nicht. Du siehst so gut aus, aber bist immer noch Single.«
»Vielleicht bin ich ja ...« wollte Emma kontern, als sie von Hellmann, der gerade den Raum betrat, unterbrochen wurde. Selten war sie ihrem Chef so dankbar gewesen wie in diesem Moment.
»Es ist so weit: Ich möchte euch unseren neuen Kollegen vorstellen, der ab sofort nicht nur mit unserer hoch geschätzten Kollegin Emma Hansen das Büro teilt ...« Annegret Bender konnte sich ein Quieken nicht verkneifen, das abrupt endete, als sie Emmas bösen Blick sah.

»... sondern mit ihr gemeinsam auch den Bereich Südliche Weinstraße, das Pfälzer Hügelland wie auch die Rheinebene von Speyer bis Wörth betreut und verantwortet. Herzlich willkommen, Matthias Roth.«
Applaus brandete auf und die ersten Kollegen, die Hellmann am nächsten standen, begrüßten den 36-Jährigen.
»Hab ich doch gesagt, er sieht gut aus, oder?«, sagte Annegret Bender. Sie war offensichtlich sehr angetan von der Attraktivität des Neuen. Als ob sie ihn schon für Emma vorgesehen hatte, stupste sie Emma an. Als keine Reaktion kam, drehte sie sich zur ihr um. Sie erschrak, als sie Emmas Gesicht sah.
»Emma? Hallo? Was hast du denn, alles in Ordnung mit dir?«
»Was ...?«
»Ich hab dich was gefragt ...«
»Äh, ja, also ...«
»Emma, auch wenn er vielleicht nicht dein Typ ist, so ein Gesicht hat der arme Kerl nun aber wirklich nicht verdient ...«
Doch bevor Emma irgendetwas antworten konnte, kamen bereits Joachim Hellmann und Matthias Roth auf die beiden Frauen zu.
»So, bekanntlich kommt das Beste ja zum Schluss: einmal Annegret Bender, unsere Sekretärin, unsere gute Seele, an die du dich in allen organisatorischen und bürokratischen Belangen wenden kannst. Sie wird immer ein offenes Ohr für dich und deine Bedürfnisse haben.« Hellmann nickte Annegret Bender wohlwollend zu, die seine Worte mit ihrem breitesten Grinsen quittierte.
»Und das ist, darf ich vorstellen, deine neue Kollegin, Emma, äh, Emma Hansen.«
»So schnell sieht man sich also wieder, liebe Kollegin.« Matthias lächelte leicht süffisant.
»Ihr kennt euch?« Hellmann schien mehr als überrascht zu sein und schaute von Emma zu Matthias und wieder zurück. Emma wollte gerade ansetzen, als Matthias ihr zuvorkam.
»Ja, Joachim. Und besser, als du dir vorstellen kannst.«

sieben

Eigentlich wollte er einfach nur seine Ruhe haben, als er mit seinem Traktor in seinen Weinberg fuhr. Für Alois Straubenhardt bedeuteten die Reben alles: Sie waren seine Inspiration, wenn er einen neuen Wein kreierte, sie gaben ihm Kraft, wenn er die Menschen um sich herum satthatte, und sie waren seine Geliebten, denen er öfter verfiel, als ihm guttat.
Sein Weingut war das vorletzte vor dem Ortsausgang und an der Straße gelegen, die zur St.-Anna-Klinik und St.-Anna-Kapelle hinaufführte. Nach seinem großzügigen Hof folgte nur noch das Weingut der Gadingers, das komplett von seinen Weinbergen eingeschlossen war. Auch auf der anderen Seite waren die Reben, die von einem zarten Eiskristallkleid eingehüllt waren, sein Eigentum. Bis an die angrenzende Gemarkung Gleisweiler gehörten alle Rebstöcke ihm, wie auch die Ländereien hinter seinem Weingut, hoch zur Klinik und den Berg entlang Richtung Modenbachtal.
Er war nach seinem überhasteten Aufbruch und dem vorausgegangenen Streit mit seinem Sohn fast schon in Höhe der St.-Anna-Klinik, von der aus man nach links zu seinem größten und ertragreichsten Weinberg, dem Teufelsberg, gelangte, als ihm sein Nachbar Jakob Gadinger mit seinem Traktor den Weg versperrte.
»Ey, Gadinger, mach Platz«, rief Straubenhardt, und es war nicht das erste Mal, dass er sich seinem Nachbar überlegen fühlte.
»Wieso sollte ich?«, schrie Jakob Gadinger zurück und schaltete demonstrativ den Motor seines Treckers ab, der mitten auf der St.-Anna-Straße stand.

»Ich muss dir nix erklären. Du blockierst mich, also fahr zur Seite. Ich muss da durch.«
»Doch, du musst mir so einiges erklären.« Mittlerweile war Gadinger von seinem Traktor gestiegen und hatte sich neben Straubenhardts Gefährt gestellt. In der Hand hielt er die heutige Ausgabe der Pfälzer Nachrichten, aufgeschlagen auf die erste Lokalseite, auf der der Artikel über die Neueröffnung der St.-Anna-Klinik thronte.
»Jetzt habe ich dir einmal vertraut und dann muss ich das hier lesen?«
Gadinger streckte Straubenhardt die Zeitung ins Gesicht, der diese nur verächtlich wegschlug.
»Ich habe diesen Mist ebenfalls gelesen.«
»Mehr hast du dazu nicht zu sagen? Du ..., du ... egoistischer Verräter! Unter richtigen Männern zählt noch ein Wort, aber du hast ja sowieso immer nur deinen Vorteil im Auge gehabt. Phhh ...« Gadinger wollte gerade wieder zu seinem Traktor gehen, als er sich noch einmal umdrehte: »Alois, du bist kein Winzer, kein Nachbar, kein Freund. *Du* bist eine Schande!«
»Wie kommst du dazu, mir so etwas zu unterstellen und mich als Verräter abzustempeln? Als ob *ich* diesen Scheiß geschrieben hätte.«
»Nein, aber gesagt. Du hast deine Entscheidung zuerst dem Zeitungsmenschen mitgeteilt, bevor du mit mir sprechen wolltest. Wenn du es überhaupt vorgehabt hast.« Gadinger schüttelte den Kopf, während er die ganze Zeit ins Nichts schaute. Als er sich wieder gefangen hatte, fügte er mit einer gewissen Hilflosigkeit in der Stimme an: »Wie würdest du so etwas denn sonst bezeichnen?«
»Ich habe niemandem etwas gesagt.«
»Dann hat der sich das also alles ausgedacht?« Gadinger erhob die Stimme. Mittlerweile ärgerte er sich mehr darüber, dass Straubenhardt ihn vorsätzlich anlog, als über den Verrat seines vermeintlichen Freundes an sich.

»Hör doch auf, verdammt noch mal. Ich war das nicht. Entweder glaubst du's oder du lässt es bleiben.«
»Ich werde nichts bleiben lassen. Es reicht mir. Damit wirst du nicht durchkommen, niemals!«
»Ah, ist ja interessant. Und was willst du dagegen tun? Mich etwa umbringen?«
»Ich hätte das eigentlich schon damals längst tun sollen!«
»Fängst du jetzt auch damit an. Ihr habt sie doch nicht mehr alle.« Straubenhardt, der die ganze Zeit den Motor hatte laufen lassen, legte den ersten Gang ein, drückte das Gaspedal durch und fuhr schnurstracks auf Gadinger und seinen Trecker zu. Kurz bevor er ihn erreicht hatte, lenkte er sein Fahrzeug scharf nach links von der Straße ab, durchpflügte dabei die Randbegrenzung seines eigenen Weinbergs, wobei er sogar den äußersten Rebstock mitriss, um anschließend wieder auf die Straße zurückzukehren.
Du Idiot, dachte Gadinger, der Straubenhardts Manöver fassungslos verfolgt hatte. Er wollte gerade seinen Traktor besteigen, als er plötzlich erschrak. Wie aus dem Nichts kommend stand Elvira Paulus auf einmal hinter seinem Traktor.
»Guten Morgen, Jakob.«
»Morgen Elvira«, erwiderte Gadinger kühl, ließ den Motor an und fuhr zurück auf seinen Hof.
Elvira schaute ihm kopfschüttelnd hinterher, um dann ihren Blick Richtung St.-Anna-Berg zu richten, wo sie Straubenhardts Traktor gerade nach rechts in dessen Weinberg abbiegen sah.
Es wird Zeit, dass jemand dem alten Choleriker endlich mal seine Grenzen aufzeigt, dachte sie und schob ihr gelbes Fahrrad mit den gefüllten Posttaschen links und rechts des Hinterrads weiter den Berg hinauf in Richtung St.-Anna-Klinik.

Der Teufelsberg war sein größter Schatz. Direkt unter dem St.-Anna-Berg gelegen waren die Abhänge besonders steil,

dafür galt der Boden als äußerst fruchtbar, und mit seiner exponierten Steillage konnte die Sonne fast den ganzen Tag über den Weinberg bestrahlen und damit den Trauben so ihre vorzügliche Süße geben.
Daher musste er seinen Traktor auch am Wegrand, der Verlängerung der St.-Anna-Straße, stehen lassen und zu Fuß in seinen Weinberg absteigen. An diesem Morgen wollte er einfach nur nach dem Rechten sehen, hier und da neue Pheromonspender anbringen oder verfaulte, zu schwach ausgebildete und verwachsene Reben aus den gesunden und kraftvollen Weinstöcken herausschneiden. Er kam gut voran und er spürte, wie die Arbeit ihn beflügelte und ihm neue Kraft gab. Endlich hatte er wieder Zeit und vor allem Muße, seine Gedanken zu sortieren. Erst der Zeitungsartikel über die neue St.-Anna-Klinik, dann der ärgerliche Streit mit dem alten Pfarrer und im Anschluss noch die mehr als völlig unnötige Diskussion mit dem einfältigen Gadinger – Alois Straubenhardt war mehr als bedient.
Warum hatten sich auf einmal alle gegen ihn verschworen? Was wollte der alte Pfaffe nur damit erreichen? Und wieso musste sich jetzt auch noch sein Nachbar so aufspielen? Auch wenn er es nicht zulassen wollte, es war doch diese kleine innere Stimme, sein Gewissen, die in ihm erwachte und die er nicht mehr überhören konnte. Aber was soll ich tun, grübelte er, während er einen verkümmerten Trieb in den Plastikeimer warf, den er neben einem speziellen Scherenset für Äste, Triebe und Pflanzen aller Art, der kleinen Säge und verschiedenen Kabelbindern aus Plastik und Draht in seinen Weinberg mitgenommen hatte.
Wie konnte er den Fehler, den er vor vielen Jahren begangen hatte, je wieder gutmachen? Ach, es ist so lange gut gegangen, was sollte jetzt schon passieren, dachte er und widmete sich wieder seiner Arbeit. Die Reben, der Weinberg und er ganz alleine, was konnte es schon Schöneres geben,

sinnierte er, und ein Lächeln huschte über sein sonnenzerfurchtes Gesicht.

Alois Straubenhardt hatte seinen Traktor abschüssig, mit der Motorhaube voran abgestellt. Es war ein Leichtes, sich von hinten an den Trecker heranzuschleichen und ins Führerhaus einzusteigen. Als sich die Person in den Fahrersitz gesetzt hatte, hielt sie für einen kurzen Moment inne.
Sie holte noch einmal tief Luft, dann nahm sie den Rückwärtsgang heraus und löste vorsichtig die Handbremse. Die Person konnte gerade noch rechtzeitig vom Traktor herunterklettern, als sich das schwere Fahrzeug langsam, aber mit stetig zunehmender Geschwindigkeit in Bewegung setzte und den Abhang hinunterfuhr.
Alois Straubenhardt band gerade einen neuen Pheromonspender am gespannten Drahtseil fest, als er etwas vernahm. Es hörte sich an, als würde sich etwas Mächtiges auf ihn zubewegen. Und dabei alles über den Haufen fahren, was ihm in die Quere kam, wie Weinstöcke, die unter der Last brachen wie Streichhölzer. Und das in seinem Weinberg.
Angsterfüllt und voller Panik schaute er auf, als er ihn kommen sah. Er wollte noch aufspringen, aber der Traktor hatte ihn bereits erfasst.
Vielleicht hat sich nun ja doch der Teufel gerächt. Das war das Letzte, was er dachte, als es über ihm schwarz wurde.

acht

Es war ein gutes Gefühl, dem Haus der Gerechtigkeit einen weiteren Baustein hinzugefügt zu haben. Auch wenn es das einst Geschehene nie wieder ins Lot bringen würde. So musste sich Glück anfühlen. Sein Tod war notwendig, es musste sein, das wusste die Person. Und es war schon schlimm genug gewesen, dass sie so viele Jahre hatte darauf warten müssen.

Es musste eine höhere Macht, eine göttliche Fügung gewesen sein, dass sie ausgerechnet vor einigen Wochen die Pfälzer Nachrichten zum ersten Mal in die Hand bekommen hatte. Was sie dann zu lesen bekommen sollte, hatte ihr den Boden unter den Füßen weggezogen.

Hatte sie an ihren schlimmsten Moment in ihrem Leben erinnert.

Hatte ihr schlagartig klargemacht, wofür es sich noch zu leben lohnte.

Die Person stand auf dem Kirchturm der St.-Anna-Kapelle, die in einen dichten Nebel gehüllt war. Direkt unter dem sonst schon von Weitem sichtbaren Gotteshaus lag die St.-Anna-Klinik und linker Hand der Teufelsberg. Darunter schloss sich der Ort Burrweiler an und dahinter begann die Rheinebene mit Landau in greifbarer Nähe und den Städten Ludwigshafen, Mannheim und Karlsruhe am Horizont. Nur, heute lag alles in dichtem Nebel und es schien, als sei man in seiner eigenen kleinen Welt gefangen.

Ein eisiger Wind umspielte den Kirchturm. Der Winter hatte die Region noch fest im Griff. Leichter Schneefall wechselte sich immer mal wieder mit klaren, aber eiskalten Momenten

ab, an denen die Sonne schon zaghaft ihre potenzielle Kraft zeigte. Doch die Strahlen waren noch zu schwach, um dem Winter wirklich Einhalt gebieten zu können.
Sie wollte sich nicht lange ausruhen, dafür gab es noch zu viel zu tun. Aber sie wusste, sie war auf dem richtigen Weg, auch wenn dieser auch noch für einen weiteren Menschen würde enden müssen.
Die Person knöpfte sich ihren Mantel zu und stieg wieder vom Kirchturm hinab. Für einen kurzen Moment hatte sie das Gefühl, dass die Sonne ihr aus der dichten Nebelbank zugelächelt hatte, um sie zu bestärken, bloß nicht damit aufzuhören.
Nein, denn es war noch lange nicht vollendet.

neun

SIZILIEN 1964

Sie saß am Meer und schaute den kleinen weißen Krönchen zu, die auf den Wellen auf und ab tanzten. Das Wasser glitzerte im Sonnenlicht. Die Wellen erinnerten sie an ihre Großeltern, die sich jeden Abend nach getaner Arbeit auf dem Feld ein kleines Tänzchen zur Erholung gegönnt hatten, ehe für sie die Arbeit auf dem Hof der Familie weitergegangen war.

Ihr Hintern schmerzte, aber das war ihr egal. Sie würde das Meer nie mehr wiedersehen. Dafür hatte sie nicht nur den Weg von Ispica nach Pozzallo, sondern auch die erneuten Schläge ihrer Mutter auf sich genommen. Es war seit der Entscheidung fast kein Tag vergangen, an dem sie nicht von ihrer Mutter verdroschen worden war. Aber sie wollte nicht weg. Es war ihre Heimat. Ihr Zuhause. Ihr Leben. Und sie konnte einfach nicht verstehen, warum ihre Eltern das nicht einsehen wollten. Es war dieses Gefühl, das sich seit Wochen in ihr ausgebreitet hatte: Bei dem Gedanken, ihre geliebte sizilianische Heimat zu verlassen, hatte sie jetzt schon Heimweh.

Sie waren arm, sehr arm sogar. Obwohl ihre Eltern alles dafür taten, die Situation zu verbessern. Und vor allem, um nicht als arme Leute in ihrem Heimatort Ispica verschrien zu sein. Nichts war schlimmer als ein schändlicher Ruf, für das Geschäft, für das Ansehen und vor allem für die Zukunft.

Ihre Eltern hatten lange dafür gekämpft – so hatten sie es ihr zumindest immer erzählt –, dass ihre Zukunft weiterhin

auf Sizilien sein würde. Sizilien war der Ort, an dem ihre Eltern und deren Eltern und auch deren Eltern zur Welt gekommen und auch aufgewachsen waren. Als einfache Bauern, reicher als manch anderer, weil sie immerhin ein Maultier besaßen, und dennoch bettelarm. Aber dafür glücklich und mit sich und der Welt im Reinen.
Warum wollten ihre Eltern das jetzt ändern? Sie nahm eine Muschel und drehte sie so im Sonnenlicht, dass unendlich viele Farben zum Vorschein kamen und die Sonnenstrahlen darin tanzten, ehe sie sie zurück ins Meer warf. Die Muschel war wenigstens frei, was sie niemals sein würde. Ihr kullerten die Tränen die Wangen hinunter. Sie putzte sie an ihrer schmutzigen Bluse ab, denn es sollte sie niemand mehr weinen sehen. Niemals mehr.
Ihre Bluse. Ihre Mutter hatte sie aus einem alten Stück Stoff genäht. Doch durch die viele Arbeit und vor allem durch das ständige Tragen war sie längst abgenutzt. Der Stoff an den Ellenbogen war durchgescheuert, Motten hatten Löcher hineingefressen und an der rechten Seite hatte sich bereits die Naht gelöst. Auch wenn sie als einziges Kind – all ihre Freunde hatten teilweise vier, fünf oder gar mehr Geschwister – nicht die abgelegte Kleidung einer älteren Schwester auftragen musste, so hatten ihre Eltern leider nie genügend Lire gehabt, um ihr etwas Neues zu kaufen. Und wenn es etwas Geld gab, dann bekam ihr Vater einen Mantel oder ein paar Schuhe oder Mutter flickte ihm mit neuem Garn die zerrissene Hose zum x-ten Mal.
Anstatt sie mit Liebe zu überschütten, ließen ihre Eltern keine Gelegenheit aus, sie spüren zu lassen, dass sie lieber einen Sohn gehabt hätten. Denn der hätte wenigstens auf dem Feld arbeiten, die harte und trockene Erde umpflügen oder das viele Obst miternten können. Vom Weizenmähen und Kornsäckeschleppen ganz zu schweigen.
So war sie nur für die typische Frauenarbeit zu gebrauchen gewesen. Daher konnte sie auch nie zur Schule gehen.

Dabei hätte sie so gerne gelernt, so wie es der Nachbarjunge Guiseppe auch jeden Tag tat.
Ob sie in Deutschland wohl endlich die Schule besuchen durfte, überlegte sie und schaute wieder aufs offene Meer hinaus. Sie liebte Zahlen, die Musik und das Malen. Stundenlang hätte sie auf der Straße vor ihrem Haus sitzen und ganze Geschichten in den staubigen Sand zeichnen können. Hätte. Denn eigentlich hatte sie dafür keine Zeit, zu sehr spannte ihre Mutter sie in der Hausarbeit ein. Und das schon, seitdem sie fünf Jahre alt war. Jetzt war sie 14.
Von klein auf musste sie ihrer Mutter in der Küche und bei der Hausarbeit zur Hand gehen. Wobei sie die schwere Arbeit verrichten musste, da ihre Mutter schwach und kränklich war. So war es ihre Aufgabe, das Strattu, einen besonderen Tomatenextrakt, herzustellen. Dafür musste sie die Tomaten auf der Straße kochen, bis die gesamte Feuchtigkeit verdampft war. Um die Schalen und die Kerne zu entfernen, musste sie die Tomaten anschließend durch ein Sieb passieren, bevor die Paste dann an der Sonne getrocknet wurde. Ihre Mutter schmeckte sie dann noch mit Basilikum und Knoblauch ab, ehe sie mit Olivenöl bedeckt in Tongefäße abgefüllt wurde. Genauso anstrengend war es, Knabberzeug aus Kichererbsen herzustellen. Dafür brauchte man Gips, der in einem Topf zusammen mit den Kichererbsen einen ganzen Tag lang auf dem Feuer gegart wurde. Diese Kichererbsen-Knabbereien waren auf dem Markt gut verkäuflich, da die Herstellung sehr aufwendig war und viel Dreck verursachte, weshalb viele Frauen sich davor scheuten, sie selbst zu machen. Noch schlimmer jedoch war es, die Matratzen mit neuem Stroh auszustopfen. Sie musste zuerst die Löcher der selbst genähten Matratzen flicken, ehe sie dann Strohbüschel für Strohbüschel in den Stoffsack steckte. Anschließend musste sie wild auf der Matratze herumspringen, um dem Sack eine halbwegs gleichmäßige Form zu geben. Dabei heulte sie bei jeder Landung,

so spitz stach das getrocknete Stroh durch den Stoff in ihre Sohle.
Doch am allermeisten hasste sie es, die Latrinen zu reinigen. Das musste sie auch - und das war das Schlimmste - in der Schule tun. Da ihre Mutter sehr gut mit dem Lehrer befreundet war und ihr manchmal keine anderen Strafen einfielen, schickte sie sie zum Schulgebäude hinüber, damit sie auch dort die stinkenden, schmutzigen Plumpsklos säuberte. Wie sehr sie ihre Mutter dafür hasste. Dann hätte sie sich lieber schlagen lassen, doch ihre Mutter sah es gar nicht ein, ihre geschundenen Hände noch weiter zu malträtieren.
Schule, das war das Einzige, was Deutschland ihr bieten konnte. Mehr fiel ihr nicht ein. Auch wenn es anscheinend das gelobte Land sein sollte, so hörte sie ihre Eltern in den vergangenen Wochen immer öfter reden. Und dass mit einem Leben und der Arbeit in Deutschland die Armut aufhören würde und sie ihre Schulden endlich zurückzahlen könnten.
Aber ob das stimmte und nicht nur ein vorgeschobener Grund gewesen war? Warum ihre Familie wirklich arm war, wusste sie nicht. Denn sie hatten ja eigentlich alles: riesige Felder, die ihr Vater und anfangs auch noch ihr Großvater und einige Tagelöhner bewirtschafteten, auf denen Weizen, Mandeln, Oliven, Tomaten, Melonen, ja sogar wilder Wein wuchsen. Und dennoch reichte es nicht zum Leben. Oder nur kaum. Das hatte sie auch schon mitbekommen. Schon längst.
Denn es regnete fast nie im Süden Siziliens. Und so reichte das bisschen, was von der Ernte übrig blieb, nur für den Sommer. So musste ihr Vater immer wieder Lebensmittel für viel Geld auf dem Markt kaufen. Da er jedoch kaum Geld hatte, musste er Kredite aufnehmen, deren Zinsen von Jahr zu Jahr anstiegen. Ein Teufelskreis, aus dem es kein Entrinnen gab. Es sei denn, man verließ Sizilien und ging nach Argentinien oder eben nach Deutschland.

Weit entfernt hörte sie eine Kirchenuhr schlagen. Sie hatte völlig die Zeit vergessen. Das würde wieder Ärger geben zu Hause, dachte sie und lief so schnell sie konnte zur Bushaltestelle.
Es dauerte länger als geplant, ein Bauer hatte sein Heu auf der Straße verloren und war unter dem lauten Gehupe und Geschrei der anderen Verkehrsteilnehmer eifrig bemüht, das getrocknete Gras so schnell es ging von der Straße wieder auf seinen Anhänger zu bekommen. Als sie endlich in Ispica ankam, rannte sie, so schnell sie ihre Füße tragen konnten. Zu Hause angekommen sah sie, wie zwei ältere Herren mit ihrem Vater sprachen. Der eine Mann war der Großvater des Nachbarjungen Guiseppe und sie wusste, dass er unbedingt Vaters Grundstück sowie die Ländereien haben wollte. Sie grüßte höflich, als sie an ihnen vorbeiging.
»Ah, deine Tochter, Luigi. Una ragazza molto carina! Sie wird auch immer schöner«, hörte sie den anderen Mann zu ihrem Vater sagen.
»Phhh, davon kann ich mir nichts kaufen. Ihr Aussehen bringt mir noch lang kein Essen auf den Tisch«, erwiderte ihr Vater und sie hasste ihn für diesen Satz. Mehr denn je.
»Noch nicht«, sagte jetzt Guiseppes Opa.
»Was meinst du?«, fragte ihr Vater.
»Schönheit kann auch Reichtum sein, Luigi. Gerade in einem anderen Land.«
»Quatsch. Sie soll arbeiten, wofür braucht sie da Schönheit?«
»Auf jeden Fall solltest du gut aufpassen, Luigi. Deine Tochter ist schön, sehr schön sogar. Und das kann gefährlich sein.«

zehn

MONTAG, 27. JANUAR 2014

Das ÖIP, das Önologische Institut der Pfalz, lag auf halbem Weg zwischen Gleisweiler und Frankweiler. Zum 1. Januar 2008 gegründet sollte die Forschungseinrichtung den Weinbau wissenschaftlich analysieren und den Menschen das jahrtausendealte Geheimnis des vergorenen Traubensafts näherbringen.

Doch dafür hatte Professor Michael Häußler keinen Gedanken übrig. Ja, er trank sogar noch nicht einmal gerne Wein, weswegen er sich auch weder für die Herstellung noch für die Lagerung oder die verschiedenen Kompositionsnoten interessierte.

Seine Motivation, sich mit den Weinreben, genauer gesagt mit dem nach dem Keltern übriggebliebenen Most zu beschäftigen, richtete sich auf die Gewinnung erneuerbarer Energien. Für dieses neue Forschungsgebiet hatte er für seine Abteilung im Önologischen Institut vom Bundeswirtschaftsministerium in Kooperation mit den Bundesministerien für Verkehr und Landwirtschaft eine große Geldsumme zur Verfügung gestellt bekommen, verbunden mit dem Ziel, aus Trauben Biokraftstoff herzustellen.

Ein Vorhaben, um das sich viele seiner Kollegen im In- und Ausland gerissen hatten und das eine hohe Reputation bedeuten würde, wenn es gelänge, das sogenannte Bioethanol wettbewerbsfähig, also kostengünstig zu produzieren. Er wusste, eigentlich hätte er nie diesen Auftrag bekommen, aber die Zusicherung gegenüber dem Komitee, einen fast

kompletten Weinberg an der Südlichen Weinstraße zur Verfügung zu haben und diesen für seine Forschung nutzen zu können, hatte letztendlich den Ausschlag gegeben, wenn auch nur unter größtem Vorbehalt, wie ihm der Komiteeleiter auf dem anschließenden Empfang zugeflüstert hatte.
Die werden mir eines Tages noch dankbar sein, wenn sie dank meiner Forschungsergebnisse im Geld schwimmen, dachte Michael Häußler und es schüttelte ihn, wenn er nur an die arroganten Herren des Komitees denken musste.
Doch die Zeit drängte. Das Komitee wollte bald erste Zahlen und Forschungsansätze sehen, um einen weiteren finanziellen Zuschuss in die Pfalz und damit auf das Konto der Abteilung zu überweisen. Und Anfang Juni stand die »Regenerativa«, die große internationale Messe für Antriebsstoffe aus nachwachsenden Rohstoffen, in Brüssel auf dem Programm und spätestens da musste er Erfolge vorweisen können, wollte er seinen guten Ruf in den Fachkreisen nicht einbüßen.
Und er hatte das Geld dringend nötig. Erst gestern war ihm die letzte Forderung des Inkassounternehmens zugestellt worden. Michael Häußler zitterte auf einmal so heftig, dass er sich an seinem Labortisch abstützen musste. Vorsichtig kramte er ein Taschentuch aus der Kitteltasche und tupfte sich damit wieder und wieder die Stirn ab. So langsam wuchs ihm die ganze Sache über den Kopf. An einen guten und gesunden Schlaf, der mehr als zwei Stunden dauerte, war schon seit Monaten nicht mehr zu denken. Und auch seine Lebensweise hatte alles andere als etwas von einem gesunden Rhythmus oder einer klaren Struktur. Er war ein Getriebener. Und wenn bald kein Geld mehr aus Berlin kam, dann wusste er nicht, ob er den möglichen Erfolg seiner Forschung überhaupt noch erleben würde.
Wenigstens konnte er sich auf Paul Straubenhardt verlassen. Der war zu allem bereit, und genau so einen Handlanger brauchte er, wollte er Erfolg haben. Er musste Erfolg haben, koste es, was es wolle. Und wenn erst einmal das

Straubenhardt'sche Grundstück auf den Sohn überschrieben war, dann war die größte Hürde genommen. Und dann würde sich das mit dem Geld auch schon regeln lassen.

»Wie sehen Sie denn aus?«, fragte Paul Straubenhardt, als er ins Labor gestürmt kam. Immer noch etwas außer Atem schaute er den Professor irritiert an, der mit den Gedanken woanders zu sein schien.

»Alles gut, Paul. Es wurde mir gerade etwas zu warm, als ich so über den Bunsenbrenner gebeugt war«, erwiderte Häußler und fächelte sich mit einer Aktenmappe, die er sich vom gegenüberstehenden Schreibtisch genommen hatte, Luft zu. Wie naiv der Junge doch war, dachte er und beglückwünschte sich zu seiner spontanen Notlüge. Doch Paul Straubenhardt schien zu merken, dass der Professor nicht wegen des Bunsenbrenners oder einer diffizilen und anstrengenden Betätigung unter der Abzugshaube des Labors so abgekämpft war.

»Oder geht es etwa um den Artikel, der heute Morgen in der Zeitung stand?«

»Ich habe noch gar keine Zeitung gelesen. Ich komme gerade überhaupt nicht dazu«, antwortete der Professor und löste sowohl den Knoten seiner Krawatte wie auch den obersten Knopf seines hellblauen Oberhemds, das er unter dem weißen Laborkittel trug.

»Es geht gleich schon wieder. Vielleicht muss ich einfach nur mal eine Kreislauftablette nehmen«, sagte er, mehr zu sich selbst als zu seinem wissenschaftlichen Mitarbeiter, ging zurück an seinen Schreibtisch, öffnete die oberste Schublade, drückte eine Tablette aus der Packung, steckte sie in den Mund und spülte sie mit einem kräftigen Schluck Wasser hinunter.

»So, jetzt geht's wieder.« Er lächelte Paul Straubenhardt milde an. »Aber was steht denn in der Zeitung, das ich unbedingt lesen sollte?« Er wollte gerade die Pfälzer Nachrichten aufschlagen, als Paul ihm die bereits auf die erste

Lokalseite hin umgeschlagene Zeitung reichte. »Hier, das müssen Sie sich schon selbst anschauen.«
»Jetzt machst du mir aber Angst. Da sollte ich mich wohl besser setzen.« Michael Häußler nahm in seinem ergonomisch geformten Schreibtischstuhl Platz, setzte sich seine Lesebrille auf und begann zu lesen. Paul Straubenhardt beobachtete ihn interessiert.
»Paul, das kann nicht wahr sein, was ich da lese, oder? Sag mir, dass das nicht wahr ist!« Als Michael Häußler ausgelesen hatte, nahm er die Brille ab und rieb sich für einen Moment die Augen, ehe er Paul Straubenhardt eindringlich anschaute. Seine Augen, die sonst blaugrau waren, schienen jetzt einen dunklen, fast schwarzen Farbton angenommen zu haben und lagen tief in den Augenhöhlen, während seine Lippen fast vollständig ihre Farbe verloren hatten.
»Doch, es stimmt.« Paul Straubenhardt wisperte fast. »Ich wollte noch ...«
»Was wolltest du noch?«, Michael Häußler schlug mit der flachen Hand auf den Tisch.
»Paul, wach auf! Es geht um unsere, um deine Existenz, um die Zukunft der Wissenschaft, um viel Geld. Ist dir das eigentlich bewusst?«
»Ja ...«
»Ja? Was ja?« Der Professor stand auf, ging um den Schreibtisch herum, packte Paul an dessen Schultern und schüttelte ihn leicht. »Du solltest dich um deinen Vater kümmern und ihm von unserem Plan und der wissenschaftlichen Arbeit mit den Trauben erzählen. Ihn dafür gewinnen.«
»Ich habs doch versucht, aber er lässt nicht mit sich reden, schon gar nicht, wenn es um dieses Projekt geht, aus Trauben, aus *seinen* Trauben Treibstoff zu gewinnen.«
»Es ist nicht bloß Treibstoff. Es ist die Antriebskraft der Zukunft, Paul. Und wir können die Vorreiter sein. Nein, wir sind es bereits. Und das sollte deinem Vater klar sein. Wir können damit Geschichte schreiben und viel Geld verdienen.«

»Ich weiß«, sagte Paul Straubenhardt kleinlaut.
»Ich werde mich selbst um deinen Vater kümmern und ihm klar machen, dass man so nicht mit mir umgehen kann. Zusage ist Zusage und daran muss sich auch dein alter Herr halten. Koste es, was es wolle.«
»Er wird nicht davon abweichen, ich habe auch schon alles versucht.«
»Falsch. Vielleicht hast du eben noch nicht *alles* versucht. Vertraue mir, ich habe gute Argumente, ihn zu überzeugen. Lass mich das mal machen. Er wird keine andere Wahl haben, glaube mir.«

Paul Straubenhardt löste unter dem Mikroskop vorsichtig die dünne Haut einer roten Traube. Es ging darum, so hatte es ihm der Professor erklärt, die inneren Bestandteile der Traube so zu verändern, dass ihr Zuckergehalt, der die Grundlage zur Herstellung von Ethanol bildete, die zehnfache Konzentration einer herkömmlichen Traube besaß. Ob das nicht einer Genveränderung und damit einer nicht genehmigten Handhabung innerhalb des ausgeschriebenen Forschungsauftrages gleichkäme, hatte Straubenhardt den Professor vor wenigen Tagen gefragt. Doch der Professor hatte etwas empört reagiert, auch wegen des fehlenden Vertrauens seines Schützlings ihm gegenüber. Dann hatte er abgewunken und gemeint, um etwas ausschließen zu können, müsse man auch neue Wege gehen, sonst würde sich die Wissenschaft ja nicht weiterentwickeln können. »Trial and Error« würde man so etwas nennen, die Grundform jedes wissenschaftlichen Ansatzes.
Überzeugt hatten Straubenhardt diese Erklärungen nicht. Sie waren ihm eher als Ausflüchte vorgekommen und er hatte sich schon damals gefragt, warum der Professor alles dafür tat oder tun musste, um berühmt zu werden und vor allem, um das viele Geld, das für den Forschungsauftrag

und bei erfolgreichem Abschluss als Gratifikation bereitgestellt wurde, zu erhalten.
Er konnte sich einfach nicht konzentrieren. Schon die fünfte Traube hatte er unter seinen Fingern zerquetscht, und die Arbeitsfläche sah aus, als hätte jemand ein Gemetzel veranstaltet. Er war heute einfach nicht bei der Sache.
Es waren noch keine 30 Minuten vergangen, als Paul sich entschied, sich auf den Weg zu seinem Vater zu machen. Auch wenn der Professor mehr als enttäuscht von ihm sein würde, so musste er noch einmal selbst mit seinem Vater über das Projekt sprechen. Wollten Eltern nicht immer, dass ihre Kinder glücklich waren mit dem, was sie machten, worauf sie Lust und woran sie Freude hatten? Und vielleicht war es jetzt an der Zeit, dafür einzustehen und seinen Vater zu überzeugen, dass er vielleicht nie Winzer werden würde, dass Paul aber dafür seinen Vater auch niemals enttäuschen würde. Er wünschte sich einfach so sehr, dass er ihm endlich einmal das Vertrauen entgegenbringen würde, das Paul verdiente und so dringend brauchte. Er musste es ihm einfach klar machen.

Paul wusste, dass sein Vater im Teufelsberg, seinem ertragreichsten Weinberg, war und nach seinen Lieblingen schaute. So lenkte er seinen Golf durch Gleisweiler, die alte Weinstraße entlang nach Burrweiler.
Majestätisch lagen die Weinberge rechts und links der Weinstraße unter einer dicken Eisschicht und verharrten stumm und starr, bis die Sonne sie ab spätestens Anfang März, vielleicht auch schon einige Wochen früher, mit ihren ersten wärmenden Strahlen animieren würde, das Leben in sich zurückkehren zu lassen.
Auch der Ort befand sich wie im Winterschlaf, fast so, als würde er all seine Kraft sammeln, um in den Monaten des Weins, von der Blüte der Reben bis zur Lese und dem dazugehörigen Keltern, wieder am Trubel der Welt teilnehmen zu

können. Höhepunkte waren das Weinfest im Spätsommer und die vielen anderen Veranstaltungen, die vor allem im Herbst die Touristen und Weinfreunde nach Burrweiler lockten.
Es geht um meine Zukunft, das wird er schon verstehen. Er muss, dachte er, als er nach links in die St.-Anna-Straße abbog und mit überhöhter Geschwindigkeit die Straße Richtung St.-Anna-Berg mit seinem Pkw entlangfuhr. Paul war voller Tatendrang und wollte sich nicht von der Steigung, die auch an seinem PS-starken Fahrzeug nicht spurlos vorbeiging, oder vom Gedanken einer möglichen Abfuhr seines Vaters ablenken lassen. Seine Zeit war gekommen, das wusste er und genau das würde auch seinen Vater überzeugen.
Er fuhr seinen Wagen direkt an den Weinberg heran, gerade so viel, dass sein Golf nicht zu viel Erdreich beim Drüberfahren aufwirbelte, aber dennoch so, dass jedes andere Fahrzeug zumindest genug Platz hatte, in Schrittgeschwindigkeit an seinem Golf vorbeizufahren.
Als er ausstieg, brannte ihm die Kälte im Gesicht und jeder Atemzug schmerzte, so messerklingenscharf legte sich die eisige Luft auf seine Lungenflügel. Paul war wie immer zu dünn bekleidet und er fror so sehr, dass er sich erst einmal schütteln musste, ehe er sich umschaute und die idyllische Szenerie genoss.
An der St.-Anna-Klinik schien der normale Alltag eingekehrt zu sein. Ein Müllwagen fuhr gerade vom Gelände, hinter den meisten Fensterscheiben brannte Licht und zwei Pfleger oder Schwestern, so genau konnte er das von hier aus nicht erkennen, schlenderten mit jeweils einem Patienten am Arm durch den neu angelegten und daher von seinem Standort aus gut einsehbaren Park. Auch im Weingut, das sich unterhalb der St.-Anna-Kapelle hinter hohen Bäumen versteckt hatte, war heute Morgen Betrieb, zumindest stieg von dort Rauch auf.
Er wunderte sich, dass er seinen Vater nirgendwo entdecken konnte. Auch der große Traktor, mit dem der Alte vor

mehr als einer Stunde vom Weingut gefahren war, stand nicht wie üblich am Wegesrand. Ob er doch wieder nach Hause zurückgekehrt war, weil es auch ihm zu kalt geworden war, überlegte Paul und wollte gerade zu seinem Auto gehen, als er aus den Augenwinkeln sah, dass eine Spur der Verwüstung sich durch den Weinberg seines Vaters zog. Als ob ein kleiner Tornado eine Schneise in den Berg gefressen und alles zerstört hätte, was ihm in den Weg gekommen war.

Ungläubig ging er langsam auf die Stelle zu, an der die Zerstörung begonnen hatte. Umgeknickte Rebstöcke, herausgerissene Drahtverankerungen und zerpflügtes Erdreich kennzeichneten die Verwüstung, die sogar noch stärker wurde, je weiter die Reifenspuren verliefen. Reifenspuren, das war es, dachte er und schaute in Richtung Tal. Ganz am Ende, als der Weinberg bereits in den Nutzweg überging, sah er den grünen Traktor, den erst ein Kirschbaum auf der angrenzenden Obstwiese hatte stoppen können.

Von ihm aus gesehen einige Meter vor dem Traktor lag noch etwas, was Paul Straubenhardts Augen auf die Entfernung aber zunächst nicht genau identifizieren konnten. Und wo überhaupt war sein Vater? Und was war das da mitten im Weinberg?

Paul schaute noch einen Moment talwärts, als ihm langsam klar wurde, was da vor dem Traktor im Weinberg lag. Für einen winzigen Moment huschte ein leichtes Lächeln über sein Gesicht. Doch dann wurde ihm augenblicklich klar, dass jetzt alles noch viel komplizierter werden würde, und das Gefühl von Übelkeit stieg in ihm hoch.

Der Professor schien endlich sein Ziel erreicht zu haben. Der Professor. Warum musste er jetzt gerade an ihn denken? Wie konnte er nur so weit gegangen sein, dachte Straubenhardt, und jetzt konnte er es nicht mehr länger zurückhalten. Er beugte sich nach vorne und übergab sich mitten im Weinberg seines Vaters.

elf

Elvira Paulus war eine sehr gewissenhafte Frau und das lag sicherlich auch an ihrem Beruf, den sie so sehr liebte. Sie schaute sich jeden Absender einer Postsendung genau an, bevor sie sie einwarf, denn sie war der Ansicht, dass sie als Briefträgerin unbedingt wissen müsste, wer von wem Post bekam. Bis heute war sie sich sicher, dass der unsympathische Einzelgänger, der an der Hauptstraße wohnte, sich eine Gummipuppe, wenn nicht sogar Schlimmeres bestellt hatte, da das Päckchen aus China kam und die Firma irgendwie mit »dolls« und »balls« zu tun hatte. Zumindest las sie das auf dem Logo.

Um vor Überraschungen aller Art gefeit zu sein und vor allem, um beim Canastaabend in der Winzergaststätte mitreden zu können, überflog sie, zugegebenermaßen nur stichprobenartig, auch die Karten aus fernen Ländern, schönen Orten und besonderen Plätzen, die an die Burrweilerer gesandt wurden. So wusste sie, dass die Swingerclub-Freunde der Kleins gerade in Thailand weilten, während die jüngste Tochter der Mairs mit dem Rucksack durch Australien unterwegs war und sich *Down Under* wohl eine heftige Sommergrippe eingefangen hatte.

Wer glaubte, dass die Leute auf dem Land anders waren als die aus der Stadt, der solle nur mal eine Woche mit ihr gemeinsam die Post austragen. Da würde einem noch Hören und Sehen vergehen, dachte sie, als sie ihr Fahrrad auf den Hof des Pfarramtes schob und es in den Ständer stellte. Sie nahm die Pfarramtspost aus der linken Tasche ihres gelben Postfahrrads. Werbung von Supermärkten, die üblichen

Rechnungen sowie Kirchenaustrittsanträge und auch ein Schreiben vom Speyerer Bischof, der sich nach dem Zeitungsartikel sicherlich bei Pater Bauer bedanken wollte. Langsam ging Elvira die Treppe hoch zum Pfarramt, in dem ihre Freundin Rosa Gadinger saß und wahrscheinlich schon gespannt auf die Neuigkeiten aus dem Dorf wartete.

»Guten Morgen, Röschen«, begrüßte Elvira ihre Freundin beim Betreten des Pfarramtes, als sie merkte, dass diese gerade noch am Telefonieren war. Während der Öffnungszeiten war die Tür stets offen und man musste nur dagegendrücken, um sich Einlass ins Pfarramt zu verschaffen. Es dauerte keine Minute, bis Elvira hörte, wie sich Rosa Gadinger von ihrem Gesprächspartner verabschiedete, während sie bereits dabei war, die Post zu öffnen und diese nach Wichtigkeit und Anlass in die dafür vorgesehenen Postfächer zu sortieren.

»Was ist denn mit dir los, du siehst ja ganz blass aus?«, fragte Elvira die gelernte Sekretärin, nachdem sie sich wieder zu ihr umgedreht hatte, das Schreiben vom Bischof noch immer in der Hand.

»Du glaubst nicht, was hier heute Morgen losgewesen ist«, antwortete Rosa und nahm einen tiefen Schluck von ihrem mittlerweile nur noch lauwarmen Kaffee.

»Das kann ich mir nach der Presse gut vorstellen. Sogar die in Speyer loben unseren Pfarrer in den höchsten Tönen.« Elvira wedelte mit dem Brief in der Hand, an dessen unterem Ende das Bischöfliche Siegel prangte.

»Ach Elvira, wenn es nur die Presse wäre. Seit der Klinik oben auf dem Berg ist nichts mehr so, wie es einmal war.«

»Seit der Klinik? Röschen, die Klinik kann da nix für. Seitdem er wieder zurück ist, unser hochheiliger Pfarrer ...«

»Aber er ist doch ein so guter Mensch!«

»Wenn er nicht dein Chef wäre und du so etwas sagen müsstest, dann würde ich dich jetzt nicht mehr für ganz richtig halten.« Elvira verdrehte die Augen, nahm sich eine Tasse, die auf dem Sideboard stand, und goss sich und anschließend auch Rosa eine Tasse Kaffee aus der Thermoskanne ein. »Du weißt, er hat hier schon immer für Unruhe gesorgt«, fügte sie an, während sie mit einem Löffel genüsslich den Kaffee umrührte, nachdem sie zuvor zwei Stückchen Zucker in der Tasse hatte verschwinden lassen.

»Ihm wurde damals Unrecht getan. Und ich finde, jeder Mensch hat eine zweite Chance verdient«, sagte Rosa.

»Aber warum hat er dann alles so plötzlich stehen und liegen lassen?« Elvira sah ihre Freundin herausfordernd an.

»Jeder Mensch würde doch so reagieren, wenn man ihn eines Verbrechens beschuldigt, das er gar nicht begangen hat. Ich genauso wie du und eben er auch.« Rosa Gadinger widmete sich wieder einem Schreiben, das ihr vom Bildschirm entgegenflimmerte. Doch so richtig konnte sie sich nicht konzentrieren. Immer und immer wieder musste sie an den Pater denken.

»Und kaum ist er wieder da, geht's schon wieder los«, seufzte Elvira. »Und spätestens nach dieser Lobeshymne in der Zeitung wird es höchste Zeit, ihm mal genauer auf die Finger zu schauen. Und wer könnte das besser als ...«

»Fang du nicht auch damit an. Der Alois war eben hier und es gab einen furchtbaren Streit.«

Dieses Mal war es Elvira, die einem anderen Menschen an den Lippen hing, als Rosa Gadinger ihr auf mehrfaches Nachfragen in allen Einzelheiten von der Auseinandersetzung zwischen dem Winzer und dem Pfarrer im Treppenhaus erzählte.

»Röschen, ich hab's dir doch immer gesagt, das mit der Klinik und mit unserem Pfarrer geht nicht mit rechten Dingen zu. Auch wenn ich den Alois nicht leiden kann, irgendwie stinkt die ganze Sache gewaltig.«

»Elvira, warum musste er auch nur zurückkommen.«

»Weil ich sicher bin, Rosa, dass es da ein dunkles Geheimnis gibt, das nach den vielen Jahren endlich gelüftet werden will.«

zwölf

Emma saß immer noch konsterniert in ihrem Büro. Ihr neuer Partner Matthias Roth wurde derweil durch das Präsidium geführt, stellte sich bei vielen Kollegen und Abteilungen vor, schüttelte noch mehr Hände, musste immer wieder seinen bisherigen Lebenslauf schildern und dabei auch immer mal wieder diskrete wie auch indiskrete Fragen beantworten. Bei den Kollegen der Zentralen Beschaffungsstelle bekam er seine Dienstwaffe und seinen Spindschlüssel ausgehändigt. So war er den gesamten Vormittag damit beschäftigt, seinen neuen Dienstsitz und mit ihm die Besonderheiten und Eigenschaften des Hauses kennenzulernen.
Emma erschrak ein wenig, als jemand an ihre Bürotür klopfte. Ob Roth von seiner Tour schon zurück war, fragte sie sich, während die Tür geöffnet wurde.
»Emma, was ist los?«, fragte ihr Chef, Joachim Hellmann. Doch Emma schaute nicht auf.
»Ich habe dich bisher immer als äußerst aufrichtig und integer kennengelernt.« Joachim Hellmann nahm sich einen Stuhl und setzte sich Emma direkt gegenüber. Erst jetzt sah sie zu ihrem Chef hinüber und musste bei einem Blick in sein Gesicht feststellen, dass er sich wirklich Sorgen machte.
»Ja und? Daran hat sich auch nichts geändert«, erwiderte sie etwas forscher, als sie eigentlich geplant hatte. Aber sie ahnte schon, worauf das Gespräch hinauslaufen würde.
»Aber warum hast du mir dann nicht gesagt, dass du Matthias schon kennst?«
»Du duzt ihn schon?« Emma schaute ihren Chef irritiert an, der sich, wie sie mit einem raschen Blick sehen konnte, bereits von der ihm so lästigen Krawatte verabschiedet hatte.

»Ja, ich war mal sein Ausbilder. Aber das tut jetzt nichts zur Sache. Also, woher kennt ihr euch?«
»Ich kenne ihn nicht.« Was hatte Roth nur bei ihr ausgelöst, dass sie so reagierte, wann immer die Rede von oder über ihn war?
»Dann hat er nicht die Wahrheit gesagt?« Hellmann fokussierte Emma, die seinem Blick auswich, indem sie angestrengt auf der Tastatur ihres Computers tippte.
»Nein …«
»Emma!« Hellmanns Ton wurde etwas schärfer. Die Kollegen im Nachbarbüro schauten bereits durch die Glasscheibe, denn es war eher ungewöhnlich, Joachim Hellmann lauter als in Zimmerlautstärke zu erleben. Da auch Emma Hellmann bisher immer als einen besonnenen Vorgesetzten kannte, den nahezu nichts aus der Ruhe brachte, unterbrach sie ihre Schreibarbeit am PC und schaute ihn über den Bildschirm hinweg fragend an.
»Was denn?«
»Kennst du ihn jetzt oder nicht?«
»Wir tanzen zusammen.« Jetzt war es raus. Und sie wusste, das war noch nicht alles, zumindest was sie betraf. Aber das musste ja Hellmann nicht wissen.
»Ihr macht was?« Hellmann war mittlerweile aufgestanden und ans Fenster getreten. Und auch wenn er nach draußen schaute, so wusste Emma, dass er in der Spiegelung des Glases eigentlich sie ansah. Das tat Hellmann immer, wenn er sich nicht sicher war, wie er sich verhalten sollte. Die Flucht ans Fenster, die ihm einen indirekten Blick auf sein Gegenüber ermöglichte.
»Er ist mein neuer Tanzlehrer. Wir sind im selben Tanzclub. Ich wusste nicht, dass das nur sein Job nach Feierabend ist und er eigentlich ein Kollege ist.« Emma zuckte mit den Schultern. Was war auch schon dabei? Nichts! Oder etwa doch?
»Warum verdrehst du die Augen? Ihr müsst ja nicht zusammen tanzen.« Hellmann fasste es, pragmatisch, wie er war,

in wenigen Worten zusammen, was für jeden klar zu sein schien. Für jeden?
Emma tat so, als habe sie ihren Chef nicht gehört. Sie sortierte die Akten, heftete Unterlagen eines abgeschlossenen Falles in den dafür angelegten Ordner und widmete sich wieder der aktuellen Recherche im Strafregister, als Hellmann sie leicht verärgert unterbrach.
»Emma, ich habe gerade mit dir gesprochen. Könntest du mir bitte eine Antwort geben oder brauchst du dafür eine schriftliche Einladung von mir?«
»Alles gut«, antwortete Emma etwas kleinlaut und lehnte sich dabei in ihren Bürosessel zurück. Sie brauchte jetzt dringend einen heißen Kakao.
»Anscheinend nicht, sonst hättest du ihn längst durch die Büros geführt, ihm seine neuen Kollegen vorgestellt und würdest nicht so ein Gesicht machen.« Hellmann legte seine Hand auf Emmas Schreibtisch, suchte ihren Blick und schaute sie intensiv und lange an.
»Er wird doch schon herumgeführt und überall vorgestellt. Außerdem ist er alt genug und braucht keinen, der ihn an die Hand nimmt. Wie du siehst, bekommt er das auch alles sehr gut alleine hin.«
»Emma, er ist dein neuer Partner! Ob du willst oder nicht.«
Das saß.
»Partner? Wenn er nur halb so kollegial ist wie als Tanzlehrer, dann werde ich mich auf einsame Ermittlungen einstellen dürfen.«
»Wie meinst du das?«
»Er kann und weiß alles besser, ist absolut von sich überzeugt und …« Emma hatte den Satz noch nicht ganz zu Ende gesprochen, als sie merkte, dass auf einmal noch jemand im Büro stand.
»Emma, wir dürfen schneller zusammenarbeiten, als dir lieb ist.«

dreizehn

Sie waren schon auf der A 65, die vom Autobahnkreuz Mutterstadt an Landau vorbei bis nach Karlsruhe führt, als Matthias Roth die unangenehme Stille im Wagen unterbrach. Links und rechts der Schnellstraße lagen die Felder für Spinat, Erdbeeren, Spargel und Salat, die diesem Teil der Pfalz den Beinamen »Obst- und Gemüsegarten« gaben.
»Ein gelungener Start, nicht wahr?« Er fuhr den silbergrauen Dienstwagen, während Emma neben ihm auf dem Beifahrersitz ihren Gedanken nachhängend aus dem Fenster schaute.
»Hellmann hält viel von dir.«
»Hmm«, nuschelte sie gequält und schob sich eine Strähne ihres blonden Haares hinters Ohr. Warum wollte er jetzt reden? Sie wusste doch sowieso, was er von ihr hielt. Das hatte er im Tanztraining doch schon unmissverständlich zum Ausdruck gebracht. Und nun musste sie mit ihm zusammenarbeiten. Das konnte ja heiter werden, zumal ihr Chef sie in die Pflicht nahm, dass das zwischen Roth und ihr gut funktionieren musste. Nicht, dass die Südliche Weinstraße oder die Südpfalz für ihre heiklen Schwerverbrechen berüchtigt gewesen wäre. Aber der aktuelle Fall im Burrweilerer Teufelsberg schien es in sich zu haben, zumindest konnte man davon ausgehen, wenn die Landauer Beamten von der Streife die Mordkommission aus Ludwigshafen verständigt hatten.
Ein Winzer war in seinem Weinberg tödlich verletzt worden. Anscheinend war er von seinem eigenen Traktor überrollt worden. So hatte es der Sohn geschildert, der seinen Vater gefunden und auch die Polizei gerufen hatte. Der Anblick,

so hatten es die Beamten Matthias am Telefon erzählt, muss wohl mehr als schockierend gewesen sein. Der Traktor war nicht nur mit seinem ganzen Gewicht über den Winzer gerollt. Die Fleecejacke hatte sich auch so unglücklich in der Hinterachse verfangen, dass der Winzer fast einhundert Meter mitgeschleift wurde, ehe der Stoff nachgegeben hatte und der Traktor erst nach weiteren gut einhundert Metern an einem Kirschbaum zum Stehen gekommen war.

»Warst du schon mal in Burrweiler?«

Emma schüttelte angestrengt den Kopf, kaum merklich und doch eindeutig signalisierend, dass sie keine Lust auf Konversation hatte.

»Du wirst noch irgendwann mit mir reden müssen.« Matthias lächelte sie an, wie sie aus den Augenwinkeln bemerkte. Da war es wieder, dieses charmante Aufleuchten seiner Augen, das sie schon gestern Abend so fasziniert hatte. Bei dem habe ich doch sowieso keine Chance, dachte sie. Er kann mich nicht leiden und auf Frauen steht er wahrscheinlich eh nicht. Naja, die schönsten Männer sind entweder besetzt oder schwul.

Doch sie schob den Gedanken zur Seite. Denn erstens fing sie schon aus Prinzip nichts mit jemandem aus dem Büro an und zweitens reichte nur gutes Aussehen bei Weitem nicht, wenn derjenige charakterlich ein Idiot war. Oder sich zumindest wie einer aufspielte.

Überzeugt, Matthias weiter auf Distanz zu halten, wollte sie sich gerade zu ihrer getroffenen Entscheidung gratulieren, als ihr privates Mobiltelefon klingelte. Es war ihre Freundin Rike. Was die jetzt von ihr wollte? Wie einem Automatismus folgend musste sie augenblicklich zu Matthias herüberschauen. Er passte perfekt in Rikes bevorzugtes Beuteschema. Warum jetzt gerade ihr Jagdinstinkt erwachte, dachte Emma und sie freute sich schon fast zu sehr, als Matthias zu ihr blickte, denn sie war sich sicher, dass auch Rike sich an ihm die Zähne ausbeißen würde.

»Willst du nicht mal endlich rangehen?«
Emma warf ihm einen genervten Blick zu, schob die »Anruf annehmen«-Schaltfläche ihres Handys zur Seite und begrüßte Rike herzlicher, als die es gewohnt war. Viel zu oft hatte sie sich bei Emma wegen ihrer manchmal unterkühlten Art am Telefon beschwert. Geändert hatte sich daran aber nichts. Bis jetzt.
»Hej Rike, wie schön, dass du anrufst, da freue ich mich aber echt ...« Emma sah, wie sich Matthias ein Grinsen nicht verkneifen konnte. Was war er doch für ein von sich überzeugter und eingebildeter Kerl.
»Wie geht es dir und der Kleinen?« Rike war im Juni des vergangenen Jahres Mutter geworden. Nicht ganz freiwillig, wie Emma wusste. Ein norwegischer Fjordführer hatte es ihrer Freundin im Spätsommer 2012 so angetan, dass Rike nicht nur länger als geplant in Skandinavien geblieben, sondern auch noch mit einem Geschenk wieder zurückgekehrt war. Mit ihrem damals aktuellen Freund hatte sie schon während ihrer Klettertouren in den Fjorden Schluss gemacht. Den Job als Stewardess hatte sie dann vor einem Jahr geschmissen, noch bevor sie in den Mutterschutz gehen durfte. So war Rike. Sie genoss das Leben in vollen Zügen, ohne ernsthaft an morgen zu denken. Über die Konsequenzen konnte man sich immer noch einen Kopf machen, wenn es so weit war, lautete ihre Devise.
»Ja, wir machen gerade Urlaub, um uns wieder näherzukommen.«
»Oh, du hast dich mit deinem Exfreund wieder versöhnt?« Emma wusste nicht, was sie weiter dazu sagen sollte. Da sie Magnus nicht wirklich leiden konnte, fiel es ihr schwer, irgendetwas wie »das ist aber schön« oder »ich freue mich für dich« zu sagen.
»Mit Magnus, nein, wo denkst du hin.« Rike lachte laut am anderen Ende der Leitung und Emma war es fast schon peinlich, ihn wieder ins Gespräch gebracht zu haben. Sie

drehte sich weiter dem Fenster zu, um Matthias nicht noch mehr Anlässe zu geben – sollte er bei Rikes lauter Stimme etwas mitbekommen haben –, ihr bei der nächstbesten Gelegenheit eins mitzugeben.

»Magnus ist längst verheiratet und wohnt in Köln. Nein, ich mache Urlaub mit meiner Tochter. Meine Frauenärztin meinte, nach der Geburt sei es vielleicht für mich das Beste, Amelie als Wesen erst einmal anzunehmen. Sie irgendwie liebzuhaben. Als ob ich das nicht täte. Alles Psycho-Quatsch.« Rike musste erneut laut lachen. »Aber jetzt bin ich hier und erhole mich erst mal von den Strapazen der Geburt, quasi zeitversetzt.« Erneut gackerte Rike ins Telefon.

Sie hat gut lachen, dachte Emma und fühlte eine innere Leere. Als ob jemand ihr Herz verschnürt hätte und nun den Faden fester und fester zog. Und es war nicht nur die Sehnsucht nach einem eigenen Kind, angefacht durch Rikes Worte, die ihr diese Schmerzen bereitete. Es war auch der Verlust der Freude an ihrer Arbeit, mit dem sie plötzlich konfrontiert war. War es bisher die berufliche Anerkennung gewesen, die ihr Ablenkung verschaffte und Trost spendete, weil sich ihr größter Wunsch noch nicht erfüllt hatte, so war es jetzt genau das, was ihr einen weiteren Stoß ins Herz versetzte. Was die tief in ihr schlummernde Traurigkeit noch weiter verstärken würde.

»Na ja, und da du ja in der Nähe arbeitest, ich bin an Ludwigshafen nämlich vorbeigefahren, dachte ich, vielleicht hat ja meine ehemalige WG-Mitbewohnerin mal Zeit auf einen Kaffee, weil, so ein bisschen langweilig ist es hier schon. Die kümmern sich irgendwie mehr um die Babys und die alten Leute als um die Mütter, aber, na ja ...« Rike wollte gerade weiterreden, als Emma sie unterbrach. Rike hatte wirklich wieder Sabbelwasser getrunken und ihr schien es wohl wirklich gar nicht so schlecht zu gehen, trotz einer wohl diagnostizierten postnatalen Depression, wie Emma vermutete.

»Wo bist du denn?«
»Ach ja, das Kaff heißt Burrweiler oder so. Genau weiß ich das nicht. Aber hier scheint mächtig was los zu sein, denn im Weinberg unterhalb der Klinik blinkt schon seit geraumer Zeit Blaulicht.«

Als Rike aufgelegt hatte, musste sie wieder lächeln. Emma war auf dem Weg zu ihr. Wobei zu ihr nicht ganz richtig war, denn das Blaulicht im Weinberg bedeutete einen Fall für ihre Freundin, mit der sie fast drei Jahre eine Wohnung im Hunsrück geteilt hatte.
Manche hielten sie für Schwestern, zumindest auf den ersten Blick, da beide lange blonde Haare, ein fröhliches Gesicht, hellwache, blaue Augen und eine einnehmende Ausstrahlung hatten. Aber sie waren nicht nur körperlich mehr als verschieden. Emma war sportlich-schlank und mit ihren gut 1,75 Metern auch großgewachsen. Sie reagierte oft eher etwas zurückhaltend und abwartend auf ihre Umwelt, als hätte sich ein zarter, wohl von ihrer harten Kindheit herrührender Schatten der Melancholie über sie gelegt.
Rike dagegen war gut gebaut, mit überzeugenden Eigenschaften oben und hinten vom Herrgott ausgestattet worden. Sie liebte das Leben, gab gerne die Rampensau und war sich für nichts zu schade. Ob Mettwurstwettessen in Wunstorf, Sangriaschlachten am Ballermann oder ein Miss-Wet-T-Shirt-Contest in Florida - Rike hatte nahezu nichts ausgelassen. Nach vielen Affären und unglücklichen Liebschaften, nach zwei Abtreibungen, einer Fehlgeburt und einer aus ihrer Sicht abwechslungsreichen, aus Sicht vieler Personalchefs jedoch verkorksten beruflichen Vita war es jetzt an der Zeit, endlich sesshaft zu werden. Das sagte ihr auch ihr Herz, als Ende 2012 die ersten Herztöne ihres ungeborenen Kindes über das Ultraschallgerät zu hören waren.
Ohne Mann und Haus bildete Amelie diese feste Konstante, für die man Verantwortung übernehmen, der man ein fes-

tes Dach überm Kopf und Milchbrei im Schälchen bieten musste.
Nie hätte sie aber gedacht, dass das so schwer sein würde. Wie konnte man Liebe schenken, wenn da keine war? Hatte sie Amelie etwa nur gebraucht, um ihrem eigenen Leben einen Sinn, einen Inhalt zu geben?
Sie fühlte sich schuldig, ein an sich reines Wesen für ihre eigenen Unzulänglichkeiten zu missbrauchen. Das meinte zumindest ihre Mutter, ehe sie den Kontakt zu ihr ganz abgebrochen hatte. In Tränen aufgelöst, völlig betrunken und mit einem schreienden Kind an ihre Brust gedrückt, abgemagert und ausgemergelt, war sie in der Notaufnahme zusammengeklappt.
»Bitte helfen Sie mir«, war das Einzige gewesen, was ihr über die Lippen gekommen war, ehe sie, vollgepumpt wie sie war, in eine Zwischenwelt abgetaucht war.
Das war nun knapp vier Wochen her. Nach der dringend notwendigen Ausnüchterung und Entgiftung sowie einer medikamentösen Behandlung und einer ersten emotionalen Stärkung wurde sie von der behandelnden Oberärztin in die St.-Anna-Klinik überwiesen.
Auch wenn Rike vorher noch nie an der Südlichen Weinstraße gewesen war, die pittoresken Weinorte mit den alten Sandsteinhäusern, den verschlafenen Weingütern und den verwinkelten Gassen hatten eine beruhigende Wirkung, von der sich Rike gerne einfangen ließ. Der Winter mit seinen Boten tat sein Übriges dazu. Ob es der Schnee war, der die Landschaft wie mit Mehl einpuderte, oder die eisige Luft, die das Atmen schwerer machte, dafür den Lungen aber gesättigt-reinen Sauerstoff schenkte – Rike fühlte sich frei. Wenn, ja, wenn da nicht Amelie wäre.
Wenigstens machte man den alten Menschen noch eine Freude, wenn sie sich mit Amelie beschäftigen konnten, mit ihr spielten und ihr die große Welt, auch wenn diese so gar nichts mit der realen Welt zu tun hatte, erklärten, sinnierte

Rike. Dann musste sie plötzlich an die alte Frau im Nachbarzimmer denken, die manchmal ganz klar und voll auf der Höhe war, um im nächsten Augenblick wieder von Marlene Dietrich zu schwafeln. Sie war die Einzige, die so gar nicht mit den Kindern umgehen konnte. Oder auch wollte.
Sie hätte mir beinahe Amelie aus dem Arm geschlagen, als ich sie ihr zum Aufpassen auf den Schoß setzen wollte, dachte Rike und sie fragte sich, warum die alte Dame wohl keine Babys mochte.

vierzehn

Schon am Ortseingang von Burrweiler stand ein Streifenwagen, als Emma und Matthias hinter dem Restaurant »Ritterhof zur Rose« rechts in die alte Weinstraße abbogen. Der Ort wirkte wie ausgestorben.

Von der Pfälzer Bergkette hatte sich über den Morgen ein unangenehm nasskalter Nebel über das sonst so idyllische Weindorf gelegt.

Die katholische Kirche thronte dunkel und abweisend in der Dorfmitte. Etwas weiter die Weinstraße entlang lag düster das ehemalige Amtshaus der Fürsten von der Leyen. Es war ein barocker Walmdachbau mit einem an diesem Morgen wenig einladenden Renaissancetorbogen, der mit seinen schweren Sandsteinen die gesamte Straße zu erdrücken schien.

Auch Emma fühlte sich merklich unwohl und musste plötzlich wieder an Nöggenschwiel denken, das sich im November vor zwei Jahren ebenfalls in einer unheilbringenden Atmosphäre präsentiert hatte. Oder ob es doch an ihrem Begleiter lag und der Aussicht, mit ihm für die nächsten Jahre zusammenarbeiten zu müssen?

Sie schaute Matthias aus den Augenwinkeln heraus erneut an. Er war zweifelsohne ein gutaussehender Mann, sportlich, mit diesem verwegenen Dreitagebart und den gepflegten Haaren, die förmlich dazu einluden, durchgestrubbelt zu werden.

Bereits an der Kreuzung zur Weinstraße war die St.-Anna-Straße abgesperrt. Ein Polizist, der dort postiert war, um die Pilger, die zur St.-Anna-Kapelle wollten, und die Angehörigen der Klinikpatienten abzufangen und auf eine spätere Uhrzeit zu vertrösten, unterhielt sich gerade mit der örtlichen Postbotin. Er grüßte mit einem Kopfnicken, als Matthias seinen Ausweis an die Scheibe der Fahrertür hielt. Außerhalb des Orts lagen noch einige Häuser rechts und links der St.-Anna-Straße, dann waren sie schon wieder aus Burrweiler herausgefahren. Matthias fuhr die hügelige und teils enge Straße schneller, als der Nebel es eigentlich zugelassen hätte. Schon von Weitem sahen sie das selbst durch diesen Nebel stark leuchtende Blaulicht der Streifenwagen.

»Uh, das sieht ja schlimm aus«, bemerkte Matthias angewidert, als Emma und er den Weinberg hinabgestiegen waren, nachdem sie ihren Dienstwagen am Wegesrand abgestellt hatten.

»Was hast du denn erwartet?«, antwortete sie und wandte sich den Kriminaltechnikern zu.

»Du kannst ja sprechen.« Matthias lächelte sie an, doch Emma war bereits in die Hocke gegangen.

Die knorrigen, blätterlosen und unter einer Schicht aus Eiskristallen surreal wirkenden Rebstöcke waren wie Zinnsoldaten aufgereiht und gaben dem Berg eine monströse und doch auch trostlose Anmutung. Das Grau des Himmels, das der Sonne keine Chance bot, an irgendeiner Stelle durchzubrechen, ging, egal wo man auch hinschaute, nahtlos in die Nebelschwaden über, die sich über die Landschaft gelegt hatten. Und mittendrin lag Alois Straubenhardt, oder das, was von ihm übriggeblieben war, und entblößte die hässliche Seite der Vergänglichkeit.

Der Traktor hatte ihn nicht nur erfasst und überrollt, er hatte ihm auch sämtliche Knochen gebrochen und den rechten Oberarm fast vollständig abgerissen. In seinem Gesicht konnte man nur noch mit Mühe und mit ein wenig Fantasie erkennen, was einmal Nase, Augen und Mund gewesen waren. Sein gesamter Körper war in sich verdreht und zusam-

mengedrückt und seine Kleidung war durch und durch mit tiefrotem Blut getränkt.
Emma wusste nicht, ob sie hingucken oder sich lieber umdrehen sollte. Vielleicht war es besser, sich ein wenig abseits zu stellen, falls sie ihr Frühstück nicht mehr bei sich behalten konnte, so schlecht wurde ihr auf einmal.
»Er erinnert mich an einen Bottich, gefüllt mit zerquetschten und ausgepressten Trauben. Er war Winzer, richtig?«, fragte Matthias den Kriminaltechniker und stellte sich vor, als Emma in die nächste Rebenreihe lief und sich übergab.
»Frau Kollegin, Sie scheinen aber auch nichts gewohnt zu sein«, sagte er mit einem vielsagenden Grinsen und reichte ihr ein Taschentuch, als sich ihr Magen beruhigt hatte und sie wieder an den Tatort zurückgekehrt war.
»Stimmt, einen so blöden Spruch habe ich auch noch nie gehört.«
»So blöd war das gar nicht, Emma. Also, es beschreibt die körperliche Verfassung des Toten auf jeden Fall sehr gut«, schaltete sich nun Dr. Bertram Jung ein, der als Pathologe in der Ludwigshafener Rechtsmedizin die Leiche als Erster untersuchte.
»Und da unten steht das, was ihm diese Verletzungen zugefügt hat.« Jung zeigte auf den Traktor, der mit völlig zerbeulter Motorhaube mehr in als an einem Kirschbaum auf der anderen Seite des landwirtschaftlichen Nutzweges stand.
»Wer hat ihn entdeckt?«, fragte Emma.
»Das war sein Sohn, Paul Straubenhardt. Er steht drüben bei den Jungs von der Streife und wartet auf euch.«
»Wie lange brauchst du noch?«, hakte Matthias, dem so langsam kalt wurde, jetzt nach. Die Kälte kroch sowohl aus dem Modenbachtal als auch von den Hügeln des Pfälzer Waldes und legte sich in den Weinberg. Schwer, träge und unausweichlich.
»Ich schaue mir die letzten postmortalen Spuren hier an, dann nehmen wir ihn mit und ich öffne ihn bei uns im Labor.«

»War es ein Unfall?«, fragte Emma, die augenblicklich an ihren Vater denken musste, der ja ebenfalls während der Arbeit verunglückt und vor wenigen Wochen dann im Krankenhaus verstorben war.
»Davon kannst du ausgehen. Der hat die Handbremse einfach nicht richtig angezogen und dann hat sich sein Traktor einfach selbstständig gemacht«, kam Matthias dem Rechtsmediziner zuvor.
»Wobei ich es schon ein wenig eigenartig finde, dass der Winzer seelenruhig seiner Arbeit nachgehen konnte, bevor der Traktor ihn erfasst hat. Ich meine, merkt man denn nicht schon beim Absteigen, dass sich das Fahrzeug in Bewegung setzt?« Jung erhob sich aus der Hocke und schaute die beiden Kommissare vielsagend an. »Aber ich bin ja nicht vom Fach so wie ihr. Also, viel Spaß euch beiden.«
Den werden wir haben, dachte Emma.

fünfzehn

Paul Straubenhardt stand in eine graue Wolldecke des Malteser Hilfsdiensts gehüllt am Streifenwagen und sah verschreckt und abwartend zugleich aus.
»Und, haben Sie den, der das war?«, schnaubte er Matthias an, der einen Schritt vor Emma ging und den Sohn des toten Winzers zuerst begrüßte.
»Hauptkommissar Matthias Roth, und das ist meine Kollegin, Hauptkommissarin Emma Hansen. Wie kommen Sie darauf, dass jemand Ihren Vater umgebracht haben soll?«
»Na, was soll denn sonst passiert sein? Meinen Sie, der Traktor ist einfach so den Berg heruntergerollt und hat meinen Vater aus Versehen mitgerissen?«
»Die Wahrscheinlichkeit besteht durchaus. Aber wenn Sie so sicher sind, dass Ihr Vater ermordet worden ist: Haben Sie denn auch eine Vermutung, wer das gewesen sein könnte?«
»Vermutung? Vermutung? Phhh, das könnte jeder gewesen sein.«
»Hatte Ihr Vater denn Feinde?«, setzte Matthias nach, doch Emma unterbrach ihn.
»Mögen Sie nicht noch mal von vorne anfangen? Also, wie haben Sie Ihren Vater gefunden und vor allem, warum hier im Weinberg? Oder hatten Sie sich hier verabredet?« Für Emma war klar, dass Paul Straubenhardt unter Schock stand und er, wollten sie aussagekräftige Informationen von ihm haben, sich erst einmal etwas beruhigen musste. Empathie nannte man so etwas, dachte sie und schaute grimmiger als gewollt zu Matthias Roth herüber.

»Was gibt es da schon zu erzählen? Ich wollte mit meinem Vater sprechen, so wie das Vater und Sohn eben manchmal tun, und da er nicht zu Hause war, habe ich ihn hier in seinem Weinberg vermutet.« Ein Streifenkollege trat an das Trio heran, grüßte mit einem Kopfnicken und reichte Paul Straubenhardt einen dampfend heißen Tee. »Wollen Sie auch einen?«, fragte er die beiden Kommissare.
»Nein, vielen Dank«, antwortete Matthias mit einem Lächeln und schaute dem jungen Mann, der kaum älter als Anfang 20 sein konnte, gedankenverloren hinterher.
»Was wollten Sie denn mit Ihrem Vater besprechen?«, wandte sich Matthias wieder Paul Straubenhardt zu.
»Ich wüsste nicht, was Sie das anginge. Autsch!«, schrie Paul kurz auf. Er hätte fast seinen Tee verschüttet, als er sich beim Nippen des ersten Schlucks seine Zunge verbrannte und vor lauter Schreck den weißen Plastikbecher wegzog.
»Ich weiß nicht, ob Ihnen das bewusst ist, Herr Straubenhardt, aber sollte Ihr Vater wirklich einem Verbrechen zum Opfer gefallen sein, dann gehören Sie zum Kreis der potenziellen Verdächtigen. Besonders dann, wenn Sie uns nicht offen und ehrlich alles erzählen, was Sie wissen und was von Bedeutung für die Aufklärung der Tat sein könnte.«
Wie erstarrt schaute Paul erst Emma, dann Matthias an, um dann in lautes Gelächter auszubrechen.
»Ich, ein Mörder? Dass ich nicht lache. Da gibt es so viele andere hier im Dorf, die ihn auf dem Gewissen haben könnten, und da denken Sie ausgerechnet an mich? Ich habe ihn hier gefunden, nicht umgebracht. Zumal ich noch nie auf so einem Ding gesessen habe.« Auch wenn er unter der Decke wie festgefroren wirkte, so machte Paul Straubenhardt eine Kopfbewegung Richtung Traktor.
»Und wer könnte das sein, Herr Straubenhardt? Lassen Sie sich doch nicht alles aus der Nase ziehen.« Matthias wurde so langsam ungeduldig. Er hasste es, wenn Dinge

verkompliziert wurden, nur weil jemand nicht reden wollte, selbst wenn man demjenigen eindeutige und leicht zu beantwortende Fragen stellte.

»Die Klinik.«

»Wie die Klinik? Was hat die denn jetzt damit zu tun?«

»Na, seitdem der Alte sich dafür entschieden hatte, den oberen Teil seines Weinbergs lieber der Klinik zu überschreiben als mit dem Gadinger ein Bio-Weingut mit Hofladen zu gründen, da befanden sich die beiden Grantler im Dauerstreit. Da gönnte der eine dem anderen nicht den Dreck unter den Fingernägeln.«

»Und wer ist der Herr Gadinger?«

»Unser direkter Nachbar, der letzte Hof, wenn man aus dem Ort nach hier oben hinausfährt. Und sein Weingut wird komplett von unserem umschlossen. Ein weiterer Streitpunkt übrigens.«

»Er hätte aber doch das Bio-Weingut auch alleine aufbauen können, oder etwa nicht?«

»Nein, denn er war auf die unbehandelten Trauben meines Vaters angewiesen. Seine Rebstöcke haben nicht die Qualität und er muss sie mit chemischen Substanzen düngen, damit sie überhaupt tragen. Und damit kann man keinen Biohof aufbauen.«

»Dennoch ein schwacher Grund, finden Sie nicht?«, setzte Matthias nach.

»Ich weiß ja nicht, aber wenn ich Sie wäre, würde ich mal in dieser Richtung nachforschen.«

»Danke, aber wir brauchen keine Belehrungen, Herr Straubenhardt«, entgegnete Emma wirsch.

»Wie Sie meinen. Aber mein Vater hat dem Gadinger seine komplette Existenzgrundlage genommen. Das steht auch alles in der Zeitung, wenn Sie mir nicht glauben wollen. Ich wäre da auf jeden Fall ausgerastet.«

»Und, was glaubst du?«, fragte Matthias Emma, als beide zu ihrem Dienstwagen zurückgingen. Gerade fuhr ein Abschleppwagen vor, um den fahruntüchtigen Traktor aufzuladen. Der Leichenwagen mit dem tödlich verletzten Alois Straubenhardt war bereits zehn Minuten zuvor gefahren.
»Ich finde ihn ziemlich emotionslos, dafür, dass gerade sein Vater verstorben ist«, erwiderte Emma, die auf ihr Handy schaute, ob sie ein Anruf erreicht hatte. Schon im Dorf hatte sie feststellen müssen, dass es mit dem Empfang hier nicht zum Besten bestellt war. Ganz anders als in Ludwigshafen oder selbst in Freinsheim. »Und dass er ihn auch noch gefunden hat. Aber er steht noch unter Schock. Ich glaube, der Notarzt hat ihm etwas zur Beruhigung gegeben. Mal sehen, wie er sich verhält, wenn wir ihn noch mal befragen. Aber dann bei uns im Präsidium.«
»Du willst ihn noch mal vorladen? Was erhoffst du dir davon?«, fragte Matthias. Er konnte nicht sagen, warum, aber irgendwie mochte er Paul Straubenhardt nicht. Trotzdem hielt er ihn bei aller Abneigung seinem Vater gegenüber nicht für den potenziellen Täter. Wenn man überhaupt von einem Tötungsdelikt ausgehen konnte, was ja noch längst nicht einwandfrei feststand.
»Klar. Du weißt doch, in mehr als 90 Prozent der Fälle kommt der Täter aus dem direkten Umfeld des Opfers. Und warum sollte es nicht der gefühlskalte, ungeliebte und unter dem Pantoffel seines Vaters stehende Sohn sein?«
»Wow, nicht nur Hauptkommissarin, sondern auch noch Küchenpsychologin. Von dir kann ich ja wirklich noch einiges lernen«, sagte Matthias, während er die Fahrertür öffnete, sich ins Auto setzte und den Motor anließ.
So langsam reicht es mir, dachte Emma. Sie ließ sich besonders viel Zeit, ins Auto zu steigen, den Sicherheitsgurt anzulegen und ihre mitgebrachten Dokumente in ihrer Handtasche, die sie im Auto gelassen hatte, zu ordnen, ehe sie die Beifahrertür zuknallte. Matthias, genervt und angesäuert,

wollte gerade losfahren, als er zusammenzuckte. Die Postbotin, die sie bei der Hinfahrt noch an der Kreuzung im Gespräch mit dem Streifenpolizisten hatten stehen sehen, stand plötzlich neben ihm und klopfte gegen die Scheibe der Fahrerseite.

»Und, war es der Sohn?«, fragte sie, nachdem er das Fenster heruntergelassen hatte.

»Wo kommen Sie denn jetzt her?«

»Na, der freundliche Polizist hat mich durchgelassen. Ich meine, ich muss ja meine Arbeit verrichten. In meinem Alter kann man sich eine Abmahnung nicht erlauben, sonst ist man ganz schnell weg vom Fenster, und wo soll ich dann noch hin?«

»Ist ja schon gut. Wir lassen Sie gerne weiter Ihrer Arbeit nachgehen. Haben Sie noch einen schönen Tag.« Matthias wollte sich gerade mit aufheulendem Motor verabschieden, als sie ihre Hand in den Fensterrahmen der Autotür legte.

»Ich glaube auch nicht, dass es der Sohn war, wenn Sie mich fragen.« Sie beugte sich nach vorne und steckte ihren Kopf tiefer ins Wageninnere. Dabei kam sie Matthias so nah, dass er sich irritiert und überfallen fühlte und sich weiter mit dem Oberkörper nach hinten in den Sitz drückte.

»Ich bin sicher, der alte Gadinger hat den Straubenhardt auf dem Gewissen.«

»Und woher nehmen Sie Ihre Vermutung, Frau ...?«

»Paulus. Elvira Paulus ist mein Name. Ich habe da heute Morgen einen Streit mitbekommen, in dem es um den Zeitungsartikel zur Neueröffnung der St.-Anna-Klinik ging.«

»Die beiden Männer haben sich gestritten? Ist ja interessant. Und worum ging es bei dem Streit genau?« Matthias wollte das Wort Bio-Weingut bewusst nicht nennen, weil er wissen wollte, ob Paul Straubenhardt die Wahrheit gesagt hatte.

»Um eine Frau und eine Tat, die schon viele Jahre zurückliegt.«

sechzehn

Die St.-Anna-Klinik war auf den ersten Blick ein unspektakulär wirkender Betonkasten, der in seiner strukturierten Bauweise an viele andere Krankenhäuser erinnerte. Und doch strahlte er eine gewisse Aufbruchsstimmung aus. Ob das an der gelben Fassade, den vielen selbstgemalten Bildern in den Fluren oder am überaus freundlichen und verständnisvollen Pflegepersonal lag, konnte Pater Clemens Bauer nicht genau sagen. Aber er wusste, auch wenn der Tod hier des Öfteren einkehrte, diese Räumlichkeiten waren ein wirklich schöner Ort zum Sterben. Zumindest für die älteren Menschen, die an Demenz erkrankt waren und die hier ihren Lebensabend, bewusst oder in einer anderen Welt lebend, verbrachten.
Neben seiner Hauptdienststelle im Pfarramt hatte man ihm hier ein kleines Büro eingerichtet, direkt neben dem kleinen Andachtsraum. Bauer, der mit seinen eigentlich fast 83 Jahren gar nicht mehr als Pfarrer tätig sein musste, liebte die seelsorgerische Arbeit mit den Sterbenden und Trauernden, die Verbreitung der frohen Botschaft in seinen Gottesdiensten und den intensiven Unterricht mit den Firmlingen.
Es war kein Beruf, es war eine Berufung, für die er dem lieben Gott jeden Tag dankte, wenn er auf dem Kirchturm der St.-Anna-Kapelle stand, über das Land schaute und die Freiheit des Lebens spürte. Es war, als würde er auf *sein* Land blicken, auf die vielen Schafe, die er betreute, alle weiß und rein in ihrer Wesenhaftigkeit und doch leicht gefleckt oder beschmutzt, manche auch etwas dunkler, ganz wenige

sogar ganz schwarz. Aber gerade die galt es, so wusste er von dem Allmächtigen, wieder ins Reich Gottes zurückzuholen. Mit Liebe, Fürsorge und Barmherzigkeit. Aber manchmal auch auf Umwegen und mit allen Mitteln, die einem Prediger zur Verfügung standen.
Konzentriert packte er seinen Aktenkoffer mit allen wichtigen Unterlagen, die er für die notarielle Beglaubigung der neuen Besitzverhältnisse des angrenzenden Weinbergs benötigte. Auch wenn der Notartermin erst am morgigen Dienstag stattfinden sollte, so wollte er doch gut vorbereitet sein. Zumal seine Sekretärin Rosa Gadinger noch einiges abzutippen, abzuheften und zu recherchieren hatte, ehe er morgen mit der Geschäftsführerin der Klinik und Alois Straubenhardt zum Notar fahren würde.
Er wusste, dass er Straubenhardt mit der Ankündigung in den Pfälzer Nachrichten mehr als überfallen hatte. Aber der würde das noch verstehen, denn es war wichtig für Straubenhardt, der Gesellschaft etwas von dem Erfolg, dem sie ihm ermöglicht hatte, zurückzugeben. Es war höchste Zeit, dass Straubenhardt nach alldem, was damals passiert war, demütiger auftrat. Ich bin sicher, ich habe ihm das unmissverständlich klar gemacht, dachte der Pater. Dass er dabei sein eigenes Gewissen reinwusch, war ein wunderbarer Nebeneffekt.
Er war gerade im Begriff, sein Büro zu verlassen, als jemand an die Tür klopfte.
»Treten Sie ein«, rief er in froher Erwartung, einen weiteren Glückwunsch von der Klinikchefin Dr. Hannah Weiden zu bekommen, die schon mehrmals seit seiner Ankunft bei ihm in der Tür gestanden hatte und sich überschwänglich für den großen Presserummel bedankt hatte.
Er erschrak, als er sich zur Tür umdrehte und Elvira Paulus erblickte.
»Guten Morgen, Pater. Mit mir scheinen Sie nicht gerechnet zu haben, Ihrem Gesichtsausdruck nach zu urteilen.« Elvira

Paulus lächelte etwas zu kühl, wie Clemens Bauer sehr wohl bemerkte, der sich vor wenigen Tagen erst seinen grauen Star hatte operativ behandeln lassen.
»Ich freue mich über jedes Kind Gottes.« Er hatte sich schneller gefangen als erwartet. »Aber bringen Sie nicht immer Frau Gadinger meine Post?«
»Oh ja, das tue ich, so auch heute Morgen. Und ich wollte Ihnen auch gar nicht die weiteren Gratulationsschreiben überbringen. Wir wissen doch beide, dass Sie die überhaupt nicht verdient haben.« Elvira Paulus war mittlerweile in sein Büro getreten und hatte die Tür hinter sich geschlossen. Sie schaute den Pater mit abwartendem Blick an. Sie erinnerte ihn an eine Raubkatze, die schon seit Längerem ihr Opfer im Visier hatte, um im günstigsten Augenblick lautlos und mit einem Sprung zuzupacken. Nur dieses Mal würde sie nicht mit ihrem Opfer spielen.
»Elvira, es liegt allein beim Absender, wie und in welchen Worten Dankbarkeit geäußert wird. Und ich weiß zu gut, dass viele Menschen einen großen Anteil am Erfolg dieser Klinik haben. Ich wünschte, ich könnte Sie dazuzählen.«
»Oh, Pfarrer, auch Sie werden mir noch eines Tages dankbar sein. Es muss eine unglaubliche Last sein, mit einer jahrzehntealten Schuld leben zu müssen, nicht wahr?«
»Was möchten Sie mir damit sagen?«
»Na, ich mache mir einfach Sorgen. Nicht, dass Ihnen das gleiche Schicksal bevorsteht wie unserem so geschätzten Alois Straubenhardt. Es wäre einfach jammerschade um Sie.« Elvira Paulus wollte gerade die Türklinke herunterdrücken, als sie sich noch mal umdrehte: »Haben Sie einen schönen Tag, Pater Bauer.«
»Elvira, Alois Straubenhardt wird sich schon wieder beruhigen. Die Klinik ist die Zukunft, auch für ihn.«
»Das glaube ich kaum.«
»Ich kann mir zwar nicht erklären, wie Sie das einschätzen wollen, aber ...«

»Nichts aber, Hochwürden. Alois Straubenhardt hat keine Zukunft mehr, aber das wissen Sie sicherlich schon.«
»Wie meinen Sie das?« Clemens Bauer hatte seinen Aktenkoffer abgestellt und sich gegen seinen Schreibtisch gelehnt. Ihm wurde urplötzlich heiß, obwohl das Büro nicht besonders stark geheizt war.
»Weil der Winzer tot in seinem Weinberg liegt.«
»Was sagen Sie da?« Die Gesichtsfarbe des sowieso schon eher blässlichen Pfarrers war vollkommen verschwunden. Mit aufgerissenen Augen schaute er Elvira an, als wäre sie der Leibhaftige höchstpersönlich.
»Ja, der Alois ist von seinem eigenen Traktor überfahren worden. Sein Sohn hat ihn gefunden. Und die Polizei klärt gerade, ob es ein Unfall oder …«
»Die Polizei?«
Elvira grinste ihn frech an. Die Katze hatte zugeschlagen und sie erfreute sich am Todeskampf ihres Opfers.
»Die Menschen werden vor Angst vergehen in der Erwartung der Dinge, die über die Erde kommen; denn die Kräfte des Himmels werden erschüttert werden.«
»Pater, Sie beeindrucken mich nicht mit Ihrer Gottesfürchtigkeit. Wir wissen beide, warum Sie so lange weg waren. Und glauben Sie mir, jeder bekommt das, was er verdient.«
Clemens Bauer war mittlerweile ans Fenster getreten und blickte hinaus. Der Nebel hatte sich über den gesamten Weinberg, der sich hinter seinem Büro dem Klinikgelände direkt anschloss, gelegt. Elviras Worte schlugen ein wie die Feuer des Himmels, die den Untergang der Welt ankündigten. So wie es die Apokalypse voraussagte. Und doch wusste er: Unter dem dichten Nebel war ein noch viel schlimmeres Geheimnis verborgen, gegen das sich die Feuerbälle wie kühlende Eiswürfel im Sommer anfühlten.
Ein Geheimnis, das endlich seinen Tribut forderte.
Eine längst verdrängte Schuld, die endlich gesühnt werden wollte.

siebzehn

Die Nacht war, typisch für Ende Januar, früh in den Ort zurückgekehrt. Das Weingut der Gadingers in der St.-Anna-Straße begrüßte Emma in einer verwunschenen Trostlosigkeit, die hoffte, bald vom Frühlingserwachen erlöst zu werden. Das Gut war aus rötlichem Backstein gebaut. Die schweren Fensterläden im ersten Stock waren bereits angewinkelt worden. Im Erdgeschoss brannte hinter einem Fenster Licht. Auch die Hoflampe über dem Eingang zum Weinkeller brannte und hüllte den Innenbereich des Weinguts in ein bizarres Licht, das Emma an ein Kühlhaus erinnerte und das sie für einen kurzen Moment unangenehm frösteln ließ.

Sie war alleine zu den Gadingers gefahren, nachdem ein Streifenwagen der Landauer Kollegen Matthias zum Bahnhof gebracht hatte, da sie ja nur mit einem Dienstfahrzeug nach Burrweiler unterwegs gewesen waren. Auf die Frage hin, warum er nicht zu Straubenhardts Nachbarn mitkommen könne, hatte er nur kurz angebunden geantwortet, dass er noch einen wichtigen Termin in Mannheim habe, den er leider – und es täte ihm aufrichtig leid – nicht absagen könne. Er müsse unbedingt den Zug erwischen, weil er sonst zu spät kommen würde.

Irritiert, dass er sich schon am ersten Arbeitstag einen quasi freien Abend herausnahm, hatte Emma ihrem neuen Kollegen hinterhergesehen, als dieser in den Streifenwagen eingestiegen war. Er hatte sie zum Abschied noch freundlich gegrüßt und sie mit seinen strahlend weißen und gepflegten Zähnen angelächelt. Dabei hatte er seinen Dackel-

blick aufgesetzt, der seine rehbraunen Augen noch besser zur Geltung brachte.
Vorsichtig schlich sie sich auf das Grundstück. Sie erschrak plötzlich, als ein Hund hinter einem Gitter sie laut anbellte. In der Nachtruhe, die den Ort warm zudeckte, war das Kläffen noch viel stärker zu hören und so dauerte es keine zehn Sekunden und sie sah, wie das Licht hinter der milchiggelben Scheibe der Haustür angeknipst wurde. Sie konnte nicht genau erkennen, wie groß der Hund war, aber seinem Organ nach zu urteilen musste er ein halbes Kalb sein.
»Hallo, wer sind Sie und was wollen Sie?«, fragte der Mann, dessen Silhouette sich auf den Pflastersteinen des Hofes abzeichnete.
Emma atmete schwer und versuchte sich zu sammeln, ehe sie mit halbwegs gefasster Stimme antwortete.
»Guten Abend! Kriminalhauptkommissarin Hansen, sind Sie Herr Gadinger?«
»Ja, was gibt's?«, grummelte der Mann, der sich eine Jacke von der Garderobe nahm und Emma entgegenkam. Warum musste Matthias sich gerade heute Abend freinehmen, dachte sie, während ihr Blick wieder auf den Hund im Käfig hinter ihr fiel, der immer noch wie verrückt bellte und dabei wild die Zähne fletschte.
»Hey, aus!«, rief der Mann, der mittlerweile an Emma herangetreten war, und knallte mit einem Stock gegen das Gitter. »Er hat als Welpe furchtbare Sachen erlebt, wie wir alle, und er hat sich davon bis heute nicht erholt.«
Er schaute Emma eindringlich an. Jakob Gadinger, so vermutete sie, war ein Mittsechziger, dessen Gesicht aussah wie eine zerklüftete Landschaft, was sie selbst im Halbdunkel des Innenhofes gut erkennen konnte. Eine große Warze auf der Stirn, eine verhornte Narbe auf der rechten Wange und tiefe Furchen um die Augenpartie verliehen dem Mann einen ausdrucksstarken Charakter und eine abstoßende Widerlichkeit zugleich.

»Angst vor Hunden?«, fragte er, und Emma konnte nur nicken. »Ein Chihuahua, die Ratte für die Neureichen, ist gerade Hund genug, nicht wahr?«

»Ich wurde mal als Kind von einem Hund gebissen, mit Tollwut und Tetanusspritze und allem, was dazugehört. Ich bin ziemlich bedient.«

»Na, dann kommen Sie mal rein. Meine Frau ist in der Gaststätte zum Canastaspielen.«

Emma folgte ihm ins Haus. Anstatt sie ins Wohnzimmer zu führen, setzte er sich in die Eckbank, die noch aus den 50er-Jahren stammen musste. Rustikales Eichenholz, das mit aufwändigen Schnitzereien verziert war, paarte sich mit einem hellgrünen Blumenmuster, das nicht nur an den Sitzflächen schon mehr als abgescheuert war. Die Eckbank umfasste einen großen Tisch, auf dem sich verschieden dicke aufgeschlagene Ordner den wenigen freien Platz mit Rätselheften, einer Fernsehzeitschrift, Katalogen, Weinetiketten und Weinflaschen sowie einer Packung Hundefutter teilen mussten.

Emma musste Jakob Gadinger gerade beim Abendbrot gestört haben, denn er setzte sich wieder ans Kopfende, an dem ein Holzbrettchen mit einer halben Scheibe Vollkornbrot, einem Stück Mettwurst und einem ganzen, noch nicht angeschnittenen Kringel Fleischwurst lag. Bevor er sich hingesetzt hatte, hatte er sich – zu Emmas Überraschung – ein Bier aus dem Kühlschrank geholt, das er jetzt mit seinem Jagdmesser und einem lauten Zischen öffnete.

Er bot ihr mit einem einladenden Nicken an, mit ihm zu essen, aber Emma verneinte höflich.

»Sie kommen sicher wegen dem Alois«, sagte Gadinger, schnitt sich ein Stück Mettwurst ab und steckte es sich leidenschaftslos in den Mund. Obwohl der Raum und selbst der voll beladene Tisch eine gewisse Gemütlichkeit hätten ausstrahlen können, so war es allein der Anblick des Mannes, der dieses Bild zerstörte. Es hatte so gar nichts

mit Genuss zu tun, wie er so dasaß und aß, und Emma konnte sich nicht vorstellen, was diesen Mann in den Augen einer Frau würde attraktiv, gar liebenswert erscheinen lassen.
»Sie wissen es schon?«
»Fräulein, in diesem Ort bleibt nichts geheim. Erst recht nicht, wenn dieser Alte tot ist. Eigentlich müsste jetzt ein Fest gefeiert werden.«
»Sein Sohn erzählte uns schon, dass er nicht besonders beliebt gewesen sein soll.«
Gadinger kaute kaum. Er schluckte alles so herunter, fast so, als würde ihm das Essen an sich lästig sein. Und wenn sich dann doch etwas nicht so einfach herunterschlucken ließ, dann nahm er einen kräftigen Schluck Bier und spülte den Rest einfach hinunter.
»Nicht beliebt? Es gab niemanden, der den alten Straubenhardt überhaupt leiden konnte. Den jungen übrigens auch nicht, aber das ist eine andere Geschichte.«
»Können Sie mir mehr von Alois Straubenhardt erzählen? Wie war er so?«
»Er war ein cholerischer, egoistischer Mistkerl, der sich immer das nahm, was er wollte.«
»Auch Ihre Frau?«
»Meine Frau? Nein, Rosa kann den alten Sack ebenso wenig leiden wie ich.« Jakob Gadinger drehte sich zur Seite, um kräftig aufzustoßen.
»Wir haben gehört, es gab da vor langer Zeit etwas mit einer Frau, die er Ihnen weggeschnappt haben soll.«
»Ach, diese alte Geschichte. Diese Frau gibt es nicht mehr. Aus, basta. Hier geht es um das Hier und Jetzt, und da hat er mich, na, wie soll ich sagen, verraten und verkauft. An den Erstbesten.«
»Wie meinen Sie das?«
»Haben Sie nicht die Zeitung heute Morgen gelesen? Er will sein Grundstück, also den oberen Teil, an die Klinik über-

schreiben lassen, damit die sich weiter ausbreiten kann, anstatt wie ausgemacht mit mir ein Bio-Weingut zu eröffnen. Na, zumindest wollte er das.« Ein kurzes Lächeln huschte über Gadingers Gesicht.

»Ihnen ist schon klar, was das heißt, oder?«, fragte Emma und beobachtete ihr Gegenüber ganz genau. Jakob Gadinger hatte sich nicht die Mühe gemacht, sich umzuziehen, nachdem er aus dem Weinberg gekommen war. Er trug noch immer seinen zerschlissenen, olivgrünen Overall, dazu einen schwarzen Rollkragenpullover und braune Hausschuhe, die mehrere Löcher aufwiesen.

»Ich weiß, was das heißt. Aber ich war es nicht. Punkt.«

»Sie könnten das Bio-Weingut also auch ohne Alois Straubenhardt aufbauen?«

»Nein.«

»Dann brauche ich ein Alibi, um Sie als Verdächtigen ausschließen zu können.«

»Sie glauben, es war Mord? Elvira erzählte doch etwas von einem Unfall, dass sein Traktor ihn erwischt habe, während er an den Reben gearbeitet hat.«

Ah, dachte Emma, Elvira Paulus hatte also auch ihm schon alles erzählt. »Wo waren Sie in der Zeit zwischen 8 und 12 Uhr heute Vormittag?«, fragte sie ihn ohne Umschweife.

»Ich war in meinem Weinberg, wo denn sonst ...« Gadinger hörte plötzlich auf zu kauen und betrachtete Emma mit ernstem Gesichtsausdruck.

»Kann das jemand bezeugen?«

»Nein, meine Frau war im Pfarrbüro und außer der Elvira, die kurz bevor ich in den Weinberg fuhr, mit mir gesprochen hat, habe ich keine Menschenseele gesehen.« Gadinger stand auf, ging in die Küche und holte sich ein weiteres Bier. Dieses Mal machte er keine Anstalten, Emma zu fragen, ob sie auch etwas trinken wolle.

»Und damit hat Sie auch niemand gesehen. Bitte kommen Sie morgen ins Präsidium, dann nehmen wir Ihre Aussage

noch einmal auf und wir können dann auch gleich Fingerabdrücke von Ihnen nehmen.«
Emma wollte sich gerade erheben, als Gadinger sich ruckartig umdrehte, mit Schwung die Kühlschranktür zuknallte und Emma wie aus dem Nichts heraus anblaffte.
»Ich war es nicht, geht das nicht in Ihren Kopf? Sie sollten eher mal den Paul befragen. Der wollte das Grundstück auch, weil der an so 'ner Sache mit Biosprit aus Traubensaft und so 'nem Zeug dran ist. Und ich weiß, das kann auch meine Frau bezeugen, dass der alte Straubenhardt nie und nimmer sein Grundstück für die wirren Ideen seines Sohnes aufgegeben hätte. ›Nur über meine Leiche‹, so hörte man ihn immer sagen. Vielleicht hat das der Paul ja etwas zu wörtlich genommen.«

Als Emma die Tür hinter sich ins Schloss gezogen hatte, saß Jakob Gadinger in der Küche und starrte die Küchenuhr an, die mit monotonem Ticken den Tag langsam verabschiedete. Auch wenn er diese Uhr hasste, sie war das Lieblingsstück seiner Frau, auf dessen Ziffernblatt aus Porzellan zwei Vögel ihre Schnäbel aneinander rieben und mit ihrer Fröhlichkeit so gar nicht in diese dunkle Küche passen wollten. Aber die beiden Vögel symbolisierten das Glück, das einmal hier geherrscht hatte, wie es seine Frau so treffend formulierte, und die in den beiden kleinen Tieren - das eine hatte blaue Federn, das andere ein grünes Kleid - sich selbst und ihren Sohn sah. Simon, sein Sohn, sein ganzer Stolz, auch er war ihm genommen worden. Vor Wut knallte er mit dem Stock auf den Tisch, sodass eine tiefe Kerbe darin zurückblieb.
Seitdem *er* zurückgekehrt war, war nichts mehr so, wie es einmal gewesen war. Schon einmal hatte er mit einer fatalen Entscheidung alle ins Unglück gestürzt. Und wenn das nicht schon genug gewesen wäre, so hatte sich die Geschichte noch einmal wiederholen müssen. Und wieder hatte es Men-

schen getroffen, die völlig unschuldig, die einfach nur zur falschen Zeit am falschen Ort gewesen waren.
Doch so konnte, so durfte es einfach nicht weitergehen.
Er konnte da einfach nicht mehr mitmachen.
Er musste etwas tun.

achtzehn

Das beruhigende Summen der Leuchtstoffröhre begleitete ihn, als er vorsichtig durch den Flur lief. Es war kurz nach 22 Uhr und die meisten Patienten waren längst auf ihren Zimmern, schauten fern, lösten Kreuzworträtsel, lasen oder versuchten, langsam einzuschlummern. Wenn sie nicht schon längst tief und fest schliefen.

Eigentlich liebte er die Verlassenheit der Gänge und die Ruhe, die sich abends über den neuen Trakt der St.-Anna-Klinik wie ein wohlig warmer Mantel legte. So konnte er seine Gedanken schweifen lassen, den Tag für sich noch einmal Revue passieren lassen oder bereits die Predigt für den Gottesdienst am kommenden Tag vorbereiten. Außer montags hielt er jeden Tag eine Messe, ob in Rhodt unter Rietburg, Hainfeld, Weyher, Gleisweiler oder eben Burrweiler. Hinzu kam noch die feierliche Pilgerandacht in der St.-Anna-Kapelle jeden Mittwochmorgen.

Doch heute Abend kam ihm die Stille der Klinik so laut vor, dass er sich am liebsten die Ohren zugehalten hätte. Wie ein Dröhnen und Donnern hämmerte die Geräuschlosigkeit in seinem Innern und er hoffte, dass die Nachtwache ihm ein Gespräch aufzwingen würde, nur damit das schreiende Schweigen in seinem Kopf endlich verhallen würde. Aber die Nachtschwester war wohl gerade auf ihrem Rundgang, um irgendwo ein Baby zu windeln, eine aufgebrachte Mutter zu beruhigen oder sich um einen der demenzkranken Patienten zu kümmern, und so eilte er alleine durch den Korridor. Sein Ziel war Zimmer 11. Er hatte schon die Hand gehoben, um sachte gegen die Tür zu klopfen, als er plötzlich erschrak.

»Sie kommen zu spät, Pater. Sie ist heute von uns gegangen. Die ganze Aufregung um das neue Heim und die Eröffnungsfeier waren wohl zu viel für sie.« Hannah Weiden, die ärztliche Direktorin der Klinik, lächelte ihn milde, fast mitfühlend an.

Er musste schlucken. Tot, fragte er sich. Sie auch? Wie konnte das sein? Und warum musste er ausgerechnet jetzt an Psalm 51 denken?

»Gott, sei mir gnädig nach deiner Huld, tilge meine Frevel nach deinem reichen Erbarmen!«

»Das haben Sie sehr schön gesagt. Und es tut mir wirklich leid.«

»Kann ich sie noch einmal sehen?« Seine Stimme war wie zugeschnürt und er hoffte inständig, dass Hannah Weiden, soweit es ging, davon nichts mitbekam.

»Das geht leider nicht mehr. Elisabeth Müller ist bereits am frühen Abend von einem Beerdigungsinstitut abgeholt worden.«

»Elisabeth Müller?«

»Ja, Sie wissen ja, Sie war mit ihren fast 90 Jahren die zweitälteste Bewohnerin. Da musste man ja doch nahezu täglich damit rechnen ...«

»... dass sie ihren letzten Heimgang antreten würde«, vollendete der Pater den Satz und es war, als habe sich gerade ein ganzer Steinbruch von seinem Herzen gelöst.

»Dann ist Ruth Martin jetzt allein im Zimmer?«

»Ja, wir werden in den nächsten Tagen die Zimmer neu verteilen. Wir sind dank ..., ähm, na ja, Sie wissen ja, unsere Warteliste ist lang und wir könnten jedes Zimmer so gut wie doppelt belegen.«

»Ich werde mal nach ihr schauen«, sagte der Pater, der bereits die Klinke der Tür in der Hand hielt.

»Ich wünsche Ihnen eine friedvolle und geruhsame Nacht, und möge Gottes sichere Hand Sie führen.«

»Gute Nacht, Pater«, antwortete Hannah Weiden, doch der

Pfarrer war bereits lautlos und einem Schatten gleich im Zimmer verschwunden.

Im Fernseher lief gerade eine Comedy-Sendung, als der Pater Ruth Martin vorsichtig anstupste. Die zierliche Frau erschrak furchtbar in ihrem roten Ohrensessel. So sehr, dass Clemens Bauer ihr zärtlich, aber bestimmt eine Hand auf den Mund legte.
Ihre Augen waren weit aufgerissen. Der graue Dutt hatte sich gelöst und dicke Strähnen rahmten ihr Gesicht ein, was ihr einen unschuldigen, fast engelsgleichen Zug verlieh. Sie war immer noch komplett bekleidet, nur die Füße waren nackt und lagen angewinkelt unter einer hellbeigen Wolldecke.
»Ruth, ich bin's, der Clemens.« Der Pfarrer sprach sie direkt und geradeheraus an. Er wartete ab, welche Reaktion von ihr kommen würde, doch der Schrecken stand ihr immer noch ins Gesicht geschrieben.
»Ruth, hör mir zu. Er ist hinter uns her. Der Teufel. Er will deine und meine Seele. Aber er kriegt sie nicht. Niemals, hörst du.«
Ihm war, als versuchte sie, ihn unter seiner Handfläche zu beißen. So drückte er fester zu, bis sie langsam anfing, zu röcheln und zu prusten.
»Du musst dich beruhigen, versprichst du mir das?«
Sie nickte schwach, aber er konnte in ihren Augen erkennen, dass sie nicht wusste, wer er war. Vielleicht hätte er doch am Tage und völlig zwanglos einmal bei ihr hereinschauen sollen. Aber was, wenn es dann schon zu spät gewesen wäre? Damit musste er ja sogar jetzt schon rechnen und nun war er es, dem die Luft abgedrückt wurde. Aus Angst.
Was wäre, wenn es schon entwendet worden war? Ihm wurde schlecht und er wollte, er durfte einfach nicht daran denken.

»Ruth, wo ist es?« Er erhob seine Stimme und er merkte, wie der Schweiß ihm am Kragen der Soutane herunterlief. Er wollte sie gerade vorsichtig schütteln, als sie einen Arm unter der Decke hervornahm und in Richtung Fernseher zeigte.
»Was?«, quiekte er und folgte dem Arm mit seinem Blick.
»Hinterm Fernseher?«
»Oh Rhett, Rhett, was wird aus mir?«
Clemens Bauer schaute von Ruth zum Fernseher und wieder zurück. Mittlerweile war er wütend und er verfluchte die Demenz und die Frau, die so völlig hilflos vor ihm im Ohrensessel saß und glaubte, eine Figur aus irgendeinem Filmklassiker zu sein, und er verfluchte vor allem die Zeit, die er mit ihr verbrachte hatte. Schließlich war sie es, die ihn damals in diese missliche Lage gebrachte hatte. Und das nur, weil sie sich einfach nicht im Griff gehabt hatte.
Er ließ von ihr ab und blickte sich im dunklen Raum um, der immer nur vom Flackern der bunten Fernsehbilder erhellt wurde.
Wo konnte es nur sein, dachte er und kramte zuerst im Nachttischschränkchen herum, um anschließend leise, aber zielgerichtet den Kleiderschrank und die zwei Schuhkartons, die obendrauf standen, auseinanderzunehmen. Doch wo immer er hineinsah, was immer er auch hervorholte, mit Händen durchwühlte oder mit seinen Fingern vorsichtig abtastete, es war einfach nicht da.
Er musste sich beeilen, da jeden Moment die Nachtschwester auch hier ins Zimmer schauen konnte. Panik machte sich langsam in ihm breit.
Ruhig, Clemens, ruhig. Wo verstecken alte Damen denn normalerweise ihre geheimen Sachen? Was wäre ein so gutes Versteck, dass niemand darauf kommen würde, obwohl es quasi nicht zu übersehen war? Im Schuhkarton war es nicht, in den Plastikbecher für ihre dritten Zähne passte es nicht hinein und auch unterm Kopfkissen hatte er nachgesehen.

Ja natürlich! Er musste fast lachen, als er es genau da gefunden hatte, wo er es auch vermutet hatte.
Er war beruhigt, zufrieden, wie erlöst, als er es endlich in der Hand hatte. Eine Sorge weniger, dachte er, auch wenn er nicht wusste, wovor er eigentlich Angst haben müsste. Die Frau, die sein halbes Leben begleitet hatte, war am Morgen noch Marlene Dietrich, um keine zwei Stunden später als Scarlett O'Hara von Rhett Butler leidenschaftlich geküsst zu werden.
Und doch hatte er das, was ihm vielleicht eines Tages hätte gefährlich werden können, nun endlich an sich genommen.
Denn der Lohn der Sünde ist der Tod, die Gabe Gottes aber ist das ewige Leben in Christus Jesus, unserem Herrn. Er dachte an den Römerbrief, als er das Zimmer verließ.
Auch mir wird er verzeihen, wenn er es nicht schon längst getan hat, dessen war er sich sicher. Und doch zitterte er. Denn die Vergangenheit holte ihn immer wieder ein. Eine Vergangenheit, die nicht ruhte, niemals, auch dann nicht, wenn man meinte, dass alles vergessen zu sein schien, was damals passiert war.

neunzehn

Warum war das Leben manchmal so kompliziert, fragte sich Emma, als sie vom schnellen Einkauf im nahegelegenen Supermarkt zurückkam und ihre Wohnung aufschloss. Es könnte doch so einfach sein, wenn nicht das Schicksal wäre. An Zufälle glaubte Emma einfach nicht. Dafür an die Vorbestimmung, die das Leben eines jeden Menschen bereits ab der Geburt oder eigentlich schon davor lenkte und so dem Menschen eigentlich keinen Spielraum, keinen persönlichen Freiraum mehr ließ. Was auch immer man tat oder unterließ, im großen Buch des Lebens war dieses Kapitel bereits erledigt, abgehakt, gelebt.

Und genau das machte für sie erst das Leben aus: Das Beste aus dem zu machen, was für einen bestimmt war. Die Chancen zu ergreifen, die einem gegeben wurden, um daran zu wachsen, anstatt sich unentwegt zu fragen oder gar darüber aufzuregen, warum etwas so und nicht anders gekommen war.

So war sie sich sicher, als sie die Einkäufe im Kühlschrank verstaute, dass auch ein tieferer Sinn darin lag, dass ausgerechnet Matthias Roth ihr neuer Partner sein sollte. Nur ergründen wollte sie das nicht. Noch nicht, wie sie innerlich hinzufügte. Es war einfach noch zu früh, ein Fazit zu ziehen. Jetzt galt es erst einmal, auch hier wieder das Beste aus der Situation zu machen. Und auch wenn sie gerade nicht wusste, was das sein könnte, wie sie sich ehrlicherweise eingestehen musste.

Er war zweifelsohne ein gutaussehender, attraktiver Mann. Doch einiges deutete darauf hin, dass Matthias vom ande-

ren Ufer sein könnte und eben nicht auf Frauen stand. Oder warum hatte er sonst noch kein Interesse an ihr gezeigt? Sie wusste, welche Wirkung sie auf Männer hatte. Ihr mittellanges blondes Haar, ihre strahlend blauen Augen, der wohlgeformte Busen und ihre langen Beine waren die Garanten dafür, dass ihr Männer hinterherschauten, versuchten, mit ihr zu flirten und sie in Gespräche verwickelten. Hinzu kam, dass sie gerne lachte, um einen flotten Spruch nicht verlegen war und ihr das andere Geschlecht so gut gefiel, dass sie sich des Öfteren dabei erwischte, wie sie selbst einen Mann anflirtete oder ihn sogar aktiv ansprach.
Niemand hätte hinter ihrer manchmal etwas forschen Art vermutet, dass Emma in ihrem tiefsten Innersten nicht immer so selbstbewusst war, wie sie nach außen wirkte. Dafür hatten ihre Eltern schon früh genug gesorgt. Sie waren nicht müde geworden, ihr immer und immer wieder zu sagen, dass sie lieber einen weiteren Jungen gehabt hätten. Zum Glück hatte sie aber trotzdem eine glückliche Kindheit bei ihren Großeltern gehabt. Diese hatte allerdings jäh geendet, als Emma noch ein Teenager gewesen war und mit ansehen musste, wie ihr geliebter Opa Anders ums Leben gekommen war. Wegen ihm war sie auch Polizistin geworden. Der berufliche Erfolg und manchmal auch ihre Psychologin Maya Kirscher-Kresch gaben Emma den Halt und das Bewusstsein, dass auch sie ein besonderer Mensch war.
Sie nahm sich eine Scheibe Roggenbrot aus der Packung, belegte es mit Käse und einer in Scheiben geschnittenen Tomate und setzte sich an ihren neuen Küchentisch, den sie vor wenigen Tagen erst bei IKEA erstanden hatte.
Wie es Matthias eigentlich so geht, fragte sie sich. Wirklich viel wusste sie noch nicht von ihrem neuen Kollegen. Ob er in einer Beziehung war? Er wohnte in Mannheim, das hatte sie bereits in Erfahrung bringen können. Die Stadt der Quadrate, wie die Einwohner Mannheim wegen des schach-

brettartigen Straßenplans nannten, galt als das schwule Mekka im Südwesten, noch vor Stuttgart oder Frankfurt. Aber wie lebte er? Und was waren seine Wünsche, Träume, Ziele - beruflich wie privat? Aber wollte sie ihn überhaupt so gut, so intensiv kennenlernen und ihn so nah in ihr Leben lassen? Dazu würde es automatisch kommen, sollte sie ihn erst einmal ausfragen. Er würde den Spieß sicher direkt umdrehen und alles von ihr erfahren wollen. Aber was hatte sie zu bieten, was konnte sie ihm erzählen, wenn er sie nach ihrem Leben fragte? Sie war Single, schon seit fast zwei Jahren, und abgesehen von losen Affären war auch kein fester Partner in Sicht.

Emma biss in ihr Brot. Draußen vor dem Fenster kämpfte das orangefarbene Licht der Straßenlaterne gegen das Schwarz der Nacht. Gegen ein tiefes, lähmendes Schwarz. Emma schauderte leicht. Ein eigenes Kind. Irgendwann wollte sie auch mal Kinder, eine Familie. Aber nur mit dem richtigen Mann. Und jetzt war erst mal ihre Arbeit wichtig. Emma war mit ganzem Herzen Ermittlerin. Und das wollte sie auch noch eine Weile bleiben. Und eine erfolgreiche Kriminalhauptkommissarin mit einem kleinen Kind? Wie sollte das funktionieren? Jedenfalls war momentan in Emmas Leben erst einmal kein Platz für einen Kerl. Und für eine Familie. Das musste warten, dachte Emma und schnitt sich noch zwei Tomaten in kleine Schiffchen, die sie mit Meersalz und frischgemahlenem Pfeffer bestreute. Sie musste an Paul Straubenhardt denken, den Sohn des toten Winzers. Ob auch der nur seine Karriere im Blick hatte und ihr alles unterordnete? Dieser Plan des Professors, mit einem Biokraftstoff aus Traubenmost reich zu werden? Würde Paul Straubenhardt dafür sogar über Leichen gehen, selbst wenn es sein eigener Vater sein sollte? Das Zusammenspiel von kindlicher Dankbarkeit und elterlicher Erwartung - nur in den seltensten Fällen funktionierte es. Emma konnte ein Lied davon singen.

Auch das hätte sie gerne ihrem Vater noch gesagt, doch er hatte sich aus der Verantwortung gestohlen. Wenn auch nicht ganz freiwillig. So ließ er sie mit ihren unzähligen Fragen, mit ihren unausgesprochenen Ängsten, mit ihren nicht verheilten Verletzungen erneut allein. Schon wieder. Und dieses Mal für immer.

zwanzig

DEUTSCHLAND 1966

Sie stand im Kirchturm der St.-Anna-Kapelle und schaute über die Rheinebene. Vor ihr lag das weite Land mit den sanft geschwungenen Hügeln und den Industrieanlagen mit ihren in den Himmel ragenden Schornsteinen am entfernten Horizont. Doch besonders fasziniert war sie von dem satten Grün, das sich über die Pfalz, ihre neue Heimat, gelegt hatte.

In Ispica war es nie so grün, eigentlich überhaupt nicht grün gewesen. Jedenfalls im Sommer nicht. In ihrer Heimat war der Boden trocken und staubig. Im Sommer gab es nahezu kein Wasser, weil es eben kaum regnete. Und nur die Bauern, die es sich leisten konnten, bewässerten ihre Felder.

In der Pfalz war das anders. Es gab genug Wasser. Sogar für die Toilette und zum Waschen. Auch das kannte sie nicht aus ihrer Heimat. Wasser war Luxus, viel zu kostbar, um damit zu spülen oder sich zu waschen.

Wobei nicht ganz Sizilien ein staubiges Land war. Je weiter sie am Tag ihrer Abreise mit dem Bus Richtung Osten kam, desto grüner war die Insel geworden. Felder mit Orangenbäumen hatten die Straße von Ispica nach Syrakus gesäumt, so weit das Auge reichte. Und der Fuß des nahegelegenen Ätna war von dichtem Wald bedeckt gewesen.

Auch an der Küstenstraße von Syrakus nach Messina, die parallel zur Bahnlinie verlief, wechselten sich Palmen, Kiefern und Nebrodi-Tannen ab. Mit ihrem kräftigen Grün bildeten sie einen herrlichen Kontrast zum azurblauen Wasser der Bucht von Catania. Ein Farbenspiel, das sie nicht für möglich gehalten hatte. Mit großen Augen hatte sie alles aufgesogen, was sie sah. Diese Bilder würde sie nie mehr vergessen.

Zum ersten Mal hatte sie den Vulkan, aus dem auch an diesem Tag Qualm gen Himmel gestiegen war und den sie nur von Erzählungen her kannte, mit eigenen Augen gesehen. Auch von den elegant gekleideten Menschen, wie sie an den Bahnhöfen in Syrakus und vor allem in Catania herumgelaufen waren, und von der Fähre, in deren Bauch der Zug einfuhr und die sie ans Festland bringen sollte, hatte sie vorher noch nie etwas gehört, geschweige sie selbst einmal zu Gesicht bekommen.

Es war aufregend, ein Abenteuer, und sie merkte plötzlich, wie die Sehnsucht nach ihrer Heimat dem Gefühl des Aufbruchs wich. Und das Gefühl war immer stärker geworden, je näher sie ihrem Ziel gekommen war. Sie spürte, dass auch die Anspannung bei ihren Eltern Concetta und Luigi ins Unermessliche gestiegen war. Während ihr Vater wie ein unruhiger Hund durch den Zug gestreunt war, hatte ihre Mutter die ganze Zeit vor sich hin gebetet, in der Hoffnung, dass der Herrgott ihnen auf ihrer Reise und vor allem für den Neuanfang in einem fremden Land, dessen Sprache sie nicht verstanden, gnädig sein würde. Denn die Sizilianer waren sich sicher, dass es großes Unglück über jeden bringen würde, der seine Heimat hinter sich ließ. Der seine Heimat verriet.

In Mailand mussten sie umsteigen, um den Nachtzug nach Frankfurt zu nehmen. Es dauerte noch einmal fast zwölf Stunden, bis sie endlich in Frankfurt angekommen waren. Wie in den Unterlagen zu lesen war, die ihr Vater vor der Reise beim Bürgermeister hatte abholen müssen, mussten sie am Hauptbahnhof dann den Zug nach Mannheim nehmen, um dann in die Pfalzbahn nach Hauenstein umzustei-

gen. Dort würde sie der Chef der Schuhfabrik, bei der ihre Eltern bereits am nächsten Tag mit der Arbeit beginnen sollten, dann abholen.
Das war jetzt zwei Jahre her. Seit dieser Zeit arbeiteten ihre Eltern in der Fabrik und stellten Schuhe her. Während ihr Vater das Leder bearbeitete, stanzte ihre Mutter die Ösen, durch die dann später die Schnürsenkel gezogen wurden. Beide bekamen jeweils zwei Deutsche Mark pro Stunde, so kamen sie mit den Überstunden auf bis zu 280 DM pro Woche. Sie konnte das Geld nicht in Lire umrechnen, so viel war es gewesen.
Doch es waren nicht nur die grüne Landschaft, die Toiletten mit Wasserspülung, die es schon am Bahnhof gab, oder das viele verdiente Geld, die sie so in Entzücken versetzt hatten: Als sie zum ersten Mal ihre Wohnung in Hauenstein gesehen hatte, wollte sie nicht glauben, was sie da sah.
Die Wohnung lag in einem dreistöckigen, grau gestrichenen Haus direkt neben dem Firmengelände. Das ganze Haus, so hatte sie schnell mitbekommen, war für die Gastarbeiter eingerichtet worden, die hauptsächlich aus Italien stammten.
Sie bekamen eine Wohnung in der ersten Etage, mit einer Küche, drei kleinen Zimmern und einem eigenen Badezimmer mit WC. Die Wohnung war möbliert und es gab neben einem Radio sogar einen kleinen Fernsehapparat. Davon hatte ihr Vater, so lange sie ihn kannte, immer schon geträumt.
Es war unglaublich, wie geräumig die Wohnung war. Sie bekam sogar ihr eigenes Zimmer. In Ispica hatte sie immer im Bett ihrer Eltern schlafen müssen.
Es war wirklich das wahr gewordene Paradies, das sogar noch dadurch gekrönt wurde, dass sie endlich in die Schule gehen durfte. Endlich lernen, zeichnen, rechnen und die deutsche Sprache sprechen. Das Leben hätte nicht schöner sein können.

Und doch war es auch ein anderes Leben. So sehr sie sich auch bemühte, sie fand einfach keine Freunde. Sie war irgendwie immer anders als die anderen. Am Anfang war sie noch die Fremde, später dann die Streberin, und je weiter ihr Körper von einem zarten Kind zu einer auffallenden Schönheit erblühte, desto neidischer wurden ihre Mitschülerinnen. Und umso interessanter wurde sie für die Jungs. Ein weiterer Punkt, der ihr Eifersucht und Missgunst einbrachte. Der Konsequenzen nach sich zog.
Es war ein kalter Tag vor einigen Monaten, sie hatte im kleinen Gemischtwarenladen zwei Straßen weiter ein halbes Pfund Butter besorgen sollen. Ihr Vater liebte es, wenn er auf die von ihrer Mutter selbst gebackene Ciabatta eine dicke Schicht Butter schmieren konnte. Der Laden, in dem ihre Familie seit der Ankunft stets das Nötigste eingekauft hatte, gehörte der Familie ihrer Mitschülerin Erika. Sie war von Beginn an das einzige Kind gewesen, das sich überhaupt um sie gekümmert hatte. Bis zu dem Tag, als bei Erika die Akne spross und sie von den Jungen gehänselt wurde. Und während die Jungs sich daran erfreuten, Erika aufzuziehen, ihr ein Bein zu stellen oder das arme Mädchen mit Schnee einzuseifen, waren die Jungs Feuer und Flamme, wenn *sie* den Schulhof betrat. Man wollte *ihre* Tasche tragen, *sie* nach Hause begleiten und die aufregendsten Geschichten von Sizilien hören.
Sie wusste, dass Erika immer mal wieder im Laden aushelfen musste, da ihr Vater nach einer schweren Kriegsverletzung gestorben war und die ganze Familie gemeinsam mit anpacken musste, um über die Runden zu kommen.
Sie hatte bereits den Vorplatz des Ladens erreicht, der für die wenigen Autos, die es in diesem Ortsteil gab, als Parkplatz diente, als sie Erika hinter dem großen Schaufenster an der Kasse stehen sah. Sie winkte ihr zu, als Erika aus dem Fenster schaute und sie erkannte. Sie wollte gerade die Stufen zum Laden hochgehen, als Erika plötzlich hinter

der Glastür stand: Ihr Gesicht war finster, wie eingefroren, und ihre Augen lagen in tiefen, dunklen Höhlen. Sie wollte gerade die Türklinke herunterdrücken, als Erika das Schild, das an der Innenseite der Tür hing, umdrehte.
»Vietato l'ingresso agli Italiani«, »Eintritt für Italiener verboten« war auf dem Schild zu lesen. Nun war es Erika, die ihr zuwinkte und sie mit einem eisigen Lächeln bedachte.
Als sie völlig perplex und unter Tränen mit leeren Händen nach Hause kam, erwartete sie erneut eine heftige Tracht Prügel. Doch viel schlimmer war die Erkenntnis, dass sie nie dazugehören würde. Niemals.
Mit 16 Jahren verließ sie die Schule als Klassenbeste.
»In der Schule hast du schon alles gelernt, jetzt bringt dir der Pater auch noch das Leben bei«, hatte die Lehrerin am letzten Schultag zu ihr gesagt und sie dabei sanft angelächelt. Während andere Kinder also in der Fabrik arbeiteten oder in die Lehre gingen - nur die wenigsten Eltern konnten es sich leisten, ihre Kinder auf das Gymnasium zu schicken -, kam sie zu Pater Clemens Bauer, Seelsorger im knapp 25 Kilometer entfernten Burrweiler. So zog sie um, in die kleine Kammer unterm Dach des Pfarrhauses, und begann ihre Ausbildung als Hauswirtschafterin. Und schon wieder war sie nicht gefragt worden, was sie eigentlich wollte. Was ihre Träume waren.
Endlich wird mal etwas aus dir, so hörte sie ihre Eltern heute noch sagen. Ein Satz, der sich unvergesslich in ihre Erinnerung eingebrannt hatte. Der an Bedeutung nicht tiefer hätte sein können. Der ihr Leben für alle Zeit verändern sollte.

einundzwanzig

DIENSTAG, 28. JANUAR 2014

Der Nebel des gestrigen Tages hatte sich komplett verabschiedet. Dafür hingen die Wolken als graues Laken am Firmament. Lustlos und matt, aber stark genug, um der Sonne nicht die geringste Chance zu geben, ihre strahlende Schönheit der Welt an diesem frühen Morgen zu präsentieren.
Emma war bereits um kurz nach 8 Uhr im Präsidium erschienen. Sie wollte unbedingt vor Matthias im Büro sein und für sich schon einmal den kommenden Tag mit den anstehenden Befragungen strukturieren. So hatte sie sich auch noch die Zeitung von gestern vom Altpapierstapel gegriffen und las, wenn auch nur halbherzig, den Artikel zur Wiedereröffnung der St.-Anna-Klinik.
Ob Hellmann wusste, dass Matthias den Arbeitstag früher beendet hatte und sie das mehr als unangenehme Verhör hatte allein durchführen lassen?
Nein, sie wollte ihren Chef sicherlich nicht darauf ansprechen. Sie war weder eine Petze noch wollte sie Matthias bloßstellen oder sich selbst durch unkollegiales Verhalten disqualifizieren. So etwas machte man einfach nicht, dafür war ihr die Partnerschaft, die sie mit Matthias nun eingegangen war oder besser gesagt eingehen musste, einfach zu wichtig. Und das nicht nur beruflich, wie sie sich eingestehen musste. Und doch hatte sich dieser plötzliche Aufbruch aus Burrweiler in ihrem Gedächtnis festgesetzt. Was er wohl gestern Abend vorgehabt hatte, fragte sie sich, obwohl sie eigentlich kein neugieriger Mensch war. Ganz im

Gegensatz zu Annegret Bender. Aber die konnte sie ja immer noch fragen, sollte Matthias nicht von sich aus erzählen, was er am Montagabend unternommen hatte. Vielleicht wusste es ja die Bender.
Emma hatte sich ihre weizenblonden Haare so lose zu einem Dutt gebunden, dass sich die feinen, aber festen Haare immer wieder aus dem Band lösten. Zu ihrer dunkelbraunen Stoffhose trug sie cognacfarbene, feine Stiefeletten mit Absatz und Schnürung auf dem Schaft, dazu eine Bluse in creme, die nicht nur tailliert geschnitten war, sondern ihre schöne Figur auch besonders betonte. Wenn Matthias schon vom anderen Ufer war, dann sollte er wenigstens sehen, was er verpasste, dachte sie noch, bevor sie sich wieder mit ihrer Arbeit beschäftigte.
Wie sie von den Kollegen von der Streife erfahren hatte, war Jakob Gadinger bereits kurz vor halb acht im Präsidium erschienen, um sich seine Fingerabdrücke und eine Speichelprobe abnehmen zu lassen. Eigentlich ein klares Indiz, dass er nichts mit dem Tod des Winzers zu tun hatte. Es sei denn, er war sich seiner Sache besonders sicher, wovon Emma nach dem ersten Eindruck aber nicht ausging.
Sie schrieb sich Gadinger in ihren Block, malte einen Kringel um den Namen und zog eine Linie zu dem anderen Kreis, der auf dem Blatt zu sehen war und in dem der Name Straubenhardt stand.
»Guten Morgen, Frau Kollegin«, begrüßte sie Matthias Roth. Er hatte eine engsitzende Cargohose und ein königsblaues Hemd an, das er lässig über der Hose trug. Darunter zeichnete sich sein schlanker, aber durchtrainierter Oberkörper ab. Seine Stiefel trug er nur halb zugeschnürt und Emma ertappte sich dabei, dass ihr die leicht lässig-verwegene Art ihres Kollegen sehr gefiel, auch wenn ihr Blick sofort wieder auf das Lederband um seinen Hals und den locker gebundenen Schal fiel. Wann hatte sie zuletzt einen Mann in ihrem direkten Umfeld so attraktiv gefunden?

»Und, gibt es schon was Neues? Wie war es gestern Abend bei Herrn Gadinger? Ich habe gerade auf dem Flur erfahren, dass er hier auf dem Präsidium war ...« Matthias Roth setzte sich in seinen Bürostuhl und schaute sie interessiert an, während er an seinem Kaffee nippte, den er sich zuvor bei einem Fast-Food-Restaurant geholt hatte.
»Es war sehr gut, erhellend, auch wenn du irgendwie gefehlt hast.« »Wow, die ersten netten Worte. Dabei sollten wir doch das eine ...«
»Guten Morgen, ihr zwei«, nuschelte Joachim Hellmann, als er ins Büro der beiden Hauptkommissare eintrat. Sein Gesicht war leicht derangiert. Eine geschwollene Wange entstellte den sonst eigentlich ganz ansehnlichen Mann, und seine Augen waren leicht glasig. Die drei Schmerztabletten, die er vorsichtshalber genommen hatte, zeigten ihre Wirkung.
»Tag 2 der Mission.«
Matthias musste auf einmal laut loslachen.
»Ich finde das jetzt nicht witzig. Ich weiß, ich sehe scheiße aus und der Mörder läuft noch frei herum.« Hellmann verzog sein Gesicht und schnitt eine furchterregende Grimasse, wobei Emma jetzt nicht einschätzen konnte, ob wegen der Schmerzen oder wegen ihres neuen Kollegen, der sich wohl generell mit seinen Sprüchen gerne mal Freunde zu machen schien.
»Alles ok, Chef?«
»Ja, es geht schon, es tut halt noch sauweh. Aber der Backenzahn musste raus, nur nicht so.« Hellmann imitierte den Zahnarzt, der laut seiner pantomimischen Beschreibung eher einen Wagenheber als chirurgische Instrumente benutzt zu haben schien.
»Wie macht ihr jetzt weiter? Der Gadinger war eben da, wie ich gehört habe ...«, nuschelte Hellmann, der signalisierte, dass die beiden nun weitererzählen sollten, da jede weitere Mundbewegung zu schmerzhaft für ihn zu sein schien.

»Ja, ich hatte ihn für heute Morgen einbestellt, um die Fingerabdrücke und eine DNA-Probe nehmen zu lassen«, sagte Emma und schaute Matthias gespannt an. Doch der schien nicht auf ihr Angebot einzugehen, den Stand der Ermittlungen weiter zu berichten, oder er ließ sich einfach zu viel Zeit, sodass dann doch Hellmann weitersprach: »Und was hat das Gespräch mit ihm ergeben?«

»Er beschrieb den toten Winzer als cholerischen, egoistischen Mistkerl. Aber er sei es nicht gewesen, auch wenn er für die Tatzeit kein Alibi hat. Aber wir sollten nicht vergessen, dass Elvira Paulus ihn auf seinem Weingut gesehen haben will.«

»Elvira Paulus? War das nicht die, die uns gestern angehalten hat und uns zutexten wollte?«

Emma nickte. »Nur, die mögliche Tatzeit erstreckt sich noch über vier Stunden. Sobald das Labor Ergebnisse hat, wissen wir mehr.«

»Tja, so lange wird sie als Postbotin kaum Briefe bei ihm ausgetragen haben«, erwiderte Matthias und biss noch einmal herzhaft in sein Ciabattabrötchen, das mit Tomaten und Mozzarella belegt war.

»Und was ist mit dem Sohn?«, fragte jetzt wieder Hellmann. »Paul Straubenhardt?«

»Auch ihn haben wir gestern befragt, doch er schiebt alles auf den besagten Nachbarn.«

»Da sollten wir dranbleiben. Und vielleicht wissen wir heute Mittag ja mehr, wenn die Ergebnisse da sind. Wir sehen uns dann wieder, ich muss jetzt erst noch mal zur Apotheke«, sagte Hellmann und verließ das Büro.

»Der Sohn beschuldigt den Nachbarn und der wiederum den Sohn. Da kann etwas nicht stimmen, einer muss lügen.«

Matthias knüllte die Brötchentüte zusammen, lehnte sich in seinem Stuhl zurück, winkelte die Arme an und zielte gekonnt, wenngleich auch nicht erfolgreich, auf den Mülleimer, der neben Emmas Schreibtisch stand. Das Tütenknäuel rollte weiter Richtung Fenster, direkt vor Emmas Füße.

»Ja, oder es war wirklich so und beide sind nicht schuld am Tod des Winzers. Und viel interessanter ist ja auch die Tatsache, und so steht es hier in der Zeitung, dass Alois Straubenhardt das Grundstück für den geplanten Neubau an die Klinik überschreiben wollte.« Emma stand auf, zog sich ihren beigen Blazer über, nahm das Knäuel, das sie zuvor mit ihrer linken Fußspitze herumgerollt hatte, und ging an Matthias, der immer noch in seinem Stuhl saß, vorbei Richtung Tür. Sie wollte gerade die Klinke herunterdrücken, als sie das Tütenknäuel über ihre Schulter nach hinten warf, direkt in den Mülleimer.

»Und dieser Termin wäre heute.«

Da Emma noch kurz ums Eck verschwinden musste, hatte Matthias die Möglichkeit genutzt, sich den Schlüssel geschnappt und den Wagen vorgefahren, obwohl Emma beim Herausgehen gesagt hatte, dass sie heute fahren wollte. Sie strafte ihn mit einem missbilligenden Blick, als sie neben ihm Platz nahm.

»Reicht es nicht, wenn du beim Tanzen führst?«, fragte sie ihn.

»Warum lässt du dich nicht einfach mal kutschieren und genießt es ...« Wieder strahlte er sie mit diesem entwaffnenden Lächeln an.

»Weil ich lieber ...«, aber sie versuchte erst gar nicht, mit ihm zu diskutieren. Zumal er ihr in einer anderen Sache noch eine Antwort schuldig war, denn sie wusste immer noch nicht, warum er sie gestern im Stich gelassen hatte. Gefühlt zumindest.

»Gadinger ist ein komischer Vogel. Irgendetwas hat der ...«

»Wie kommst du jetzt darauf? Ah, ich weiß, was du mir eigentlich sagen willst ...«

»Aha!?! Und was?«

»Ich habe mich bei dir schon aufrichtig entschuldigt, ich konnte gestern Abend wirklich nicht.« Matthias lenkte den Wagen angespannt, fast schon verkrampft, durch Edesheim, am Schloss vorbei, Richtung Hainfeld.
»Ok.«
»Nein, ist es nicht.«
»Was ist nicht ok?«
»Es ist nicht ok, das sagst du jetzt nur so. Eigentlich denkst du, ich bin ein Scheißkerl ...«
»Wie kommst du darauf? Weil du mich vor allen anderen am Sonntagabend beim Tanzen angemacht und mich gestern, ohne ein Wort zu sagen, im Stich gelassen hast?«
»Ich mag es, wenn du so zickig bist, und wenn du das anmachen nennst, dann ...«
»Pass auf!«, schrie Emma, während Matthias in die Eisen stieg.
Matthias wäre fast mit dem Bus zusammengestoßen, als er in Hainfeld das Stoppschild übersah und ohne auf die Vorfahrt zu achten über die Weinstraße fuhr.
»Danke, der Bus wäre stärker gewesen«, sagte er, atmete tief durch und lächelte Emma an. Obwohl es wieder ein kalter Wintertag werden sollte und die Temperaturen immer noch nicht die Null Grad Celsius überschritten hatten, fühlte sie sich wie schmelzendes Eis unter tropischer Sonne. Ein eher ungewohntes, dafür aber sehr schönes Gefühl, wie sie sich eingestehen musste. Die letzte Leidenschaft, die sie in dieser Richtung gespürt hatte, war zwar erst ein Wochenende her, doch nach gutem Start hatte es nicht so geendet, wie beide Seiten sich das vorgestellt hatten. Der Typ von der Party einer Freundin war zwar schlank, drahtig und äußerst charmant gewesen, aber er konnte leider so schlecht küssen, dass sie die Sache mit einem gespielten Anflug von Migräne und schüchterner Zurückhaltung, dass sie beim ersten Date höchstens küssen wolle, schneller beendet hatte, als er sich das jemals hätte träumen lassen. Zu schade, aber

die Zeiten, in denen man jeden mit nach Hause genommen hat, nur um ein bisschen Spaß zu haben, waren längst vorbei.

Sie waren mittlerweile wieder in Burrweiler angekommen und fuhren gerade die Weinstraße hoch, an der Kirche und am Pfarramt vorbei, als Emma rief: »Warte mal, arbeitet Gadingers Frau nicht hier?«

»Woher weißt du das?«, fragte Matthias und fuhr rechts heran.

Ich könnte ja jetzt auch was Böses sagen, dachte sie und zum ersten Mal lächelte sie ihn verstohlen an: »Das hat mir gestern Abend ihr Mann erzählt.«

Matthias folgte Emma die drei Stufen hoch ins Pfarrhaus, das verträumt vor der Kirche lag. Auf der schweren Holztür, in die ein Milchglas eingesetzt war, stand noch mit Kreide geschrieben die Segensbitte »20-C+M+B-14« vom Dreikönigstag.

Sie wollte gerade klingeln, als Emma sah, dass die Tür nicht fest ins Schloss gezogen war. So drückte sie die Haustür auf und trat ein. Eine wohlig warme, leicht modrige Luft empfing sie. Der Flur lag fast völlig im Dunkeln, nur das Licht aus dem Büro erhellte den Raum so, dass man sich ohne zu stolpern fortbewegen konnte. An der rechten Wand stand ein Bücherregal, bis oben hin vollgestellt mit theologischen Schriften aller Art, wie Emma sehen konnte. Davor befand sich eine kleine Sitzgruppe, deren zwei Sessel mit einem grüngelben Polster bezogen waren, die zuletzt Anfang der 70er-Jahre modern gewesen waren. Edle, aber ausgetretene Läufer bedeckten den kalten Fliesenboden, denn eine Fußbodenheizung gab es hier nicht.

»Wenn ich Pfarrer wäre, dann würde ich es mir aber gemütlicher einrichten«, sagte Matthias und drängte sich an Emma vorbei Richtung Lichtquelle.

»Oh, mit Ihnen haben wir hier aber nicht gerechnet«, begrüßte er die Person, die sich als Elvira Paulus herausstellte, wie Emma sah, als sie sich neben Matthias in den Türrahmen stellte.

»Die zwei Kommissare. Einen wunderschönen guten Morgen. Aber der Pfarrer ist nicht da, wenn Sie ihn suchen«, sagte sie und schenkte ihnen ihr freundlichstes Lächeln, ehe sie sich wieder der Post widmete.

»Hattest du nicht gesagt, Frau Gadinger arbeitet hier?« Matthias schaute Emma fragend an.

»Das tut sie ja auch«, fiel Elvira Paulus Matthias ins Wort. »Aber heute ist Dienstag und da ist die gute Rosa Gadinger im zweiten Pfarrbüro in Rhodt unter Rietburg, um die dortigen Firmanträge, Taufpatenschaften und Stammbücher zu pflegen, Sterbeurkunden auszustellen und andere Schreib- und Büroarbeiten zu erledigen.«

»Und was machen dann Sie hier?«, fragte Matthias.

»Junger Mann, das sehen Sie doch, ich sortiere die Post ein, gehe ans Telefon und übernehme ein paar Gefälligkeiten, um meiner Freundin zu helfen. Die schafft das doch sonst alles gar nicht. Alleine das Hin- und Hergegurke ist schon stressig genug. Moment«, entschuldigte sie sich und nahm den Telefonhörer ab, um einer wohl älteren Dame, so vermuteten die beiden Kommissare, die nächsten Gottesdienstzeiten mitzuteilen. Als sie aufgelegt hatte, wandte sie sich wieder den beiden zu: »Kann ich sonst noch etwas für Sie tun? Sie sehen ja, hier ist der Teufel los, im wahrsten Sinne des Wortes …«

»Wenn Sie so fragen: Was können Sie uns über den toten Winzer sagen?«, fragte Emma. Elviras Geschichte mit dem Streit um eine Frau hatte sich nach dem Gespräch mit Jakob Gadinger ja fürs Erste als nicht zielführend herausgestellt, auch wenn sie sich diesen Punkt als Randnotiz in ihren Block geschrieben hatte.

»Den Alois meinen Sie? Der war schon immer etwas eigen. Irgendwie immer ein Miesepeter, mit nichts und niemandem zufrieden. Aber vielleicht auch kein Wunder nach dem

frühen Tod seiner Frau und bei dem Sohn. Der Alois hatte irgendwie keine Lust mehr auf das Leben. Dem war morgens schon die Sonne zu hell und abends der Mond zu dunkel.«
»Und hatte er Feinde? Also wer könnte von seinem Tod profitieren, außer dem Sohn, der alles erbt?« Matthias wollte noch nicht bewusst von einem Mord sprechen, auch wenn nach den ersten vorläufigen Ergebnissen alles darauf hindeutete.
»Sie müssen eher andersherum fragen: Wer mochte ihn? Der Alois hatte das große Talent, es sich auch mit denen zu verscherzen, die ihn noch nicht einmal richtig kannten. Und irgendwie schaffte er es immer, alle gegeneinander auszuspielen.«
»Wie meinen Sie das genau?«
»Na, als es darum ging, den Sportplatz zu modernisieren, da sagte er auf der Vorstandssitzung, das sei nicht notwendig, der Verein käme sowieso nicht über die Kreisliga hinaus, um dann in einem Geheimgespräch mit dem Bürgermeister am Vorstand vorbei die Mannschaft mit dem Verein des Nachbarortes zu fusionieren und stattdessen eine Tennisanlage bauen zu lassen. Nur weil das mehr Geld einbringt.«
»Nicht gerade die feine Art, aber bringt man deswegen gleich jemanden um?« Matthias konnte sich als bekennender Stadtmensch nicht vorstellen, dass die Dörfler derart mörderisch wegen einer zugegebenermaßen kleinen Angelegenheit unterwegs sein könnten. Die sollten erst mal nach Mannheim kommen, dachte er.
»Da kennen Sie aber die Menschen auf dem Land schlecht. Da gönnt doch so mancher dem anderen nicht den Schmutz auf dem Hof oder den Regen in der Tonne. Aber Sie haben recht, außer dass er durch diese Aktion das halbe Dorf gegen sich aufgebracht hatte, war er ausgesprochen friedlich. Ansonsten gab es ja auch wenige Berührungspunkte mit ihm. Am Weinfest nahm er sowieso nicht teil, den Sternsingern öffnete er ebenso wenig die Tür wie den Kindern, die

an Halloween bei ihm klingelten. Und Wein als Spende für den Weihnachtsbasar, phhh …« Elvira Paulus winkte ab. Alois Straubenhardt schien also wirklich ein unsympathischer oder sogar eher widerwärtiger Zeitgenosse gewesen zu sein. Aufbrausend, jähzornig und intrigant. Und genau solche Menschen waren gerne das Ziel für Racheaktionen aller Art. Dass diese Vergeltung nun tödlich geendet hatte, konnte der Täter vielleicht nicht ahnen. Oder er hatte es bewusst in Kauf genommen.
»Und aus seinem näheren Umfeld, wer könnte sich da den Tod des Winzers mehr als nur gewünscht haben?«, fragte Emma, die sich im Büro interessiert umschaute. Das Büro war klein und die Möbel alt, wodurch sie perfekt zum Ambiente im Flur passten. Der Schreibtisch war gebeizt, fast schon schwarz, mit schweren Füßen und breiter Fläche. Der Wandschrank war zwar aus feinerem Furnierholz, hatte aber ebenfalls schon bessere Zeiten gesehen. Die lange Seitenwand sowie die vom Schrank aus gesehen gegenüberliegende Wand hingen beide voll mit Papstporträts und Heiligenbildern und in jeder Ecke des Zimmers schwebte ein Kruzifix, ganz so, als würden sie denen zuschauen wollen, die hier arbeiteten. Außer einer Birkenfeige war das Büro einfach zu vollgestellt, um Dekorationen oder persönliche Gegenstände zuzulassen.
»Ich sagte Ihnen doch schon – übrigens einen schönen Mantel, den Sie da tragen –, dass es der Gadinger war.«
»Aber Sie waren es, die ihm ein Alibi gegeben hat.«
»Wer sagt das?« Elvira Paulus hörte abrupt auf, die letzten Postsendungen zu öffnen. Ihr Gesichtsausdruck hatte sich verfinstert und Emma hatte den Eindruck, ihr Gegenüber sei zum ersten Mal persönlich getroffen worden. Wie bei einem Völkerballspiel in der Grundschule.
»Jakob Gadinger.«
»Der irrt sich, ich habe ihn gestern überhaupt nicht zu Gesicht bekommen.«

»Auch nicht, als Sie die Post austrugen?«, fragte Matthias nach.
»Ich sehe so viele Menschen, aber an ihn hätte ich mich erinnert.«
Warum log sie, dachte Emma, deren Intuition, bei aller Abneigung Jakob Gadingers gegenüber, dem Winzer mehr Glauben schenkte als Elvira Paulus. Nur beweisen konnten sie es einfach noch nicht, weil die Ergebnisse aus dem Labor zum Todeszeitpunkt und Straubenhardts genauen Verletzungen noch ausstanden.
»Den Sohn habe ich auch nicht gesehen, weder gestern noch heute, dem sollten Sie auch mal auf den Zahn fühlen. Kommt nicht meistens der Mörder aus der Familie des Opfers?«
»Gestern sagten Sie doch noch, der Gadinger sei es gewesen …« Matthias Roth, der sich mittlerweile auf den Schreibtisch gesetzt hatte, wofür er von Elvira Paulus einen bösen Blick erntete, schaute die Briefträgerin und ausgemachte Klatschbase des Dorfes so intensiv an, dass sie sich vor lauter Anspannung an einem gerade geöffneten Briefumschlag schnitt.
»Autsch«, sagte sie, steckte sich den Finger in den Mund und nuckelte daran, fast so, als wollte sie Zeit herausschinden.
»Frau Paulus, bitte, der Kollege hat Sie etwas gefragt.« Emma stand nun direkt neben Elvira Paulus und sie merkte, wie die Frau auf einmal zitterte.
»Ja, der Gadinger oder eben der Sohn. Der war doch an so einer Sache dran.« Emma erinnerte sich, wie schon Jakob Gadinger gestern von Paul Straubenhardts Plänen, aus Trauben Bioethanol als Kraftstoff der Zukunft gewinnen zu wollen, erzählt hatte.
»Irgendwas mit erneuerbaren Energien und so. Der hat dafür am Institut mit dieser Kori…, Kori…, mit diesem Experten zusammengearbeitet, dem Professor, der extra aus Berlin hierhergezogen ist.«

»Und was hat das mit Alois Straubenhardt zu tun?«

»Na, es ging da um viel Geld, um sehr viel Geld. Steuergelder, Gelder aus Berlin und Brüssel und natürlich um die Lizenzrechte, wenn alles so funktioniert, wie sich das der Professor so vorstellt.«

»Ich verstehe jetzt aber immer noch nicht, was das mit dem Tod des Winzers zu tun hat.« Matthias war mehr als ungeduldig, denn außer der Tatsache, dass sich die Frau gern reden hörte, waren sie wirklich noch keinen Schritt weitergekommen.

»Weil der Sohn das Grundstück des Vaters ja bereits für die Forschung verkauft hat. Und dann muss er aus der Zeitung erfahren, dass sein Vater den Weinberg der Klinik überschrieben hat und sich damit das ganze gute Geld einfach so und von jetzt auf gleich in Luft auflösen würde. Wobei mich das jetzt selbst etwas wundert …«

»Was meinen Sie?«

»Na, weil der alte Straubenhardt ja eigentlich seinen Weinberg, also den Teufelsberg, an einen Hotelinvestor verkaufen wollte.«

»Und woher wissen Sie das?«

»Ich weiß es eben.«

»Frau Paulus, Sie möchten doch nicht die Arbeit der Kriminalpolizei behindern, oder?«

»Ich habe so ein Telefongespräch mitbekommen, letzte Woche, als die Tür bei ihm im Weingut offenstand und ich ein Paket auf seinen Esszimmertisch legen wollte. Es ging da um irgendwas wie Notar, Baugenehmigung und so weiter. Und, … oh mein Gott …«

»Was ist los?«

»Na, dieser Notartermin wäre gestern gewesen.«

zweiundzwanzig

Der Morgen begann für Rike bereits sehr früh. Sie wusste nicht, wann sie zum letzten Mal um kurz vor 6 Uhr aufgestanden war. Doch das Programm, das nun jeden Tag in der Klinik absolviert werden musste, hatte es in sich. Anziehen, dann die Morgenvisite, dann wiegen, Blutdruck und -zucker messen, eine Runde schwimmen oder laufen, zurück aufs Zimmer, duschen, anziehen und zum morgendlichen Abschluss frühstücken.

Erst dann wurden die Mütter, die noch nicht so weit waren, zu ihren Kindern gelassen. Wobei das nur unter Aufsicht und Anleitung vonstattenging. Ob wickeln, füttern oder sich mit dem Kind beschäftigen, schmusen und liebkosen, tragen, in den Schlaf wiegen oder ihm etwas vorsingen, das Wiederannähern begann mit den einfachsten und gewöhnlichsten Dingen, die eine Mutter mit ihrem Kind normalerweise erlebte.

Auch wenn Rike ein ums andere Mal kichern musste, wenn sie sah, wie manche Mütter sich anstellten oder wie hilflos sie waren, wenn es darum ging, das eigene Kind zu versorgen –, auch sie musste sich insgeheim eingestehen: Eine gute Verbindung zu Amelie, ihrer Tochter, hatte sie immer noch nicht gefunden. Selbst in der Klinik gab es Tage, da vergaß sie beinahe, dass es Amelie überhaupt gab. Wie bei einem Tamagotchi, dem kleinen japanischen Elektronikspielzeug aus den 90ern, ertönte ein Signal am Sender, den jede Mutter am Handgelenk trug, dass das Kind jetzt eigentlich Hunger hätte, wenn sich nicht die Kinderkrankenschwester darum kümmern würde. Eigentlich ein heilsamer Schock für jede Mutter, weswegen diese Therapiestufe erst bei bereits gefestigteren Patientinnen angewandt wurde. So war Rike völlig panisch geworden, weil sie nicht wusste, wie sie den schrillen Ton endlich ausschalten konnte. Dass sie einfach nur ihr Baby hätte füttern müssen, war ihr überhaupt nicht in den Sinn gekommen.

So wurde sie wieder zurückgestuft. Die Folge war eine Rundumbetreuung für Amelie, mit regelmäßigen Annäherungseinheiten und begleiteten Mutter-Kind-Stunden, in denen Rike einfach nur dasaß und Amelie anschauen sollte, gerne auch berühren oder gar auf den Arm nehmen durfte, je nachdem, wonach sie sich gerade fühlte.

Hinzu kamen, und so auch an diesem Morgen, einzelne Therapiestunden mit den demenzkranken Patienten, die sich im Gegensatz zu Rike auf die Babys freuten und diese in gewisser Weise auch auf sie. Der »Willkommen Baby!«-Raum war erfüllt von Kinderquieken, Brabbeln und Lachen, lautem Erzählen, leisem Summen und angeregten Gesprächen. Auch wenn diese meistens zusammenhanglos und ohne wirkliche Tiefe waren, so zeugten sie doch von Glück und einer sich wohlig anfühlenden Zufriedenheit. Ein Gefühl, das Rike verlernt hatte. Oder viel schlimmer: das sie bislang noch nie besessen hatte.

Amelie wurde gerade von einer Frau gewickelt, als Rike einen Blick in den Raum warf. Wie gut sie es hat, dachte sie, und ein leichter Anflug von Schwermut legte sich auf ihre Seele. Was ist es nur, was meine Leere so anschwellen lässt und mich dabei auffrisst, fragte sie sich, und plötzlich schossen ihr die Tränen in die Augen.

Peinlich berührt, einfach so loszuheulen, weil sie doch eigentlich immer von sich gedacht hatte, eine starke Persönlichkeit zu sein, schlich sie sich langsam davon, als sie einer älteren Frau in die Arme lief. In eine Gardine gehüllt, die wohl ein Hochzeitskleid darstellen sollte, überschminkt und

mit einer Krone im Haar stand sie vor ihr und musterte sie in einer Mischung aus Skepsis und Erheiterung.
»Kindchen, was hast du denn? Ist es wegen dieser Armee?«
»Welche Armee?«, schluchzte Rike, während sie verzweifelt in der Seitentasche ihrer Hose nach einem Taschentuch suchte. Die Frau schien das mitbekommen zu haben und reichte ihr ein Stofftaschentuch.
»Na, die Armee dieser kleinen Monster.«
»Sie meinen die Kinder?«
»Ja, schreiende, grässliche, alles vernichtende Monster, die einem den letzen Nerv rauben.«
»Sie sprechen von Babys«, empörte sich Rike. Es war ihr egal, ob man mit demenzkranken Menschen so sprechen durfte oder nicht. Ihre Tochter als nervtötendes Monster zu bezeichnen, ging eindeutig zu weit.
»Ich weiß, aber ich muss Ihnen da mal was zeigen. Kommen Sie mal mit.« Ungläubig und doch auf eine gewisse Art angespitzt und neugierig folgte sie der Frau in ihr Zimmer, das nur zwei Türen vom »Willkommen Baby!«-Zimmer entfernt war.
Die Frau zeigte auf den Fernseher, in dem gerade eine Zeichentrickserie lief. Dort kämpfte gerade eine Königin mit ihren Soldaten gegen einen feuerspeienden Drachen, kindgerecht aufbereitet, aber die Frau schien völlig gefangen zu sein, denn sie zitterte, wie Rike bemerkte.
»Sehen Sie, so erging es mir auch.«
»Ja, aber da sind keine Babys.«
»Nein, natürlich nicht«, echauffierte sich die Frau. »Das wurde ja gestohlen.«
»Wie, Ihnen hat man ein Kind gestohlen?« Rike wusste schon längst nicht mehr, was sie der Frau überhaupt noch glauben konnte und was nicht.
»Nein, ich habe es gestohlen.«

dreiundzwanzig

Das Önologische Institut der Pfalz lag in einer Talsenke, eingebettet zwischen Weinbergen. Auch wenn sich der Nebel an diesem Morgen selbst hier verzogen hatte, so war die Luft angefüllt mit schwerer, drückender Feuchtigkeit. Die Rebstöcke wirkten noch knorriger als sonst und die aufgewühlte Erde des Weinbergs lag verschrumpelt und lebensfern da.

Es war nicht viel Betrieb, als Matthias und Emma in die lange Hofeinfahrt einbogen. Auf dem Parkplatz im Innenhof standen nur fünf Autos, und als sie sich umschauten, sahen sie, dass nur hinter wenigen Fenstern Licht brannte.

»Du hättest mir ja auch etwas mehr über dein Gespräch mit Jakob Gadinger erzählen können«, sagte Matthias, als er aus dem Wagen stieg.

»Du hast mich ja nicht gefragt.«

»Ich wusste nicht, dass ich dich dafür extra fragen muss. Und außerdem …«

»… war es auch gar nicht so zielführend, wie ich es mir erhofft hatte«, unterbrach ihn Emma. Sie folgte ihm die Stufen aus Mischbeton hinauf zum Eingang. Die Abteilung, die Prof. Dr. Michael Häußler leitete, befand sich im ersten Stock, gleich neben dem Fachbereich zur Bekämpfung von Erkrankungen der Weinrebe.

»Aufzug oder Treppe?«, fragte Emma, obwohl sie die Antwort eigentlich schon selber kannte. So nahm sie die Treppe, die mit ihrem goldlackierten Geländer und dem geschwungenen Handlauf dem eher nüchtern gehaltenen Foyer einen gewissen Prunk verlieh. Matthias im Schlepptau.

Sie fanden den Professor in seinem Büro, das den Charakter eines sterilen Arztzimmers einer Universitätsklinik besaß und dessen Tür nur angelehnt war. Michael Häußler hatte sein Mobiltelefon am Ohr und redete auf seinen Gesprächspartner ein. Er stand mit dem Rücken zu den beiden Kommissaren am Fenster und schaute nach draußen in den Weinberg. Als sich Matthias mit einem beherzten Klopfen bemerkbar machte, drehte sich Häußler mit aufgerissenen Augen schlagartig um.
»Da reden wir ein anderes Mal drüber. Ich muss jetzt aufhören, ich habe Besuch.«
»Kripo Ludwigshafen, Kriminalhauptkommissar Roth, das ist meine Kollegin Hauptkommissarin Hansen. Wir hätten da ein paar Fragen an Sie«, stellte Matthias sich und Emma vor.
»Wir wollten Sie jetzt aber nicht stören! Oder ist etwas Schlimmes passiert? Sie machen so ein entgeistertes Gesicht«, sagte Emma und beobachtete Häußlers Reaktion aufmerksam.
»Nein, alles gut. Es gibt eben Nachrichten, die nachwirken, die man erst mit etwas mehr Abstand versteht.«
Matthias schaute Emma aus den Augenwinkeln heraus an.
»Apropos Nachrichten.« Sie zeigte auf die Zeitung, die aufgeschlagen auf seinem Schreibtisch lag. »Die gestrige Ausgabe hat ja bei einigen Dorfbewohnern für einen ziemlichen Wirbel gesorgt, zumindest was Jakob Gadinger und Paul Straubenhardt, den Sohn des toten Winzers betraf …«
»Ja, was ist damit? Sie sehen doch, ich habe viel zu viel zu tun, als dass ich mich mit Ihnen über das Geschmiere der Lokalzeitung unterhalten wollte.«
»Es geht um diesen Artikel.« Emma nahm die Zeitung und schlug die erste Lokalseite auf, auf der ganz oben der Artikel über die Wiedereröffnung der St.-Anna-Klinik abgedruckt war. »Es kann Ihnen ja wohl nicht gefallen, was dort steht.«
»Was soll diese Suggestivfrage? Ich weiß immer noch nicht, was Sie meinen.«

»Ich erkläre es Ihnen: Ohne Weinberg keine Trauben und ohne Trauben keine Forschung am Biokraftstoff der Zukunft«, sagte Matthias, und sein provozierender Unterton durchschnitt die angespannte Atmosphäre wie ein filigranes Skalpell menschliche Haut.
»Dann nehme ich eben einen anderen Weinberg.« Häußler hatte mittlerweile in seinem Stuhl Platz genommen und drehte sich leicht hin und her.
»Wie wir der Forschungsausschreibung entnehmen konnten, braucht man für die Zulassung spezielle Anforderungen, die Sie in der Pfalz nur im Teufelsberg, also dem Straubenhardt'schen Weinberg finden können.« Wow, Matthias war nicht nur ihr gegenüber schlagfertig, sondern er war auch gut vorbereitet.
Der Professor schnappte merklich nach Luft, auch wenn er versuchte, die Ruhe zu bewahren. »Und was wollen Sie mir jetzt damit sagen?«
»Dass Sie auf den Weinberg angewiesen sind. Und als Sie in der Zeitung lesen mussten, dass der Weinberg längst für den Anbau der Klinik vorgesehen ist, da mussten Sie handeln …« Matthias sprach bewusst nicht aus, was längst als These im Raum lag.
»Sie meinen, ich soll den Straubenhardt umgebracht haben? Dass ich nicht lache!«
»Was finden Sie daran lustig?«, fragte nun Emma.
»Weil, wie Sie sicherlich wissen, dafür auch das Testament hätte geändert werden müssen. Und Paul, also Herr Straubenhardt Junior, und ich waren der Meinung, wir sollten lieber noch einmal in Ruhe mit dem Alois sprechen und ihn mit guten Argumenten von unserem Vorhaben überzeugen, anstatt ihn zu überfahren.«

Das Testament, das war es. Michael Häußler war, nachdem die beiden Kommissare gegangen waren, erst einmal auf die Toilette gestürzt, um sich eine Ladung kaltes Wasser ins

Gesicht zu werfen. Als er sein Gesicht mit einem Frotteetuch abtrocknete, sah er einen eigentlich ganz attraktiven Mann, der für seine Mitte fünfzig locker als zehn Jahre jünger durchging. Der Haaransatz an den Schläfen war zwar bereits grau meliert, aber er hatte hohe Wangenknochen und einen fein geschnittenen Mund - auch jetzt noch lächelten ihm selbst deutlich jüngere Frauen zu, wenn er durch die Stadt flanierte.

Der Mann jedoch, der ihn jetzt im Spiegel anschaute, sah müde aus, gräulich und eingefallen. Als ob das Leben zwischen ihm und dem Spiegel verloren gegangen wäre, heruntergespült durch den Abfluss, wie das angenehm kalte Nass wenige Augenblicke zuvor. Dieses verdammte Geld, dachte er, als er zurück in sein Arbeitszimmer ging. Er nahm ein Tütchen Aufputschmittel, das er ohne einen Tropfen Wasser herunterschluckte, ehe er anfing, seine Schubladen durchzuwühlen. Wo habe ich sie nur, dachte er, als sein Blick auf sein Mobiltelefon fiel. Natürlich, hier habe ich sie irgendwo abgespeichert. Er brauchte das Alphabet der Namen nicht lange durchzugehen, als er die entscheidende, fast schon überlebenswichtige Nummer gefunden hatte.

Hastig drückte er auf den »Anrufen«-Knopf. Vor lauter Aufregung knabberte er am Fingernagel seines Daumes, als am anderen Ende abgenommen wurde.

»Ich muss mit dir sprechen, hörst du. Es geht nicht mehr. Heute Abend, 22 Uhr, im Teufelsberg, an der letzten Wegmarkierung. Ach ja, und wenn du nicht kommen solltest, dann erzähle ich jedem von deinem kleinen Geheimnis.«

vierundzwanzig

Dieses Mal war es Emma, die die alte Weinstraße Richtung Burrweiler entlangfuhr. Ohne Widerworte hatte Matthias ihr den Autoschlüssel gereicht, als sie aus dem Institut kommend zum Dienstwagen gelaufen waren.

»Und, was hältst du von dem Kerl?«, hatte Matthias sie gefragt.

»Besonders sympathisch ist der nicht. Dem würde ich nicht mal meinen Müll anvertrauen. Aber danke.«

»Wofür?«

»Dass du das Gespräch an dich genommen und in diese Richtung gelenkt hast. Ich war da wohl etwas auf zu dünnem Boden unterwegs.«

»Gern geschehen.« Er lächelte noch immer, als sie das Ortsschild passierten. Vielleicht wird es ja doch ganz gut werden, dachte Emma, auch wenn sie wusste, dass sich ihre Wege trennen würden. Wenn auch nur für das nächste Gespräch. Denn während sie in die Klinik wollte, um Rike kurz Hallo zu sagen, stand für Matthias ein Besuch bei Paul Straubenhardt an. Sowohl die Sache mit dem Testament als auch die mit dem Hotelinvestor, von dem ihnen ja Elvira Paulus erzählt hatte, waren noch längst nicht abschließend geklärt worden.

»Wir sehen uns dann am Pfarrhaus, richtig?«, fragte Emma.

»Soll ich dich nicht später abholen kommen?«

»Ich weiß nicht, wie lange ich bleibe. Am Ende nehmen mich Rike und ihre Tochter so sehr in Beschlag, dass ich noch zum Mittagessen bleibe. Aber um 13 Uhr bin ich spätestens da«, sagte sie und erinnerte sich an den Termin, den sie mit Rosa Gadinger telefonisch ausgemacht hatten, als beide auf dem Weg zum Professor gewesen waren. Sie verabschiedete sich mit einem beiläufigen Lächeln von Matthias. Fast schon zu beiläufig, wie sie sich eingestehen musste, aber Matthias schien es auch nicht anders interpretiert zu haben, als er den Schlüssel entgegennahm und ins Auto stieg.

Auch wenn er keine Kerzen, Blumen oder Karten der Anteilnahme im Hof oder an der Haustür erwartet hatte, so wie es bei anderen Opfern eines schrecklichen Verbrechens häufig der Fall war, mit einem so verlassenen Hof hätte er beim besten Willen nicht gerechnet.
Mit Alois Straubenhardts Tod schien auch das Ende dieses schon etwas protzig anmutenden Weingutes gekommen zu sein. In tiefster Trauer lag das Anwesen vor ihm, als er auf den Hof fuhr, auch wenn niemand da war, der um den toten Winzer als Menschen trauern wollte.
Selbst Paul Straubenhardt machte zwar keinen fröhlichen, aber zumindest einen relativ ausgeglichenen, in sich ruhenden Eindruck, als er dem Kommissar die Tür öffnete.
»Kann ich reinkommen?«, fragte Matthias.
»Ich habe doch schon alles gesagt. Was wollen Sie denn noch wissen?«
»Wir haben da noch einige offene Punkte, also? Oder möchten Sie das lieber hier draußen besprechen?«
»Nein, nein, ist ja schon gut.« Matthias folgte dem hageren Mann durch den dunklen Flur in Richtung Esszimmer. Er schätzte ihn auf Mitte bis Ende vierzig, wobei er gut noch älter sein konnte, so verlebt, wie Straubenhardt schon aussah. Aber nicht, weil die Sonne seine Haut gezeichnet hatte. Vielmehr, weil er ein zutiefst mit sich und der Welt unzufriedener Mensch zu sein schien.
»Dass Sie uns alles gesagt haben, glaube ich leider nicht.«
»Wie?« Paul Straubenhardt, der sich gerade etwas Traubensaftschorle einschenken wollte, hielt inne und schaute Matthias ungläubig an.

»Sie haben uns bisher noch nichts von einem Testament gesagt.«
»Ja, nein, also ich weiß ja gar nicht, ob es eins gibt.«
»Wie, Sie wissen nicht, dass Ihr Vater ein Testament hat anfertigen lassen?«
»Sie kannten meinen Vater eben nicht. Der hat mit mir nicht über solche Dinge gesprochen. Nicht mal mit meiner Mutter, als sie noch lebte. Das waren bisher immer seine Angelegenheiten gewesen.«
Merkwürdig. Man musste doch wissen, ob ein Testament notariell beglaubigt wurde, dachte Matthias und nahm sein Mobiltelefon heraus, drückte die Aufnahmetaste und sprach »Testament Straubenhardt« ins Mikrofon.
»Machen Sie das immer?«, fragte Paul Straubenhardt und schüttelte nur angewidert den Kopf. »Die Polizei wird modern, na dann.«
»Herr Straubenhardt, wussten Sie davon, dass Ihr Vater eigentlich das Grundstück an einen Hotelinvestor verkaufen wollte?«
»Wer erzählt denn so einen Blödsinn?«
»Stimmt das also nicht?«
»Nein, ich meine, ich wusste nicht, was er mit seinem Weinberg und den ganzen Ländereien, die er so besaß, wirklich vorhatte.«
»Er hat anscheinend das ganze Dorf an der Nase herumgeführt.«
»So war mein Vater. Aber seine eigene Hinterlist hat ihn jetzt getötet.«

fünfundzwanzig

Warum hatte ihr Rike nie erzählt, dass sie ausgebrannt und wegen einer postnatalen Depression in die St.-Anna-Klinik eingewiesen worden war, fragte sich Emma, als sie durch die langen Flure des neues Traktes der Klinik eilte.
Rike war immer eine starke, lebensbejahende und vor allem fröhliche Person gewesen. Dass sie nun depressiv und mit sich und der Welt überfordert sein könnte, das konnte Emma eigentlich gar nicht so recht glauben. Vielleicht hat sie das Kind ja wirklich so verändert, dachte Emma, und sie empfand plötzlich tiefes Mitleid für ihre Freundin. Denn während man sich von einem Job, von der Wohnung oder auch vom Partner jederzeit trennen konnte, war man Mutter ein Leben lang. Mit allem, was dazugehörte. Auch dann, wenn es einem selbst dreckig ging, man krank war oder auch einfach auf nichts und niemanden Lust hatte. Die Verantwortung, die man für ein Kind übernommen hatte, konnte man nicht abgeben. Niemals. Davon war Emma überzeugt. Allein würde Emma diese Verantwortung niemals übernehmen wollen. Dazu gehören einfach immer zwei, dachte sie. Vater und Mutter.
Rikes Zimmer lag im zweiten Stock der Station, die den ungewöhnlichen Namen »Lichtblick« trug. Der Flur war in ein sanftes Licht getaucht, die Raufasertapete war hellgelb gestrichen und an den Wänden hingen entgegen aller Erwartung keine Babybilder, die zeigten, wie Mütter mit ihren Babys kuscheln, oder mit Babys, die in starken Männerhänden liegen, oder Bilder von lachenden Babys mit witzigen Mützen auf dem Kopf oder in niedlichen Stramplern. Einige

Bilder zeigten weitläufige Wiesen, die wohl für eine endlose Freiheit stehen sollten, andere erzählten mit ihren blau- und türkisfarbenen Flächen von der Sehnsucht nach dem Meer.
»Schön, nicht wahr? Wir haben die Mütter gefragt, wie sie sich Glück vorstellen«, sagte die Frau, die auf einmal neben Emma stand, als diese interessiert die verschiedenen Gemälde betrachtet hatte.
»Ich bin Dr. Hannah Weiden und leite diese Abteilung. Haben Sie Interesse an unserer Therapieform und wurden von Ihrem Frauen- oder Hausarzt oder Ihrer Krankenkasse zu uns geschickt?«
Die Frau lächelte. Sie trug einen knöchellangen Rock, eine weiße Bluse und halbhohe Pumps. Ihr Haar war schulterlang, mittelbraun, mit Strähnen aufgelockert und sie hatte strahlend-weiß gepflegte Zähne, die ihr sanftes Lächeln betonten.
»Oh nein, vielen Dank. Ich wollte eine Freundin besuchen, die seit einigen Tagen hier in der Klinik ist. Sie heißt Rike, Rike Köhler.« Sie streckte der Frau die Hand entgegen. »Und ich bin Emma Hansen.«
»Rike Köhler? Stimmt, sie hat Zimmer 10 bezogen. Eine wirklich nette junge Frau, sie lacht sehr gerne und scheint immer sehr fröhlich zu sein. Ja, aber gerade solche Frauen erwischt es dann buchstäblich wie aus heiterem Himmel.
Emma nickte. So konnte man es auch ausdrücken.
»Und was denken Sie?«
»Seien Sie beruhigt, Rike ist eine wunderbare Mutter.«
Auch wenn Emma diesen Satz nicht ganz verstand, so freute sie sich. Ob ich Rike davon erzählen soll, fragte sie sich, als sie erneut in ihren Gedanken unterbrochen wurde.
»Die Mütter dieser Station sind gerade auf Tour mit ihren Babys. ›Stolz auf vier Rädern‹ heißt dieser Kurs bei uns. Denn viele Frauen, die unter einer Wochenbettdepression leiden, igeln sich ein, gehen also mit ihrem Kind nicht mehr vor die Tür. Aus Scham, aber auch aus Angst, von anderen

Menschen angesprochen zu werden, um dann so tun zu müssen, als wäre der Wonneproppen im Kinderwagen das größte Glück auf Erden.«

»So habe ich das noch gar nicht gesehen. Was für ein Druck.«

»Ja, und die wenigsten Menschen verstehen das. Eher noch schlimmer: Sie setzen die Mütter unter Druck, nach dem Motto ›Jetzt stell dich nicht so an‹ oder ›Zu meiner Zeit hat es so was auch nicht gegeben‹ und ›Wir sind mit den Stimmungsschwankungen auch zurechtgekommen‹. Die Frauen unserer Zeit können wirklich froh sein, heute verschiedene Therapieangebote und -möglichkeiten zu haben. Denn aus einer postnatalen Depression kann sich schnell eine Psychose entwickeln. Mit schlimmen Folgen.«

»Ihre Klinik scheint da eine gewisse Vorreiterrolle zu spielen.«

»Ja, und darauf sind wir sehr stolz, auch wenn es ein langer Weg war. Und wir sind noch lange nicht am Ende angekommen.« Dr. Hannah Weiden lächelte, während sie sich mit der linken Hand ihr Haar zurechtrückte. Wie Emma sehen konnte, trug die Ärztin ein schweres und sicherlich auch teures Goldcollier am Hals, das von einem eingefassten Diamanten in Herzform, der während des Richtens ihrer Frisur in ihrem Dekolleté wippte, gekrönt wurde.

»Und wie ich gelesen habe, steht das gesamte Dorf hinter dieser Einrichtung.«

»Wir können unser Glück immer noch nicht fassen. Zumal wir jetzt sogar weiterbauen dürfen, obwohl dieses Stück Land überhaupt nicht als Baugebiet ausgeschrieben ist.«

»Sehr ungewöhnlich. Was meinen Sie, ist der Grund dafür?«, fragte Emma, die jetzt ihren Ausweis zeigte, da das Gespräch längst von einer freundlichen Unterhaltung zweier Frauen in eine polizeiliche Ermittlung übergegangen war.

»Kriminalpolizei? Nein, sagen Sie nicht, eine Patientin …«

»Nein, nein, wir ermitteln im Falle des verunglückten Winzers.« Emma reichte der Klinikchefin ihre Visitenkarte.

»Ist das nicht furchtbar. Der Mann, dem wir das alles hier zu verdanken haben und der uns das Grundstück für den Anbau überschreiben wollte, ist jetzt tot.«

»Wie ist es eigentlich dazu gekommen? Ich meine, möchte ein Winzer seinen Weinberg nicht auch dann bewirtschaftet wissen, selbst wenn er ihn nicht mehr eigenständig betreiben kann?«

»Das hat uns selbst gewundert. Eigentlich hatten wir uns gegen das damalige Altenheim als neues Mutter-Kind-Heim entschieden. Denn bei der Besichtigung der Anlage war uns klar, wir werden uns hier nie erweitern können, weil wir ja komplett von den Weinbergen des Alois Straubenhardt umgeben waren.«

»Und was ist dann passiert? Hat er seine Meinung geändert?«

»Das musste er gar nicht. Er kam eines Tages ins Altenheim und wollte mich sprechen. Sie müssen wissen, ich habe damals das Heim kommissarisch betreut.«

»Und was sagte er?«

»Er wisse um unsere Pläne, das Altenheim in ein Mutter-Kind-Heim und ein Heim speziell zur Behandlung von Demenzkranken umzuwandeln. Und er würde uns dabei sehr gerne unterstützen, indem er uns einen Teil seines Weinbergs für den Ausbau des Hofes, einen neuen Parkplatz sowie die erweiterten Garten- und Parkanlagen zur Verfügung stellen würde.«

»Das heißt, er hatte der Klinik schon eine gewisse Fläche überschrieben?«

»Ja, man könnte sogar von einer Schenkung sprechen.«

»Und wann war das?«

»Am 1. Juli 2012.«

»Das wissen Sie noch so genau?«

»Ja, das war der Tag, an dem Pater Clemens Bauer als neuer Pfarrer wieder die Gemeinde übernommen hat. Und keine sechs Wochen später, an Mariä Himmelfahrt, dem 15. August, fand der offizielle Spatenstich statt. Denn erst der Pater hat uns dazu bewogen, die Entscheidung zugunsten dieses Standortes zu treffen.«

»Der Pater?«

»Ja, er sagte schon Anfang Juli 2012, dass wir auch mit einem weiteren Teil des Grundstücks rechnen könnten. Wie Sie sehen, eigentlich ist das ja alles seine Idee. Er sitzt bei uns im Beirat, und als wir ihm von unserem neuen Konzept erzählten, da war er Feuer und Flamme. Einfach nicht mehr zu bremsen.«

Obwohl sie eigentlich die wesentlichen Punkte und Stichworte in ihren Block schreiben wollte, über den Namen Clemens Bauer kam Emma einfach nicht hinaus. Was hatte der Pfarrer nur damit bezwecken wollen, in seinem hohen Alter noch ein so ehrgeiziges Projekt umzusetzen? War es nicht wahrscheinlicher, sich die letzten Jahre, die einem noch geschenkt würden, noch so schön und angenehm wie möglich zu gestalten?

»Es scheint, als hätten Sie meine Ausführungen jetzt ein wenig irritiert ...«

»Sagen wir mal, sie waren erhellend.« Emma lächelte Hannah Weiden milde an. So wirklich einordnen oder gar verstehen konnte sie das gerade Gehörte noch nicht.

»Ich muss ehrlich zugeben, ich habe damals genauso reagiert.«

»Oh, warum? Es müsste Sie doch überglücklich gemacht haben.«

»Das hat es auch. Aber - irgendwie - wie soll ich sagen? Es kam alles so schnell und lief alles viel zu glatt. Und vor allem, ich werde bis heute ein Gefühl nicht los: Es wirkte alles auf mich wie eine Art Wiedergutmachung.«

sechsundzwanzig

Der kleine Spaziergang zurück ins Dorf tat gut. Wie es ihr Großvater Anders Hansen als Kommissar stets praktiziert hatte, so genoss es auch Emma, ihren Gedanken alleine und an der frischen Luft freien Lauf zu lassen. Sie würde sich später, nachdem sie im Pfarrhaus mit dem Pater gesprochen hatten, noch mit Matthias austauschen, doch jetzt musste sie erst einmal alles für sich in Ruhe und mit Struktur sortieren.

Sie lief die St.-Anna-Straße entlang, die sich wie eine sanfte Schneise zwischen die Weinberge gelegt hatte, in den Ort hinein. Hinter ihr lag auf der Anhöhe die St.-Anna-Kapelle, etwas darunter das Restaurant »Rheinblick« und daran anschließend nach rechts abgehend die Klinik mit ihren zwei großen, jeweils dreistöckigen Gebäudetrakten.

Sie fragte sich immer noch, warum sich gerade der Pater so für die Klinik und deren Ausbau engagiert hatte. Ob er damit Straubenhardt gar übergangen hatte? Und warum war er vor anderthalb Jahren wiedergekommen? Wo war er vorher gewesen? Natürlich war es nicht besonders ungewöhnlich, dass ein Pfarrer versetzt wurde und auch noch im Ruhestand seinen Dienst verrichtete, weil es einfach zu wenig Geistliche in der katholischen Kirche gab. Aber das wird er uns sicherlich gleich selbst erzählen können, dachte Emma, als sie die Winzergaststätte in der Dorfmitte passierte.

Irgendwie hatte Emma ein merkwürdiges Gefühl, was die Verbindung zwischen dem Pater und Alois Straubenhardt anging. In der Zeitung hatte der alte Pfarrer angekündigt, dass der Winzer der Klinik einen weiteren Teil seines Grundstücks überlassen würde. Doch mehrere Zeugen hatten gesagt, dass Straubenhardt ganz andere Pläne gehabt hätte. Nur welche dies wirklich waren, das war nun kaum noch zu klären, denn Straubenhardt war tot. Er hatte alle gegeneinander ausgespielt, dachte Emma. Und irgendwo hier könnte das Mordmotiv liegen.

Es war kurz vor 13 Uhr, als sie das Pfarramt erreichte. Matthias wartete bereits am Auto auf sie.

»Hej, wie war's bei Straubenhardt Junior?«, fragte Emma. Ihr gefiel, wie lässig Matthias ans Auto gelehnt dastand und auf sie wartete.

»Das erzähle ich dir gleich. Hellmann hat angerufen. Er will mit uns sprechen, weswegen ich ihm ein Telefonat im Auto vorgeschlagen habe.«

»Er hat dich angerufen?« Augenblicklich war Emmas gute Laune verflogen, als sie auf dem Beifahrersitz Platz nahm. Selbst bei Martin Jost, Matthias' Vorgänger, der fast 30 Jahre älter gewesen war als sie und den Hellmann auch noch viel länger gekannt hatte, war es immer sie gewesen, die er angerufen hatte.

»Ja, er sagte, er habe dich nicht erreicht, weshalb er es bei mir probiert hat. Du hattest sicher keinen Empfang.«

Emma lächelte, als sie Hellmanns Nummer wählte. Wie gut es tat, wenn gewisse Dinge so blieben, wie sie waren.

»Hellmann.«

»Wir sind's, wie versprochen.«

»Danke für den Rückruf. Wollt ihr kurz zusammenfassen, wie Eure Gespräche waren? Matthias hat schon erzählt, dass ihr euch getrennt habt, nachdem ihr beim Professor gewesen seid.«

Emma und Matthias berichteten dem Leiter der Mordkommission kurz, was das Gespräch mit Paul Straubenhardt und der Besuch in der Klinik, in der Emma ja mehr durch Zufall an interessante Fakten gekommen war, ergeben hatten.

»Und der Straubenhardt weiß nicht, wo das Testament abgeblieben ist? Eine Hausdurchsuchung werden wir nicht bekommen. Ich lasse mal Annegret Bender die Notariate der Umgebung abtelefonieren, vielleicht bekommt sie ja etwas heraus.«
»Dann kann sie auch gleich mal bitte nach den beiden Notarterminen fragen«, warf Emma ein.
»Zwei Termine? Du hast nur von dem einen erzählt, der bereits gestern hätte stattfinden müssen.«
»Und da hätte uns ja zumindest Paul Straubenhardt etwas zu sagen müssen«, bemerkte Matthias.
»Wieso?«
»Die hätten doch bestimmt nachgefragt, wo der alte Straubenhardt bleibt ...«
»Ja, aber wenn das stimmt, was du erzählt hast, dass der nicht wollte, dass sein Sohn etwas von seinen Plänen mitbekommt, dann hat er dem Notar sicher untersagt, bei ihm anzurufen. Zumal er ja nicht damit rechnen konnte, ermordet zu werden.«
»Apropos ermordet, Chef. Gibt es schon Ergebnisse aus der Rechtsmedizin?«, fragte Matthias, fast schon ein wenig zu aufgeregt.
»Sofort, dazu komme ich gleich. Erst mal der Reihe nach. Emma, was war jetzt noch mal mit dem zweiten Notartermin?«
»Den habe ich aus der Zeitung. Im gestrigen Artikel wird der Pfarrer zitiert mit den Worten, dass am heutigen Dienstag die letzten notariellen Hürden genommen werden würden.«
»Okay, also Annegret kümmert sich um die Notare, einmal um das Testament und dann um die Frage, was es mit den zwei Terminen auf sich hat. Wäre ja schon eine Sache, wenn ein und dasselbe Notariat sich um die Sache gekümmert hätte«, sagte Hellmann, der sich die Punkte notiert hatte, wie Emma wegen seines langsamen Wiederholens der Worte vermutete.

»Und wir sind jetzt hier am Pfarramt, um mit Rosa Gadinger und vor allem um mit Pater Clemens Bauer zu sprechen.«
»Dann klopft auch noch mal Gadingers Alibi ab, denn wir reden jetzt nicht mehr von einem Unfall.« Hellmann holte tief Luft. Die Tötungsdelikte, die er in seiner bisherigen Laufbahn hatte bearbeiten dürfen, konnte er an zwei, maximal drei Händen abzählen.
»Wie mir eben die Kollegen mitgeteilt haben, ist Straubenhardt an den inneren Verletzungen durch das Überrollen und Mitschleifen des Traktors gestorben. Nähere Details zu den Quetschungsgraden der Organe und so weiter erspare ich euch. Auch ich musste da weghören. Es ist aber alles im Bericht zu lesen, den ich euch auf euren Schreibtisch gelegt habe. Wir können also nach der Laboruntersuchung davon ausgehen, dass jemand die Bremse an Straubenhardts Traktor gelöst haben muss. Und auch die Wegberechnung vom Anfang der Zerstörung im Weinberg bis zu Straubenhardts Fundort lassen keine Vermutung zu, dass er selbst die Bremse gelöst hat oder sie nicht fest genug anzogen hat.«
Hellmann hielt an, er räusperte sich noch einmal, ehe er bedächtig wie er manchmal sein konnte, fortfuhr: »Emma, Matthias, damit ist klar: Aus möglichen Nutznießern seines Todes sind jetzt potenzielle Mörder geworden.«

siebenundzwanzig

Nieselregen hatte eingesetzt, als Emma und Matthias aus dem Dienstwagen stiegen. Als ob der Himmel Trauer tragen würde, hatte sich die Wolkendecke verdichtet und zeigte ein düsteres, mürrisches Grau. Selbst ein so romantischer Weinort wie Burrweiler sah an einem solchen Tag einfach nur trostlos und verlassen aus. Als hätte sich das Leben für immer von hier verabschiedet.

Rosa Gadinger erwartete sie bereits, als die beiden Kommissare zum zweiten Mal binnen eines Tages das Pfarrhaus betraten. Nur, jetzt wirkte es noch dunkler und abweisender als am Vormittag.

»Ist das nicht schlimm, was da mit dem Alois passiert ist?«, begrüßte sie die beiden Kommissare, während sie Ausdrucke sortierte und in den großen Bürolocher schob. Während sich Matthias erneut in den einzigen Stuhl setzte, der neben Gadingers Bürosessel im Zimmer stand, schaute Emma ihr interessiert zu. Sie schätzte Rosa Gadinger auf Ende fünfzig, Anfang sechzig. Sie trug eine schwarze Stoffhose und eine Bluse mit Blumenmuster, über die sie sich eine Weste gezogen hatte. Kleine, goldene Ohrstecker und bernsteinfarbenes, in Dauerwellen gelegtes Haar rahmten ihr Gesicht ein.

Obwohl sie einen schweren Busen und eine ausladende Hüfte hatte, war ihr Gesicht hager, fast schon ein wenig ausgemergelt, und tiefe Falten zeugten von einem arbeitsreichen, intensiven Leben. Sie bewegte sich hektisch und ihre Hände waren ständig in Aktion, was sich selbst in ihren Augen widerspiegelte, die fortwährend alles beobachteten.

Warum schaut sie nur so traurig, dachte Emma, als sich für einen kurzen Moment die Blicke der beiden Frauen trafen. Es war, als ob sich ein schwarzer Schleier über ihre kleinen Augen gelegt hätte, der sie gefangen hielt.
»Ja, es tut uns sehr leid, Frau Gadinger, dass Ihr Nachbar tot ist.«
»Wie konnte er nur so unvorsichtig sein und die Bremse nicht richtig anziehen.« Sie schüttelte unentwegt ihren Kopf, während sie den Ordner, in dem sie die gelochten Dokumente zuvor eingeheftet hatte, zurück in den Schrank stellte.
»Es war kein Unfall. Er ist ermordet worden«, sagte nun Emma, die immer noch am Türpfosten gelehnt stand.
»Ermordet? Der Alois? Hier in Burr?« Rosa Gadinger setzte sich in ihren Sessel, der hörbar unter ihrem Gewicht nachgab.
»Wissen Sie, wer das getan haben könnte?«
Keine Reaktion. Wie entgeistert schaute Rosa Gadinger auf den Bildschirm ihres Computers.
»Frau Gadinger?«
»Nein, nein, wieso ich, also wer könnte …?«
»Hatte er irgendwelche Feinde, gab es Menschen, die von einem frühzeitigen Tod des Winzers profitieren würden?«
»Ja also, ich meine, es gibt da ja nur den Sohn, den Paul, nachdem Alois' Frau vor einigen Jahren an Krebs gestorben ist. Eine schreckliche Sache war das damals.«
»Und was ist mit Ihrem Mann?«
»Jakob? Was soll mit ihm sein?«
»Wir haben gehört, dass er mit Alois Straubenhardt ein Bio-Weingut eröffnen wollte, und dass Straubenhardts Vorhaben, Teile des Weinbergs an die Klinik überschreiben zu lassen, diesen Plan nun zunichtegemacht haben.« Matthias Roth lehnte sich in seinem Stuhl noch ein Stückchen weiter zurück. Da der Teppich etwas rutschig war, verlor er die Balance und wäre fast hintenüber gefallen, hätte Emma

ihn nicht mit beiden Armen aufgefangen. »Danke«, sagte er zu ihr, als er sich wieder richtig in den Stuhl gesetzt hatte.
»Mein Mann ist ein Träumer. Wissen Sie, die Idee ist ja sicherlich ganz nett, aber für unseren Ort nicht umsetzbar. Dafür sind wir zu weit abgelegen. Und das hat ihm der Alois ja auch gesagt. Aber mein Mann ist eben ein Sturkopf.«
»Zumal Herr Straubenhardt ganz andere Pläne hatte, oder?«
»Sie meinen das Luxushotel? Ja, Elvira hat mir davon berichtet. Aber ich war nicht bei diesem Gespräch dabei, das sie angeblich mitgehört haben will. Und ich bin sicher, mein Chef, also der Pfarrer, hätte mir das sicherlich erzählt. Und er hätte dann auch nicht diese Ankündigung in der Zeitung gemacht. Sie haben sie doch gelesen, oder?« Rosa Gadinger öffnete eine Aktenmappe, nahm den ausgeschnittenen Artikel hervor und legte ihn den beiden Kommissaren hin.
»Ja, den kennen wir«, sagte Emma. Ihr wurde Rosa Gadinger auch dank ihrer so unverkrampft nüchternen Art, nicht alles immer so bierernst zu nehmen, immer sympathischer.
»Wissen Sie, wo wir den Pater antreffen können?«
»Der ist gerade in der St.-Anna-Klinik, soweit ich weiß.«
»Da komme ich gerade her, aber da habe ich ihn nicht gesehen.«
»Dann haben Sie ihn vielleicht gerade verpasst. Er hatte dort heute Morgen einem Patienten die letzte Beichte abgenommen. Ach ja, und dann ist da noch sein Gesangskreis mit den alten Leuten. Und er schaut dann auch immer noch bei einer Patientin vorbei, um die er sich besonders kümmert. Vielleicht war er gerade in ihrem Zimmer, als Sie in der Klinik unterwegs waren. Auf jeden Fall fährt er anschließend noch nach Hainfeld, um die dortigen Kommunionkinder zu unterrichten und bereitet dann den Wallfahrtsgottesdienst vor, den er jeden Mittwoch früh oben auf dem Berg hält.« Sie zeigte auf ein Bild an der Wand, auf der die St.-

Anna-Kapelle inmitten von Mandelbäumen in voller weißer und rosafarbener Blüte zu sehen war.

»Er ist morgen früh wieder hier, da haben wir nämlich unseren Bürotag, da muss er Aufträge unterschreiben, Rechnungen gegenzeichnen, wir besprechen die weiteren Termine und so weiter. Oder soll ich mal in der Klinik anrufen? Er hat leider kein Handy …«

»Nein, ist schon okay, wir kommen dann morgen früh wieder. Würden Sie ihm unseren Besuch bitte ankündigen?«

»Das mache ich sehr gerne.«

»Aber noch mal zurück zur Frage, wer von Alois' Tod profitieren könnte …«

»Ich glaube nicht, dass es sein eigener Sohn war.«

»Wie kommen Sie darauf?«

»Weil er doch selbst von Alois' Tod nichts hätte. So wie ich den alten Kerl kenne, wird er doch schon dafür gesorgt haben, dass der Paul außer seinem Pflichtteil nichts bekommen wird.«

»Sie kennen das Testament?«, fragte Matthias, als er von einem lauten Poltern, das aus dem Flur zu kommen schien, unterbrochen wurde.

»Rosa, hast du schon gehört …, oh, Sie schon wieder.« Jakob Gadinger stand in schweren Gummistiefeln, mit einer grünen Latzhose bekleidet und einer dunkelblauen Fischermütze auf dem Kopf in der Tür und musterte die Besucher. »Was verschafft uns die Ehre?«

»Du kennst die Kommissarin?«

»Sie war gestern Abend bei uns und hat mich zu Alois' Tod befragt.«

»Er ist ermordet worden.« Rosa Gadinger ließ ihre Stimme sinken.

»Der Teufel hat ihn geholt.«

»Jakob, bitte!«

»Wie meinen Sie das?«, hakte Matthias nach.

»Na, er hat es sich mit jedem hier im Dorf verscherzt. Und

Sie wissen doch, wenn man auch noch des Teufels Seele aufs Spiel setzt und volles Risiko eingeht, dann kommt der eines Tages, um sie sich wiederzuholen.«

»Und, was hältst du von den beiden?«, fragte Matthias, als sie die Tür des Pfarramtes hinter sich ins Schloss fielen ließen und die Treppe Richtung Auto herunterliefen. Matthias ging voran, drückte einmal auf den elektronischen Schlüssel und entriegelte die Tür des silbergrauen Kombis.
»Ich weiß es noch nicht. Mir ist nur aufgefallen, dass Rosa Gadinger einen unheimlichen Respekt vor ihrem Mann hat. Hast du gesehen, wie sie in sich zusammengefallen ist, als er das Büro betreten hat?«
»Und er ist irgendwie auch ein zutiefst verletzter Mensch, dem wohl arg übel mitgespielt worden ist. Auch wenn er sich selbst im Weg steht, wie es seine Frau angedeutet hat.«
Matthias Roth startete den Motor des Wagens, als Emma ihn zurückhielt.
»Warte, ich würde sehr gerne nochmal alleine mit ihr sprechen. Ich glaube, sie wollte uns noch etwas sagen.«
»Es ist doch alles gesagt worden. Bevor wir nicht mit dem Pfarrer sprechen konnten, kommen wir nicht weiter.«
»Dann sollten wir warten, bis er wieder zurückkehrt.«
»Du hast doch gehört, was er alles noch zu tun hat und dass es jetzt mühsam wäre, ihn aufzusuchen, wenn wir sowieso morgen früh einen Termin mit ihm haben.«
Matthias legte den Rückwärtsgang ein, drehte auf dem Hof und fuhr die Weinstraße hinab.
»Und außerdem habe ich noch einen Termin in Mannheim, den ich wirklich nicht ausfallen lassen kann.«
Da war es wieder. Schon wieder hätte er sie alleine gelassen. Nur, dieses Mal wäre sie auch wirklich alleine gewesen, da sie um diese Uhrzeit nur äußerst umständlich aus Burrweiler hätte wegkommen können. Und ein Taxi nach Landau oder Neustadt an der Weinstraße würde ein halbes

Vermögen kosten, das die Reisekostenstelle sowieso nicht akzeptiert hätte.
Was konnte er nur jeden Tag für einen so wichtigen Termin haben, dass er so pünktlich nach Mannheim musste, überlegte sie, während die Wut in ihr hochstieg. Natürlich hatte auch ein Kommissar ein Privatleben. Aber sie steckten nun einmal mitten in einer Mordermittlung und Hellmann hatte ihnen unmissverständlich klar gemacht, dass die Suche nach dem Täter oberste Priorität hatte. Ob sie ihrem Chef nun doch davon erzählen sollte? Aber wie sollte sie argumentieren, da morgen auch sie pünktlich gehen musste, wollte sie nicht erneut eine Trainingseinheit verpassen. Das Training mit ihrem neuen Kollegen. Sie schaute Matthias aus den Augenwinkeln an, während er die Nummer Paul Straubenhardts wählte. Sie mussten ihm ja noch sagen, was die Laborergebnisse ergeben hatten, auch wenn sich daran für den Sohn des Winzers nichts ändern würde. Der war tot.
Sie musste schlucken. Vielleicht machte es Mattias sogar genau richtig. Er nutzte die Zeit für wichtige Termine, worum es auch immer gehen mochte, bevor es zu spät war. Und plötzlich erfüllte sie eine tiefe Sehnsucht nach ihrem Vater, nach einem Streicheln seiner Hand über ihr Haar und nach seinem zärtlichen Kneifen in ihre Wange, wenn er sie wieder einmal geneckt hatte.

achtundzwanzig

Die Gummistiefel quietschten unter jedem seiner Schritte, als er auf seine Frau zuging, die in der Ecke zwischen dem Wandschrank und ihrem Schreibtisch immer kleiner wurde.

»Jakob, was ist denn los?«, fragte Rosa Gadinger ihren Mann, nachdem sich die Kommissare wenige Minuten zuvor von den beiden verabschiedet hatten.

»Mir gefällt das nicht, wie die hier rumschnüffeln.«

»Sie machen nur ihre Arbeit.« Rosa Gadinger hatte die Hände hochgenommen, um ihren Mann davon abzuhalten, noch näher an sie heranzukommen. Sie hatte Angst und zitterte, während er sie grob am Arm packte.

»Du hast denen doch nichts erzählt?«

»Nein, wo denkst du hin.« Aber Rosa Gadinger erschrak selbst, wie schwach und matt ihre Stimme dabei klang. Daher versuchte sie es erneut, dieses Mal mit mehr Kraft und Überzeugung: »Du kennst mich doch.«

»Ja eben, weil ich dich kenne, daher sage ich es ja.«

»Jakob, du machst mir Angst.«

»Stell dich nicht so an. Du musst dich einfach nur endlich mal zusammenreißen.«

Er zog sie an sich und wollte ihr einen Kuss auf den Mund drücken. Angeekelt drehte sie sich weg, bevor seine Lippen die ihrigen berühren konnten.

»Lass das.«

»Lass das, lass das«, äffte er sie nach.

»Du weißt doch ganz genau, dass du lieber eine andere geküsst hättest.«

»Und du dich lieber von einem anderen hättest schwängern lassen.« Er packte sie an der Hose und versuchte, seine Hand in ihren Schritt zu legen.
»Aber er steht nicht auf dich und wird es nie tun. Da kannst du dich noch so anstrengen.« Er grinste feist, als ihre Hand gegen seine Wange klatschte. Die Ohrfeige hatte gesessen. Ein leicht rötlicher Abdruck zeichnete sich ab, während seine Augen vor Zorn schwarz wurden.
»Du nimmst ihn immer noch in Schutz.«
»Hör auf, Jakob, hör endlich auf.«
»Womit denn, hä?«
»Reicht es nicht, dass du unseren Sohn schon auf dem Gewissen hast, musst du jetzt auch noch mein Leben zerstören?« Rosa Gadinger ließ sich in ihren Bürosessel sinken und weinte bitterlich. Sie fühlte sich elendig, beschmutzt, wie ein alter Wischlappen ausgewrungen und in die Ecke geworfen.
»Er hat mich wenigstens verstanden, oder es zumindest versucht. Wir haben keine Schuld daran, dass Simon schwul war …« Sie schluchzte erneut. »Aber die Gerechtigkeit wird am Ende siegen. Davon bin ich überzeugt.«
»Und du denkst dabei an mich?« Achtlos hatte er seine schweren grünen Gummistiefel in die Ecke gepfeffert, nachdem er sich auf den anderen Stuhl im Raum gesetzt hatte.
»Du kamst nie mit der Homosexualität unseres Sohnes zurecht, Jakob. Mein einziges Kind hast du …«
»Rosa, wie oft denn noch.« Jakob Gadinger erhob sich, stützte sich auf den Schreibtisch ab, während er mit der anderen Hand so fest auf den gebeizten Tisch knallte, dass dabei der Stiftbehälter, der Klebebandabroller und Rosas Wasserglas wackelten. Das Glas jedoch fiel um und sein Inhalt ergoss sich über den halben Schreibtisch, lief unter die Schreibtischauflage und durchnässte die Dokumente und Papierunterlagen, die Rosa nicht schnell genug wegziehen konnte.

»Mensch Jakob, pass doch auf.« Rosas Stimme war wieder piepsig, diesmal vor Aufregung. Sie griff rasch nach ihren Papiertaschentüchern und tupfte, rubbelte und wischte über die Tischplatte sowie das nass gewordene Papier, so gut es ging.
»Ich habe deinen Sohn, der auch meiner war, nicht in den Tod getrieben. Warum auch? Er war doch überhaupt keine Schwuchtel ...«
»Ach Jakob, ich weiß, wie sehr dir das was ausmacht, aber das ist nun einmal Fakt gewesen. Eine Mutter spürt so etwas. Warum sollte er sich sonst von der Kapelle gestürzt ...«
Rosa Gadinger konnte einfach nicht mehr. Sie weinte so bitterlich, dass die Tränen ihr nur so die Wangen hinunterliefen. Immer und immer wieder schluchzte sie, bevor ein erneuter Weinkrampf sie erschütterte. Warum lebte sie eigentlich noch, fragte sie sich, während sie ihren Mann oder das, was von ihm übriggeblieben war, durch den Tränenschleier verschwommen und so unendlich entfernt ansah. Womit habe ich das verdient, lieber Gott, dachte sie, es konnte doch sowieso nicht mehr schlimmer kommen.
»Weil dein hochheiliger Pfarrer sich an deinem Sohn vergangen hat. Und nicht einmal, zweimal oder dreimal. Über Jahre, als Kommunionkind, Messdiener und Firmling. Und sie alle, dein Sohn und die anderen Kinder, hatten Angst, sich irgendjemandem anzuvertrauen, weil sie wussten, jeder hier im Dorf würde nur dem Pater glauben. Was blieb ihnen denn da noch anderes übrig, als den letzten Ausweg zu wählen und vom Kirchturm zu springen?«

neunundzwanzig

Die Nacht legte sich sanft über den Ort. Die wenigen Straßenlaternen mit ihrem gelblich-orangefarbenen Licht verliehen Burrweiler eine Mystik, von der die Alten im Dorf sagten, es seien die Kerzen des Teufels. Und wenn sich die Nebelbahn um den Berg schlang und den Ort verhüllte, so wie an diesem Abend, dann sagte der Volksmund, dass sich der Teufel wieder jemanden holen würde.
Rosa Gadinger glaubte an diese Geschichte, so wie sie auch an die Aussagen ihres Horoskops glaubte, das sie jeden Morgen las. Nur dieses Mal war es nicht der Gegenspieler Gottes, der sich schon sein nächstes Opfer ausgesucht hatte.
Sie hatte längst aufgehört zu weinen und saß jetzt im stockfinsteren Büro. Jakob hatte das Licht ausgeschaltet, als er vor fast einer Stunde gegangen war. Sie wollte nur allein sein, mit niemandem reden und erst recht niemanden sehen. Und obwohl sie eigentlich Angst hatte vor der Dunkelheit, weswegen der Rollladen in ihrem Schlafzimmer auch immer mindestens halb geöffnet sein musste, sonst hätte sie nicht einschlafen können, so fühlte sie sich jetzt in ihr geborgen. Sicher. Beschützt.
Ab und zu fuhr ein Auto die Weinstraße hoch und das Licht der Scheinwerfer tanzte kurz an den Bürowänden, bevor wieder alles dunkel wurde. Nur schwach konnte sie das zarte Licht der Straßenlaterne sehen, das zu kraftlos war, um mehr als nur das gegenüberliegende Stück der Straße zu beleuchten.
Immer und immer wieder dachte sie an ihren Sohn Simon. An sein fröhliches Kinderlachen, an seine strahlenden Au-

gen, an seine Stimme, die wie Musik in ihren Ohren war, wenn er nur das Wort Mama zu ihr sagte. Er war alles für sie gewesen. Er war ihr Leben.

Und *er* hat es mir genommen.

Ihr Mann hatte recht gehabt, der Pater war wie ein Heiliger für sie gewesen. Schon damals, bevor er den Ort so plötzlich und überstürzt verlassen hatte. Er sah gut aus, damals wie heute, und ja, sie hatte sich ein wenig in ihn verguckt, auch dann noch, als sie längst mit Jakob Gadinger ausgegangen war. Natürlich war der Pfarrer unerreichbar gewesen, zu sehr glaubte sie auch an die heiligen Sakramente der katholischen Kirche und an den Zölibat. Und trotz allem, immer wieder hatte sie sich bei ihrer eigenen Schwärmerei ertappt. Auch als er vor gut anderthalb Jahren plötzlich und unerwartet ins Dorf zurückgekehrt war, hatte sie sich mehr als nur gefreut. Die Arbeit im Pfarramt war der Höhepunkt ihres Tages, und sie war jeden Morgen voller Erwartung auf den neuen Tag und die Arbeit im Büro, mit der Gemeinde, mit ihm.

Das war jetzt alles vorbei, als sei es nie dagewesen, und sie fühlte sich, als hätte man ihr das Herz bei lebendigem Leibe aus dem Körper gerissen. Und wenn das nicht schon genug gewesen wäre – nun trampelte man auch noch darauf herum und ergötzte sich an ihrem Leid, ihrer Ahnungslosigkeit, als ob sie das schlimmste Verbrechen stillschweigend akzeptiert hätte.

Sie stand so ruckartig auf, dass der Sessel leicht nachfederte.

Plötzlich fühlte sie sich kraftvoll, stark, allmächtig.

Dafür wird er büßen, dachte sie, so wahr mir Gott helfe.

dreißig

Eigentlich liebte sie die Nacht. Das war schon früher so gewesen, als sie zu Teenagerzeiten oder als junge Frau mit ihren Freunden die Nacht zum Tage gemacht hatte. Auch als Stewardess arbeitete sie besonders gerne dann, wenn die Kollegen und vor allem die Passagiere langsam zur Ruhe gekommen waren. Sie war dann am fittesten, am effektivsten, am leistungsfähigsten.

Doch seit Amelie geboren war, hatte sie Angst vor der Dunkelheit. Das war jeden Abend so, wenn der Tag sich verabschiedete und die Welt, die hiesige zumindest, sich schlafen legte, um Kraft für den nächsten Tag zu sammeln. Ihr jedoch raubte die Nacht all ihre Kraft, denn dann kamen die kleinen Gedankengeister, die sie daran hinderten, zur Ruhe zu kommen und den so lebensnotwendigen Schlaf zu finden. Sie schauderte, als sie aus ihrem Zimmerfenster in das tiefe schwarze Loch blickte.

Nein, sie wollte Amelie nicht auch noch dafür die Schuld geben, und dennoch hatte sich dieser Zustand erst eingestellt, seitdem ihr Töchterchen auf der Welt war. Und Amelie war von Anfang an ein Schreikind gewesen, das sich einfach nicht beruhigen ließ. Als ob sich Rikes innere Unruhe und die lähmende Anspannung auf sie übertragen würden und sie tief im Inneren spürte, dass sie kein Wunschkind war. Je dunkler es draußen wurde, desto aktiver, lauter und unbeherrschbarer wurde Amelie. Ob Rike sie durch die Wohnung trug, ihr etwas vorsang, mit ihr spielte, sie windelte oder fütterte, das Radio ein- und den Fernseher ausschaltete, witzige Geräusche machte oder mit ihr schmuste – was

auch immer sie sich ausdachte, es war nicht das, was Amelie brauchte. Nein, es stachelte sie sogar noch mehr an, die angespannten Nerven ihrer Mutter bis zum Äußersten zu reizen.
Rike konnte mittlerweile die Mütter und Väter verstehen, die aus lauter Verzweiflung heraus ihr Kind schüttelten, nur damit es endlich einmal aufhörte zu schreien.
Stille. Nur Stille. Das war es. Aber die gab es schon lange nicht mehr in ihrem Leben. Und selbst wenn sie sich Stille wünschte oder haben konnte, was zweifelsohne in der Klinik leicht einzurichten gewesen wäre, sie war sich sicher, sie würde sie nicht aushalten können, so laut würde die Stille in ihrem Kopf dröhnen.
Weit entfernt hörte sie das Klappern von Besteck und Geschirr, das aus dem Esszimmer drei Räume weiter zu kommen schien. Erst jetzt bemerkte sie, dass sie heute noch nicht wirklich viel gegessen hatte. Ein halbes Schälchen Müsli mit etwas fettarmen Joghurt am Morgen und eine Scheibe Zwieback, auf der sie heute Mittag so lange herumgekaut hatte, dass ihre Tischnachbarin sie schief angesehen hatte, waren das Einzige, was sie zu sich genommen hatte. Vielleicht sollte sie noch mal etwas essen, auch wenn sie nicht wirklich Hunger hatte.
Müde, ausgelaugt und kraftlos schlurfte sie zum Speisezimmer. Sie hatte heute ihren Amelie freien Nachmittag gehabt, sodass sie sich einfach nur mit sich beschäftigen konnte, auch wenn sie nicht mehr wusste, wie das eigentlich ging. Zu Hause in ihrer Wohnung hätte sie jetzt leise Musik aufgedreht, Kerzen angezündet und sich in die Badewanne gelegt.
Im großen Speisesaal, in dem gut 50 Personen Platz nehmen konnten, räumte eine Servicekraft das Geschirr zusammen, kratzte die liegengelassenen Essensreste von den Tellern, schob sie in einen kleinen Mülleimer und verstaute anschließend das Besteck in einen dafür vorgesehenen Korb.

»Es ist leider nichts mehr da«, entschuldigte sich die Frau, als sie Rike im sich spiegelnden Fenster bemerkt hatte. »Ich kann noch mal in die Küche gehen und nachschauen. Ansonsten kann ich Ihnen nur eine Banane oder einen Apfel anbieten.«

»Ist schon gut, vielen Dank, ich komme schon zurecht«, sagte Rike. »Machen Sie sich bitte wegen mir keine Umstände.«

Sie hatte wirklich keinen Hunger, zumindest nicht auf Abendbrot, Banane oder Apfel. Sie hatte auf einmal Hunger nach ihrem Leben. Sich zu spüren. Darauf, endlich wieder sie selbst zu sein. Denn wollte sie eine gute Mutter sein, die Verantwortung für ihr eigenes Kind übernehmen konnte, dann musste sie erst mal wieder zu sich kommen, anstatt andauernd wegzulaufen. Und wenn das bedeutete, sich der größten Angst zu stellen.

Sie brauchte keine Minute, da war sie umgezogen und fertig für den ersten Schritt in ein neues Leben, hinein in die böse Dunkelheit, die vor den Klinikmauern auf sie wartete und der sie nicht mehr entrinnen wollte.

einunddreißig

Der Wagen fuhr in Schrittgeschwindigkeit den Feldweg entlang. Das Abblendlicht war ausgeschaltet. Um etwas zu sehen, hatte der Fahrer das Standlicht eingeschaltet. Im Rückspiegel sah er Burrweiler liegen, dessen gelbliche Lichter fast völlig von einem zarten Nebelschleier geschluckt wurden. Die Weinstöcke mit ihren verknorzten Stämmen und den fingergleichen Ästen rechts und links des landwirtschaftlichen Weges sahen aus, als wären sie einem Horrorfilm entsprungen. Nur widerwillig machten sie Platz und ließen ihn immer tiefer in den Teufelsberg hinein.
Obwohl das Dorf in greifbarer Nähe lag, war der Nebel hier völlig verschwunden und der Weinberg präsentierte sich in seiner nackten, schwarzen Schönheit, die ihm irgendwie unheimlich vorkam. Ob die Reben wussten, was er mit ihren Früchten vorhatte? Dass er Gott spielte? Blödsinn. Dummes, unwissenschaftliches Zeug, dachte er, während er weiterfuhr. Die Dunkelheit löste die größte Angst in den Menschen aus, weil sie sich ihr schutzlos ausgeliefert fühlten, da sie glaubten, ohne das Licht des Tages die Kontrolle über das Leben zu verlieren. Und auch ihn hatte diese Veränderung der eigenen Wahrnehmung jetzt eingeholt.
Plötzlich war er da, aufgetaucht aus dem schwarzen Nichts. Wie abgemacht stand er an der letzten Station des Kreuzweges Jesu Christi, der als Pilgerpfad durch den Weinberg führte. Er lenkte den Wagen auf den Wegesrand, ganz nah an die Reben heran.
»Sie sind pünktlich, gut so«, sagte der Professor, als er aus dem Wagen stieg und auf den Mann zuging.

»Sie haben sich wirklich kaum verändert, in all den Jahren. Immer noch diese erhabene Körperhaltung, dieser stilvolle Auftritt in ihrer Soutane und diese rastlosen Augen, die einen beschatten, nein, verfolgen, und denen man auch heute noch nicht entkommen kann. Die Augen des Teufels.« Michael Häußler lächelte, aber es war ihm eigentlich nicht danach zumute.

»Züchtigen Sie Ihre Worte und seien Sie ein wenig besonnen!«

»Um gleich zum Thema zu kommen« Der Professor drückte sich tiefer in seinen Anorak und zog den Reißverschluss hoch. Auch wenn der Weinberg bereits zum Pfälzer Wald hin gewandt war, so war der Steilhang den eisigen Böen, die von Osten aus der Rheinebene über das Land fegten, schutzlos ausgeliefert.

»Ich will wissen, was es mit dem Testament auf sich hat.«

»Mit welchem Testament?«

»Sie wissen, welches Testament ich meine und wir beide wissen, dass Sie da Ihre Finger mit im Spiel haben, wenn man dem Zeitungsartikel glauben darf. Der Weinberg gehört dem Sohn und nicht Ihnen.«

»Und eben auch nicht Ihnen. Alois war ein großzügiger Mensch, der der Welt etwas Gutes zurücklassen und der sich nicht über Gottes Schöpfung erheben wollte, nur um sich einen Namen zu machen und der Profitgier, der Sünde der Welt, zu verfallen wie einst die Babylonier.«

»*Sie* nennen mich einen Sünder?« Häußler lachte. Als ob die Reben ihm Beifall spenden würden, durchzog eine Böe diese Stelle des Weinbergs und überall war das Schaben und Klappern der Hölzer an den Verdrahtungen zu hören.

»Sie haben schon damals gesündigt, als Sie den heiligen Stand der Ehe wegen Ihrer Triebhaftigkeit verletzt und die arme Hilli Straubenhardt in ihr Unglück gestürzt haben.«

»Wir waren verliebt und sie war glücklich und das zum ersten Mal in ihrem Leben.« Wie ein kleiner Schuljunge, dem ein Wunsch nicht erfüllt worden war, fühlte sich Michael Häußler, während der Pater ihn über seine schmale Brille hinweg musterte.
»Aber, Sünde bleibt Sünde, und ein Versprechen, das einst gegeben wurde, kann auch nicht durch die verbotene Liebe zweier törichter Menschen aufgehoben werden.«
»Was wissen Sie schon von der Liebe, Sie alter, verbitterter Greis. Aber ich lasse mir mein Glück nicht ein zweites Mal zerstören. Jetzt bin ich dran und ich werde dafür sorgen, dass Paul das Testament anfechten wird. Und selbst wenn wir verlieren und Paul nur seinen Pflichtteil erhält, so kommt Ihr Vorhaben, sich als Heilsbringer der Menschheit aufzuspielen, gewaltig ins Stocken. Und dann werden Sie mit nichts, mit gar nichts dastehen.«
»Das wagen Sie nicht.«
»Wieso, was dann?« Michael Häußler lächelte. Endlich holte sich die Gerechtigkeit das zurück, was ihr zustand. Wenn auch mit jahrzehntelanger Verspätung.
»Weil nicht nur Gottes Strafe grausam sein wird. Was würden Sie dazu sagen, wenn das Komitee Ihnen den Auftrag entziehen muss, weil Sie schon jetzt im Anfangsstadium Ihrer Forschung mit genmanipulierten Trauben arbeiten?«
»Ich wäre ruiniert. Am Ende. Ich könnte einpacken. Aber das werden Sie nicht ...«
Jetzt war es der Pater, der lächelte und dessen Augen trotz lichtloser Nacht zu funkeln schienen. So kam es dem Professor zumindest vor.
»Ich glaube, ich sollte morgen früh ein wichtiges Telefonat führen. Es wäre doch schade, wenn unsere hochangesehene Forschung von einem weiteren Skandal erschüttert werden würde. Sünder bleibt eben doch Sünder.« Der Pfarrer klopfte Häußler mitfühlend auf die Schulter, als er an ihm vorbeiging.

»Ich werde heute Abend für Sie beten. Auch Ihnen steht das Himmelreich Gottes noch weit offen«, sagte er und entschwand in die Dunkelheit der Nacht.

»Dazu werden Sie nicht mehr kommen, Pater Bauer, denn dafür werden Sie jetzt ein für alle Mal bezahlen.«

zweiunddreißig

Sie wusste, dass sie ihn hier oben finden würde. Es war *sein* Ort, an dem er Kraft schöpfte und Energie für die anstehenden Aufgaben sammelte. Jeden Dienstag, am Abend, bevor er den Wallfahrtsgottesdienst am Mittwochmorgen abhalten würde, ging er hoch in den Kirchturm – meistens mit einer kleinen Karaffe, gefüllt mit bestem pfälzischen Rotwein –, setzte sich ans offene Fenster und genoss den Ausblick. Was sie bisher immer bewundert hatte, diese in sich ruhende Ausgeglichenheit, wie er so dastand und hinabschaute, das ekelte sie jetzt an. Denn ihr war, als wäre er Gott höchstpersönlich, der über Leben und Tod, Wohl und Wehe entschied, wie er so am Fenster angelehnt den Lauf des Lebens mit den schillernden Lichtern der Großstadt und der endlosen Weite des Landes beobachtete.

Die Kapelle ruhte dunkel auf dem Plateau, und man konnte den Eindruck gewinnen, sie bewache ein verwunschenes Reich. Oder viel schlimmer: den Vorhof zur Hölle.

Der feine Kies knirschte unter ihren Füßen, als sie den Vorplatz überquerte. Da man sein Auto am Restaurant stehen lassen musste, war sie nun völlig außer Atem, als sie nach 15 Minuten Fußweg das Gotteshaus, von dem man aus bei klarer Sicht bis zum Odenwald im Norden und zum Schwarzwald im Süden schauen konnte, erreicht hatte.

Nur eine einzige schummrige Laterne erhellte die Dunkelheit mit einem schwachen Lichtkegel, der kaum fünf Meter weit reichte.

Durch einen Spalt in der Kirchentür sah sie, dass Licht im Kirchenschiff brannte. Vorsichtig näherte sie sich der Pforte und schaute durch den Schlitz der schweren Flügeltür. Der Pater war gerade dabei, den Altar aufzuräumen. Sie sah, wie er die Hostienschale und den Kelch reinigte, das Predigtbuch, das sonst im Pfarrhaus in seinem Arbeitszimmer lag, aus seinem schwarzen Lederkoffer nahm und es feierlich auf dem Altar drapierte, bevor er mit einem goldenen Gießkännchen, dessen Schnabel dünn zulief und das wie eine Wunderlampe aus dem Orient gebogen war, das Altargesteck wässerte.

Er räumte gerade die Gesangbücher in einen Karton, als sie die Tür aufdrückte und in die Kapelle trat. Die Altarkerzen brannten und eine unangenehm stickig-warme, feucht-modrige Luft schlug ihr entgegen.

»Oh, was für eine Überraschung«, sagte der Pater, der ihr mit dem Karton Gesangbücher unter dem Arm entgegenkam. Sie fühlte sich wie ein Raubtier, als sie sich auf ihn stürzte. Er erschrak so sehr, dass er den Karton fallen ließ. Die Gesangbücher fielen laut polternd auf den Granitsteinboden und verteilten sich in den Sitzreihen und unter den Bänken.

»Du schwarze Brut des Satans. Ich werde dir dein Herz so herausreißen, wie du mir meines herausgerissen hast.« Ihre Finger verkrallten sich in seiner Soutane, während das Kirchenschiff unter ihrer mittlerweile hysterischen Stimme erbebte.

»Was hast du nur getan? Was habe ich dir getan? Was hat mein Sohn dir getan?« Die Tränen vor Wut, Zorn und Verzweiflung liefen ihr nur so die Wangen hinunter und sie hatte das Gefühl, in eine endlose Tiefe zu stürzen.

Sie schüttelte ihn noch einmal kräftig, als sie plötzlich von ihm abließ und in sich zusammensackte. Ihre Beine knickten weg und sie sank auf den kalten Steinboden.

»Jetzt beruhig dich doch ...«

»Sei still und halt einfach nur dein Maul.« Sie war wie ein anderer Mensch, denn solche Worte hatte sie bisher noch

nie in den Mund genommen. Sie war wie ein Tier, ausgehungert, verletzt und in die Enge getrieben.
»Der Teufel wird dich holen.« Sie griff mit ihrer rechten Hand nach der Armlehne einer Sitzbank, zog sich daran hoch und richtete sich langsam wieder auf. Sie klopfte sich den Staub von ihrer Hose, während sie dem Pater unablässig in die Augen schaute.
»Dafür wirst du büßen. Und zwar mit deinem Leben.«

Sie grüßte Hubert Drecker mit einem Kopfnicken, der gerade die Kapelle betreten hatte. »Ist alles in Ordnung?«, fragte der Organist und schaute sie besorgt an. Sie wusste, ihr Gesicht wies sicherlich rote Flecken von der Anstrengung auf. Das tat es immer, wenn ihr ganzer Körper unter Stress stand - mental oder körperlich. Sie wuschelte sich schnell noch einmal durchs Haar, um den aufgelösten Eindruck, den sie wohl vermitteln musste, nicht zu verstärken.
»Hubert, ich lebe«, sagte sie und huschte an ihm vorbei in das Dunkel der ehemals unschuldigen Nacht. Der pensionierte Förster, dessen größte Leidenschaft das Orgelspielen war, schaute ihr kopfschüttelnd hinterher, ehe er die geschwungene Treppe im Vorraum zu seiner Orgel emporstieg.
Rosa Gadinger war glücklich, als sie die Tür der St.-Anna-Kapelle hinter sich ins Schloss fallen ließ. Sie wusste, sie würde ihren Sohn nie mehr wiederbekommen. Aber sie hatte sich endlich befreit von einer Last, die ihr seit fast 25 Jahren die Luft zum Atmen genommen hatte. Jetzt konnte sie wieder leben.

dreiunddreißig

Er blickte über die sanften Hügel des Pfälzer Weinlandes, die Lichter der weit entfernten Großstädte Karlsruhe im Süden und Ludwigshafen und Mannheim im Norden. In seiner Hand hielt er einen Zinnbecher, halb gefüllt mit seinem Lieblingsrotwein. Er fror. Der Winter hatte die Pfalz in seinem erbarmungslosen Griff und entzog Reben, Feldern, Wiesen und Wäldern von Tag zu Tag mehr Lebenskraft. Die Landschaft wirkte wie eine Campingmatratze, aus der jemand die Luft herausgedrückt und sie sich und ihrem Schicksal ausgeliefert liegengelassen hatte.

Auch er fühlte sich dem Schicksal machtlos ausgeliefert. Seitdem der Winzer ums Leben gekommen war, hatte sich von jetzt auf gleich alles verändert. Plötzlich war er nicht mehr Herr der Dinge, überlegen, vorausschauend und für alle Eventualitäten gewappnet. Er war ein Getriebener, er konnte nur noch reagieren, statt selbst zu agieren. Und das Schlimmste war, dass er nicht wusste, was noch alles auf ihn zukommen würde.

Ob der Winzer sein Geheimnis mit ins Grab genommen hatte? Und was hatte eigentlich der Winzer, der auf mysteriöse Weise in seinem Weinkeller erstickt war, alles gewusst? Und, vor allem, hatte er auch seinen Mund gehalten, so wie es abgemacht gewesen war? Wieder ergriff ihn eine eisige Böe, der er im Kirchturm schutzlos ausgeliefert war, und ließ ihn erschaudern.

Er wusste, dass die Zeit nun gekommen zu sein schien. Dass sich die Gerechtigkeit wohl endlich das nehmen würde, was ihr über all die Jahre versagt worden war. Als ob jemand

seinem Gedanken zustimmen würde, ertönte plötzlich ein mächtiges Halleluja aus dem Kirchenschiff und ließ den gesamten Turm vibrieren.
Hubert Drecker, dachte er und rollte mit den Augen. Wie einfach man den alten Narr doch glücklich machen konnte, indem man ihn Orgel spielen ließ. Ob er den Lauf der Zeit, das Schicksal doch noch einmal herausfordern könnte, überlegte er. Es war doch bisher alles so gut gegangen, warum sollte der Kelch der Rache nicht erneut an ihm vorüberziehen? Er nahm einen weiteren Schluck aus dem Becher. Erst jetzt fiel ihm auf, dass das Gitter des vorderen Fensters abmontiert war. Rosa Gadinger hatte gar nicht erzählt, dass die Kapelle im Moment renoviert wurde und Bauarbeiten im Kirchturm anstanden.
Plötzlich merkte er, dass er nicht mehr alleine war. Ob sie etwa zurückgekehrt war, um ihm eine neue Szene zu machen? Oder war es Hubert Drecker, der sich nach seinem Wohlbefinden erkundigen wollte? Aber nein, das konnte er sich beim besten Willen nun nicht vorstellen. Alle wussten doch, dass der Dienstagabend ihm gehörte und er sich für eine gewisse Zeit hierhin zurückzog. Wer würde ihn da also auch schon an seinem heiligen Ort der Besinnlichkeit stören?
Mühsam hatte sich der Mond durch den zarten, aber widerstandsfähigen Nebelschleier gekämpft und hüllte den kleinen Raum unterhalb der Glocke in ein schwaches Licht, als kaum merklich eine Person aus der Ecke trat.
»Oh mein Gott«, rief der Pater, als sich für den Bruchteil einer Sekunde sein Blick mit dem der ganz in schwarz gekleideten Person traf. Er wollte sich gerade vom Fenstersims erheben und der Person entgegentreten, als diese bereits vor ihm stand. Es war, als ob die Person lächelte, während er einen kräftigen Stoß versetzt bekam.
Gnade. Das war das Letzte, was er dachte, bevor sein Körper auf dem Schotterweg vor dem Kirchturm aufschlug, während gerade der Schlussakkord des Halleluja ertönte.

vierunddreißig

Rike rannte, als wäre der Teufel persönlich hinter ihr her. Dabei hatte der Spaziergang in die Dunkelheit und damit der Weg zu sich selbst so gut für sie begonnen.
Nachdem sie die Klinik hinter sich gelassen hatte, war sie nach links Richtung Teufelsberg abgebogen. Eisige Böen, die hin und wieder über den Weinberg glitten, hatten sie frösteln lassen. Aber es war eine gesunde Kälte, die sie fühlte. Denn sie fühlte. Sie spürte sich endlich wieder, als sie merkte, dass ihre Nasenspitze bereits eisig war und ihre Ohren anfingen zu schmerzen vor Kälte. Sie hatte ihre Handschuhe vergessen, so traute sie sich nicht, die Ohren mit ihren Händen warmzureiben, sondern drückte sich noch tiefer in ihre schwarze Winterjacke, in der sie wie ein Michelin-Männchen aussah.
Der Weinberg lag im Dunkeln vor ihr und sie hatte Angst um jeden Schritt, den sie tat, obwohl der Berg sie rief. Kleine Sterne leuchteten matt und fast bewegungslos am Himmel, während der Mond einen schwachen Schleier trug. Es war idyllisch und unheimlich zugleich, und das nicht nur, weil sie nahezu nichts sehen konnte.
Was muss Amelie nur von mir denken, grübelte sie, als sie den Weg weiter hinauf zur St.-Anna-Kapelle ging, die man auch über den Feldweg zwischen den Reben und nicht nur über die Straße am Restaurant vorbei bis zum Parkplatz erreichen konnte. Ob sie eigentlich weiß, wie sehr ich sie liebe und was ich bisher schon alles für sie getan habe? Oder denkt sie, ich habe es nicht verdient, Mutter zu sein, so wie es die eine Frau in der Klinik schon mehrmals ge-

sagt hat, auch wenn sie mich sicherlich nicht persönlich gemeint hat?
Doch selbst wenn ich bisher keine gute Mutter gewesen bin und vielleicht immer zuerst an mich anstatt an meine Tochter gedacht habe: Lieber Gott, hilf mir und sage mir, was ich besser machen kann, um die Liebe meiner Tochter zu verdienen, flehte Rike und wunderte sich über sich selbst und warum sie ausgerechnet jetzt zu Gott betete.
Sie rechnete nicht damit, hier und jetzt eine Antwort von ihm zu erhalten. Und dennoch fühlte sie sich nicht mehr so allein unter Gottes weitem Firmament, nicht überfordert mit der Aufgabe, ein Kind alleine großzuziehen. Sie würde ihr Leben endlich wieder in den Griff bekommen und es vor allem selbstständig führen.
Sie wusste noch nicht genau, wie sie das alles anpacken und umsetzen sollte, aber sie hatte plötzlich keine Angst mehr davor, es zu tun. Sie war auf dem richtigen Weg, hinein in das Leben, in ihr Leben. Plötzlich hatte sie das Gefühl, nicht mehr allein zu sein. Aber dieses Mal bezog sich diese Eingebung nicht auf ihr Innenleben.
War da jemand? Sie schlich nun durch den Weinberg. Plötzlich sah sie die Umrisse zweier Männer, die heftig aufeinander einredeten. Es sah aus, als würden sie sich gleich an die Kehle springen. Angst machte sich in ihr breit und sie glitt, geduckt und auf Zehenspitzen schleichend, unbemerkt zurück.
An einer Weggabelung ging sie nach links, Richtung Burrweiler. Der Ort lag unter ihr in einem schwachen Lichterglanz und wartete darauf, dass die ersten Sonnenstrahlen des jungen Morgens ihn wieder wachküssten. Sie fand eine Bank, etwas vom Weg aus nach hinten versetzt. Sie ließ sich nieder und genoss die Ruhe.
Hatte sie die Augen zugemacht, fragte sie sich, als sie auf einmal hochschreckte. Sie hatte keine Uhr dabei und auch

ihr Handy lag in der Klinik, sodass sie nicht sagen konnte, wie spät es bereits war. Gefühlt war eine kleine Ewigkeit vergangen.
Sie ging den Weg zurück zur Gabelung. Über ihr erhob sich die Kapelle, und obwohl es nahezu stockdunkel war, warf das Gotteshaus einen langen Schatten über das Land. Warum musste nur jetzt wieder die Angst zurückkommen, fragte sie sich, während sie durch das kleine Wäldchen lief, das sich an den Weinberg anschloss. Sie hatte das Gefühl, von der Kirche, die schon 1748 den Menschen Schutz vor der grassierenden Pest gegeben haben soll, magisch angezogen zu werden.
So folgte sie dem Weg weiter hinauf zur Kapelle. Als sie den Vorplatz erreichte, sah sie, dass Licht im Inneren der Kirche brannte. Ob da noch jemand war? Sie wusste, dass am nächsten Morgen ein Gottesdienst in der St.-Anna-Kapelle abgehalten werden sollte. Das hatte sie auf einem Aushang des Gemeindebriefs, der an der Infotafel der Klinik hing, gelesen.
Sie schaute sich mehrmals um, ob sie auch wirklich niemanden gesehen hatte, ehe sie wie eine sich anschleichende Katze vorsichtig zur Tür huschte. Durch den Spalt der schweren Holztür sah sie, wie eine Frau, die ihr den Rücken zuwandte, heftig auf den vor ihr stehenden Pfarrer einredete.
Woher kannte sie nur die Stimme der Frau, fragte sich Rike, aber ihr wollte partout nicht einfallen, wer die Frau war und woher sie sie kannte. Viel zu aufgeregt und angespannt war sie, als dass ihre Gedanken jetzt auch nur irgendetwas Produktives hätten zustande bringen können.
Unsicher hielt sie ihr Ohr noch näher an den Spalt der Tür, in der Hoffnung, Sätze oder zumindest Wortfetzen mitzubekommen. Ob sie dem Mann, der von der hysterischen Frau geradezu überfallen worden zu sein schien, helfen sollte? Doch wie sie sich auch stellte oder versuchte, ihren

aufgeregten Atem zu beruhigen, sie konnte einfach nichts von dem verstehen, was die beiden sprachen.
Ich muss ihm helfen, dem armen Mann, dachte Rike. Sie wollte gerade die Klinke der Tür herunterdrücken, als sie aus dem Augenwinkel heraus ein zartes, sich unruhig hin- und herbewegendes Licht sah, das knapp einen Meter über dem Boden leuchtete. Wer ist um diese Uhrzeit denn noch unterwegs, fragte sie sich, als sie, einem Schatten gleich, die Treppenstufen herunterschlich und links um die kleine Kirche und an der Mauer entlang davoneilte.
Derjenige wird ihm schon helfen, dachte sie, als sich ihr Gewissen meldete, warum sie dem Pfarrer nun doch nicht mehr geholfen hatte. Die Pfalz und die weite, durch die Lichter der Städte und Dörfer hell erleuchtete Rheinebene breiteten sich vor ihr aus, nachdem sie um die Kapelle herumgegangen war und nun unterhalb des Kirchturms ihren Blick schweifen ließ. Die Weite flimmerte vor ihr und sie fühlte sich mächtig, wie sie so dastand und die Welt wie in Gullivers Reisen vor ihr lag.
Sie erschrak, als ein donnerndes Halleluja der Kirchenorgel die Nacht durchschnitt. Die Töne hallten tief ins Dunkel des Waldes und in den Himmel nach und ließen sie erzittern. Sie war schon fast an der Wegmarkierung am Feldweg angekommen, als erneut ein schmetterndes Halleluja vom Berg ertönte. Aber dieses Mal klang es eher wie ein Lebewohl oder wie ein letzter Gruß. Sie schaute sich ängstlich um. Ein aufgeschreckter Fledermausschwarm erhob sich vom Kirchturm in Richtung Weinberg.
Und dann war wieder alles still.
Totenstill.

fünfunddreißig

»Hey, Emma, alles in Ordnung?«, fragte Joachim Hellmann, als er an Emmas Büro vorbeikam. »Möchtest du nicht mal nach Hause gehen?«

Er lehnte sich an den Türrahmen und betrachtete seine vielleicht beste Mitarbeiterin. Sie war stark und doch empathisch, sie hatte Biss, ohne übermotiviert zu sein, und sie war clever, mit dem nötigen Esprit, Dinge auch einfach mal geschehen zu lassen. Und doch wusste er: Sie schleppte ein schweres, ein großes Paket mit sich herum und er wünschte sich, sie würde ihm endlich das Vertrauen entgegenbringen, das er verdiente und mit dem er einen Zugang zu ihr finden würde.

Denn bei all ihren Stärken – es war nicht immer leicht mit Emma umzugehen. Sie war manchmal launisch, zog sich von jetzt auf gleich komplett in sich zurück, ohne auch nur irgendjemanden an sich heranzulassen. Und in manchen Situationen fehlte ihr einfach eine gewisse Lässigkeit. Und damit meinte er nicht die typisch männliche Abgebrühtheit, die gerne in eine Art Überheblichkeit ausartete. Nein, er war manchmal erschrocken, wie unnahbar, ja sogar gefühlskalt sie sein konnte. Vor allem gegen sich selbst. Was muss da nur schiefgegangen sein, fragte er sich. So auch an diesem Abend.

»Ist es immer noch wegen deines Vaters? Es tut mir so unendlich leid, Emma, wenn ich nur etwas für dich tun könnte.«

»Nein, ist schon gut. Alles fein«, erwiderte sie. Sie studierte gerade den Laborbericht der Rechtsmedizin, machte sich Notizen in ihrem Block, nahm zwischendurch einen Happen

des chinesischen Fertiggerichts, das sie sich zuvor in der Mikrowelle der Küche aufgewärmt hatte, und verglich ihre Aufzeichnungen mit den Namen der bisher verhörten beziehungsweise potenziellen Tatverdächtigen. Laut Bericht war der Todeszeitpunkt auf eine Zeit zwischen 10 und 11 Uhr konkretisiert worden. Was die Mediziner nicht genau sagen konnten, war, ob Alois Straubenhardt zuerst an den inneren Blutungen oder am Genickbruch gestorben war, als der schwere Traktor ihn mit einer von einem Gutachter eingeschätzten Geschwindigkeit zwischen 20 und 35 Kilometern pro Stunde überfahren hatte.
»Vielleicht hatte er es nicht anders verdient, als zu sterben.«
»Wer«, fragte Hellmann und runzelte seine Stirn. »Dein Vater?«
»Was? Ach so, ja, nein, wir müssen alle einmal sterben«, antwortete sie unterkühlt. »Ich hätte ihm gerne noch etwas gesagt, aber dazu kam ich leider nicht mehr.« Sie rieb sich die einsetzende Müdigkeit aus den Augen, auch wenn Hellmann eher das Gefühl hatte, dass Emma gegen die nahenden Tränen ankämpfte.
»Nein, es geht um Alois Straubenhardt«, sagte sie, als sie sich wieder gefangen hatte. »Irgendwie ist niemand wirklich traurig über seinen Tod und das finde ich schon sehr merkwürdig.«
»Er hat sie sich alle zu seinen Feinden gemacht. Kein Wunder, bei dem intriganten Spiel, das er da aufgezogen hat.«
»Warum nur?«
»Mit Psychologie oder irgendwelchen theoretischen Ansätzen wirst du jetzt nicht viel weiterkommen. Die Frage ist doch viel mehr, wer hat ihn umgebracht und aus welchem Grund?«
»Klar, aber meinst du nicht, dass dazu eben auch ein Einblick in sein Leben gehört? Ich meine, Frau früh gestorben, sein Sohn verachtet ihn und er ist verhasst bei den Nachbarn und Dorfbewohnern. So etwas prägt einen Menschen.

Manche müssen für so etwas sterben und andere wiederum werden aus diesen Gründen zum Mörder.«

»Wir sollten uns auf jeden Fall noch einmal den Sohn vorknöpfen und ihn näher zu seinem Alibi befragen.«

»Wobei, einen wirklichen Grund, den Straubenhardt zu töten, hatte der Professor. Also einen finanziellen zumindest. Er soll wohl spielsüchtig sein. Wie die Kollegen ermittelt haben, ist er offenbar hoch verschuldet. Und die Leute, denen er Geld schuldet, werden wohl langsam ungeduldig. Sehr ungeduldig ...«

»Aber als Professor verdient man doch nicht schlecht, zumal er aus Berlin für die Forschungsarbeit sicherlich auch noch mal ein ordentliches Salär erhält? Da sollten wir auch noch mal nachhaken.«

»Und wir hätten doch noch den Pfarrer befragen sollen ...«, grübelte Emma laut vor sich hin. Eine Locke ihres Ponys hatte sich aus ihrem Pferdeschwanz gelöst und hing ihr jetzt im Gesicht. Sie nahm die Strähne und wickelte sie kess und verspielt, aber in Gedanken dabei hochkonzentriert um den Finger. Sie ist einfach eine unglaublich attraktive Frau, selbst angespannt und aufgewühlt, dachte Hellmann und erwischte sich, obwohl glücklich verheiratet, dass er nicht zum ersten Mal von seiner deutlich jüngeren Kollegin auf eine besondere Art fasziniert war. Vielleicht sogar ein bisschen mehr als das.

»Das habt ihr nicht?« Hellmann holte sich selbst aus seinen Gedanken zurück. »Wäre das nicht naheliegend gewesen?« Sein Gesicht hatte sich verfinstert.

»Ja, aber ..., wir, also Matthias ...«

»Wie? Was meinst du mit ›wir‹? Was hat Matthias?«

»Äh, nichts, alles okay, wir sind direkt morgen früh mit ihm verabredet.«

»Das kann nicht sein, oder? Bist du immer noch nicht mit ihm warm geworden?«, fragte Hellmann und Emma hörte einen spitzen, fast schon scharfen Unterton in seiner Stimme.

Dabei war »warm werden« ja genau das richtige Stichwort, aber das war wiederum eine andere Geschichte.
»Du hättest mir ja mal früher von ihm erzählen können.«
»Woher sollte ich wissen, dass du ihn kennst?« Hellmann hatte sich mittlerweile in Matthias' Stuhl gesetzt und spielte gedankenverloren mit dem Reißverschluss seiner Winterjacke.
»Außerdem hättest du mir ja auch sagen können, dass er dein Tanzlehrer ist.«
»Du hast mich auch nicht danach gefragt.« Sie nahm einen kräftigen Schluck Wasser aus ihrem Glas. Wie gerne hätte sie sich nach diesem anstrengenden und vor allem langen Tag eine heiße Schokolade gemacht, aber die Milch im Getränkeautomaten war leer, ein Kakao mit Wasser aufgebrüht war das Ekligste, was es gab, und die Supermärkte hatten jetzt nach 22 Uhr auch schon geschlossen.
»Emma!«
»Was denn? Es ist nur Tanzen.«
»Ja, ein Spiel aus Leidenschaft und Macht, Ekstase und Dominanz.«
»Du scheinst dich aber gut auszukennen«, Emma schaute Hellmann schief an.
»Ich möchte nur, dass du ihm mit dem gleichen Respekt begegnest wie mir. Er ist ein Guter.«
»So gut, dass du mir erst sagen musst, wie gut er ist?«
»Es hat keinen Sinn, nicht wahr?« Hellmann stand auf und war schon an der Tür, als er sich noch einmal umdrehte.
»Ihr müsst ein Team werden, ob du willst oder nicht.«

sechsunddreißig

Die Person lächelte, als sie aus dem Fenster schaute. Unter ihr lag, nur schemenhaft zu erkennen, der Pater. Wie ein gefallener Engel. Oder eine Taube, der man die Flügel gestutzt hatte, um sie am Wegfliegen zu hindern.
Im Leben hatte alles einen Sinn, das wusste die Person und sie freute sich, wieder etwas so äußerst Sinnvolles getan zu haben. Sie stieg die Stufen des Kirchturms bedächtig hinunter und genoss jeden einzelnen Schritt, der sich wie eine Befreiung anfühlte.
Befreiung, Freiheit, endlich leben. Nein, etwas Schöneres konnte es einfach nicht geben. Sie fragte sich, warum sie das alles nicht schon viel früher getan hatte. Vielleicht, weil sie alles Geschehene aus ihrem Kopf, aus ihrem Herzen, aus ihrer Seele gelöscht hatte? Als Schutz, das Erlebte, so weit es geht, zu verdrängen, als Paket tief im Keller einzugraben und es niemals, aber auch wirklich niemals hervorzuholen und vor allem es nicht zu öffnen? Doch Gründe gab es viele, sich endlich mit der Vergangenheit auseinanderzusetzen. Und endlich Taten sprechen zu lassen, waren sie es doch, die wirklich zählten. Rache konnte eben doch eine Medizin sein. Eine Medizin, die vielleicht im ersten Moment etwas bitter schmecken konnte. Aber eine Medizin, die so ungemein heilsam war und von der man manchmal eben auch mehrere Löffel nehmen musste.

siebenunddreißig

BURRWEILER, OKTOBER 1967

Die Höfe und Weingüter waren hell erleuchtet. Überall standen Menschen, feierten bei einem Glas Wein, unterhielten sich über die aktuelle Politik oder schauten einfach nur dem bunten Treiben an den Buden und Ständen zu, die auf dem Vorplatz um die katholische Kirche St. Stephanus aufgestellt worden waren. Es war Dorffest in Gleisweiler, wie jedes Jahr am letzten Oktoberwochenende, und nicht nur die Einwohner, sondern auch viele Touristen und Zugereiste genossen den lauen Abend eines wunderschönen Herbsttages, der die Temperaturen noch einmal auf fast 20 Grad Celsius hatte ansteigen lassen.

Für sie war es bereits das dritte Dorffest, doch das erste ohne ihre strengen und übervorsichtigen Eltern. Sie hatten ihr bisher nie erlaubt, alleine und ohne Begleitung die Feierlichkeiten zu besuchen. Doch in diesem Jahr hatte der Pater auf ihr Bitten und Betteln hin mit ihren Eltern gesprochen und ihnen versichert, auf sie aufzupassen.

Dass sie sich seiner Obhut nun entzogen hatte, war ein Spiel mit dem Feuer. Auch heute noch bekam sie Schläge von ihren Eltern, wenn sie sich nicht so verhielt, wie diese es von ihr verlangten oder erwarteten. Doch das war ihr hier und jetzt egal. Sie wollte bei ihm sein.

Seitdem sie ihn zum ersten Mal gesehen hatte, war sie hin und weg. Es war ein sonniger Tag im Mai vor einem Jahr gewesen. Sie hatte gerade die Wäsche an der Leine im Garten des Pfarrhauses aufhängen sollen, als sie Männerstimmen

auf der Straße gehört hatte. Vorsichtig hatte sie durch die Büsche geschaut. Nur so viel, dass sie sich sicher sein konnte, dass die beiden Männer sie auch wirklich nicht sahen, während sie heftig und wohl auch kontrovers über den Bruch einer Radachse ihres Anhängers diskutierten. Es schienen Vater und Sohn zu sein. Die Ähnlichkeit von Körperbau und Stimmlage sowie ihrer Gesten ließen darauf schließen. Doch da sie beide noch nie zuvor gesehen hatte, konnte sie das nicht mit einhundertprozentiger Sicherheit sagen. Und sie hätte auch niemanden über die beiden ausfragen können. Das Risiko, dass derjenige sofort zum Pater gerannt wäre und sie verpetzt hätte, wäre einfach zu groß gewesen. Und sie brauchte keine erneuten Schläge. Jetzt, wo sie so langsam merkte, wie ihre Schönheit auf andere wirkte, vor allem auf die Männer des Ortes, da wäre jede Strieme, jede Narbe, jeder blauer Fleck ein schlimmer und unverzeihlicher Makel. Nein, das durfte sie sich nicht mehr erlauben, dachte sie, während sie durch die Büsche geblickt hatte.
Ihre Augen waren von seiner Schönheit gefangen. Sie konnte einfach nicht anders, als ihn anzustarren. Es waren seine Größe, sein schlanker, drahtiger Körper und seine klaren, blauen Augen, die sie so faszinierten. Die sie so in seinen Bann zogen. Und sie wusste, sie musste ihn wiedersehen. Koste es, was es wolle.
In den folgenden Monaten hatte sie viele Möglichkeiten dazu bekommen. Sonntags in der Kirche oder in der Kapelle hoch oben auf dem Berg, im Weinberg, wenn sie aushelfen musste, oder auch bei den Wein- und Dorffesten hatte sie ihn gesehen, ihn angehimmelt, ihn vergöttert. Vergöttert, das war es gewesen. Dieser Zustand hatte auch nicht aufgehört, als sie ihn zum ersten Mal mit dem anderen Mädchen gesehen hatte. Sie konnte ihr nicht das Wasser reichen. Das wusste sie. Und vor allem: Das wusste er.
Dennoch war es schwer, kaum auszuhalten gewesen, ihn mit der anderen zu sehen. Und nicht nur, weil sie eigentlich

an ihrer Stelle von seiner Hand gehalten, von seinem Blick berührt, von seinen Lippen geküsst werden wollte. Es war auch die verletzende Tatsache, dass sie niemals an seiner Seite würde leben dürfen. Weil es sich nicht gehörte. Weil sie anders war. Weil sie nicht eine von ihnen war.

Doch das Schicksal schien ihr gnädig gewesen zu sein. Denn nun waren sie ein Paar. Auch wenn es niemand wissen durfte.

Er hatte sie angesprochen, als sie dem Pfarrer nach dem Gottesdienst in der St.-Anna-Kapelle mit dem Blumenschmuck helfen sollte. Sie stand auf einer Leiter, um eine Blütengirlande abzunehmen, die sie extra für die Fronleichnamsprozession angefertigt hatte, als sie ins Straucheln geriet. Sie versuchte, mit ihrem Körpergewicht gegenzuhalten, doch die Leiter kippte nach hinten weg. Sie rechnete jeden Moment mit dem Aufprall auf dem harten, kalten Steinboden der Kirche, als plötzlich die Leiter mitten in der Luft stehen blieb. Überrascht drehte sie ihren Kopf, als sich ihre Blicke trafen. Es war, als würden sie miteinander verschmelzen.

»Da kam ich ja gerade noch rechtzeitig«, hatte er gesagt und sie dabei verschmitzt angelächelt. Verlegen und gefühlsbeschwipst wollte sie nach der Girlande greifen, um sich seinem Blick zu entziehen, als die Leiter wieder in Bewegung kam. Doch auch dieses Mal war ihr Retter wieder zur Stelle.

»Na, na, vielleicht ist es besser, wenn ich das jetzt mal mache.« Er hatte blitzschnell erneut die Leiter festgehalten und half ihr nun hinunter. Als sie in greifbarer Nähe war, nahm er ihre Hand und führte sie Sprosse für Sprosse nach unten, bis sie wieder sicheren Boden unter den Füßen hatte. Es war ein unglaubliches Gefühl gewesen, von seiner starken Hand beschützt zu werden. Noch heute spürte sie seine Hand auf ihrer Haut.

Es war das erste Mal gewesen, dass sie sich unterhalten hatten. Dass er sie bemerkt, bewusst wahrgenommen hatte.

Nur wenige Tage später, am Sonntag in der Frühmesse, hatte er einen günstigen Augenblick abgepasst und ihr einen Zettel zugesteckt. Auf dem hatte nicht mehr gestanden als *Altenheim, Hinterausgang, 14 Uhr*. Wie schlau er doch war. Er wusste anscheinend genau über ihren Tagesablauf Bescheid. So half sie jeden Sonntagnachmittag in der Küche des Altenheims beim Senioren- und Besuchsnachmittag aus, kochte Kaffee, verteilte die Kuchenteller mit Butterkuchen oder Hefezopf und räumte im Anschluss die Küche auf, spülte das Geschirr, säuberte die Arbeitsplatten und wischte den Boden. Auch wenn das Pflegepersonal sie kannte, so war das die beste Gelegenheit, sich unbeobachtet für einige Augenblicke davonzuschleichen. Und genau diese Möglichkeit hatte er ins Auge gefasst. Er sah nicht nur gut aus, er war auch ihr Held, schwelgte sie, während sie die Minuten gezählt hatte, bis es endlich 14 Uhr gewesen war.

Und dann hatte er da gestanden. Er hatte sie wieder angelächelt. Und dieses Mal schien er auch ein kleines bisschen aufgeregt und angespannt zu sein.

»Hallo«, hatte er sie begrüßt und sie dann nach unten in den Kellerabsatz gezogen. Dort hatte er sie zum ersten Mal geküsst und ihr leise »Ich will mit dir zusammen sein« ins Ohr geflüstert. Sie war sprachlos vor Glück und ihr Herz hüpfte unter ihrem Brustkorb, als würde es gleich explodieren.

Das alles lag nun ein paar Wochen zurück. Sie hatten sich öfter getroffen, heimlich natürlich nur, denn weder Rosa, seine offizielle Freundin, noch der Pfarrer und erst recht nicht ihre Eltern durften jemals etwas von ihrer geheimen Liebschaft erfahren.

Und so waren stets die Vorsicht, die Gefahr des Entdecktwerdens, das Ende ihrer Liebe ihre ständigen Begleiter. Sie mussten aufpassen, denn wenn ihre Affäre ans Licht kommen würde, dann wäre er geliefert. Das trichterte er ihr bei jedem heimlichen Treffen ein. Es tat ihr weh, dass er sich

nicht öffentlich zu ihr bekennen konnte. Und manchmal kam es ihr fast so vor, als wäre sie nur eine Trophäe für ihn. Doch auch diesen Gedanken schob sie zur Seite. Daran wollte sie einfach nicht denken. Zu gut tat ihr das, was er ihr allein nur durch seine Anwesenheit schenkte.
Sie seufzte, als sie ihn mit seinen zwei Kumpels die Weinstraße heraufkommen sah. Neben den beiden gedrungenen Freunden ragte ihr Schwarm wie ein Leuchtturm heraus. Ein Leuchtturm der Leidenschaft. Bisher waren sie erst eine Nacht beisammen gewesen, natürlich heimlich, als seine Eltern nicht da waren. Da hatte er sie in der Scheune seines Hofes geliebt. Auch wenn ihr etwas kalt gewesen war und sie das Stroh überall gepiekst hatte, so war es ein unvergesslicher Abend gewesen. Der leider viel zu schnell vorübergegangen war, denn sie hatte wieder pünktlich um 22 Uhr zurück zu sein, weil dann der Pater auf seiner Abendrunde auch an ihrer Stube vorbeikam und stets hineinschaute, ob sie auch wirklich in ihrem Bett lag. Und vor allem allein. Ja, es war auch dem Pater nicht entgangen, dass nicht nur die Jungs in ihrem Alter sich nach ihr umschauten. Auch die gestandenen und glücklich verheirateten Winzer und Bauern des Dorfes hatten ihre Freude, wenn sie durch den Ort lief, sich nach einem Apfel streckte, ihr Haar richtete oder sich bückte, um ein Kätzchen zu streicheln. Mit Argusaugen hatte er sie seitdem beobachtet, auch wenn sie ja nun wirklich nichts für ihr Aussehen konnte.
»Na, wie geht's uns?«, fragte jetzt Alois, als die drei Jungen den kleinen Vorplatz erreicht hatten. Alle drei hatten jeweils eine Flasche Wein in der Hand. Während Alois' Flasche fast schon geleert war, waren die der anderen noch halb voll.
»Jetzt gehört der Abend uns!« Alois hickste.
»Und wo sind eure Mädchen?«, fragte sie und ging einen halben Schritt zurück. Sie hasste nichts mehr, als wenn jemand betrunken war. Ihr Vater war Alkoholiker und sie wusste von ihrer Mutter nur zu genau, was es bedeutete,

mit abhängig zu sein und alles zu entschuldigen, was er auch anstellte. Selbst wenn es unnötige Schläge waren. Gegen seine eigene Frau und gegen sein eigen Fleisch und Blut. Sie schüttelte sich vor Ekel.
»Unsere Frauen, *Frauen*.«
»Wir haben sie noch bis an den Friedhof gebracht. Dann sind sie das letzte Stück alleine nach Hause gelaufen«, antwortete jetzt Jakob, ihr Schwarm, und nahm einen kräftigen Schluck aus der Flasche. Wie konnte er sich nur so gehen lassen? So war er doch sonst nie gewesen. Sie schüttelte sich erneut und rutschte von der kleinen Mauer, auf der sie gesessen hatte, als die Jungs sie erblickt hatten und zu ihr herübergekommen waren. Das war nicht ihr Jakob. Das war ein anderer Mensch. Ein Mensch, den sie nicht wiedererkannte. Vor dem sie sich fürchtete.
»Wobei man von ›laufen‹ nicht sprechen kann ...« Alois schwankte bereits so stark, dass er sich von Günther stützen lassen musste. »Was ist das lecker.« Er setzte erneut seine Flasche an und trank.
»Und da gehen wir jetzt auch gleich hin. Wir wollten noch ein Glas Wein trinken und das war's dann.« Günther war der Ruhigste von ihnen und es war schon ein Wunder, wenn er mehr als »Hmm« und »Ja« sagte. Aber auch ihm konnte man ansehen, dass er schon zu viel Wein getrunken hatte.
»Oder wir gehen jetzt schon, mit dem schönsten Mädchen nach Ha..., Hause.« Er streckte die Hand nach ihr aus, um sich entweder an ihr festzuhalten oder um sie, was fast noch viel schlimmer gewesen wäre, zu begrapschen, als sie sich zwischen den Jungs hindurchschlängelte und auf die Straße lief.
»Bleib doch hier ... Wo willst du denn hin?«, rief ihr Jakob hinterher. »Hab dich doch nicht so ... Wir machen doch nur Spaß und feiern ein bisschen.«
»Ich geh schon. Mit euch kann man ja sowieso nichts mehr anfangen, so voll, wie ihr seid.«

Sie lief die Straße hinunter. Nach gut 400 Metern bog sie nach links Richtung Burrweiler ab. Die Rheinebene und die Weinberge lagen dunkel und bedrohlich vor ihr. Das Schwarz der Nacht fraß das letzte Licht des Ortes auf. Weitere Lichtquellen wie Straßenlaternen gab es bis Burrweiler nicht. Und zwischen ihrem Standort und ihrem Ziel lag er: der Teufelsberg. Der Berg, in dem das Böse wohnte, das besonders gern nachts herauskam, um sich kleine Kinder, ungezogene Mädchen oder freche Jungs zu holen. So hatte sie schon manch alte Frau im Dorf erzählen hören und sie glaubte diesen Geschichten, hatten sich solche Erzählungen ähnlicher Art doch auch in Sizilien stets bewahrheitet.
Sie hörte, wie die Jungs die Straße heruntergelaufen kamen und immer wieder ihren Namen riefen. Mal lauter, dann wieder leiser, aber auf jeden Fall für jeden Gast des Dorffestes, der ihnen entgegenkam, gut hörbar. Aus Angst, wieder Ärger zu bekommen, lief sie schneller, um im nächsten Augenblick abrupt stehen zu bleiben. Sie war umgeben von der Dunkelheit. Vor ihr der Teufelsberg, hinter ihr die Jungs. Doch die schienen augenblicklich das kleinere Übel zu sein, war doch schließlich auch Jakob dabei. Und er würde sicherlich schon auf sie aufpassen. Wenn der Alois es wieder zu wild trieb, wie so oft, wenn er die Finger nicht bei sich lassen konnte. Oder wenn der Berg nach ihr rief.
»Komm, wir bringen dich he…, he…, nach Hause«, sagte Alois, nahm ihren Arm und hakte ihn bei sich ein.
Sie wollte sich erst wehren, aber als Jakob ihren anderen Arm nahm, da war sie beruhigt. Ja, sie fühlte sich sicher. Der Berg konnte ihr jetzt nichts anhaben.
Sie waren schon einige Meter weiter gegangen, als Alois plötzlich stoppte. Gleisweiler lag schwach in einem Lichtdunst hinter ihnen, von Burrweiler war, außer den Straßenlaternen an der Weinstraße, im Ortsmittelpunkt nichts zu sehen.

»Schau mal, über uns, der Himmel voller Sterne. Nur für dich.« Auch wenn es nahezu stockdunkel war, ihre Augen hatten sich längst an das Schwarz um sie herum gewöhnt und sie meinte, Alois lächeln zu sehen. Süffisant, verwegen und hinterlistig. So wie er sie immer angrinste, wenn sie ihm begegnete, er sich in der Kapelle eine Bank hinter sie setzte oder er sie an der Bushaltestelle traf, wenn sie nach Landau zum Bahnhof wollte, um zu ihren Eltern nach Hauenstein zu fahren.

»Und das ist ein – ein Stern zum Wünschen.« Er zeigte mit dem ausgestreckten Finger nach oben. Dabei kam er ihr ganz nah. So nah, dass sie seinen sauren Atem riechen und seinen Schweiß fast schmecken konnte. Wo waren Günther und Jakob, dachte sie plötzlich, und ihre Augen suchten verzweifelt das tiefe Schwarz vor ihr ab. Doch die Jungs schienen bereits einige Schritte weitergegangen zu sein. Aber warum? Sie waren doch eben noch zu viert gewesen, grübelte sie, und die Panik siegte über ihre Vernunft.

»Und zum Wünschen gehört auch Küssen ...« Alois drückte ihr einen fetten Kuss auf ihre Lippen. Sie wollte ihm reflexartig eine Ohrfeige geben, doch er hielt sie mit beiden Händen fest. »Sonst geht der Wunsch nicht in Erfüllung ...« Sie spürte auf einmal weichen Untergrund unter ihren Füßen. Ehe sie darüber nachdenken konnte, was das Weiche sein konnte, hatte er sie nach hinten gedrückt und schon lag sie auf einer Grasscheide zwischen zwei Rebstockreihen. Sie wollte schreien, doch er presste seine Hand auf ihren Mund.

Sie spürte, wie er sich an seiner Hose zu schaffen machte, als sie auf einmal am Weg einen Kopf erkennen konnte. Und dann noch einen. Sie trat nach Alois und versuchte, ihn in die Hand zu beißen, aber er war einfach zu kräftig. Dennoch mussten die beiden, die sie drüben am Weg gesehen hatte, ihr klagendes Wimmern, ihren verzweifelten Kampf gegen den männlichen Körper, der auf ihr lag, mitbekom-

men haben. Warum tat denn keiner was? Wo waren sie? Hilfe, dachte sie, und die Tränen kullerten ihr nur so die Wangen hinunter. Doch die beiden Köpfe waren verschwunden und sie war mit dem Tier, dem Berg und den Sternenhimmel allein.
Lieber Gott, wo bist du, flehte sie gen Himmel, als ihr der Winzersohn die Bluse vom Leib riss. Sie spürte die aufkommende Kälte des nahenden Winters und die alles durchdringende Feuchte der Grasnarbe, als sie es über sich ergehen ließ. Und sie wünschte sich, sie wäre tot. Einfach nur tot.

achtunddreißig

MITTWOCH, 29. JANUAR 2014

Über Nacht waren die Temperaturen noch weiter gesunken und Burrweiler lag unter einer zarten Zuckerschicht, auch wenn diese Kristalle aus Eis bestanden und alles andere als süß waren. Zumindest nicht für Elvira Paulus. So verzaubert die Landschaft auch erschien, sie hatte einfach keine Lust mehr auf diesen ewig langen Winter – Schnee schippen, Auto freikratzen, dicke Socken und warme Handschuhe. Sie wollte, dass es endlich wieder Sommer würde.

Auch ihr Fahrrad, das sie stets im Hof direkt an der Außenwand ihres Hauses abstellte, war rundherum mit einem kristallenen Panzer überzogen. Wenn es Fleisch wäre, dann könnte man meinen, wir hätten Gefrierbrand, hörte sie ihren Mann jetzt sagen und sie sah sich im Geiste schon die Augen verdrehen. Ihr Mann war alles Mögliche, aber lustig war er nicht.

Ich hasse es, dachte sie, obwohl sie diese Tatsache am liebsten laut in den Hof gebrüllt hätte. Da sie nur ein Auto hatten und ihr Mann, der Schicht arbeitete, heute wieder früh das Haus hatte verlassen müssen, war sie auf ihren Drahtesel angewiesen. Denn als Briefträgerin blieb ihr keine Wahl, um in der vorgegebenen Zeit Gleisweiler und Burrweiler mit Post zu beliefern. Auch zum Pilgergottesdienst konnte sie nur laufen oder das Rad nehmen, da kein Bus den Berg hinauffuhr.

Wie hasse ich diesen blöden Gottesdienst! Warum bin ich auch nur so blöd und lasse mich immer wieder zu etwas überreden, schimpfte sie mit sich selbst und wäre am liebsten wieder ins Haus gegangen, um sich mit einer vorge-

schobenen Krankheit bei ihrer Freundin Rosa Gadinger zu entschuldigen. Rosa Gadinger. Allein wegen ihr und ihrer engen Freundschaft hatte sie sich dazu bereiterklärt, im Gottesdienst, gemeinsam mit Hubert Drecker an der Orgel, zu singen. Da die meisten Mitglieder des Kirchenchors aus Hainfeld um 9 Uhr bereits arbeiteten und sie sich ihre Tour so einplanen konnte, dass sie mittwochs einfach später begann, die Post auszutragen, hatte Rosa Gadinger sie gefragt, ob sie den Pater nicht unterstützen könne. Sie wäre als Küsterin ja selbst mit dabei und sie würde sonst niemanden kennen, der so gut singen könne wie sie.
Mit vielen »Also gut«, »Na schön« und »Weil du es bist« hatte Elvira Paulus sich breitschlagen lassen und so sang sie seit fast anderthalb Jahren jeden Mittwoch in der St.-Anna-Kapelle zu Hubert Dreckers Orgelspiel. Und das Gute war: Niemand konnte ihr hineinquatschen. Sie konnte nicht nur bestimmen, welche Lieder gesungen wurden, sondern auch in welcher Tonart. Das gab ihr die Freiheit, sich selbst verwirklichen zu können.
Es war kurz nach 8 Uhr, als sie ihr Fahrrad vom Hof in Richtung Ortsausgang schob. Natürlich hätte sie auf ihr Rad auch verzichten können, zumindest was den Aufstieg zur Kapelle betraf, da sie es sowieso nur schieben konnte. Doch nach dem Gottesdienst war sie froh darum. So konnte sie sich einfach nur bergabwärts rollen lassen und war schnell genug wieder zu Hause, um dann die ihr zugeteilten Posttaschen ans Rad zu stecken und mit ihrer Arbeit zu beginnen. Doch am meisten freute sie sich, wenn ihr in den warmen Monaten der laue Sommerwind um die Nase wehte, sie den weiten Ausblick übers Land genießen und sie ein kleines und ganz persönliches Stück Freiheit verspüren konnte.
Heute jedoch kam ihr jeder Schritt wie eine Last vor und sie überlegte es sich alle zehn Meter, ob sie den Gottesdienst schwänzen und damit ihren Gesang Gesang sein lassen sollte. Aber das kann ich ihr nicht antun, sie wird mir das

nie verzeihen, dachte sie und quälte sich weiter den Berg hinauf Richtung Kapelle. Anders als ihr Mann hatte sie das Gotteshaus noch nie leiden können. Schon von Landau aus sah man die St.-Anna-Kapelle, wie sie auf einem Vorsprung des Teufelsbergs den Pfälzer Wald bewachte.
Besonders wenn der Nebel tief in den Weinbergen hing und man kaum die eigene Hand vor Augen sehen konnte, hatte sie dennoch immer das Gefühl, von der Kapelle beobachtet zu werden. Zumindest kam ihr das so vor und sie, die von vielen Burrweilerern für ihr Selbstbewusstsein und ihre forsche Art geschätzt wurde, schaute ungern Richtung Westen zur Kapelle, so viel Respekt hatte sie vor dem weißen Gotteshaus. Weiß wie die Unschuld, dachte sie. Dabei hatte die Kapelle im vergangenen Jahr völlig ihre Unschuld verloren, als sie beim Pfälzer Pflaumenfest, das mit Wandertouren auch an der St.-Anna-Kapelle vorbeiführte und bei dem sie einen Kuchenstand betreut, Kaffee ausgeschenkt und die Wanderer bei Laune gehalten hatte, von einer Wespe in den Oberarm gestochen worden war. Die Stelle war am folgenden Tag so dick angeschwollen, dass sie den Hausarzt aufsuchen und sich anschließend für drei Tage krankschreiben lassen musste. Und auch wenn ihr Mann sie für verrückt gehalten hatte, ihr war – sie hatte gerade die Arztpraxis verlassen –, als hätte die Kapelle gelächelt.
An der letzten Biegung des Waldwegs machte sie noch einmal kurz Pause, atmete tief durch und genoss die feuchte, kalte und mit Sauerstoff gesättigte Luft. Was ich heute nur singen soll, fragte sie sich, als sie sich wieder in Bewegung setzte und ihren Drahtesel weiterschob. Vielleicht »Herzliebster Jesu, was hast du verbrochen«? Aber das war wohl zu traurig. Oder »Lobe den Herrn«? Aber irgendwie sang das jeder. Nein, ich singe »Der du die Zeit in Händen hast«, dachte sie und summte das Lied leise vor sich hin, als sie den Vorplatz erreicht hatte.
Komisch, warum ist denn noch niemand da? Sie stoppte ab-

rupt ihren Gesang, der sich so langsam aus dem Anstimmen eines ihrer Lieblingslieder entwickelt hatte.
Sie stellte ihr Fahrrad direkt neben den Stufen ab und bestieg die Treppe. Die Kirche war noch abgeschlossen, was um diese Uhrzeit nicht ungewöhnlich war, aber doch eher selten vorkam, da der Pfarrer oder auch Hubert Drecker, der Organist, mit dem Auto bis zum Parkplatz am nahe gelegenen Restaurant fuhren und so meist eine Viertelstunde vor ihr an der Kapelle waren. Vor allem ihre Freundin Rosa, die als Küsterin einige Vorbereitungen für die Eucharistiefeier sowie die sakralen Abläufe zu treffen hatte, musste doch schon längst da sein.
Da ihr Mobiltelefon hier keinen Empfang hatte, lief sie die Treppe wieder hinunter und schaute sich um. Aber weder am gegenüber der Kirche liegenden Toilettenhäuschen noch auf dem Weg, den sie wenige Minuten zuvor selbst hochgekommen war, konnte sie irgendjemanden entdecken.
Ob der Gottesdienst heute ausfällt, fragte sie sich und erste Zweifel überkamen sie, ob sie gestern womöglich nicht richtig zugehört hatte, als Rosa davon erzählt haben musste. Na, wenn in den nächsten 15 Minuten niemand kommt, dann gehe ich einfach, so wie es meine Kinder auch taten, wenn nach dem akademischen Viertel kein Lehrer im Klassenzimmer erschienen war, dachte sie, als ihr die Bank einfiel, die vor dem Kirchturm stand und auf der viele Wanderer eine wohlverdiente Pause einlegten, um den sagenhaften Blick über die pfälzische Rheinebene zu genießen.
Sie ging links um das kleine Gotteshaus herum. Was für ein Ausblick, dachte sie und ein Lächeln umspielte ihr Gesicht. Auch wenn die St.-Anna-Kapelle vielleicht nie ihre Freundin werden würde, allein für dieses Panorama lohnte es sich jedes Mal, den für ihre mittlerweile nicht mehr ganz so jungen Knochen eher beschwerlichen Weg hier hinauf zu nehmen.
Niemand war da, als sie die Bank erreichte. Sie stand direkt am Abgrund, mit festem Halt, und schloss für einen kurzen

Moment die Augen. Was war die Welt doch wunderschön. Nach einem weiteren tiefen Atemzug öffnete sie wieder die Augen.
Sie schaute sich um. Tja, wenn niemand da ist, dann brauche ich auch für niemanden zu singen. Sie wollte gerade gehen, als ihr Blick etwas einfing. Ob jemand seine Jacke hier oben vergessen hatte, dachte sie, als sie das Etwas als ein schwarzes Bündel identifizieren konnte. Es lag direkt vor dem Kirchturm. Gerade im Sommer, in lauen Nächten, trafen sich hier oben frischverliebte Pärchen und schauten sich mit der Weite des Panoramas im Hintergrund tief in die Augen oder taten noch ganz andere Dinge. Dabei musste sie wieder an ihren Mann denken. Er war noch nie mit ihr hier oben gewesen, obwohl sie sich das so gewünscht hatte. Aber wenn ihr Mann Georg etwas nicht wollte, dann konnte sie sich auf den Kopf stellen, er ließ sich nicht dazu bewegen. Das war noch heute so. Ist doch alles nur so ein romantischer Quatsch, hörte sie ihn sagen und manchmal fragte sie sich, wenn ihr innerer kleiner Teufel besonders aufmüpfig war, was sie überhaupt an Georg gefunden hatte, dass sie ihn geheiratet hat und vor allem immer noch mit ihm zusammen war. Aber das war eine ganz andere Geschichte.
Nein, eine Jacke konnte es definitiv nicht sein, stellte sie mit jedem Schritt fest, den sie näher herankam, und ihre innere Unruhe stieg. Hatte sie da wieder ein Lachen von St. Anna gehört? Du bist wirklich schon paranoid, Elvira, ermahnte sie sich. Aber Gelassenheit wollte sich bei ihr einfach nicht einstellen.
Erst recht nicht, als sie sah, dass das Etwas nicht nur schwarz, sondern auch rot, und eben wirklich keine Jacke, sondern ein Mensch, ein ihr sehr bekannter Mensch war.
Hat der Teufel dich also endlich geholt, dachte sie, bevor sie die über sich einstürzende Fassungslosigkeit in die Rheinebene hinausschrie.

neununddreißig

Emma wachte an diesem Morgen völlig gerädert auf. Sie hatte unruhig geschlafen, sich im Schlaf von links nach rechts gedreht und war fast im Stundentakt aufgewacht. Und leider immer dann, wenn sie gerade halbwegs eingeschlafen war.

Ihre Gedanken kreisten und sie merkte, wie sich ein heftiger Schmerz vom Nacken kommend langsam in ihrem Kopf ausbreitete. Nein, jetzt bitte keine Migräneattacke, dachte sie. Sie stieg äußerst mühsam und steif wie ein Brett aus dem Bett und schleppte sich in die Küche. Es war wohl das Beste, prophylaktisch schon mal gleich zwei Kopfschmerztabletten zu nehmen, da sich erfahrungsgemäß diese Schmerzen eher verschlimmerten, als dass sie, so plötzlich wie sie gekommen waren, wieder verschwinden würden.

Sie hatte gestern Abend, als Hellmann dann doch irgendwann ihr Büro verlassen hatte, weil seine Frau es bereits zum fünften Mal auf seinem Mobiltelefon bei ihm probiert und ihm in einem mehr als verärgerten Ton mitgeteilt hatte, dass sie mit dem Essen und der anschließenden gemeinsamen Verabredung nicht länger auf ihn warten würde, noch mit dem Notar gesprochen. Annegret Bender, fleißig und pflichtbewusst, wie sie nun einmal war, hatte bei ihrer gestern begonnenen Recherche nach den Notariaten den Notar aufgetan, der die Beglaubigung des Grundstückswechsels vollziehen sollte. Doch dazu war es ja bekanntlich nicht mehr gekommen.

Wie der Notar Emma im Telefonat mitgeteilt hatte, war es nicht nur Straubenhardt selbst gewesen, der auf ihn zu-

gegangen war und das Geschäft so schnell wie nur irgend möglich unter Dach und Fach bringen wollte. Der Winzer hatte auch schon seit geraumer Zeit mit dem Gedanken gespielt, sein Grundstück zu verkaufen, erhielte er ein lukratives Angebot. Als der Notar ihm einen befreundeten Unternehmensberater vorstellte und der mit der Idee eines 5-Sterne-Wellnesshotels aufwartete, da sei Straubenhardt Feuer und Flamme gewesen. Warum er es sich jetzt aber anders überlegt hatte und das Grundstück lieber an die Klinik und für deren Ausbau abtreten wollte, das konnte ihr der Notar leider auch nicht sagen.
»Er war so entschlossen gewesen, wie ich bis dato noch keinen anderen Menschen erlebt habe. Daher wundert es mich zutiefst und macht mich natürlich auch persönlich traurig, dass Herr Straubenhardt seinen Plan dann doch noch verworfen hat. Als ob jemand ihn dazu gedrängt hätte«, erinnerte sich Emma an die Worte des Notars, die ihr einfach nicht mehr aus dem Kopf gehen wollten.
Wenn dem so war und jemand hätte Straubenhardt wirklich von seinem Plan abhalten wollen, wer konnte das dann gewesen sein? Und vor allem, wer wusste von seinem Vorhaben? Elvira Paulus! Sie war die Einzige, die ihnen von dem Hotelinvestor erzählt hatte, weil sie, so ihre Aussage, rein zufällig ein Gespräch mitbekommen hatte. Ob sie etwa Straubenhardt von seinem Plan abgebracht hatte? Emma grübelte, während sie sich Milch in einem Topf erwärmte und zwei gehäufte Löffel Kakaopulver in ihre Lieblingstasse gab. Aber was sollte, was konnte der Grund dafür sein? Was hätte sie davon gehabt?
Sie rieb sich die Augen. Auch wenn sie gerne früh aufstand, um so viel wie möglich vom Tag zu haben, sehnte sie sich nach ihrem Bett. Aber es war schon kurz nach 6 Uhr, gleich würde der Wecker klingeln und sie musste sich fürs Präsidium und für ihre Arbeit fertig machen. Sie wollte gerade die Milch vom Herd nehmen, als ihr Telefon klingelte.

Sie wusste nicht, ob es die Tabletten waren, die so langsam ihre Wirkung zeigten, oder ob sie einfach an nichts Anderes mehr denken konnte. Plötzlich beschlich sie eine komische Vorahnung.
»Hansen.«
»Hier ist Hellmann«, begrüßte sie ihr Chef verschlafen und mit leicht gereiztem Unterton, denn der ausgewiesene Morgenmuffel hasste nichts mehr, als von seiner Frau, seinen Kindern oder der Arbeit in seiner zweiten tiefen Schlafphase gestört zu werden.
»Bist du schon auf?« Was für eine Frage, dachte sie mit einem Schmunzeln, und ihr ungutes Gefühl ob dieses frühen Anrufes verstärkte sich.
»Gerade hat die Streife angerufen. Sie haben eine Leiche in Burrweiler gefunden, an der Kapelle, und sie sagten irgendwas von einer Elvira Paulus oder so. Ich konnte mir gerade nix aufschreiben.« Hellmann räkelte sich und ließ Emma ausgiebig daran teilhaben. Doch sie war mit den Gedanken bereits ganz woanders.
Das konnte, das durfte einfach nicht wahr sein! War Elvira Paulus doch viel tiefer in den Fall verwickelt, als sie das bisher angenommen hatte? Hatte die Postfrau ihnen also doch nicht die Wahrheit erzählt oder ihnen sogar wichtige Dinge verschwiegen? Ein Geheimnis, das sie nun wohl getötet hatte ...
Emma malte hinter Elviras Namen ein Kreuz in ihren Block, als sie plötzlich einen beißenden Geruch vernahm.
»Scheiße.«
»Dass sie tot ist?« Hellmann streckte sich erneut.
»Was?«
»Diese Elvira?«, fragte Hellmann irritiert.
»Nein, die Milch kocht gerade über«, sagte Emma, drückte ihren Chef weg und hastete mit einem Handtuch bewaffnet zum Herd.

Matthias wartete bereits, als Emma ihren schwarzen Mini auf den Parkplatz des Restaurants »St. Annaberg« fuhr. Wie gut er aussah, dachte sie, als sie ihn von oben bis unten musterte. Seine Haare waren verstrubbelt, als sei er eben erst aus dem Bett gestiegen, und doch sahen sie aus, als wären sie aufwendig und mit akribischer Genauigkeit exakt so gestylt worden. Sein Dreitagebart ließ ihn verwegener ausschauen, als er eigentlich war, und er lächelte wie ein Schuljunge, der es nicht erwarten konnte, endlich mit dem Lernen beginnen zu dürfen. Matthias hatte eine schwarze Winterjacke an, die ihm, während sie aus den meisten Menschen einen Sumo-Ringer machen würde, perfekt saß und seinen sportlich-schlanken Körper betonte. Dazu trug er dunkelblaue Jeans und schwere Boots.

»Jetzt also auch noch sie?«, begrüßte sie ihn, während sie aus ihrem Auto stieg und in Richtung Berg schaute. Die Kapelle thronte wie eine Sphinx vor dem Gipfel des Teufelsbergs und strahlte eine entspannte, fast friedliche Ruhe aus.

»Wer ist sie? Wen meinst du?«, fragte Matthias, der bereits im Begriff war loszulaufen, als sein Blick auf Emmas Schuhe fiel. »Meinst du nicht, du solltest dir lieber etwas Bequemeres anziehen? Wir müssen zur Kirche hochlaufen.«

»Besser ist es wohl.« Sie folgte mit ihrem Blick dem Weg, der von einem Schotterweg bereits an der in knapp 300 Meter entfernten Biegung in einen Waldweg überging, öffnete ihren Kofferraum und holte einen Schuhbeutel hervor, aus dem sie ein weißes Paar Sportschuhe entnahm.

»Halt mal.« Sie reichte Matthias ihren Shopper, eine Art überdimensionierte Handtasche, setzte sich auf die Kante des Kofferraums und wechselte binnen einer Minute ihre Schuhe.

»Ich hasse zwar diese Dinger, aber jetzt bin ich froh, dass ich sie noch nicht weggeworfen habe.«

»Ihr habt auch irgendwie immer alles dabei, gell?« Matthias grinste Emma schelmisch an.

»Na ja, Sportschuhe für dich hätte ich jetzt nicht dabei«, konterte Emma.
»Wie ist sie eigentlich gestorben?«, fragte sie, nachdem sie den Kofferraumdeckel geschlossen und den Wagen mit der Fernbedienung verriegelt hatte.
»Welche sie?«
»Elvira Paulus! Hellmann sagte, man habe sie an der Kirche tot aufgefunden ...«
»Nein, nicht die Postfrau. Wie er nur darauf kommt?! Vielleicht hat er was durcheinandergebracht. Sie hat den Toten gefunden.«
Emma fragte sich, warum sie jetzt erneut eine unheimliche Vorahnung überkam, dabei kannte sie die Antwort bereits. Und doch hoffte sie, jetzt einen anderen Namen zu hören, als den, den Matthias aussprach: »Pater Clemens Bauer. Er lag vor dem Kirchturm«, sagte er und machte mit der Hand eine Fallbewegung.
»Als ob jemand nicht wollte, dass wir mit ihm sprechen ...«, bemerkte Emma und sprach dabei mehr zu sich selbst als zu ihrem Kollegen. Als sie zu ihm herüberschaute, sah sie, dass er getroffen zu sein schien. Er wich ihrem Blick aus und schaute auf den Waldboden. Seine Gesichtszüge hatten sich verfinstert und es war offensichtlich, dass er verärgert war. Am meisten wohl über sich selbst, da er vielleicht nicht zum ersten Mal die Prioritäten falsch gesetzt hatte, wie Emma vermutete.
»Ja, wir hätten mit ihm reden sollen«, pflichtete ihr Matthias kleinlaut bei.
»Es konnte niemand mit seinem Tod rechnen. Und wir wollten ja mit ihm sprechen.«
Matthias nickte schwach.
»Vielleicht war es ja auch unser angekündigtes Gespräch, weshalb er keinen anderen Ausweg mehr gesehen hat.«
»Wie meinst du das?«
»Er hat sich vielleicht verzockt, zu hoch gepokert.« Emma erzählte Matthias, was der Notar ihr gegenüber gesagt

hatte und welche Pläne Straubenhardt mit dem Hotelinvestor umsetzen wollte. Um die Aussagen des Notars bestätigen zu lassen, würden Kollegen aus Frankfurt - dort hatte die Hotelkette ihren Hauptsitz - noch am Vormittag den Geschäftsführer und besagten Hotelinvestor befragen und ihnen den Gesprächsverlauf zukommen lassen.
»Wirklich interessant. Aber warum sollte man dafür den Tod wählen? Gerade als Pfarrer hat man doch sicherlich mehr Optionen, das Unmögliche möglich zu machen.«
Sie waren mittlerweile den Waldweg hinaufgelaufen und standen jetzt vor der St.-Anna-Kapelle. Obwohl das Gotteshaus zum Greifen nah war, sah es auf einmal gar nicht mehr so respekteinflößend und ehrerbietend aus wie noch vor gut zehn Minuten, als sie vom Parkplatz aus hinaufgesehen hatten. Es war eben doch eine Frage des Blickwinkels, dachte Emma und folgte Matthias zu den Kollegen der Streife aus Landau, die die Kapelle weiträumig abgesperrt hatten. Anders als zwei Tage zuvor war die St.-Anna-Straße nicht abgeriegelt worden. Sicher auch, weil sie als Durchgangsstraße zur Klinik führte, während das Gotteshaus nur zu Fuß zu erreichen war.
Eine kleine Gruppe von Pilgern, wie Emma anhand der Wanderstöcke, Rucksäcke und Lodenhüte zweier Herren ausmachen konnte, stand in kurzer Entfernung vor den Absperrbändern. Während sich die zwei männlichen Wallfahrer wortreich unterhielten, schauten die drei Frauen kopfschüttelnd und fassungslos Richtung Kirchturm.
»Wir konnten sie gerade noch davon abhalten, den Tatort zu betreten«, sagte ein Streifenpolizist und zeigte mit seinem Kopf in Richtung Pilgergruppe.
»Elvira Paulus muss ihnen wohl hysterisch und schreiend entgegengelaufen sein, nachdem sie den Pfarrer entdeckt hat.«
»Und wo ist sie jetzt?«, fragte Matthias.
»Sie ist wohl völlig aufgelöst und unter Schock stehend mit

ihrem Fahrrad ins Dorf zurückgefahren. Sie wollte wahrscheinlich einfach nur noch weg von hier, weshalb ein Pilger dann zur Klinik gegangen ist und die Polizei alarmiert hat.«
»Aha, aber schon etwas eigenartig, oder?«, fragte Matthias.
»Sie war schon weg, als wir angekommen sind«, entschuldigte sich der Streifenpolizist mit einem Schulterzucken. »Die war wohl so richtig fertig.«
»Aber man kann doch nicht jemanden auf sein Rad steigen und fortfahren lassen. Ich meine, die Frau muss mit den Nerven doch völlig durch sein. Am Ende tut sie sich noch etwas an.« Emma zog die Augenbrauen hoch.
»Soll ich ihr mal hinterhertelefonieren? Wer weiß, am Ende trägt sie noch die Post aus, weil sie so unter Schock steht«, sagte der Polizist und ging, nachdem Emma ihm zugenickt hatte, zu seinem Einsatzleiter, um sich mit dem konkreten Auftrag abzumelden.
»Die Leute sind schon was komisch hier auf dem Land«, sagte Matthias, der Elviras Verhalten immer noch nicht nachvollziehen konnte. »Also ich wäre bestimmt nicht mehr in der Lage gewesen, mich aufs Rad zu schwingen.«
»Ich glaube, die Menschen sind nicht komisch, sondern einfach nur pflichtbewusst. Sie stehen füreinander ein, auch wenn es manchmal über das Maß der Vernunft hinausgeht.«
»Oder sie werden zu eiskalten Mördern, wenn ihnen jemand in die Quere kommt«, fügte Matthias an.
Ob das auch bei Pater Clemens Bauer der Fall gewesen war? Hatte er etwa den alten Winzer auf dem Gewissen, weil dieser ihn übers Ohr hauen oder gar hintergehen wollte? Oder war er einem heimtückischen Mörder zum Opfer gefallen, weil er etwas wusste oder plante, was einer bestimmten Person hätte gefährlich werden können?
»So schnell sieht man sich wieder«, riss Dr. Bertram Jung Emma aus ihren Gedanken. Der Rechtsmediziner war auch

heute neben den Kriminaltechnikern als einer der ersten am Tatort gewesen. Im Gegensatz zu Matthias in seinem eher lässigen Outfit sah er wieder wie aus dem Ei gepellt aus. Zu seinem anthrazitgrauen Anzug trug er eine rote Fliege mit weißen Punkten und einen langen, ebenfalls dunkelgrauen Mantel. Wie immer, wenn er sich in der Hocke befand, blitzten die farblich zur Fliege passenden Strümpfe aus seinen schwarzen Schnürschuhen heraus. Während sich einige Kollegen ob seines eigenwilligen Kleidungsstils über ihn lustig machten, genoss Jung es sichtlich, als Paradiesvogel die Truppe aus Uniform tragenden Polizisten und die doch eher konservativ gekleideten Beamten im Büro farblich etwas aufzumischen. Besonders die Fliege war zu seinem Markenzeichen geworden, weshalb er bereits seit Jahren Fliegen in den unterschiedlichsten Farben und Musterungen zum Geburtstag von den Kollegen geschenkt bekam.
»Wann ist es passiert?« Emma sah sich den Toten an. Der Pater sah aus, als hätte jemand eine menschliche Friedenstaube auf den Kies gezeichnet. Nur trug sie keinen Olivenzweig, sondern der Schatten des Todes lag über ihr.
»Soweit ich das zum jetzigen Zeitpunkt sagen kann, ist er bereits seit acht, zehn, maximal seit zwölf Stunden tot.«
Emma schaute auf ihre Uhr. »Also etwa zwischen 22 Uhr und Mitternacht.«
Bertram Jung nickte und deckte den Toten mit einer Plane ab.
»Und, ist er selbst gesprungen?«, fragte Matthias und machte mit dem Kopf eine Bewegung in Richtung Turm.
»Es sieht in der Tat alles danach aus. Also zumindest haben wir keine Blutspuren am Fenster gefunden. Genauso wenig waren dort Spuren zu finden, die darauf schließen lassen, dass er irgendwo noch krampfhaft versucht hat, sich festzuhalten, oder dass es einen Kampf gegeben hat. Er hat auch keine Spuren von Putz oder Mauerresten unter den Finger-

nägeln. Und im Kirchturm liegt auch noch ein Zinnbecher. Ich gehe mal davon aus, dass er sich Mut angetrunken hat, bevor er gesprungen ist.«

»Er könnte also nicht unglücklich gestürzt oder gestolpert sein?«, fragte Emma, die das von unten aus gesehen relativ kleine Fenster betrachtete und sich dann wieder dem Rechtsmediziner zuwandte.

»Eher unwahrscheinlich. Aber die letzten Untersuchungen laufen noch. Auf jeden Fall war er sofort tot. Das kann ich jetzt schon sagen. Die Verletzungen am Kopf sind nicht ohne, von den Knochenbrüchen am Körper ganz zu schweigen. Die inneren Verletzungen schaue ich mir dann im Labor an, aber auch da wird sicherlich vieles nicht mehr da sein, wo es einmal hingehört hat.«

»Er kann also auch gestoßen worden sein?«, hakte jetzt Matthias noch einmal nach.

»Hm, ja, das ist natürlich auch möglich. Vom Aufprall des Körpers her gibt es da augenscheinlich erst mal keinen Anlass, dies anzunehmen. Aber ich lasse unseren Studenten mal am Computer simulieren, wie ein Mensch fällt, wenn er aus diesem Fenster springt, beziehungsweise wenn er aus diesem Fenster gestoßen wird. Und natürlich, wie er dann auf den Boden aufschlägt.« Dr. Bertram Jung lächelte. Er liebte die moderne Technik, die auch im Rechtsmedizinischen Institut Einzug gehalten hatte.

»Wir haben am Fenster und am Sims Fingerabdrücke gefunden, die nicht vom Opfer stammen, wenn man dem ersten Schnelltest Glauben schenken mag. Aber Näheres kann ich euch dazu auch erst heute im Laufe des Tages sagen. Aber schaut euch doch mal im Turm um. Die Aussicht ist sagenhaft.«

»Was hat ihn nur dazu veranlasst, sich in den Tod zu stürzen?«, fragte Emma und schaute aus dem kleinen Fenster des Kirchturms in die Weite der Rheinebene, nachdem die beiden Kommissare die enge und steile Treppe in den Turm hinaufgestiegen waren. »Wenigstens hat er sich einen schönen Ort zum Sterben ausgesucht.«

»Ich glaube, ein Suizid ist nie schön. Der Mensch, der sich für diesen letzten Ausweg entscheidet, der muss mehr als nur verzweifelt sein.« Matthias stockte. »Ich glaube, es gibt immer eine Lösung, selbst wenn sie im ersten Augenblick nicht die beste Option sein mag.«

»Du hörst dich an, als würdest du gerade aus einem Seminar zur Trauerbewältigung für Angehörige von Selbstmördern referieren oder als hättest du ...«

»Hier haben wir Fingerabdrücke feststellen können«, sagte ein Kriminaltechniker, der ihnen in den Kirchturm gefolgt war, und zeigte auf den Sims wie auch auf das abgeschraubte Fenstergitter.

»Die Aussicht ist wirklich unglaublich.« Emma ließ die Weite auf sich wirken, als sie merkte, dass sie mittlerweile allein hier oben stand. Wo war Matthias und warum hatte er eben nur so abweisend reagiert?

»Hej, was ist los? Ich wollte dir eben nicht zu nahe treten, ich meine ...«

»Alles okay!« Er lächelte, als sie wieder auf den Vorplatz trat und sich neben ihn stellte. Was verheimlichte er ihr gegenüber nur? Und warum hatte er kein Vertrauen zu ihr? Je länger sie ihn kannte, desto weniger wurde sie schlau aus ihrem Kollegen. Welches Paket trug er durch sein Leben, das vordergründig so leicht und beschwingt zu sein schien, um es in der Sprache des Tanzes auszudrücken. Wenn das mit ihnen beiden gelingen sollte, dann musste er ihr vertrauen, sich ihr gegenüber öffnen. Das tat sie doch auch. Oder zumindest hatte sie das eigentlich vor.

»Gehen wir davon aus, er ist heruntergestoßen worden: Wer könnte von seinem Tod profitieren?«, fragte Matthias und holte Emma ins Hier und Jetzt zurück.

»Der Mensch, der am meisten von seinem Tod profitieren

würde, ist bereits tot: Alois Straubenhardt. Es bliebe also noch dessen Sohn Paul und ...«

»'Tschuldigung, aber ich weiß jetzt, wo sich Frau Paulus aufhält«, unterbrach sie der Streifenpolizist.

»Sie ist im Pfarramt.«

»Danke, und sagen Sie ihr bitte, sie soll dort auf uns warten. Wir kommen sofort.« Matthias nickte dem Beamten aufmunternd zu, ehe er sich wieder Emma zuwandte: »Na ja, und der Nachbar hätte ja sicherlich auch einen Grund, nicht wahr?«

»Ja, nur: Den Winzer umzubringen ist das eine, wenn überhaupt. Denn er brauchte dafür ja nicht nur seinen Weinberg, sondern ja quasi auch ihn. Schließlich wollte er das Bio-Weingut mit ihm zusammen eröffnen. Daher finde ich das, ehrlich gesagt, schon etwas weit hergeholt. Aber warum sollte er den Pfarrer sonst noch töten wollen? Es gab keinen Grund für ihn, zumindest keinen, von dem wir etwas wüssten«, erwiderte Emma, während sie schon den halben Weg hinab zum Parkplatz zurückgelegt hatten. Sie gingen so schnell, dass sie, obwohl sie eigentlich eher fror, ihren Anorak ausziehen musste.

»Also konzentrieren wir uns auf Paul Straubenhardt«, sagte Matthias. »Der war mir sowieso schon von Anfang an unsympathisch. Und Gründe, den Pfarrer zu ermorden, hätte er genug.«

»Dann fahr du zu ihm, ich suche Elvira Paulus im Pfarrhaus auf. Vielleicht kann sie uns ja etwas mehr über den mittlerweile ganz schön ominösen Pfarrer erzählen. Und ich möchte auch zu gerne wissen, warum sie einfach so vom Tatort verschwunden ist. So wie ich sie einschätze, muss sie wissen, dass man sich für die erste Befragung der Polizei zur Verfügung stellt. Gerade auch, wenn man diejenige ist, die den Toten gefunden hat.« Emma wollte sich gerade in ihr Auto setzen, als sie ein Brummen vernahm. »Hörst du das?«, fragte sie Matthias.

»Nein, aber bei mir vibriert es auch gerade.« Er nahm sein Mobiltelefon aus der Hosentasche und wählte die Nummer für die Mailbox. »Und danach fahre ich ins Präsidium. Mal sehen, vielleicht hat dann das Labor ja bereits erste Ergebnisse für uns.«

Emma, deren Telefon drei Anrufe in Abwesenheit anzeigte, tat es ihm gleich. Laut den Nummern im Display hatten zweimal Joachim Hellmann und einmal ihre Mutter versucht, sie zu erreichen. Muttern kann ich auch noch später anrufen, dachte sie und tippte die Nummer ihres Chefs, die sie auswendig kannte. Da sie hier auf dem Parkplatz im Gegensatz zur Kapelle drei von fünf Balken Empfang hatte, blieb sie im Auto sitzen und wartete ab, bis sich ihr Gesprächspartner meldete. Doch anstatt Hellmanns Stimme hörte sie Annegret Bender.

»Hallo Emma. Einen wunderschönen guten Morgen«, flötete die stets gutgelaunte Abteilungssekretärin ihr ins Ohr. »Du willst sicherlich den Chef sprechen, gell? Aber der ist gerade im Labor. Soll ich was ausrichten oder kann ich was für dich tun?«

»Er hat versucht, mich zu erreichen. Weißt du, was er wollte? Sonst höre ich den Anrufbeantworter ab.« Emma sprach lieber mit Menschen, als Maschinen zuzuhören. Zumal sich in einem direkten Gespräch manchmal noch wichtige Nachfragen ergaben, die ein Anrufbeantworter leider nicht klären konnte.

»Nein, meine Liebe, das tut mir leid. Da kann ich dir leider auch nicht weiterhelfen. Aber vielleicht hat er dir ja alles Wichtige schon auf die Mailbox gesprochen. Sonst meldest du dich einfach noch mal, okay? Ich sage ihm auf jeden Fall, dass du dich gemeldet hast. Er hatte schon Sorgen, wo ihr abgeblieben seid, weil er auch den Matthias nicht gekriegt hat.«

»Okay, das mach ich – bis später.« Pflichtbewusst wie immer, dachte Emma und musste lächeln, während Matthias neben

ihr seinen Wagen zurücksetzte und sich dabei für einen kurzen Moment ihre Blicke trafen. Sie wollte gerade auflegen, als sie hektisch ihren Namen aus dem Telefon rufen hörte.
»Emma, Emma, einen Augenblick.«
»Ja?«
»Und, wie ist er so?«
»Wer?«, fragte Emma etwas zu naiv und ließ vorsichtshalber schon einmal den Motor an, legte den Rückwärtsgang ein und setzte vorsichtig, mit einer Hand am Steuer, das Telefon zwischen Schulter und Ohr eingeklemmt, auf die Straße zurück.
»Ach Emma, du weißt doch genau, wen ich meine. Der Matthias. Der macht schon was her. Da macht die Arbeit doch gleich doppelt so viel Spaß.«
»Hallo, Annegret, hast du was gesagt, hallo? Ich höre dich nicht ...«, sagte Emma, bevor sie den Anruf beendete. Es reichte schon, wenn sie ihre Gefühlswelt oder, neutraler ausgedrückt, diese emotional aufgeladene Situation, in der sie sich gerade befand, nicht richtig handhaben konnte, da wollte sie jetzt nicht auch noch von Annegret Bender in irgendeiner Form bedrängt oder ausgequetscht werden. Es war schon so alles kompliziert genug.
Sie war in Höhe des Restaurants »St. Annaberg«, als sie Hellmanns Nachricht abhörte. »Hallo Emma, Hellmann hier. Da ich dich nicht persönlich kriege: Annegret hat herausgefunden, wer sich um Straubenhardts Nachlass kümmert. Und jetzt halt dich fest: der Pfarrer, Clemens Bauer. Vielleicht hilft dir das ja, wenn du ihn befragst.«

vierzig

»Was wollen Sie denn schon wieder hier?«, begrüßte Paul Straubenhardt Matthias Roth, nachdem dieser die Klingel aus Gusseisen am Weingut der Straubenhardts betätigt und ihm der Sohn des toten Winzers geöffnet hatte.
»Ich kann Ihnen nicht mehr sagen als das, was ich Ihnen schon erzählt habe.«
»Darf ich trotzdem hereinkommen oder wollen Sie, dass wir meine noch offenen Fragen hier auf dem Hof klären?«
Straubenhardt winkte Matthias mit einer Kopfbewegung ins Haus. Matthias folgte ihm durch den kleinen Flur in den Essbereich. Der Tisch aus hellem Kirschholz war spartanisch fürs Frühstück eingedeckt worden. Neben einem Teller, der auf einem grünen Platzset lag, standen noch eine Tasse, eine Packung mit Kräuterquark, ein Naturjoghurt sowie ein Glas Honig auf dem Tisch. Eine Scheibe Roggenbrot mit Quark, von dem schon mehrmals abgebissen worden war, zeigte Matthias, dass er den Gastgeber beim Frühstück gestört zu haben schien.
»Ich werde Sie auch nicht lange aufhalten«, sagte er und deutete auf den Teller.
»Aha«, erwiderte Paul Straubenhardt, setzte sich auf seinen Platz und nahm einen großen Schluck Kaffee. Anstatt seinem Besucher ebenfalls etwas anzubieten, goss er sich eine weitere Tasse ein.
»Was wollen Sie denn noch wissen?«
»Oh, dann wissen Sie also noch nicht, dass der Pater heute Morgen am Kirchturm der St.-Anna-Kapelle tot aufgefunden worden ist?«

Paul Straubenhardt trank genüsslich aus seiner Tasse, ehe er sich die Scheibe Brot nahm und herzhaft davon abbiss. »Nein«, antwortete er kauend. »Wie ist er denn gestorben? Hat er sich totgesoffen?«
»Er ist vom Kirchturm gestoßen worden.«
»Na, ein jeder bekommt eben das, was er verdient. Die einen früher, die anderen später.«
»Sie wissen schon, was Sie da sagen.«
»Ich habe ihn nicht getötet. Oder was wollen Sie sonst damit andeuten? Woher wissen Sie eigentlich, dass er ermordet worden ist? Er könnte ja auch Selbstmord begangen haben. Haben Sie das nicht auch bei meinem Vater vermutet?« Er stand auf, ging an den Kühlschrank und kam mit einer Packung Schwarzwälder Schinken zurück an den Esstisch.
»Wir untersuchen gerade, wie er zu Tode gekommen ist. Aber vieles deutet eben auch auf Mord hin und Sie hätten allen Grund dazu gehabt, ihn aus dem Weg zu räumen, oder etwa nicht?« Matthias Roth verschärfte seinen Ton. Auch wenn die Ermittlungen gerade erst begonnen hatten und auch ein Suizid nicht auszuschließen war, Paul Straubenhardt profitierte eindeutig am meisten vom Tod der beiden Männer. Wie ihm Hellmann auf seinen Anrufbeantworter gesprochen hatte, war der Pfarrer selbst der Testamentsverwalter des Straubenhardt'schen Erbes gewesen. Und jetzt, wo er ebenfalls tot war, hinderte Paul Straubenhardt niemand mehr daran, den so begehrten Weinberg für seine eigenen Ziele zu nutzen und die Trauben für die geplanten Forschungen zu verwenden.
»Nein, wieso?«
»Wo waren Sie denn gestern Abend zwischen 22 Uhr und Mitternacht?«
»Hier, wo denn sonst?« Paul Straubenhardt schaute Matthias irritiert, fast schon ein wenig angewidert an.
»Kann das jemand bestätigen?«

»Nein, und das wissen Sie doch ganz genau. Der Alte ist tot und sonst wohnt hier keine Menschenseele. Meine Mutter ist schon vor Jahren verstorben, ich habe keine Geschwister und die Saisonarbeiter sind alle in Rumänien. Aber jetzt mal halblang: Warum sollte ich den Pfarrer denn umbringen? Außerdem war ich schon seit Jahren nicht mehr an der Kapelle.«

»Weil Sie jetzt endlich ihre Ziele verwirklichen können. Weder ihr Vater, der den Weinberg an einen Hotelinvestor verkaufen wollte, noch der Pfarrer, der den Weinberg der Klinik überschreiben wollte, stehen Ihnen jetzt länger im Weg. Sie haben endlich freie Hand.«

Paul Straubenhardt schaute Matthias Roth lange an. Er wusste nicht, was er darauf sagen sollte. »Aha«, war das Einzige, was ihm über die Lippen kam.

»Mehr haben Sie dazu nicht zu sagen? Es sieht nicht gerade gut für Sie aus.« Matthias Roth zog einen Stuhl vor und setzte sich direkt neben Paul Straubenhardt. »Ich hoffe, das wissen Sie. Es sei denn, Sie sagen mir jetzt die ganze Wahrheit.« Matthias senkte seine Stimme noch weiter.

»Welche Wahrheit? Ich habe Ihnen doch schon alles gesagt.«

»Nicht alles. Ich sage nur: Testament.«

»Ich habe Ihnen doch erzählt, dass ich nichts von einem Testament weiß.«

»Und das soll ich Ihnen glauben?«

»Sie müssen es mir glauben.«

»Und was ist, wenn ich weiß, dass es ein Testament gibt?« Matthias schaute Paul Straubenhardt herausfordernd an.

»Dann wissen Sie mehr als ich. Mein Vater hat mich in diese Dinge nie mit einbezogen. Warum sollte er auch? Er hatte ja seine ganz eigenen Pläne, von denen weder ich noch der Pfarrer wohl etwas gewusst haben.«

»Der Pfarrer? Wie kommen Sie gerade auf den?«

»Na ja, er hat ja das Fell des Bären schon verteilt, ehe der Bär überhaupt erlegt war. Aber er muss sich seiner Sache ja ziemlich sicher gewesen sein, sonst hätte er ja nie diese Ankündigung in der Zeitung gemacht, oder?«

Matthias knallte mit Wucht die Fahrertür seines Wagens zu. Auch dieses Gespräch hatte nicht den erwünschten Erfolg gebracht. Tief in Gedanken versunken verließ er das Weingut der Straubenhardts.

Ob Paul Straubenhardt ihm doch die Wahrheit erzählt hatte und der Sohn des toten Winzers in der Tat nichts von einem Testament wusste? Hatte Alois Straubenhardt seinen Sohn wirklich über nichts informiert, ihn in Unkenntnis darüber gelassen, was er vorgehabt hatte?

Wie er es drehte und wendete, Emma und er kamen einfach keinen Schritt weiter. Er zitterte. Nach all den Vorschusslorbeeren, die er geerntet hatte, und den Erwartungen, die Hellmann in ihn steckte, durfte er jetzt nicht scheitern. Das war einfach ausgeschlossen. Er war zum Erfolg verdammt. Es musste endlich etwas passieren.

»Fuck«, fluchte er, als er merkte, dass der landwirtschaftliche Nutzweg hier zu Ende war und er nicht mehr weiterkam. Er hasste es, sich in einer Sackgasse zu befinden – verkehrstechnisch wie auch beruflich.

einundvierzig

Das Pfarrhaus lag an diesem Vormittag dunkel und unscheinbar da, von der alten Weinstraße nach hinten versetzt und eingerahmt vom Herrenhaus der Grafen von der Leyen zur Linken und der Pfarrkirche Mariä Heimsuchung zur Rechten. Wie ausgestorben, dachte Emma, als sie ihren Mini vor dem Gebäude abstellte. Und das Wort »ausgestorben« hätte es passender nicht treffen können, war doch buchstäblich der Tod in dieses Haus eingekehrt.

Emma klingelte beim Pfarramt, dessen Tür heute im Gegensatz zu ihrem letzten Besuch abgeschlossen war. Als wie erwartet niemand öffnete, schaute sie sich um. Der Ort war ruhig, geradezu totenstill, als ob er bereits in Trauer versunken wäre. Ausgerechnet der Pater. Den Schock über den nächsten Todesfall konnte man förmlich greifen. Er lag schwer über dem Ort, in dem eigentlich Idylle, Harmonie und die friedvolle Seligkeit des Weines zu Hause waren. Die dunklen Fenster der Häuser auf der anderen Seite des Pfarramtes, die erdrückenden Mauern des Herrenhauses und der Kirche und die wie Blei am Himmel hängenden Wolken unterstrichen noch die düstere Stimmung des Tages.

Emma war schon fast wieder an ihrem Wagen, als sie plötzlich etwas hinter den Fenstern der Pfarrkirche sah. Flackerte da etwa um diese Uhrzeit eine Kerze, wo doch an diesem Morgen der Gottesdienst nicht hier, sondern in der St.-Anna-Kapelle abgehalten werden sollte? Grübelnd, was es damit auf sich haben könnte, ging sie langsam auf das im spätgotischen Stil erbaute Gotteshaus zu. Für ein Teelicht in den Opferlichtständern war das Licht eindeutig zu hell.

Ob jemand schon eine Altarkerze im Gedenken an den Pater angezündet hatte, fragte sie sich, als sie die Türklinke der Pfarrkirche herunterdrückte. Ein warmer Duft von Weihrauch und Modrigkeit empfing sie, als sie das schlichte Kirchenschiff betrat. Die Helligkeit des Tages tauchte den Innenraum in ein diffuses, trauriges Licht. Einzig die flackernde Kerze neben dem Altar gab dem Raum eine gewisse Gemütlichkeit. Und damit auch einen Funken Leben.

Eine Frau saß allein in einer Holzbank, in sich gekehrt und zusammengesunken. Sie wirkte verloren an einem Ort, der einem Hilfesuchenden eigentlich Schutz und Zuflucht bieten sollte.

Vorsichtig ging Emma nach vorne und setzte sich eine Reihe hinter die Frau, die sie schon vom Eingang aus als Rosa Gadinger identifiziert hatte.

»Es tut mir leid«, sagte Emma und legte eine Hand sanft auf den Rücken der Frau. Als habe sie Emma kommen gehört, erschrak sie nicht, sondern fing stattdessen an, bitterlich zu weinen.

»Ich weiß, was er Ihnen bedeutet hat und wie eng Ihre Beziehung war.«

Rosa Gadinger nickte nur mit dem Kopf, während ihr die Tränen die Wangen hinunterliefen. In den Händen hielt sie ein zusammengeknülltes Taschentuch.

»Wissen Sie, ob er leiden musste?«, fragte Rosa Gadinger, gefasster, als Emma vermutet hatte. Warum stellte sie ausgerechnet diese Frage als Erstes?

»Er war wohl sofort tot, so der Rechtsmediziner. Aber was er gefühlt haben muss, als er heruntergesprungen ist, dass …«

»Er hat Selbstmord begangen?« Rosa Gadinger drehte sich abrupt um. Emma hatte sie als eine Frau mit einer natürlich-schönen Reife kennengelernt, die behutsam und sanft vom Leben gezeichnet war und die ihrem Alter entsprechend aussah. Jetzt wirkte Rosa Gadinger, als wäre sie um mindestens 20 Jahre gealtert. Grau, matt, leblos.

»Wir wissen ehrlich gesagt nicht, ob er den Freitod gewählt oder ob doch jemand nachgeholfen hat. Wir dürfen eben nur nichts ausschließen.«

»Und jetzt wollen Sie sicherlich wissen, wo ich gewesen bin, als es passiert ist ...«

Emma schaute Rosa Gadinger erstaunt an. Warum reagierte sie jetzt so gereizt? Niemand ging davon aus, dass Rosa Gadinger in irgendeiner Weise für den Tod des Pfarrers verantwortlich war. Warum auch?

»Frau Gadinger, bitte, Sie stehen unter Schock. Niemand hat irgendetwas in diese Richtung gesagt oder nur behauptet.«

Wieder nickte Rosa Gadinger nur. Schwächer als beim ersten Mal, aber Emma merkte, wie erleichtert, fast schon glücklich Rosa Gadinger dabei wirkte. Oder hatte sie gar gelächelt?

»Wir untersuchen gerade den Tod des Pfarrers. Wir wissen nur, dass er am späten gestrigen Abend vom Kirchturm heruntergestürzt ist.«

»Vom Kirchturm?« Und dieses Mal lächelte Rosa Gadinger. Aus irgendeinem Grund, der sich Emma nicht erschloss, zerriss sie gerade jetzt das bereits aufgeweichte und zerfledderte Papiertaschentuch, wie Emma mit einem Seitenblick bemerkte.

»Ja, vom Kirchturm. Wissen Sie, was er gestern Abend noch da oben wollte?«

»Das war sein Lieblings...« Rosa Gadinger stockte. Sie griff nach ihrer Handtasche und kramte ein neues Papiertaschentuch hervor. »Er mochte diesen Ort. Jeden Dienstagabend ging er in den Turm hoch, um für sich zu sein.«

»Dann wusste also jeder davon?«

»Ja, nein, also ich meine, es wussten sicherlich alle, die den Pfarrer kannten oder denen er das erzählt hat.« Sie machte eine Pause. »Sie glauben also doch, dass jemand nachgeholfen hat?«

»Wir können, wir dürfen nichts ausschließen. Wer könnte denn von seinem Tod etwas haben? Oder ihm gar den Tod gewünscht haben?«
»Sie meinen, ob er Feinde hatte?« Rosas Augen blitzten für den Bruchteil einer Sekunde auf, ehe sie fortfuhr: »Feinde? Also wer hat keine Feinde, Frau ..., Frau ...«
»Hansen, Emma Hansen. Ist Ihnen gestern oder in den vergangenen Tagen sonst etwas aufgefallen, was eher untypisch für ihn war, was nicht seinem Verhalten entsprach?«
»Nein, der Pfarrer war ein stets disziplinierter, überkorrekter Mensch, perfektionistisch und manchmal gar etwas penetrant. Eben supergenau. Mit einem hohen Anspruchsdenken an sich wie auch gegenüber anderen.«
Als ob sie ein Windzug ergriffen hätte, tanzte die kleine Flamme der Altarkerze unruhig hin und her.
»Wie kommt es eigentlich, dass er sich so für die Klinik eingesetzt hat, also neben allen moralischen und überaus sozialen Gesichtspunkten, die sehr ehrenwert sind?«, fragte Emma. Sie spürte, dass Rosa Gadinger irgendetwas zurückhielt.
»Das war seine Lebensaufgabe. Und als seine alte Freundin Ruth Martin in die Klinik eingeliefert wurde, da gab es dann auch noch einen persönlichen Bezugspunkt für ihn.«
»Wer ist diese Ruth Martin?«, fragte Emma, während sie sich den Namen in ihren Block notierte.
»Die können sie vergessen. Mit der ist leider schon länger nichts mehr anzufangen. Demenz im Endstadium. Sie weiß nichts mehr. Weder wo sie ist noch wer sie ist.«
»Mehr Gründe gab es für ihn nicht, die Klinik als Schwerpunkt seiner seelsorgerischen und mildtätigen Arbeit zu sehen?«
»Die Klinik hat ihn einfach sehr erfüllt, sie war wie ein Kind für ihn.« Erneut musste Rosa Gadinger stocken. Sie wollte gerade schlucken, als sie heftig husten musste. »Er hat die Klinik sehr geliebt«, ergänzte sie, als sie sich wieder beruhigt hatte.

»Vielleicht so sehr, dass er jetzt dafür gestorben ist«, entgegnete Emma.
»Wie kommen Sie darauf?«, fragte Rosa Gadinger mehr als irritiert.
»Nach dem Mord an Alois Straubenhardt ...«
»Es war auch Mord?«
»Davon gehen wir aus, ja.«
»Aber was hat der Pfarrer damit zu tun?«
»Es geht um den Weinberg des Winzers.«
»Den Teufelsberg?«
»Ja, laut Zeitungsbericht wollte der Pfarrer den Weinberg oder zumindest Teile davon nutzen, um die Klinik zu erweitern.«
»Ja, ich weiß. Das war sein großes Vorhaben.«
»Nur, Alois Straubenhardt hatte etwas anderes mit seinem Weinberg vor.«
»Und was?«
»Das darf ich Ihnen leider nicht sagen. Wir benötigen nur Straubenhardts Testament. Vielleicht hilft das uns, etwas mehr Licht ins Dunkel zu bringen.«
»Ich verstehe. Aber ich weiß leider nicht, wie ich Ihnen da weiterhelfen kann.« Rosa Gadinger zuckte achtlos mit den Schultern.
»Wir haben erfahren, dass der Pfarrer Straubenhardts Testamentsverwalter war. Und bevor wir uns einen Durchsuchungsbefehl besorgen müssen: Vielleicht wissen Sie ja, wo er es aufbewahrt haben könnte.«
Emma schaute in ein entgeistertes Gesicht. »Der Pfarrer war Testamentsverwalter vom Alois? Na, das erklärt so manches!«
»Wie meinen Sie das?«
»Seitdem Pater Bauer nach Burrweiler zurückgekehrt ist, waren Alois und er unzertrennlich.«

zweiundvierzig

»Röschen, hast du schon gehört?« Elvira Paulus, die mit ihrem gelben Postrad vor dem Pfarrhaus stand, lief Emma und Rosa Gadinger in die Arme, als die beiden Frauen grade die Pfarrkirche verließen. Die Wolken waren immer noch nicht aufgerissen und der Himmel drückte mit seiner ganzen Last schwer auf den Ort.

»Ja, ich weiß«, sagte Rosa Gadinger teilnahmslos. Emma hatte versucht, sie zu stützen. Doch die Pfarrsekretärin war in ihren Armen unentwegt in sich zusammengefallen, weswegen sie gefühlt an jeder dritten Kirchenbank eine Pause einlegen mussten. Dabei wusste Emma nicht, ob Rosa Gadinger vor Trauer um den Pfarrer und damit um ihren Chef oder aus Angst vor einer möglicherweise ungewissen Zukunft keinen Halt fand.

»Sie sind ja auch wieder da und wollten mich sprechen, wie mir mein Mann erzählt hat«, begrüßte Elvira Paulus Emma. Sie war noch reservierter als beim letzten Mal.

»Ja, es geht um den toten Pfarrer, wie Sie sich sicherlich vorstellen können. Zumal Sie ihn ja gefunden haben.« Emma lächelte milde. »Aber warum sind Sie denn einfach weggefahren, anstatt die Polizei zu rufen und anstatt am Tatort zu bleiben, wie es sich eigentlich gehört?«

»Jetzt hören Sie mal gut zu. Ich weiß ja nicht, wie viele Tote Sie schon gesehen haben. Für mich war es das erste Mal und ich hoffe, es wird auch das einzige Mal bleiben.«

»Sie hat doch nur gefragt«, redete Rosa Gadinger auf ihre aufgebrachte Freundin beschwichtigend ein.

»Ja, Röschen, aber ich stand so unter Schock. Ich war einfach nicht ganz Herrin meiner Sinne. Außerdem ist er doch selbst da runter gesprungen und steht ja nun auch nicht mehr wieder auf.«
»Wir können noch gar nicht sagen, ob er wirklich Suizid begangen hat.«
»Nein, das können Sie nicht?« Elvira Paulus, die Rosa Gadinger nun stützte und mit ihr langsam die Treppe zur Tür des Pfarrhauses emporstieg, schaute Emma über ihre linke Schulter hinweg eindringlich an.
»Nein, wir können Fremdverschulden nicht ausschließen.« Emma wollte das Wort Mord bewusst nicht in den Mund nehmen.
Sie folgte den beiden Frauen ins Pfarramt und dann weiter ins Pfarrbüro. Elvira half ihrer Freundin in den Bürostuhl, ehe sie kurz aus dem Zimmer in die danebenliegende Küche ging, um einen Kaffee aufzusetzen.
»Ich habe ihn nur gefunden und nicht da runtergeschubst«, rief Elvira aus der Küche und verstärkte die Vehemenz ihrer Worte, indem sie mit Nachdruck die Kaffeedose wieder verschloss.
»Nur mit schubsen schafft man es nicht, jemanden aus dem kleinen Fenster zu stoßen.« Emma stand in der Tür. Sie wollte, dass sowohl Elvira Paulus als auch Rosa Gadinger ihre Worte hören konnten.
»Wollen Sie etwa andeuten …« Entrüstet kam Elvira ihr entgegen.
»Elvira, die Frau Kommissarin will doch nur wissen, wie du ihn gefunden und wann du ihn zuletzt gesehen hast.« Wie ein in sich zusammengesackter Käsekuchen saß Rosa Gadinger in ihrem Stuhl und schaute apathisch ihren Schreibtisch an. Dass der Tod des Paters sie so mitnimmt, dachte Emma. Die Frau tat ihr leid. Was muss er ihr nur bedeutet haben?
»Ich war wie jeden Mittwochmorgen auf dem Weg zur St.-

Anna-Kapelle.« Und dann erzählte Elvira Paulus, wie sie den Pfarrer gefunden, vor Schreck geschrien und sich in Panik mit dem Fahrrad aus dem Staub gemacht hatte. »Ich hatte einfach Angst.«

»Das kann ich gut verstehen. Aber da wir eben in alle Richtungen ermitteln müssen: Warum könnte sich der Pfarrer den Freitod als letzte Möglichkeit ausgesucht haben?«

»Das kann ich Ihnen leider nicht sagen.«

»Und hatte er irgendwelche Feinde, die ihm den Tod gewünscht haben könnten?«

Elvira Paulus zuckte nur mit den Schultern. Ein angenehmer Kaffeeduft erfüllte auf einmal den Raum, und so ging sie kurz aus dem Büro, um wenige Augenblicke später mit einem Tablett, auf dem sich drei Tassen, drei Löffel, eine Dose mit Zucker sowie ein Süßstoffspender befanden, wiederzukommen.

»Möchten Sie auch eine Tasse?«, fragte sie Emma, nachdem sie sich und Rosa, die eigentlich schwach mit dem Kopf geschüttelt hatte, bereits eine Tasse eingeschenkt hatte.

»Nein, aber vielen Dank. Ich mag leider keinen Kaffee, sondern trinke nur Kakao.«

»Oh, soll ich Ihnen einen machen?«, fragte Elvira Paulus und wollte gerade schon wieder loslaufen, als Emma sie zurückhielt.

»Das ist wirklich nicht nötig. Aber, um nochmal auf den Tod des Pfarrers zurückzukommen. Ich habe das auch schon Frau Gadinger gefragt: Ist Ihnen in den vergangenen Tagen etwas am Pfarrer aufgefallen? Hat er sich anders verhalten, war er abwesend, in Gedanken vertieft?« Emma merkte, dass Elvira Paulus nicht mit der Sprache herausrücken wollte und sie fragte sich, wen sie mit ihrem Wissen schützen wollte. Und warum.

»Hm, lassen Sie mich mal überlegen. Ist dir was aufgefallen, Rosa? Der Pfarrer war eigentlich so wie immer.«

Emma beobachtete die beiden Frauen. Elvira Paulus stand neben Rosa Gadinger, die sich tief in ihren Sessel gepresst hatte und sich nahezu nicht bewegte. Auch wenn die eine nur so vor Aktivität strotzte, während die andere vor Trauer apathisch vor sich hinstarrte, so bildeten die beiden eine unverwüstliche Einheit. Eine Mauer des Schweigens. Dabei schwelt hier etwas, aber niemand will den Brand sehen oder das Feuer riechen, dachte Emma. Als ob sie sich alle gegen das Schicksal versündigt hätten und nur darauf warteten, wen es als Nächstes treffen würde. Was für eine Vorstellung!

»Frau Gadinger, Sie sprachen eben an, dass Alois Straubenhardt und der Pfarrer seit dessen Rückkehr unzertrennlich waren. Wie meinten Sie das eigentlich?«

Doch anstatt Rosa Gadinger antwortete Elvira Paulus, die sich dabei fast an ihrem Kaffee verschluckt hätte.

»Der eine tat nichts ohne den anderen. So auch beim Sanatorium.«

»Sanatorium? Sie meinen die St.-Anna-Klinik?« Emma erinnerte sich, wie Dr. Hannah Weiden ihr von dem Engagement des Pfarrers erzählt hatte.

»Ja, das war eine Idee der beiden und von zwei weiteren befreundeten Winzern. Kurz nach seiner Rückkehr erfolgte schon der Spatenstich und nur anderthalb Jahre später ist die Klinik dann eröffnet worden, jetzt am Samstag.«

»Warum war er eigentlich so lange weg?«

Emma spürte, dass sie mit dieser Frage bei den beiden Frauen in ein Wespennest gestochen hatte. Auch wenn sie bei Pater Clemens Bauer nicht das Schlimmste annehmen wollte, so wusste sie von vielen Fällen, in denen Geistliche nicht ganz freiwillig versetzt worden waren.

»Ach, na ja, es wurde da so einiges gemunkelt.« Elvira Paulus goss sich eine weitere Tasse Kaffee ein. »Er war ja übrigens nicht der Einzige, der so lange weg war.«

»Wer denn noch?«

»Der Professor. Er verschwand ebenfalls plötzlich über Nacht, als der alte Straubenhardt ihn vom Hof gejagt hat.«
»Er hat für Alois Straubenhardt gearbeitet?« Unglaublich, in welch einem Beziehungsgeflecht die wenigen Personen zueinander standen. Ein Geflecht, das Emma nun entwirren durfte. Mit all den schrecklichen Geheimnissen, die ihm innewohnten.
»Er hat seine Ausbildung als Winzer bei ihm absolviert.«
»Und warum wurde er vom Hof gejagt, wie Sie es ausdrücken?«
»Das müssen Sie ihn schon selber fragen.«
Emma notierte sich die Wörter »Professor«, »Ausbildung«, »Straubenhardt« und »Streit« in ihren Block.
»Das Dorfleben ist bei Weitem nicht so langweilig, wie die Städter meinen.« Elvira Paulus nahm erneut einen genussvollen Schluck aus ihrer Kaffeetasse und spreizte, so wie es gerne die Damen der feinen Gesellschaft taten, den kleinen Finger ihrer rechten Hand ab. Als ob sie gerne mehr wäre, als sie ist, dachte Emma und sie fragte sich, was aus Elvira Paulus geworden wäre, wenn sie nicht in Burrweiler geblieben wäre, sondern anderswo gelebt hätte.
»Ich würde gerne noch einmal auf den Pfarrer zurückkommen.« Emma sah auf ihre Uhr, ehe sie fortfuhr. Sie hatte heute noch einiges vor und so langsam lief ihr die Zeit davon. »Was wurde denn seinerzeit gemunkelt?« Emma erinnerte sich, dass Rosa Gadinger von einer gewissen Ruth Martin gesprochen hatte. Ihre Neugierde war geweckt, aber jetzt könnte sie auch endlich befriedigt werden. Zumindest hoffte sie das.
»Also, er kümmert sich da besonders um eine Frau in der Klinik.«
»Elvira, bitte.« Rosa Gadinger versuchte, ihre Freundin zu zügeln, doch ihre Stimme war zu schwach. Dafür erhob sie sich aus ihrem Stuhl, ging zum Büroschrank hinüber, öffnete die linke Schranktür und tippte die Zahlenkombination

1, 9, 6 und 8 in die Tastatur auf einer kleinen Box, die sich als portabler Safe herausstellte, wie Emma bei näherem Hinsehen bemerkte. Mit einem leichten Ploppen öffnete sich die Tür.

»Hier, ich glaube, das wollten Sie alles haben.« Rosa Gadinger reichte Emma eine Unterlagenmappe, die verschiedene notarielle Dokumente enthielt, sowie eine Bibel. »Mehr ist hier nicht drin.« Rosa Gadinger machte einen Schritt zur Seite, um Emma davon zu überzeugen, dass der Safe leer war.

»Danke. Ich nehme die Unterlagen mit und wir werden alle Dokumente analysieren.«

»Sie sind übrigens nicht die Erste, die nach dem Testament fragt.« Rosa Gadinger hatte sich wieder in ihren Bürostuhl gesetzt.

»Wer hat denn noch danach gefragt?«

»Mich selbst niemand, aber der Professor war ein- oder zweimal hier und wollte mit dem Pater sprechen. Auch wegen des Testaments.«

»Woher wusste er denn davon?« Emma stutzte.

»Ich denke von Paul.«

»Ist das nicht Ruths Bibel? Darf ich mal?«, unterbrach Elvira Paulus die beiden Frauen und griff nach der Heiligen Schrift.

»Komisch, dass ihre Bibel in seinem Safe liegt. Aber wie ich schon sagte, die beiden verband, na ja, wie soll ich mich ausdrücken, schon immer eine ganz besondere Beziehung. Doch jetzt kommt sie leider niemand mehr besuchen. Sie hat ja sonst niemanden mehr, die Arme.«

»Sie meinen, der Pfarrer und Frau Martin waren mal ein Paar?«, fragte Emma, die merklich enttäuscht war. Irgendwie konnte sie sich nicht vorstellen, dass eine an Demenz erkrankte Frau irgendetwas mit dem Tod des Pfarrers zu tun haben oder die Ermittlungen auch nur ansatzweise weiterbringen könnte.

»Frau Kommissarin, das haben Sie gesagt.« Elvira Paulus nippte genussvoll an ihrem Kaffee. »Aber es sagt doch schon eine Menge, dass er gerade dann wiedergekommen ist, als seine Ruth so langsam hinwegdämmerte. Vielleicht war ja die Zuneigung zu ihr doch stärker als seine Gottesfurcht.«

dreiundvierzig

Emma saß in ihrem Auto und rieb sich die Schläfen. Die Migräne hatte im Laufe des Tages zugenommen und sie spürte jeden einzelnen der Schläge, die wie Kugeln bei einem Flipperautomaten an die Schädeldecke hämmerten.
»Ich weiß ja, dass es wehtut«, schrie sie sich und ihren Kopf an, aber der Schmerz wollte einfach nicht nachlassen. Ob es mal wieder am angekündigten Wetterumschwung lag oder ob die mühsame Ermittlungsarbeit, die Suche nach dem einen wichtigen Puzzleteil ihr so zusetzte? Sie fühlte sich auf alle Fälle wie erschlagen.
Sie wollte gerade den Motor ihres Minis starten, als ihr Mobiltelefon klingelte.
Sie kannte die Nummer nicht, die im Display angezeigt wurde. Wenigstens ist es nicht Muttern, dachte Emma und war erleichtert. Bei ihrer Migräne und den zähen Ermittlungen hatte sie nun wirklich keine Muße, sich auch noch mit den aktuellen Befindlichkeiten ihrer Mutter zu befassen. Der Tod ihres Vaters hatte ihre Mutter noch tiefer in den Strudel von Trauer, Mutlosigkeit und Einsamkeit gezogen. Auch wenn ihr Vater Knut Hansen seit mehr als drei Jahren von ihrer Mutter Marit getrennt gelebt und mit seiner Freundin bereits eine neue Familie gegründet hatte, so hatte ihre Mutter Marit nie die Hoffnung auf eine Rückkehr ihres Mannes verloren.
»Emma Hansen«, meldete sie sich dahingehend, während sie zur Entspannung ihre Augen schloss.
»Hallo Frau Hansen, hier ist Dr. Hannah Weiden.« Die Frau am anderen Ende der Leitung klang besorgt.

»Ich hoffe, ich störe Sie nicht. Aber ich sollte mich doch bei Ihnen melden, wenn mir noch etwas einfällt. Und als ich eben vom Tod unseres so geschätzten Pater Clemens Bauer gehört habe, da musste ich sofort an Sie denken.« Hannah Weiden konnte nur mühsam die Fassung bewahren.
»Das trifft sich ja gut, ich bin gerade auf dem Weg zu Ihnen.«

Emma parkte ihren Mini auf dem Besucherparkplatz direkt neben dem Haupteingang. Sie wollte sowieso nicht zu lange bleiben, da noch am Nachmittag der Obduktionsbericht sowie die Laborergebnisse kommen würden, wie ihr Matthias mitgeteilt hatte. Sie hatte das Gespräch mit Hannah Weiden gerade beendet, da hatte Matthias angerufen und sie über sein Gespräch mit Paul Straubenhardt sowie über den Stand der Untersuchungen der Rechtsmedizin unterrichtet. »Ich beeile mich. Bitte wartet auf mich, ich will nur noch kurz mit der Klinikchefin und Ruth Martin sprechen«, hatte sie geantwortet und ihm kurz von den neuen Einzelheiten berichtet. Er hatte fast schon ein wenig überrascht reagiert, als sie ihm von der noch ungeklärten Beziehung zwischen dem Pater und der an Demenz erkrankten Klinikpatientin Ruth Martin erzählt hatte.
»Sie müssen ihre Liaison aber sehr gut versteckt haben, dass ausgerechnet nur Elvira Paulus etwas davon mitbekommen haben will«, hatte Matthias geantwortet, ehe ein Anruf auf dem Bürotelefon ihr Gespräch unterbrochen hatte.
Schon wieder Elvira Paulus, dachte Emma, als sie aus ihrem Wagen stieg und auf die Station »Lichtblick« ging, der sie erst gestern einen Besuch abgestattet hatte. Sie klopfte an die Tür des Sprechzimmers, auf deren geriffeltem Milchglas der Name »Dr. Hannah Weiden« geschrieben stand.
»Hej, Sie haben etwas für mich?«, begrüßte Emma die Klinikchefin und streckte ihr die Hand entgegen.
»Ich finde es immer so schön, wie die Skandinavier ihr Gegenüber mit diesem so sympathischen ›Hej‹ begrüßen. Das

zaubert einem direkt ein Lächeln aufs Gesicht und man möchte sofort nach Schweden reisen.« Hannah Weiden lächelte Emma an und hätte sie wohl am liebsten in den Arm genommen, hätte sie ihr großer Glasschreibtisch nicht daran gehindert.

Ob die immer so viel redet, überlegte Emma, während sie sich in einen Besucherstuhl setzte. Sie wusste, sie konnte ziemlich unleidlich sein, wenn eine Migräneattacke sie heimsuchte. Aber sie wünschte niemandem, selbst ihren schlimmsten Feinden nicht diese Schmerzen, deren einziges Ziel es war, Emma zu quälen.

»Danke«, sagte sie nur, und es klang wie herausgepresst. »Man kann seine Kinderstube eben nicht ganz verbergen. Allerdings stamme ich aus Dänemark und nicht aus Schweden.«

»Geht es Ihnen nicht gut? Sie sehen irgendwie sehr mitgenommen aus. Müde Augen und fahle Haut ...«

Wow, das war mal ein Einstieg in ein Gespräch. Dabei war sie doch gestern noch so verbindlich gewesen, dachte Emma, ehe sie antwortete: »Ich habe mal wieder einen Migräneanfall, nicht schön, aber da muss ich wohl durch.«

»Sie Ärmste. Kann ich Ihnen etwas bringen?«

»Wenn Sie so fragen: Ob ich vielleicht eine Tasse heiße Schokolade haben könnte?«

Hannah Weiden schaute sie mit großen Augen an. Die Ärztin hatte wohl nicht damit gerechnet, dass Emma tatsächlich einen Wunsch haben könnte, denn es brauchte gefühlt eine halbe Ewigkeit, bis sie sich mit einem zaghaften Lächeln aus ihrem Sessel erhob und mit einem »Klar, gerne, kommt sofort« das Zimmer verließ.

»So, damit es Ihnen gleich wieder besser geht. Auch wenn medizinisch gesehen sicherlich ein Glas Wasser besser wäre.« Hannah Weiden stellte das kleine silberne Tablett auf den Tisch, goss sich selbst ein Glas Wasser ein und setzte sich dann wieder in ihren Bürostuhl und schlug die Beine übereinander. »Aber Medizin ist ja nicht alles. Man darf eben auch das eigene Wohlbefinden nicht ganz außer Acht lassen.« Sie wippte leicht in ihrem Stuhl und schaute Emma dabei interessiert an. »Ich kann es immer noch nicht fassen, dass jetzt auch noch der Pfarrer Selbstmord begangen hat. Ich hoffe nur, das färbt nicht auf die Klinik ab, jetzt, wo wir gerade dabei sind, weitere Landesmittel für den Ausbau zu erhalten.«

»Ich muss Sie leider enttäuschen, aber Alois Straubenhardt hat keinen Selbstmord begangen und auch beim Pfarrer ermitteln wir augenblicklich in alle Richtungen.« Emma rührte ausgiebig die Sahne in ihrer Schokolade unter. Was tut das gut, dachte sie, als sie den ersten Schluck schlürfte. Derjenige, der dieses Getränk erfunden hatte, verdiente wirklich einen Ehrenpreis für diesen Hochgenuss.

»Das ist ja schrecklich. Aber wer kann so einen wunderbaren Menschen nur auf dem Gewissen haben? Der Pater hat so viel Gutes getan. Er ließ das Kirchendach renovieren und hat hier in der Verbandsgemeinde Edenkoben eine eigene mobile Altenpflege aufgebaut. Und dann der Umbau des ehemaligen Altenheims in unsere heutige Klinik. Wir sind wohl eine der modernsten Einrichtungen dieser Art im ganzen Land. Kaum jemand wird dem demographischen Wandel und seinen Herausforderungen so gerecht wie wir und bietet dabei therapiebedürftigen Müttern mit ihren Kindern genauso ein Zuhause wie an Demenz erkrankten Menschen. Ich begreife so etwas einfach nicht.« Hannah Weiden schüttelte unentwegt den Kopf.

Sie klingt ein bisschen, als würde sie aus einem Werbeprospekt für die Klinik referieren, dachte Emma, oder sang sie nur ein Loblied auf den Pater und seine nicht enden wollenden Verdienste um die Allgemeinheit?

»Aber das wollten Sie mir sicherlich nicht sagen, oder?«

»Nein, da haben Sie recht, dafür habe ich Sie natürlich nicht angerufen.«

»Wie gut kannten Sie eigentlich den Pfarrer? Was war er für ein Mensch?«
»Ich kannte ihn leider nur von unseren Aufsichtsratssitzungen und von ein paar gemeinsamen Terminen. Aber da durfte ich ihn als einen sehr verbindlichen, freundlichen und offenherzigen Menschen kennenlernen, der in seiner seelsorgerischen Begleitung und mit seinen visionären Ideen nicht nur für diese Klinik eine unglaubliche Bereicherung war.«
»Und sonst ist Ihnen nichts Besonderes aufgefallen? War er in den letzten Tagen irgendwie anders als sonst?«
»Nein, mir ist nichts aufgefallen und ich bin allein durch meinen Beruf schon ein guter Beobachter.« Sie lächelte Emma kurz, aber intensiv an, ehe sie sich mit ihrem Stuhl zum Fenster drehte und kurz in den Park schaute, der mit seinen blätterlosen Bäumen, den abgedeckten Beeten und dem starr daliegenden Rasen einen trostlosen Eindruck vermittelte.
»Aber, warum ich Sie eigentlich angerufen habe.« Sie drehte sich wieder zur ihrem Gast hin. »Wussten Sie, dass sich der Pfarrer und eine unserer Patientinnen, Ruth Martin, sehr gut kannten?«
Emma, die so sehr auf einen neuen Hinweis oder gar eine Erkenntnis gehofft hatte, senkte ihren Kopf. Warum sagen mir alle immer nur das Gleiche, tun aber so, als wäre es eine unglaubliche Neuigkeit? Auch wenn Rosa Gadinger und Elvira Paulus stets ein wenig herumgeeiert hatten, was dieses Thema angegangen war, so wusste Emma – das sagte ihr schon allein ihre Intuition –, dass es sich bei der besagten Frau, um die sich der Pater besonders intensiv gekümmert hatte, um Ruth Martin gehandelt haben musste.
Emma fühlte sich auf einmal so niedergeschlagen, wie es Hannah Weiden eben beschrieben hatte. Nur dieses Mal waren es weniger die starken Schmerzen in ihrem Kopf, die für ihre Gemütslage verantwortlich waren.
»Sie sehen aus, als wüssten Sie das bereits«, wurde sie von

Hannah Weiden aus ihrem fast schon tranceartigen Zustand geholt.
»Ja, in der Tat. Aber trotz allem: Danke für diese Information. Manchmal ist es gut, ein Detail zu verifizieren.«
»Das tut mir leid. Dann ist es sicherlich auch nicht von Interesse für Sie, dass Ruth Martin eigentlich gar nicht bei uns aufgenommen werden sollte.«
»Wieso nicht? Also ich bin keine Ärztin wie Sie, um das einschätzen zu können, ohne Ruth Martin persönlich kennengelernt zu haben«, erwiderte Emma, die nicht verstand, worauf die ärztliche Direktorin und mehrfach ausgezeichnete Therapeutin eigentlich hinauswollte.
»Es war allein dem Pater zu verdanken, dass sie bei uns aufgenommen wurde. Sie hasst Kinder, und das erschwert das Zusammenleben mit den anderen Patienten doch erheblich.«
»Ich würde gerne einmal mit ihr sprechen. Vielleicht kann sie mir ja weiterhelfen und weiß, was den Pater in den letzten Stunden seines Lebens so bewegt hat.«
»Sie können es sehr gerne versuchen, aber Ruth Martin lebt, wie soll ich es formulieren, in einer Zwischenwelt. Die Demenz ist schon sehr weit fortgeschritten, wir müssen sie rund um die Uhr beobachten, weil sie uns schon mehrfach weggelaufen ist und dies jederzeit wieder passieren könnte.«
Früher wurden diese Menschen ans Bett gefesselt und sich und ihrem Schicksal einfach überlassen, dachte Emma und sie war sich nicht sicher, ob das in manchen Kliniken nicht auch noch heute so praktiziert wurde.
»Kommen Sie, Frau Hansen, ich bringe Sie zu ihr.«
Emma folgte Dr. Hannah Weiden durch den Korridor, der passend zum Namen der Station in ein warmes Licht getaucht war.
»Schwester Maria, darf ich vorstellen, Kriminalhauptkommissarin Emma Hansen aus Ludwigshafen. Sie würde gerne mit Ruth Martin sprechen.«

»Hallo, Frau Dr. Weiden und guten Tag.« Schwester Maria reichte erst Emma und dann der Klinikchefin die Hand. »Ich muss dann wieder. Wenn Sie noch etwas brauchen oder meine Hilfe benötigen, dann melden Sie sich sehr gerne bei mir. Sie wissen ja, wo Sie mich finden«, verabschiedete sich Hannah Weiden und lief den Flur entlang zurück in ihr Büro.
»Sie schläft gerade.« Schwester Maria sagte das mit einer gewissen Erleichterung. »Ruth Martin ist schwer krank, sie hat Demenz im Endstadium.«
»Ich müsste aber wirklich mit ihr sprechen.«
Schwester Maria zuckte mit den Schultern. »Das ist leider wirklich nicht möglich. Wir mussten, also, ..., die Medikamente wirken gerade. Sie jetzt zu wecken wäre fatal – für alle Beteiligten.«
Ihre ehrliche Art ist bemerkenswert, aber auch vielleicht die einzige Möglichkeit, mit dem Leid und dem Verlust auf dieser Station fertig zu werden, dachte Emma und schaute Schwester Maria interessiert an. Sie schätzte die Pflegekraft auf Mitte, höchstens Ende 50. Sie trug ein leichtes Make-up, eine modische Frisur, die ihren wohl südeuropäischen Teint betonte, und hatte in einem zarten Lachston lackierte Fingernägel. Unter ihrem weißen Kittel blitzte eine figurumspielende Jeans hervor, dazu trug sie weiße Stoffschuhe. Sie war schlank, fast schon zart gebaut, und um einen halben Kopf kleiner als Emma. Das Bemerkenswerteste aber waren ihre hellen, wachen und funkelnden Augen. Sie verliehen Maria Kuhnert, wie sie mit vollem Namen hieß, die Stärke, genau zu wissen, was sie wollte und dabei feinfühlig und ausgesprochen empathisch zu sein. Eine Frau, die man nicht nur gerne als Freundin haben, sondern von der man im Alter sicherlich auch gerne gepflegt werden wollte.
Emma lächelte Schwester Maria milde an.
»Was wollten Sie eigentlich von Ruth Martin? Vielleicht kann ich Ihnen ja weiterhelfen?«
»Betreuen Sie Ruth Martin?«

»Ja, seit ich hier bin.« Schwester Maria ging zu einem Rollwagen und zeichnete das Dokument zur Medikamentenausgabe ab.
»Ist sie schon lange so schwer erkrankt?«
»Ja, leider. Die Demenz war bereits weit fortgeschritten, als sie in die Klinik kam.«
»Wie ich gehört habe, hat sich Pater Bauer sehr dafür eingesetzt, dass Ruth Martin einen Therapieplatz hier bekommt.«
Schwester Maria unterbrach das Ausfüllen der Unterlagen und schaute Emma mit großen Augen an. »Der Pater? Gott hab ihn selig. Er war so ein guter Mensch.«
»Sie wussten das gar nicht?«
»Nein, wir sind in die Aufnahmeentscheidungen nicht involviert.«
»Dann wussten Sie also auch nicht, dass sich der Pfarrer und Ruth Martin schon von früher her kannten?«
»Nein, ich bin noch nicht so lange im Ort, um alle Einzelheiten zu kennen. Ich weiß nur, dass er sich besonders um sie gekümmert hat. Auch nach den offiziellen Besuchszeiten.«
War also doch etwas an dem Gerücht einer besonderen Beziehung zwischen dem Pfarrer und Ruth Martin dran, wenn der Pater die ruhigen Stunden des Abends genutzt hatte, um Ruth Martin zu besuchen, mit ihr alleine zu sein? Wäre diese Liebesgeschichte nicht so tragisch geendet, dann hätte sie Potenzial für eine Rosamunde-Pilcher-Verfilmung gehabt, dachte Emma.
»Fühlt sie sich denn besonders wohl hier auf Ihrer Station?«
»Ja, wir sind alle sehr freundlich zu ihr, auch wenn es sicherlich manchmal etwas schwer fällt, weil sie in ihrer Vorstellung gerade wieder mit irgendeinem Hollywoodstar auf dem roten Teppich flaniert, anstatt ihre Rückengymnastik zu machen oder im Bewegungsbad zu trainieren.«
Schwester Maria löste die Bremsen des Beistellwagens und fuhr langsam die Station entlang Richtung Schwesternzimmer.

»Nein, das meine ich gar nicht. Es geht nicht um Ihre herausragende und aufopferungsvolle Arbeit. Wie mir Dr. Weiden erzählt hat, soll Ruth Martin Kinder hassen. Und ich wüsste nicht, ob ich mich hier so richtig wohlfühlen könnte, wenn ich hier öfter Kindern begegnen würde.«
»Ja, jetzt wo Sie es sagen. Ruth Martin ist nie dabei, wenn unsere Demenzpatienten in der Therapie mit den Kindern und Babys zusammen spielen.« Schwester Maria stockte. Sie hielt sich so krampfhaft am Griff des silbergrauen Wagens fest, dass ihre Fingerknöchel weiß anliefen. Sie atmete schwer und schloss für einen kurzen Moment die Augen.
»Alles in Ordnung?«, fragte Emma und stellte sich, leicht besorgt, dass ihr Schwester Maria gleich so umkippen könnte, neben sie und nahm sie in den Arm.
»Ja ja, es geht schon wieder. Aber vielleicht hatte Ruth Martin ja keine Wahl. Sie hat niemanden mehr, also keine Angehörigen oder Freunde, und war einfach auf die Fürsprache und Unterstützung des Pfarrers angewiesen.« Sie schaute Emma mit durchdringendem Blick an. Für den Bruchteil einer Sekunde hatte Emma das Gefühl, Schwester Maria würde ihr bis in die Seele schauen und sie prüfen, wie sie persönlich zu Kinderlachen stand. Eine Prüfung, die sie ohne einen Punktabzug locker bestehen würde.
»Und wer weiß, am Ende war es genau das, was der Pater immer wollte: Ruth Martin unentwegt in seinem Blick haben.«
»Sie meinen ...?«
»Ja, wer weiß, was die beiden sonst noch so miteinander verband?«

vierundvierzig

Wie die Ergebnisse des Labors bestätigten, war der Pater an den schweren Kopfverletzungen sowie an den inneren Verletzungen gestorben, die er sich beim Aufprall nach dem Sturz vom Kirchturm zugezogen hatte. Doch ob er hinuntergestoßen wurde oder selbst gesprungen war, das vermochten die Rechtsmediziner nicht eindeutig zu sagen.

Emma studierte den Obduktionsbericht aus dem Labor. Eigentlich hatten Matthias und die Kollegen warten wollen, aber da sie nach ihren Gesprächen mit der ärztlichen Direktorin Dr. Hannah Weiden und mit Schwester Maria die Klinik erst später als geplant verlassen konnte und ein Stau vor Ludwigshafen sie fast 30 weitere Minuten gekostet hatte, war sie erst kurz vor 20 Uhr im Präsidium in der Nähe des Luitpoldhafens angekommen.

Sie hatte noch während der Autofahrt kurz mit Matthias gesprochen, um ihn auf den aktuellen Stand zu bringen. Wirklich weiter war auch er nicht gekommen und so richtete sie sich auf eine längere Nachtschicht ein, wollte sie alle Hinweise skizzieren und alle geführten Gespräche chronologisch dokumentieren.

Das Labor war dunkel, die Kühlräume abgeschlossen und die Kollegen längst im wohlverdienten Feierabend, als Emma die Treppe ins Untergeschoss nahm. Und auch Matthias hatte schon gegen 18 Uhr das Büro verlassen. Heute Abend stand die nächste Trainingsstunde ihrer Formationstanzgruppe auf dem Programm, und da er ihr Trainer war, musste er pünktlich auf der Tanzfläche sein, wollte er seine anderen Schüler nicht enttäuschen.

Eigentlich kann ich mich auch abmelden, denn ich schaffe es ja sowieso nicht regelmäßig ins Training, ärgerte sie sich mal wieder über sich selbst. Wie sollte sie ihrem Leben eine Struktur, eine Ordnung geben, wenn sie sich selbst als Getriebene jedem System verweigerte. Aber der Job ging einfach vor. Zumindest die Suche nach dem Mörder an Alois Straubenhardt. Ob auch der Pfarrer umgebracht worden war, ließ sich bisher noch nicht beweisen, auch wenn Emma immer mehr davon ausging, je länger sie sich mit dem Fall beschäftigte.

Wirklich viel Neues hatten ihre Ermittlungen nicht zutage gefördert und sie war mehr als frustriert, als sie ihren Computer hochfuhr. Nicht nur die Kollegen aus dem Labor, die Kriminaltechniker und die Streifenpolizisten von der Tagschicht waren nicht mehr im Präsidium, auch in Hellmanns Büro brannte kein Licht mehr.

Nachdem sie sich angemeldet, ihre Unterlagen ausgebreitet, nach den verhörten Personen sortiert und ihre Notizen zur Abschrift zurechtgelegt hatte, ging sie den Flur entlang in die Abteilungsküche. Vielleicht hatte sie Glück und die Frischmilch im Heißgetränkeautomaten war wieder aufgefüllt worden. Eigentlich waren die Servicekräfte der Abteilung »Innere Dienste« sehr zuverlässig und äußerst aufmerksam, wenn ihnen etwas auffiel, aber die Grippewelle hatte auch diesen Bereich heimgesucht und so dauerte es aktuell eben etwas länger, bis neue Toilettenpapierrollen in den WCs vorhanden, die Spülmaschinen in den Küchen ausgeräumt und die Milch oder Kaffeebohnen in den Automaten aufgefüllt waren. Emma hasste nichts mehr, als ihre geliebte heiße Schokolade mit Milchpulver oder gar mit Wasser zubereiten zu müssen. Dann trank sie lieber keinen Kakao. »Ja«, rief sie erfreut aus, als sie sah, dass offenbar jemand die Milch nachgefüllt hatte. So drückte sie den Knopf »Heiße Schokolade« und es dauerte nicht lange, bis die Maschine arbeitete, und ein Duft von Kakaobohnen

und aufgeschäumter Milch die ansonsten eher etwas gewöhnungsbedürftig riechende Küche erfüllte.
Sie war gerade mit ihrer Tasse auf den Flur getreten, als sie das Klingeln eines Telefons vernahm. Da sie die Einzige war, die sich um diese Uhrzeit noch in der Abteilung für Schwer- und Kapitalverbrechen aufhielt, lief sie in ihr Büro. Dabei übersah sie den Schirmständer, mit dem sie ihre Bürotür hatte offenstehen lassen, während sie ans Telefon hastete. Sie blieb mit der Spitze ihrer rechten Stiefelette hängen, stolperte über ihre Beine und konnte sich gerade noch aufrecht halten, als sie ihren Schreibtisch erreichte und den Hörer abnahm. Sie hatte so viel Schwung, dass der Kakao in der Tasse überschwappte und sich auf ihre Bluse, die lange Modekette sowie den Schreibtisch ergoss.
»Scheiße, auch das noch«, fluchte sie, als sie bemerkte, dass sie in der linken Hand bereits den Hörer hielt.
»Emma Hansen, Kriminaldirektion Ludwigshafen.«
»Hej Emma, hier ist deine Mutter.« Emma hörte, wie Marits Stimme nicht nur schwach klang – das war bei ihrer Mutter nun nicht wirklich etwas Neues –, sondern sie auch mehr als irritiert, wenn nicht gar verärgert zu sein schien. Dabei muss sie doch wissen, dass das »Scheiße« nicht für sie bestimmt war, dachte Emma und verdrehte die Augen. »Hej, wie geht es dir? Es tut mir leid, aber ich bin im Stress und habe mir gerade meinen Kakao über die Bluse geschüttet.«
»Mir geht es nicht gut, aber das weißt du ja.«
Emmas Mutter war seit der Trennung von ihrem Mann wegen einer chronischen Depression krankgeschrieben. Dass damit auch eine Lebensunfähigkeit einherging, war eine mehr als natürliche und somit zu erwartende Folge gewesen. Dass Marit dadurch aber so aus der Bahn geworfen wurde, damit hatte niemand rechnen können. Knuts Tod hatte ihr den Rest gegeben, hatte sie doch bis zuletzt auf die Rückkehr ihres Mannes gehofft. Mit allem, was dazugehörte.

»Ich wollte dich auch nicht stören.« Warum tust du es dann, dachte Emma, um sich im gleichen Augenblick für diesen Gedanken zu schämen. Natürlich war sie für ihre Mutter stets dagewesen, hatte sie getröstet und ihr gut zugeredet. Aber hatte sie wirklich die Situation, in der sich Marit befand, verstanden und nachempfunden? Wie musste es sein, mit einem Kinderwunsch im Herzen abgewiesen und dann auch noch für eine andere, deutlich jüngere Frau sitzen gelassen zu werden? Und wenn das nicht schon genug gewesen wäre. Nein, ihr Vater musste diese Frau auch noch schwängern und ihrer Mutter damit den größten Schmerz zufügen, den man sich als Frau nur vorstellen konnte. Neben dem Schmerz natürlich, ein Kind zu verlieren. Aber irgendwie war es ja so gewesen, denn Marit konnte kein Kind mehr empfangen, als Emmas Vater sie für Luciana verlassen hatte.

»Ich mache mir nur Sorgen.«

»Danke Mama, das ist wirklich lieb von dir, aber es geht mir gut. Ich schaffe ...«

»Emma, ich meine nicht dich. Du bist eine Kämpferin, ganz anders als ich. Um dich brauche ich mir keine Sorgen zu machen.«

Hatte Erik wieder etwas angestellt, fragte sich Emma, die verzweifelt versuchte, sich mit Papiertüchern aus der Box trockenzutupfen und den Kakao von der Schreibtischauflage wegzuwischen, damit die klebrige und warme Flüssigkeit sich nicht durch noch mehr Unterlagen und Dokumente fressen konnte. Wenn Hellmann diese Flecken und Ränder erst einmal sah, dann konnte sich Emma auf einen gehörigen Einlauf gefasst machen. Ihr Chef konnte es überhaupt nicht leiden, wenn polizeiliche Unterlagen auch nur ansatzweise in Mitleidenschaft gezogen wurden. Jedes Eselsohr war ein Knick zu viel.

Ihr Bruder Erik. Er war einfach der Wilde, der Lebemann, der Chaot. Er arbeitete als Archäologe auf Bornholm, der

dänischen Sonneninsel in der Ostsee, und liebte es, in den Tag hineinzuleben, stets unter der Prämisse, offen zu sein für alles, was da auf ihn zukommen wollte. Und vielleicht war ja wieder eine Katastrophe über ihn hereingebrochen, so wie damals, als er bei einem Segelunfall fast sein Leben verloren hätte oder als das Kind seiner Freundin in einen Schacht gestürzt war und erst nach zehn Stunden völlig dehydriert von einem zufällig vorbeilaufenden Hundehalter entdeckt worden war. Um nur die zwei jüngsten Ereignisse zu erwähnen. Doch ehe sie weiter darüber philosophieren konnte, was Erik nun wieder angestellt hatte oder was ihm, seiner Familie oder gar seinem Leben erneut zugestoßen sein mochte, riss Marit Emma aus ihren Gedanken.
»Ich habe schon lange nichts mehr von Luciana und dem Kind gehört. Nicht, dass sie sich bei mir melden müsste. Wo denken wir da hin. Ich bin ja auch nur die Frau des Vaters ihres Kindes. Also, die Witwe.« Marit Hansen schluckte, doch sie fing sich schneller als sonst, was Emma mehr als überraschte. Ja, sogar ein wenig erfreute. »Aber ich weiß nicht. Schon alles etwas komisch. Oder findest du nicht?«
»Na ja, aber sie wird sich bei mir auch nicht abmelden oder ankündigen. Wir haben uns ja noch nicht einmal gesehen, außer …«
»Ja, unglaublich, dass sie es gewagt hat, unsere kleine familiäre Andacht zu stören, als wir deinen Vater beerdigt haben.« Und schon war die Fassung ihrer Mutter dahin. Marit Hansen heulte Rotz und Wasser und Emma fühlte sich auf einmal so mies. Weil sie nicht helfen konnte, oder nicht wusste, wie sie das jetzt über die Entfernung und via Telefon bewerkstelligen sollte, und weil sie, obwohl sie so felsenfest davon überzeugt war, ihrer Mutter wohl doch nie wirklich beigestanden hatte. Zu sehr war sie stets und unentwegt nur mit sich selbst beschäftigt gewesen, anstatt mal nach links und rechts zu schauen und zu ergründen, zu hinterfragen, wie es um ihre Mutter eigentlich so bestellt war. Doch

das Schlimmste war, dass sie sich selbst die ganze Zeit angelogen hatte. Aus dem Bild einer treusorgenden Tochter war in den vergangenen Minuten ein egozentrisches Scheusal geworden, auch wenn Emma nicht wusste, wie sie ihr Leben anders hätte regeln können. Scheusal blieb nun einmal Scheusal, auch wenn Mörder, wie in ihrem aktuellen Fall, nicht danach fragten, welchen familiären Herausforderungen sich eine Kriminalhauptkommissarin zu stellen hatte.

»Mutter, sie war seine Freundin. Daran konntest du zu Vaters Lebzeiten nichts ändern und du hattest auch nach seinem Tod nicht das Recht, die Geschichte zu deinem Wohle umzuschreiben. Luciana und er waren nun einmal ein Paar und genau wie du hat sie eben auch ein Recht darauf, zu trauern.« Auch wenn sie anscheinend ihren Pflichten nicht wirklich nachgekommen war, verbesserte Emma gedanklich ihre Verteidigungsrede.

»Aber nicht vor uns, vor mir.«

»Mutter, ich habe jetzt leider keine Zeit mehr, mit dir darüber zu diskutieren, wer wie wozu ein Recht hat. Ich habe wirklich noch viel zu tun und ich möchte irgendwann auch noch nach Hause.«

»Okay.« Marit hörte sich frustriert und verletzt an. Was kann ich nur tun, um sie ein wenig aufzuheitern, fragte sich Emma, die sich gerade nichts sehnlicher wünschte, als ein Bad nehmen zu dürfen. Natürlich auch, um einfach mal in Ruhe auszuspannen und für maximal zwei Stunden ihren Kopf auszuschalten, aber auch, um den mittlerweile getrockneten, dafür gefühlt an ihrem ganzen Körper klebenden Kakao abzuwaschen.

»Ich kümmere mich darum. Ich melde mich bei Luciana, sobald ich hier ein bisschen Luft habe, versprochen.«

»Es ist ja schließlich auch dein Geschwisterchen. Ich hoffe nur, es heißt nicht Hansen«, sagte Emmas Mutter und legte auf.

Emma, immer noch dem Telefonat nachhängend, war schon auf dem Flur mit dem Ziel, nach wenigen Metern links zu den Toiletten abzubiegen, als sie Joachim Hellmann in die Arme lief.

»Wie siehst du denn aus?«, fragte er verblüfft.

»Hej. Und wo kommst du jetzt her?« Emma sah ihren Chef an, der in einem eleganten Anzug steckte und mit einer Krawatte um den Hals gebunden und feinen Schnürschuhen an den Füßen so gar nicht wie der Hellmann aussah, den sie kannte. Binnen drei Tagen hatte sich Hellmann also erneut verkleiden müssen und man konnte ihm auf mehrere Kilometer Entfernung schon ansehen, dass er sich in seinem Aufzug alles andere als wohlfühlte.

»Meine Frau hat mich zu so einer Vernissage nach Mannheim geschleppt, und als ich hier vorbeigefahren bin, da habe ich gesehen, dass noch Licht brennt.«

Wohnte Hellmann nicht ganz woanders? Selbst wenn er seine Frau nach Hause gefahren hatte, dann hätte er von Mannheim kommend hier nicht zwangsläufig vorbeifahren müssen, dachte Emma, die sich wirklich freute, dass er nach ihr schauen wollte. Sie war sich sicher, er wusste, was er an ihr hatte und sie an ihm.

»Du solltest nach Hause gehen. Das war wohl ein Zeichen.« Hellmann grinste sie so breit an, dass er seine großen Zähne aufblitzen ließ, und zeigte mit seiner Hand auf ihre völlig verschmierte, bräunlich-milchig schimmernde Bluse.

»Ich habe noch einiges zu tun. Es bleibt ja im Moment alles an mir hängen, wo mein Kollege ja erneut früher gegangen ist.«

»Emma, es gibt Menschen, die haben auch ein Privatleben.« Das saß. So kannte sie Hellmann gar nicht und irgendwie hatte sie gerade wirklich größte Lust, für heute alles hinzuschmeißen und ebenfalls nach Hause zu gehen.

»Ich auch, Joachim, auch wenn ich mich dafür nicht erklären muss.«

Er schien ihr nicht zu glauben. Warum sonst schaute er sie mit so großen Augen an? Hinter seiner Stirn konnte sie förmlich den Zweifel an ihrer Aussage ablesen. Nein, sie musste ihm wirklich keine Rechenschaft ablegen. Sie war mit ihrem Leben, so wie es war, mehr als zufrieden. Ein Teil von ihr. Ein kleiner, aber ausbaufähiger Teil.
»Eigentlich würde ich jetzt gerade am Flughafen auf dem Parkett stehen und meinen Sambaschwung trainieren, anstatt irgendwelche Akten zu pflegen, Gesprächsprotokolle zu dokumentieren und mit dir hier auf dem Flur zu stehen und mich zu streiten.«
»Streiten wir? Hast du den Eindruck, wir tun das?« Was sollte jetzt diese pseudopsychologische Ansprache? Das sah Hellmann doch überhaupt nicht ähnlich.
»Ich muss weitermachen. Ich arbeite, er tanzt, ist doch in Ordnung.«
»Da habt ihr ja etwas gemeinsam.«
»Schön, nicht wahr?«
»Emma, wenn du auf ihn so sauer bist, dann frag ihn doch, was er für einen wichtigen Termin an den anderen Abenden hat, anstatt dich bei mir zu beschweren.« Hatte er sie jetzt wirklich als Petze bezeichnet? Emma war außer sich, aber sie hatte schon einen dicken Kopf durch ihre Migräne, die immer schlimmer geworden war, und sie wusste, eine hitzige und vor allem heftige Diskussion würde die Sache jetzt nicht besser machen. Hellmann und sie waren prädestinierte Sturköpfe und keiner von beiden gab klein bei. Das schätzte sie so an ihrem Chef. Denn obwohl er eindeutig am längeren Hebel saß, so ließ er sie das nie spüren. Ganz im Gegenteil: Er war der Ansicht, eine gut geführte Diskussion auf Augenhöhe, die sich mit allen Perspektiven auseinandersetzte und die alle Argumente - starke wie schwache - zur Sprache brachte, sei allemal besser als irgendein hierarchisches Befehlsempfängertum, das für beide Seiten mehr als unbefriedigend war.

»Ich beschwere mich nicht, aber welches Hobby kann man haben, für das man um Punkt 18 Uhr den Löffel fallen lassen muss?«
»Emma, es gibt Dinge zwischen Himmel und Erde, die wir einfach nicht verstehen. Oder die, obwohl sie so tragisch sind, einfach getan werden müssen.«

fünfundvierzig

Die Klinik lag unter einer dicken, blickdichten Nebelbank. Sie wirkte wie ein überdimensionales Glühwürmchen, dessen diffuses Licht wie festgefroren am Teufelsberg klebte. Das Innere der Klinik dagegen war mit seiner wohligen Wärme, den gemütlichen Zimmern und Sitzecken und der angenehmen Hintergrundbeleuchtung ein Ort der Geborgenheit, der seine Bewohner vor Kälte, Einsamkeit und Angst beschützte. Und vor dem Tod.

Rike Köhler saß in ihrem Zimmer und beobachtete ihre Tochter Amelie, die sich unruhig in ihrem Kinderwagen hin- und herwälzte. Hoffentlich schreit sie nicht gleich wieder, dachte Rike, und für den Bruchteil einer Sekunde kam ihr der Gedanke, sich heimlich aus dem Staub zu machen. Endlich alles hinter sich zu lassen. Doch sie verwarf diesen Gedanken sofort wieder, wenngleich er sich gut anfühlte, denn sie war ja wegen ihrer Tochter hier. Obwohl, stimmte das eigentlich? Ging es nicht viel mehr um sie und ihr nicht vorhandenes Gefühl, ihr Kind anzunehmen, sich um es zu kümmern, es zu lieben?

Ihr wurde übel. Wie konnte ich nur so versagen? Warum bringe ich es einfach nicht fertig, meine Tochter als das zu sehen, was sie ist: ein wunderbares Geschöpf? Und was habe ich an mir, dass ich es nicht schaffe, für sie da zu sein, so, wie Millionen anderer Mütter für ihre Kinder einfach da sind?

Ihre Augen wurden feucht und sie war froh, die bisher nie geweinten Tränen endlich vergießen zu dürfen. Sie erschrak, als sie durch einen Schleier Amelie wie am Spieß

schreien hörte. Panik machte sich in ihr breit. Was hat sie nur? Was soll ich tun? Ich muss Hilfe holen, dachte sie, als sie aufsprang, den Kinderwagen packte und mit ihm aus ihrem Zimmer stürmte.
»Was hat sie nur, warum beruhigt sie sich nicht?«, redete sie auf Schwester Maria ein, als diese ihr in Höhe des Schwesternzimmers entgegenkam.
»Machen Sie bitte, dass sie endlich still ist.«
»Jetzt beruhigen wir uns erst einmal. Was ist denn passiert?«
»Ich weiß es nicht. Auf einmal fing sie an zu schreien. Und sie hört einfach nicht mehr auf.« Erneut schossen Rike die Tränen in die Augen, doch dieses Mal nicht wegen ihrer Schuldgefühle, sondern vor Verzweiflung.
»Alles wird gut, kleine Maus. Sicher hast du dich nur verschluckt oder einfach nur schlecht geträumt.« Schwester Maria hob Amelie aus dem Wagen und drückte sie liebevoll an ihre Brust. Sie streichelte ihr zärtlich den Rücken, während sie ihren Kopf sanft auf den des Babys legte.
»Möchten Sie auch mal?«, flüsterte sie Rike zu. Doch diese schüttelte nur mit weit aufgerissenen Augen den Kopf.
»Nein, nein, ich kann das nicht. Sie hat sicher Angst vor mir und fängt dann gleich wieder an zu schreien.«
»Es kann gar nichts passieren, meine Liebe. Probieren Sie es doch einfach mal. Ich bin ja da.«
Als ob man ihr ein glühend heißes Stück Kohle in die Hände legen wollte, nahm Rike ihr eigen Fleisch und Blut entgegen. Wie ein nasser Sack hing Amelie in ihren Armen. Sie wollte gerade die rechte Hand auf den Rücken ihrer Tochter legen, als ihr Amelie für einen kurzen Augenblick aus den Fingern zu gleiten schien. Völlig überfordert streckte Rike Schwester Maria das Bündel Mensch entgegen, als Amelie erneut anfing, lauthals zu brüllen.
»Langsam, meine Liebe. Sie dürfen nicht so hektisch sein und vor allem nicht ängstlich, denn ihre Angst überträgt sich auf die Kleine.« Schwester Maria versuchte, mit ruhigen

Bewegungen das Kind zu stabilisieren. »Sie müssen sie so halten und vorsichtig das Köpfchen stützen«, sagte sie und zeigte Rike die richtige Haltung.
»Was ist hier los?«, brüllte plötzlich eine Stimme. Als sich die beiden Frauen umdrehten, sahen sie, wie eine ältere Dame den Flur entlanggelaufen kam. »Man hat hier aber auch wirklich niemals seine Ruhe. Immer und unentwegt schreien und plärren diese Plagegeister.« Und als ob Amelie die Worte verstanden hätte, begann sie erneut zu schreien. »Sehen Sie? Das muss endlich aufhören!«
»Das hier ist auch eine Mutter-Kind-Station. Und Kinderlachen wie auch manchmal Kinderweinen sind das Bindeglied zwischen Mutter und Kind.« Schwester Maria lächelte die ältere Dame sanft an. »Kinder sind ein Geschenk.«
»Nein, Kinder sind kein Geschenk. Schon lange nicht mehr.«
»Kommen Sie, ich bringe Sie auf Ihr Zimmer«, sagte Schwester Maria und legte Amelie, die sich mittlerweile wieder beruhigt hatte, zurück in ihren Kinderwagen.
Wie konnte nur jemand ein Kind noch weniger lieben, als sie es schon tat, wunderte sich Rike und schaute der älteren Frau hinterher, die sich bei Schwester Maria eingehakt hatte und leise einen alten Schlager vor sich hin sang, während sie bedächtig den Flur zurück zu ihrem Zimmer entlangschlenderte.
Auf einmal spürte Rike ein tiefes Verlangen nach ihrem Kind. Vorsichtig, sanft das Köpfchen streichelnd, nahm sie Amelie aus dem Kinderwagen und legte sie in ihren Arm.

sechsundvierzig

Die Burgruine erhob sich majestätisch und doch düster und unheimlich aus dem dichten schwarzen Wald, als die beiden Personen in einem Wagen die letzte Kurve des Waldweges passierten. Neuscharfeneck war selbst von dieser Biegung aus betrachtet eine Trutzburg, die einem einen mörderischen Respekt abverlangte. Die nicht einfach so zu erobern war.

Der Nebel hatte sich mittlerweile aus dem Modenbachtal und den angrenzenden Hängen verzogen und das schwache, wie in einem Eiskristall gefangene Mondlicht tanzte über den Wipfeln der Bäume. Die Person parkte den Wagen mitten auf dem Waldweg, von dem links ein Wanderpfad zur Ruine abging, stieg aus, lief um das Auto herum und öffnete die Beifahrertür.

Ruth Martin lag wie erschlagen auf dem Beifahrersitz und gab keinen Mucks von sich. Die Person tätschelte ihr die Wange. Als Ruth immer noch nicht reagierte, schlug sie etwas fester, bis sich Ruth erschrak und verschreckt die Augen weit aufriss.

»Salvatore, bist du es?«, fragte sie, doch die Person antwortete nicht. Sie zerrte Ruth mit roher Kraft aus dem Wagen, schlug die Beifahrertür zu und zog Ruth, die schwerfällig und müde war und kaum einen Schritt machen konnte, zum Waldpfad, der sich nur wenig vom Rest des schwarzen Waldes abhob.

»Komm, da hoch«, drängte die Person und schubste Ruth Martin nach vorne. Der kleine Pfad war steil. Verzweigte Baumwurzeln, über dem Weg liegende oder schief gewach-

sene Stämme und spitze, kantige Steine erschwerten den Aufstieg Richtung Burg. Immer wieder stolperte Ruth über einen Stein, verfing sich in einer Wurzel und wäre einmal fast den Abhang abgerutscht, weil sie ihre Balance, je weiter es steil bergauf ging, nicht halten konnte.
So dauerte es länger, als die Person geplant hatte, bis sie endlich an der Burgruine angelangt waren. Die schwere Oberburg begrüßte sie mächtig, dunkel und abweisend. Es war kein Ort, der einlud, in einer eisigen Winternacht länger als nötig zu verweilen oder sich gar wohlzufühlen. Es war ein Ort zum Sterben.
Die Person lächelte und sie freute sich über die schönste Belohnung, die nach der ganzen Mühe und Kraftanstrengung nun auf sie warten würde.
Sie trieb Ruth Martin weiter voran an der Ringmauer vorbei über das Vorwerk bis zum Eingang der Burg.
»Ich kann nicht mehr. Warum machst du das, Salvatore?«
»Sei still, du weckst noch die bösen Burggeister und sie kommen dann und holen dich«, sagte die Person. Und sie wusste, dass in der Tat einer kommen und sie holen würde. Aber es war nicht ein Geist, sondern der Tod höchstpersönlich.
Als sie durch das Burgtor den Innenhof erreichten, sahen sie, dass der gesamte Innenbereich mit einer leichten Schneedecke bedeckt war. Soweit die Person dank des jetzt reflektierenden Mondlichts sehen konnte, war in den vergangenen Tagen niemand hier gewesen, denn der Schnee lag noch jungfräulich und rein im inneren Burghof.
»Los, weiter!«, forderte die Person Ruth auf, die sich an ihren Arm gekrallt hatte und leicht angefangen hatte zu wimmern.
»Ich bin am Ende. Bitte, lass es gut sein.«
»*Ich* sage, wenn es genug ist.« Doch obwohl die Person deutlich stärker war, Ruth Martin ließ sich einfach nicht mehr dazu bewegen, durch die innere Burgmauer die Treppe hin-

auf zur Aussichtsplattform zu gehen. Da konnte die Person noch so viel zerren und ziehen, wie sie wollte. Plötzlich fiel ihr Blick auf einen steinernen Rundbogen, der ehemals ein Teil der offenen Küche der Burg gewesen war. Mit letzter Kraft schleppte sich Ruth, von der Person mit unbändigem Willen gezogen, in den verwitterten Kochbereich und ließ sich auf einem Vorsprung der sich dahinter anschließenden Ruine des Palais nieder. Sie lehnte sich an die kalte Mauer, schloss die Augen und atmete tief, aber schwer.
Wie zum Abschied grüßte der Mond und erhellte den Innenhof. Zart hüllte sein Licht die schützenden Mauern ein - den friedvoll wirkenden Torturm und die beruhigende Weitläufigkeit des Burghofs, auf dem überall die Schneekristalle funkelten - und gab ihnen etwas Mystisches, geradezu Unsterbliches. Als das Mondlicht Ruths Gesicht streifte, sah die Person für den Bruchteil einer Sekunde Liebe und Wärme in ihren Augen. Sie nahm eine kleine Flasche aus der Jackentasche, schraubte den Deckel auf und hielt sie an die Lippen der alten Frau.
»Hier, trink«, sagte sie mit Nachdruck und achtete darauf, dass die Frau den gesamten Inhalt der Flasche leertrank.
»Gut gemacht«, lobte die Person, als Ruth Martin alles getrunken hatte. Sie zog der alten Frau vorsichtig die Jacke aus. »Die brauchst du jetzt nicht mehr.«
Wie ein Engel lag Ruth Martin nur mit ihrem langen Nachthemd bekleidet auf dem kleinen Vorsprung und schaute die Person an. So sehr sie sich auch anstrengte, es dauerte keine Minute und ihr fielen die schweren Augenlider für immer zu. Sie summte das Lied »Es geht eine Träne auf Reisen«, als sie langsam, aber unumkehrbar die Reise in die Welt der Schatten antrat.

siebenundvierzig

Seine Wohnung war dunkel. Kalt. Einsam. Und das schon seit fast zwei Jahren. Seit dieser Zeit verließ er jeden Morgen allein das Haus und kam abends auch wieder allein zurück. Es war niemand mehr da, der auf ihn wartete, ihn in Empfang nahm, der wissen wollte, wie sein Tag gelaufen war, der für ihn kochte oder mit dem man zusammen Fernsehen schauen konnte.

Das Leben hatte damals eine ganz andere Wendung genommen.

Er zog sich im Flur die Schuhe aus und warf sie vor sich in die Wohnung. Das chinesische Wokgericht in der Pappschachtel, das er sich noch in Ludwigshafen gekauft und von dem er sich auf der Autofahrt, während des Tankens und beim Einparken in der Tiefgarage immer mal wieder einen Happen genommen hatte, war mittlerweile schon kalt geworden. Achtlos stellte er es auf die Küchenablage.

Er räumte seine Sporttasche aus und stellte seine Tanzschuhe zum Lüften auf den kleinen Balkon. Auch um diese Uhrzeit war die Stadt voller Leben. Überall brannten die Straßenlaternen, auf der anderen Rheinseite stieg der Rauch aus den Schornsteinen des Pharmaunternehmens in den dunklen Nachthimmel, und hier und da waren Sirenen des Rettungsdienstes oder der Polizei zu hören.

Sie hatte ihm heute Abend gefehlt. Anstatt mit seinen acht Paaren und dem Ersatzpaar aus der zweiten Mannschaft konnte er heute nur mit fünf Paaren trainieren und ein Paar bestand sogar aus zwei Männern, weil ihre Partnerinnen,

eine Krankenschwester und eine Stewardess, heute berufsbedingt nicht am Training teilnehmen konnten.
Wäre alles anders, wären sie beide ein ...? Nein, so weit wollte er einfach nicht denken. Es gehörte sich schlichtweg einfach nicht. Er war nicht frei und er wollte nicht, dass sein Körper eine mögliche Schwäche seines Geistes ausnutzte. Auch wenn es so vieles leichter gemacht hätte.
Emma. Sie war eine attraktive Frau und sie entsprach in vielen Punkten dem Bild, das er von einer nahezu perfekten Frau hatte. Sportlich-schlank, mit ihren geschätzten 1,75 Metern hochgewachsen, mittellange blonde Haare und strahlendblaue Augen. Ihre manchmal etwas zickige Art war zwar nervig, aber gefiel ihm irgendwie auch gut. Er lachte, fand er es doch mehr als bereichernd, sich mit ihr reiben zu können. Reibung erzeugte schließlich Wärme, und die wiederum setzte Energie frei.
Sein Blick streifte den Spiegel, den er im Flur aufgehängt hatte. Er blieb davor stehen und betrachtete sich im Halbdunkel. Nur das Licht der angrenzenden Küche schenkte dem Raum ein wenig Helligkeit. Gerade so viel, dass er seinen Oberkörper unter dem weißen T-Shirt genau betrachten konnte. Wirklich muskulös war er nicht, eher drahtig, fast etwas zu dünn. So kam auch das sich unter dem Stoff des Shirts leicht abzeichnende Sixpack nicht so zur Geltung, wie das bei anderen Männern der Fall war. Dennoch war er mit sich zufrieden. Zumal er essen konnte, was er wollte, am liebsten Fast Food oder einen Döner bei seinem Lieblingstürken um die Ecke, es setzte einfach nichts bei ihm an.
Schon wieder musste er an Emma denken. Warum ging ihm die Frau einfach nicht aus dem Kopf? Er mochte ihre manchmal etwas eigensinnige Art und den ihn anziehenden Duft, den sie versprühte, und es waren ihre Körperlichkeit, ihre Bewegungen, an denen er sich nicht sattsehen konnte.

Dabei fand er ihren Busen - er liebte Frauen mit einer gewissen Oberweite - fast schon ein bisschen zu klein, soweit er das bisher durch ihre Kleidung sehen konnte. Dafür hatte sie einen knackigen Hintern und er freute sich schon darauf, mit seiner Hüfte bald wieder ihr Becken über das Parkett zu führen. Was konnte es Erotischeres ...
Hör endlich auf, du Scheißkerl. Reiß dich zusammen.
Er zog sich aus, warf seine Klamotten unter das Waschbecken und stieg in die Dusche. Er drehte den Schalter komplett in den blauen Bereich. Das kalte Wasser tat jetzt gut. Er seifte sich ein, wusch sich die Haare und im Anschluss sein Gesicht. Als er fertig geduscht und sich abgetrocknet hatte, ging er ins Wohnzimmer, nur ein Handtuch um seine Hüften gewickelt, und setzte sich an seinen Laptop. Wie immer lief der Fernseher im Hintergrund. Er brauchte ihn, um abzuschalten und, noch viel wichtiger, um wenigstens das Gefühl zu haben, nicht alleine zu sein.
Nachdem er sich um eine dringend zu erledigende Überweisung gekümmert, sich über die aktuellen Börsendaten informiert und die neuesten Sportmeldungen gelesen hatte, klappte er seinen Laptop zu und widmete sich den Protokollen und Gesprächsnotizen über Paul Straubenhardt, die er sich als Vorbereitung für die morgige Unterhaltung mit dem Sohn des toten Winzers im Büro kopiert hatte.
Paul Straubenhardt. Auch er schien vom Leben etwas anderes erwartet zu haben. Ohne abgeschlossene Ausbildung war der 45-jährige Mann von einem Hilfsjob zum nächsten gezogen. Auf der Suche nach Arbeit und irgendwie auch nach sich selbst. Und nun glaubte er - so entnahm Matthias den Aufzeichnungen -, mit dem Forschungsprojekt vielleicht nicht nur das große Geld zu machen, sondern auch endlich seinen ganz eigenen Platz im Leben zu finden.
Dass er dabei dem Professor auf den Leim gegangen war, schien für den Winzersohn, der ja eigentlich mitten im Leben stehen sollte, wohl nicht infrage zu kommen. Vielleicht

war er deshalb ja den einen entscheidenden Schritt zu weit gegangen, überlegte Matthias. Um seine eigene Identität zu festigen, ihr eine Daseinsberechtigung zu geben, musste er das Leben eines anderen Menschen zerstören.
Wie dramatisch, wenn es das Leben seines eigenen Vaters war.

achtundvierzig

EDESHEIM/PFALZ, AUGUST 1968

Die Schmerzen wurden immer schlimmer. Immer unerträglicher. In bereits ständig kürzer werdenden Abständen durchfuhren Krämpfe ihren Körper. Sie fühlte sich, als wäre sie ein übergewichtiges Walross.

Schon lange konnte sie keine Arbeiten mehr im Pfarrhaus verrichten. Sie war einfach zu dick und zu unförmig, um den Boden zu putzen, Staub zu wischen, Wäsche zu waschen oder den Kamin zu säubern. Seit Tagen waren ihre Füße so geschwollen, dass sie sich kaum mehr fortbewegen konnte. Sie war zu kraftlos, zu ermattet, um einzukaufen, den Müll hinauszubringen oder ans Telefon zu gehen. Selbst die Treppe zu ihrer Stube war eine Qual für sie, weswegen sie die Stufen nur einmal am Tag hinunter- und wieder hinaufstieg. Ansonsten ruhte sie sich den Tag über auf dem Sofa in der Wohnstube aus, in der Hoffnung, von keinem Telefonklingeln oder keinem Besucher an der Tür gestört zu werden.

Der Pater hatte sie im Edesheimer Pfarrhaus untergebracht, fernab von Burrweiler und den abfälligen Blicken und bösartigen Gerüchten. Sie war zum Hauptthema des Dorfklatsches geworden, seitdem sie von jetzt auf gleich verschwunden war. Das hatte sie einmal mitbekommen, als sie die Sekretärin des Pfarrers belauscht hatte, wie diese einer Nachbarin in Edesheim von ihr erzählt hatte. Die Mäuler hatten sie sich zerrissen und daran erfreut, dass Gott für Gerechtigkeit gesorgt habe, nachdem sie erst Schande über

das Dorf gebracht hatte, um nun wie Adam und Eva aus dem Paradies vertrieben worden zu sein.
Sie saß da, auf dem alten, durchgesessenen, ja schon schäbigen Sofa und wusste nicht, wie ihr geschah. Sie hatte das Gefühl, Gott und die Welt hatten sich gegen sie verschworen. Und sie sah einfach keinen Ausweg. Sie war eingesperrt, wie in einem Gefängnis, und sie war auf die tägliche Unterstützung von Pater Bauer angewiesen. Sie wusste, er würde sich nur so um sie kümmern, weil sie die verbotene Frucht des Leibes in sich trug.
Wieder bekam sie eine Wehe, dieses Mal kräftiger, länger und schmerzvoller als alle anderen zuvor. Sie musste an Burrweiler, an Hilli denken. Alois' Freundin Hilli, die Tochter des Lehrers, musste es wohl gerade genauso ergehen, denn sie war ebenfalls schwanger. Und auch sie wartete täglich auf ihre Niederkunft. Auch das wusste sie von den tratschenden Frauen. Doch während Hilli sich wohl nichts Schöneres vorstellen konnte als schwanger zu sein und bald Mutter eines Straubenhardts zu werden, trug sie den Spross des Teufels in sich. Auch wenn das Kind nichts dafür konnte, was ihr damals angetan worden war.
Die eine Nacht hatte alles verändert. Sie spürte heute noch, wie sich das feuchtkalte Gras durch ihre Kleider gedrückt hatte, als er sie in den Weinberg stieß. Wie sich der Sternenhimmel immer weiter von ihr entfernt hatte, als er über ihr lag. Wie das Schwarz um sie herum noch schwärzer geworden war, als er in sie eingedrungen war.
Seitdem war sie gebrochen, innerlich gestorben, und sie wünschte sich nichts sehnlicher, als endlich tot zu sein. Auch körperlich. Doch so sehr sie auch betete, Gott anflehte und mit ihm verhandelte, er wollte sie einfach nicht sterben lassen. Und auch ein selbst herbeigeführter Tod kam nicht für sie infrage. Dafür war sie zu gut erzogen. Zu katholisch. Denn ihr Glaube verbat es ihr nicht nur, es sollte wohl auch ihr ganz eigenes Kreuz sein, das sie zu tragen

hatte. Das sagte auch der Pater, wenn er von der Kanzel der Kirche oder hoch oben in der St.-Anna-Kapelle predigte. Und es war ihr Kreuz, ihr Schicksal, für diese eine Nacht ihr Leben lang zu büßen. Auch wenn sie nicht wusste, was der Grund für diese besonders grausame Strafe Gottes war, sie verzweifelte jeden Tag mehr daran. Und sie ahnte, dass das Schlimmste noch bevorstand.

Der Abend nahte. Immer stärker zog sich ihr Bauch zusammen, um sich im nächsten Augenblick wieder zu entspannen, ehe die Krämpfe von Neuem begannen. Ich bekomme mein Kind, dachte sie und sie wollte schreien, doch eine weitere Wehe erschütterte ihren zarten Körper. Mit schmerzverzerrtem Gesicht presste sie gegen das Ziehen in ihrem Bauch an, während sie sich parallel auf beide Arme stützte, um sich aus der liegenden Position heraus aufzusetzen.

»Hilfe! Hilfe!«, schrie sie durch das Haus, doch niemand antwortete ihr. Es war bereits dunkel und die Straßenlaternen vor dem Fenster erleuchteten den Vorhof, auf dem nur der Wagen des Paters stand. Er bereitete gerade den Gottesdienst in St. Peter und Paul vor, ehe er nochmals nach ihr schauen wollte.

Erneut erfasste eine Wehe ihren Körper. Ihr wurde schlecht vor Schmerzen. Sie kämpfte gegen den Drang, ohnmächtig zu werden, als sie hörte, wie jemand die Haustür aufschloss. Endlich Hilfe, dachte sie, als sie plötzlich die Umrisse zweier Köpfe im Türrahmen auftauchen sah. Sie war zu schwach, um ihre Augen offen zu halten, aber anhand der Stimmen erkannte sie sofort, wer die beiden Personen waren.

»Wir müssen sie ins Krankenhaus bringen«, sagte der Pater. »Schau sie dir an.«

»Nein, oder willst du jetzt alles kaputtmachen?«, giftete die Frau zurück.

»Aber hier können wir sie nicht niederkommen lassen. Das würde zu viel Aufhebens machen.«

»Ich kenne einen Ort, der ist geradezu perfekt.«

Vorsichtig halfen sie ihr zum Wagen, öffneten die hintere Tür und legten sie auf den Rücksitz.
»Schaffen wir das denn?«, fragte jetzt wieder der Pater.
»Ja, die Fruchtblase ist noch nicht geplatzt und wir sind ja gleich da. Vertrau mir.«
Sie kämpfte gegen die immer stärker werdenden Schmerzen, die durch die rasante Fahrt des Paters und den unebenen Boden noch verstärkt wurden. Es war eine laue Sommernacht und sie konnte immer mal wieder den Himmel zwischen den Bäumen erkennen, wenn sie ihren Kopf weit nach hinten streckte. Bäume? Panik stieg so langsam in ihr hoch. Wo waren sie? Und wo wollten sie mit ihr hin? Der Pater verlangsamte die Fahrt, dafür wurde das Geruckel im Wagen immer heftiger. Und wenn das nicht schon genug wäre, nun drückte auch noch das Kind gegen ihren Unterleib. Es war das eindeutige Zeichen, dass die Geburt kurz bevorstand.
Plötzlich stoppte der Wagen. Um sie herum war es stockdunkel, nur die weit entfernten Sterne am Himmel, nicht größer als Stecknadelköpfe, signalisierten ihr, dass sie noch lebte.
»So, aussteigen.« Schwerfällig und nur mit der Hilfe des Paters rappelte sie sich hoch und robbte mit ihrem Hintern ans Ende des Rücksitzes. Sie umfasste mit der einen Hand den Türgriff und mit der anderen die Rückbank, um sich mit letzter Kraftanstrengung in den sicheren Stand zu begeben.
»Hier, die ist für dich«, die Frau umhüllte sie mit einer Decke und drückte ihr eine Öllampe in die Hand, die das nahe Umfeld schwach erleuchtete. Sie stand mitten auf einem Waldweg. Wo sie war, wusste sie jedoch nicht. Sie sah nur, dass alles um sie herum dunkel war. Schwarz.
»Da hinauf«, zeigte die Frau. »Folge mir, der Pfarrer wird dich stützen.«
»Wie soll ich das schaffen? Das Kind kommt gleich.«

Die Frau drückte fest auf den Bauch. Dann nahm sie das Kleid hoch und betastete den Schambereich, ehe sie zwei Finger vorsichtig in den Geburtskanal einführte.

»Bis zur Burg schaffen wir es noch, also los.«

Sie wollte sich wehren, aber der Pater drückte sie nach vorne. Meter für Meter stiegen sie einen kleinen Pfad hoch. Sie musste aufpassen, nicht über Steine und Wurzeln zu stolpern, in Mulden und Löchern umzuknicken oder an Ästen und in den Weg reichenden Baumstämmen hängen zu bleiben.

Es dauerte länger, als die Frau gedacht hatte. Aber jeder Schritt schmerzte sie mehr, sodass sie immer häufiger eine kurze Pause einlegen mussten.

»Ich kann nicht mehr«, sagte sie plötzlich, als sie sich an einen Stamm lehnte und schwer nach Luft schnappte.

»Wir haben es gleich geschafft. Es wird jetzt nicht aufgegeben, hörst du! Denk an das Kind.«

In der Tat dauerte es keine zehn Minuten mehr und dann hatten sie ihr Ziel endlich erreicht. Die Burg erhob sich dunkel, grausam und teuflisch vor ihnen. Auch hier gab es keine Straßenlaternen oder künstliches Licht.

»Weiter«, sagte der Pater und stupste sie an, der Frau zu folgen, die bereits an der mächtigen Mauer Richtung Burgeingang lief. Der Lichtkegel ihrer Öllampe tanzte an der rötlich-braunen Sandsteinmauer wie ein kleines Ungeheuer, das ungebetene Besucher aus einem tiefen, friedseligen Schlaf geweckt hatten.

Sie waren gerade im Vorhof der Burg angelangt, als sie aufschrie.

»Was hat sie«, fragte der Pater und er ahnte, dass es jetzt endlich so weit war.

»Die Fruchtblase ist geplatzt. Es geht los.«

»Hier? Ich kann doch nicht …« Und dann drückten sie die Schmerzen nieder. Die Frau hatte bereits einige Laken und Decken ausgebreitet und half ihr, sich hinzulegen.

»So, und jetzt entspannst du dich und alles wird gut.«
Sie schrie, wie sie noch nie geschrien hatte, als endlich alles vorüber war. Doch anstatt das Kind, *ihr* Kind, in den Arm gelegt zu bekommen, spürte sie den Einstich einer Spritze in ihre rechte Armbeuge.
Sie wollte noch etwas sagen, aufbegehren, nach ihrem Kind rufen, als sie schon so langsam hinwegdämmerte. Sie träumte noch, wie sie mit ihrem Kind über eine Blumenwiese lief. Wie sie gemeinsam in einem Fluss herumplantschten und sich gegenseitig nass spritzten. Wie ihr Kind auf einer Schaukel saß und das Sonnenlicht ebenso wie der Wind bei jeder Schaukelbewegung in seinen Haaren spielten.
Es war das letzte Mal, dass sie ihr Kind sehen sollte.

neunundvierzig

Donnerstag, 30. Januar 2014

»Oh mein Gott«, rief Emma, als sie auf die Uhr schaute. Die Digitalanzeige ihres Weckers zeigte an, dass es bereits kurz nach 7 Uhr war. Sie musste wohl die Schlummerfunktion so lange gedrückt haben, bis sie irgendwann genug davon hatte, alle sieben Minuten erneut geweckt zu werden, sodass sie den Wecker dann ganz ausgestellt hatte. Denn normalerweise stand sie ja kurz nach 6 Uhr auf, spätestens, um bewusst in den Tag zu starten, in Ruhe eine Runde laufen zu gehen, sich dann ausgiebig zu duschen und ihre Haare zu föhnen, eine Tasse heißen Kakao zu trinken und ihre privaten Mails zu lesen sowie sich in den Internetportalen von Spiegel Online und Bild.de auf den aktuellen Stand des Weltgeschehens zu bringen.

So kam sie erst kurz vor 9 Uhr ohne Joggen, mit ungewaschenen Haaren und nur mit einem Becher Fertigkakao von der Tankstelle ins Büro gestürmt. Im Polizeipräsidium herrschte bereits hektische Betriebsamkeit. Ein Autounfall mit Fahrerflucht in der Innenstadt, ein Streit unter Saufbrüdern am Bahnhof und ein Tankstellenüberfall in Speyer beschäftigten gerade ein gutes Dutzend Kollegen, als Emma den Eingangsbereich passierte und in den zweiten Stock der Zentralen Kriminalinspektion hochlief.

»Hej«, sagte sie zu Hellmann, als sie den Kopf in sein Büro steckte.

In der sich spiegelnden Tür sah sie, dass ihre Bluse und ihr brauner Gürtel nicht zu ihren schwarzen Pumps passen wollten. Aber da mussten Hellmann und Matthias jetzt durch.

»Hattest du einen Termin?«, fragte Hellmann, der sich nicht die Mühe machte, den Blick zu heben, so beschäftigt schien er zu sein.

»Nein, ich habe ...«

»Matthias ist gerade weg, Paul Straubenhardt steht unter dringendem Tatverdacht.«

»Dringender Tatverdacht? Wieso?« Emma fasste sich schnell wieder, stand doch der Sohn des Winzers schon die ganze Zeit ganz oben auf der Liste der potenziellen Mörder.

»Der Kollege aus der Rechtsabteilung kam gerade mit der juristischen Auswertung des Straubenhardt'schen Testaments. Der Sohn hätte doch die Hälfte geerbt. Und nicht nur das. Würde der Pfarrer vor ihm sterben, dann würde er sogar alles erben.«

Emma fuhr sich durchs Haar. Als sie merkte, dass sie jetzt so auf die Schnelle und zwischen Tür und Angel keine anständige Frisur hinbekommen würde, streifte sie sich das Haargummi, das sie sicherheitshalber und für alle Fälle immer an ihrem linken Handgelenk, direkt hinter ihrer goldenen Uhr trug, über die Hand und band sich einen Pferdeschwanz. Eine Strähne, die sich nicht bändigen lassen wollte, fiel ihr mitten ins Blickfeld, sodass sie sie hinter ihr Ohr steckte, ehe sie sich wieder ihrem Chef zuwandte.

»Das ist mal eine Erkenntnis. Nur er wusste ...«

»Und rate mal, was wir am Fenstersims gefunden haben?«, unterbrach sie Hellmann, der aufstand, um seinen Schreibtisch herumging und sich an dessen Kopfseite lehnte.

»Genau, Straubenhardts Fingerabdrücke«, kam er Emma mit seiner Antwort zuvor.

»Das sollte für einen Haftbefehl erst mal reichen.« Hellmann lächelte Emma verschmitzt an. Er war eigentlich ein bescheidener Mann, aber über einen abgeschlossenen Fall konnte er sich freuen wie ein kleiner Junge. Es war manch-

mal sogar ein bisschen zu viel und er lief dann mehrere Tage durchs Büro, als wäre er Superman persönlich.
»Was ist los, warum schaust du so?«, bemerkte er, als er ihr Gesicht sah.
»Irgendetwas stimmt nicht. Ich weiß nicht genau, was es ist, aber ich habe ein ungutes Gefühl.«
»Du und dein ungutes Gefühl …«
Diesmal war es Emma, die ihren Chef unterbrach: »Wir haben schlichtweg keine Beweise. Für den Mord an seinem Vater hat er ein Alibi. Und wissen wir wirklich einwandfrei, ob der Pater nicht doch Selbstmord begangen hat? Und selbst wenn nicht, Pauls Fingerabdrücke können sonst wie an den Sims gekommen sein.«
»Matthias wird es schon herausfinden.« Hellmanns Stimmung war von himmelhochjauchzend in den Keller des Archivs gefallen und er machte keinen Hehl daraus, dass er Emmas mögliche Eingebung für völlig abstrus hielt. Auch wenn er wusste, dass man sich auf ihr Bauchgefühl, das hatte er in den gut drei Jahren Zusammenarbeit schon einige Male erleben dürfen, eigentlich immer verlassen konnte. Jetzt ging sie eindeutig zu weit. Wer sollte es denn sonst gewesen sein? Spuren wie Aktenlage sprachen für Paul Straubenhardt als Täter. Der Rest war handwerklich saubere Ermittlungsarbeit. Und wenn er selbst, obwohl er gerade mit zwei anderen Fällen beschäftigt war, die Ermittlungsarbeit an der Südlichen Weinstraße übernehmen würde, der Mörder war Paul Straubenhardt.
»Soll ich ihm hinterherfahren?«, fragte Emma, die immer noch am Türrahmen gelehnt stand und merkte, dass sie ihren Chef doch stärker verunsichert hatte, als er zugeben wollte.
»Nein«, brummelte Hellmann und ging zu seinem Bürostuhl zurück. Dabei fiel sein Blick auf eine Akte, die ihm Annegret Bender am Morgen aus dem Archiv gebracht hatte. Er öffnete sie, blätterte darin herum und überlegte.

»Schau dir mal bitte diesen Fall an. Annegret hat herausgefunden, dass dieser Winzer auf ähnlich mysteriöse Weise ums Leben gekommen ist wie Alois Straubenhardt. Angeblich soll er in seinem Weinkeller erstickt sein. Sauerstoffmangel und so, du weißt schon.«
»Und was hat das mit unserem aktuellen Fall zu tun?« Emma war genervt. Was sollte die Aufarbeitung eines Falles, der bereits zu den Akten gelegt worden war? Und warum schoss er sich nur so auf den Sohn dieses Winzers ein? Mit dem Nachbarn und dem Professor gab es mindestens zwei andere Personen, die hinlänglich viele Gründe gehabt hatten, Straubenhardt zu ermorden.
»Emma?« Hellmann riss sie aus ihren Gedanken.
Sie schaute ihn leicht angenervt an: »Wo ist denn die Gemeinsamkeit?«
»Du fragst nach dem Zusammenhang? Rate mal, wer ebenfalls eine große Summe für den Umbau der St.-Anna-Klinik gespendet hat?«

fünfzig

Der siebenjährige Hugo war schon seit dem Aufstehen total aufgeregt. Denn heute war sein großer Tag. Heute würde er endlich dazugehören, nicht mehr der Kleine sein, den alle auslachten oder schief anguckten. Heute würde Hugo Pfadfinder werden. Dafür musste er das Alter von sieben Jahren erreicht haben, was seit Sonntag der Fall war, er musste Mitglied im Verein werden und eine Mutprobe bestehen.
Vor Freude hätte er sich fast in die Hose gemacht, doch das gehörte sich nicht für einen echten Pfadfinder. So was machten nur Kinder, und das war Hugo schon lange nicht mehr. Oder zumindest würde er es in wenigen Stunden nicht mehr sein.
Hugo hatte es schwer gehabt, weil er stets mit seinem größeren Bruder verglichen wurde. Aus tiefster Traurigkeit heraus hatte er mit fünf Jahren noch am Schnuller genuckelt, mit sechs hatte er endlich aufgehört, bei Gewitter oder vor Angst einzunässen, und seit wenigen Wochen war er endlich in der Lage, auch mal seinen Mund aufzumachen, wenn ihm etwas mal nicht passte oder wenn er sich am Mittagstisch ein bestimmtes Stück Fleisch ausgeguckt hatte, das auch sein Bruder gerne gehabt hätte.
Der Bus fuhr die 16 Kinder, zwei Betreuer und drei älteren Pfadfinder von Gleisweiler über Burrweiler nach Ramberg, um auf der Hälfte der Strecke am Parkplatz »Drei Buchen« anzuhalten.
»Jetzt geht's endlich los«, sang Hugo und steckte damit die anderen Wichtel oder Wölflinge an, die in seinen Gesang freudestrahlend mit einstimmten. »Gut Pfad«, verabschie-

dete sich der Busfahrer, als die Gruppe ausgestiegen war und sich auf den Weg machte.
Hugo war stolz auf seine Anwärteruniform, die es zwar offiziell nicht gab, zumindest nicht bei den Pfadfindern in Gleisweiler, die ihm seine Mutter aber extra angefertigt hatte. Sie hatte in einem Landauer Geschäft, in dem man sich T-Shirts und andere Gegenstände aller Art bedrucken lassen konnte, drei Wimpel mit dem Pfadfindersymbol der Fleur-de-Lys machen lassen. Sie prangten nun festgebügelt auf dem rechten Oberarm seiner Jacke, auf seinem kleinen Rucksack und auf seiner Baseballkappe.
Er lief voraus, den Waldweg entlang. An der Biegung, an der es steil bergab ging und von der aus man Ramberg sehen konnte, wartete er, bis die anderen ihn eingeholt hatten.
»Da ist sie«, rief er laut. Vor ihm, eingebettet zwischen hohen Tannen und blätterlosen Laubbäumen, schaute die Burgruine etwas mürrisch aus dem Pfälzer Hügelland hervor. Neuscharfeneck, einst eine sagenumwobene Burganlage, die im Dreißigjährigen Krieg von den Schweden zerstört worden war und deren imposante Ruine noch heute über den Wipfeln des Pfälzer Waldes thronte.
»Da will ich rauf und von oben endlich den Pfadfindergruß sagen.« Er freute sich darauf, es allen beweisen zu können. Er sollte, so wie es die anderen bereits vor ihm getan hatten, in der Burgruine die steile Treppe zur Oberburg hochklettern und von oben über den Pfälzer Wald die Pfadfinder in aller Welt grüßen. Nein, Höhenangst hatte er keine, und da er für sein Leben gerne kletterte, wobei die Treppe eigentlich eine Steintreppe war und jedem Spaziergänger und Wanderer einen sicheren und festen Halt bot, wusste er, dass er diese Aufgabe spielend leicht lösen würde. Zumal er erst vor zwei Wochen mit seinem Vater oben gestanden hatte. Sicher war sicher.
»Lauf nicht zu weit vor«, rief ihm ein älterer Pfadfinder hinterher, aber Hugo hatte die Anweisung nicht mehr ge-

hört. Er rannte den schmalen Pfad hoch, sprang über ausladende Wurzeln, hüpfte über Steine und kletterte über Baumstämme, die meinten, sich ihm in den Weg legen zu müssen.
Plötzlich stand er vor ihr. Die dicken, bräunlich-roten Mauern, die teilweise mit Moos bewachsen waren, standen so unverwüstlich vor ihm, als ob Gott sie selbst in die Erde gerammt hätte.
Gleich habe ich es geschafft, dachte er. Obwohl er leicht zu frösteln begann, lief er weiter an der Ringmauer entlang zum Burgtor. Nein, die Burg konnte ihm, so kurz vorm Ziel, keine Angst mehr einjagen. Das würde niemand schaffen. Nicht heute.
Er schaute zurück, wo die anderen denn nur blieben, und jubelte. Er war fast am Ziel, endlich Pfadfinder, endlich nicht mehr Antons kleiner Bruder, sondern ein ganz Großer.
Als die anderen ihn erreichten, stand er stumm, fast leblos da und zeigte auf die Frau. Er zitterte am ganzen Körper und er wollte nur noch zu seiner Mami.
Und er hatte sich eingenässt.

einundfünfzig

»Ich will gerade ins Institut«, begrüßte Paul Straubenhardt Matthias Roth an der Tür, als dieser aus dem Dienstwagen stieg. Er war direkt mit dem Wagen auf den weit ausladenden Innenhof des Weingutes gefahren. Nach einem Unfallstau auf der Autobahn, der ihn fast eine Stunde gekostet hatte, wollte er nicht noch mehr Zeit verlieren.

Auch wenn Matthias normalerweise keinen Blick für so etwas übrig hatte, so musste er mit leichter Bewunderung feststellen, dass das Anwesen im warmen Sonnenlicht noch imposanter als sonst wirkte. Aus hellem Sandstein erbaut und von Zypressen eingerahmt, mit Terrakottafliesen als Terrassenboden und Tontöpfen zur Dekoration sah das Weingut aus, als wäre es direkt aus der Toskana nach Burrweiler verpflanzt worden.

»Das wird heute wohl nichts mehr«, sagte Matthias und ging auf Paul Straubenhardt zu.

»Wie bitte?«

»Da ich Sie heute Morgen nicht erreicht habe, bin ich nun persönlich gekommen, um Sie vorzuladen. Ich möchte Sie bitten, mich aufs Präsidium zu begleiten.«

»Warum das denn?«

»Herr Straubenhardt, tun Sie doch nicht so. Wir haben Ihre Fingerabdrücke auf dem Fenstersims der St.-Anna-Kapelle gefunden.« Matthias schaute Paul Straubenhardt erwartungsvoll an. Doch der Sohn des toten Winzers ließ sich auf die unterschwellige Provokation des Kriminalhauptkommissars nicht ein. Er lachte süffisant.

»Erst wollen Sie mir den Tod meines Vaters in die Schuhe schieben und nun auch noch den Selbstmord des Pfarrers? Phhh.«
»Woher wollen Sie denn wissen, dass es Selbstmord war?«
»Weil der Diener Gottes so viel auf dem Kerbholz hatte, dass es doch ganz logisch ist, dass der sich vom Kirchturm runterstürzen musste. Was für ein Bild.« Wieder lächelte er. »Der wusste einfach nicht mehr weiter. Und jetzt muss ich weiter.«
»Sie müssen gar nichts, sondern mir nur meine Fragen beantworten, damit das mal klar ist.« Matthias drängte Paul Straubenhardt fast zurück ins Haus.
»Ich habe Sie nicht hereingebeten.«
»Wenn Sie wollen, lasse ich Sie auch sehr gerne abholen.«
Wie am Tag zuvor folgte Matthias einem äußerst wütenden Paul Straubenhardt ins Esszimmer.
»So, und wie soll ich den Pfarrer ermordet haben? Und vor allem warum?«
»Sagen Sie's mir!«
»Was soll ich Ihnen denn sagen?«
»Ich will wissen, warum wir Ihre Fingerabdrücke im Kirchturm der Kapelle gefunden haben.« Matthias setzte sich auf einen Stuhl und beobachtete Paul Straubenhardt, der sich bereits zuvor auf einem Stuhl niedergelassen hatte, ohne seinen Gast eingeladen zu haben, es ihm gleichzutun.
»Keine Ahnung. Ich habe da vor einiger Zeit ein paar Handwerkerarbeiten für das Bistum erledigt. Die Lichtanlage instand gesetzt, eine morsche Holzbank ausgetauscht und auch im Kirchturm das Taubenschutzgitter erneuert. Sie werden überall meine Fingerabdrücke finden.« Paul Straubenhardt lehnte sich in seinem Stuhl zurück, als würde er es genießen, dem Kommissar mit nur einem Satz bereits den Wind aus den Segeln genommen zu haben.
»Sie sind Handwerker?«

»Ich habe mal eine Ausbildung als Elektroinstallateur begonnen und auch schon als Tischler gearbeitet. Diese Gelegenheitsjobs geben mir ein bisschen Spielraum, da die Arbeit am Institut ja noch nicht bewilligt ist und daher noch nicht so viel Geld reinkommt. So, jetzt wissen Sie's!«
Matthias wunderte sich über Pauls Offenheit. Er konnte sich nicht vorstellen, dass jemand so freimütig darüber reden würde, wenn er etwas zu verbergen hätte. Oder tat er es gerade deswegen?
»Und was ist mit dem Testament?«
»Ich hatte Ihnen doch schon gesagt, dass ich nichts darüber weiß. Fragen Sie doch mal den Herrn Professor.«
»Was hat der damit zu tun?«
»Er und der Pfarrer kannten sich schon von früher. Und ich bin sicher, die beiden wollten meinem alten Herrn eins auswischen, nachdem, was alles hier passiert ist.«
Paul Straubenhardt, der mittlerweile in die Küche gegangen war, um sich aus dem Kühlschrank eine Cola zu holen, drehte sich zu Matthias um.
»Aber, wie konnten die beiden ihren Vater hintergehen, wenn ihm doch alles gehört? Also juristisch kann da niemand etwas machen ...«
»Das weiß ich nicht. Aber ich bin sicher, dass der alte Pfaffe auch hier seine Finger im Spiel hatte. Es gab nichts, was der hochverehrte und so geschätzte Pfarrer nicht kontrolliert hat.«
»Und der Professor und der Pfarrer kannten sich von früher?«
»Na, der Pater war doch schon mal hier, also er war hier schon mal Pfarrer. Vor vielen Jahren.«
Matthias nickte. »Das wissen wir. Und?«
»Na, der hat schon immer viel Dreck am Stecken gehabt.«
Paul Straubenhardt musterte sein Gegenüber mit einem verschmitzten Lächeln, das Matthias als sehr unecht und vor allem als durchtrieben und hinterlistig empfand.

»Warum glauben Sie denn, dass er von jetzt auf gleich verschwinden musste?« Paul Straubenhardt plusterte sich auf, fast so, als wollte er Matthias zu einem Boxkampf herausfordern.

»Herr Straubenhardt, ich habe auf solche Spielchen keine Lust.«

»Fragen Sie doch mal die Gadingers, warum sich ihr Sohn Simon von St. Anna gestürzt hat.«

»Simon Gadinger ist …«, wollte Matthias gerade ansetzen, als er vom Klingeln seines Telefons unterbrochen wurde.

»Roth«, sagte er, nachdem er den Anruf mit einer Wischbewegung angenommen hatte.

»Hallo Matthias. Hier ist Hellmann. Die Streife hat gerade in der Leitstelle angerufen. Sie haben eine Frauenleiche auf der Burgruine Neuscharfeneck entdeckt. Es soll eine Patientin aus der Klinik sein. Kannst du Emma Bescheid sagen? Ich konnte sie nicht erreichen.«

Matthias fokussierte Paul Straubenhardt. Saß ihm ein kaltblütiger Serienmörder gegenüber, der erneut zugeschlagen hatte?

zweiundfünfzig

Die ersten Sonnenstrahlen des nahenden Frühlings küssten die Haardt und das sich dahinter anschließende Pfälzer Hügelland, als Emma die A 65 nach Süden fuhr. Sie verließ an der Ausfahrt Edenkoben die Autobahn. Nach wenigen Minuten erreichte sie Rhodt unter Rietburg, einen der schönsten Weinorte Deutschlands. Über die Edesheimer Straße fuhr sie in den Ort hinein, um im Dorfzentrum nach links in die Theresienstraße abzubiegen. Sie parkte den Dienstwagen direkt gegenüber dem Weingut der Rabolds.

Eva Rabold wohnte am oberen Ende der Flanierstraße, die jedes Jahr Zigtausende von Touristen anlockte. Kurz hinter dem Weingut schlossen sich die ersten, noch karg dem eisigen Ostwind ausgesetzten Reben an. Am Horizont thronte an der nördlichen Flanke des Blättersbergs die Rietburg, die sich das Panorama mit der Villa Ludwigshöhe, dem ehemaligen Sommersitz Ludwigs I., teilte.

Das Weingut war schlicht. Ein großes, unscheinbares Haus, dessen Außenfarbe schon leicht verblasst war, wurde von einem hölzernen Torbogen flankiert. Die Fensterläden im Erdgeschoss waren geöffnet, aber es brannte kein Licht, und auch sonst wirkte das gesamte Anwesen traurig und abweisend. Weinranken kletterten die Hauswand hoch. Das Weingut schien in einem tiefen und langen Dornröschenschlaf zu liegen.

Eine hagere Frau öffnete Emma die Tür. Sie hatte tiefliegende Augen, dünnes, brüchiges Haar, das in schulterlangen Strähnen wie Spaghetti an ihr herunterhing, und einen äußerst schmallippigen Mund. Sie trug eine einfache graue

Hose, dazu einen cremefarbenen Pullover mit Kragen und darüber eine Weste, die ihrem Körper mehr Figur gab, als er eigentlich hatte.
Sie muss einmal eine sehr schöne Frau gewesen sein, dachte Emma, die vorher gar kein Bild von Eva Rabold gehabt hatte und jetzt eher von ihrem Aussehen enttäuscht war. Es war wohl die Trauer, die sich nicht nur über das gesamte Anwesen, sondern auch über sie gelegt hatte. Selbst die zarten und jungfräulichen Sonnenstrahlen schafften es nicht, Eva Rabold einen Glanz zu verleihen. Sie wirkte matt, und Emma musste automatisch an das Glas denken, das sie sich heute Morgen in der Küche des Präsidiums aus dem Schrank geholt hatte. Wie der Kalkschleier das Glas hatte erblinden lassen, so war auch Eva Rabold anscheinend nicht mehr in der Lage, die Schönheit des Lebens wahrzunehmen.
»Sie hatten angerufen, richtig? Ich bin Eva Rabold.«
Nachdem sich Emma vorgestellt und ihren Dienstausweis gezeigt hatte, folgte sie Eva ins Wohnzimmer. Eichenmöbel dominierten den Wohnbereich, der von einer tiefen Decke und einem mit Teppichen und Läufern überladenen Boden eingerahmt wurde. Emma, die alles andere als klaustrophobisch veranlagt war, fühlte sich plötzlich erdrückt, wie eingesperrt, und sie musste sich zurückhalten, ihrem Drang zu folgen, ein Fenster oder eine Tür zu öffnen.
»Was kann ich für Sie tun?« Eva Rabold setzte sich in den Ohrensessel, der mit einer großen, ebenfalls cremefarbenen Decke überzogen war, um im nächsten Augenblick hektisch aufzuspringen.
»Es tut mir leid. Aber ich bekomme so selten Besuch, da habe ich glatt vergessen, ob Sie etwas trinken wollen? Einen Kaffee vielleicht oder einen Tee?«
»Hätten Sie eine heiße Schokolade für mich?«, fragte Emma. Ihr war die eigene Verlegenheit anzusehen.
»Oh, wie schön! Sie trinken auch Kakao. Ich mache uns eine Kanne, in Ordnung?« Einige Minuten später kam Eva

Rabold mit einem Tablett, auf dem eine Kanne mit Zwiebelmuster und zwei dazu passende Tassen standen, zurück ins Wohnzimmer. Sie goss Emma ein und reichte ihr die Tasse, bevor sie sich ebenfalls eine Tasse einschenkte und es sich anschließend wieder im Sessel bequem machte. So langsam schien das Leben in Eva Rabold zurückzukehren.

»Wie ich Ihnen heute Morgen schon angekündigt habe, untersuchen wir gerade zwei Tötungsdelikte in Burrweiler, unter anderem den Mord an Alois Straubenhardt. Er war ein Freund Ihres Mannes.«

Eva Rabold nickte, während sie ihren Kopf senkte. »Ich habe davon gelesen. Einfach nur schlimm. Der arme Alois. Und vor allem, was passiert jetzt mit seinem Sohn? Er ist doch so lebensuntüchtig.«

»Wie meinen Sie das? Hat er nicht verschiedene Berufe erlernt und arbeitet jetzt an einem Forschungsprojekt mit?«

»Ja eben, das ist es ja. Er hat keine Lehre abgeschlossen oder zumindest in keinem erlernten Beruf gearbeitet. Und das Forschungsprojekt …« Sie zuckte mit den Schultern. »Ich glaube, das ist alles ein Hirngespinst dieses Professors. Er hat den armen Paul doch nur für seine eigenen Interessen eingespannt.«

»Mit tödlichem Ende …«

»Sie meinen, der Paul hat seinen eigenen Vater umgebracht? Nein, Frau Hansen, er ist vielleicht zu vielem fähig und hat seinem Vater sicher auch nicht immer das Beste gewünscht, aber er hätte seinen Vater niemals ermordet. Niemals.«

»Ein starkes Wort.« Emma nahm einen weiteren Schluck ihres Lieblingsgetränks. »Wie können Sie sich denn da so sicher sein?«

»Ich weiß es einfach.« Eva Rabold schaute aus dem Fenster. Eine Gruppe Wanderer schlenderte die Theresienstraße entlang und gaffte in jedes Fenster. »Diese Touristen. Als ob das hier alles nur Fassade wäre und wir die Schauspieler, die den Ausstellungsort mit Leben erfüllen.« Sie schüttelte leicht angewidert den Kopf.

»Außerdem: Warum sollte er ihn töten, wenn ihm das sowieso nichts brächte? Er bekäme doch sicherlich nur seinen Pflichtteil. Der Weinberg geht sowieso an die Klinik, die ihn dann wahrscheinlich ausbezahlen würde.«

Über diesen berechtigten Einwand waren Emma, Matthias und die ermittelnden Kollegen auch schon gestolpert. Auch wenn schon wegen niedrigerer Beweggründe gemordet wurde, Emma spürte, dass irgendetwas nicht stimmte. Aber sie wusste immer noch nicht, was das sein konnte. Und vor allem, wie sie das herausbekommen sollte. Aber vielleicht konnte ihr ja Eva Rabold weiterhelfen, deren Mann, der vor Kurzem in seinem Weinkeller gestorben war, ebenfalls aus Burrweiler stammte.

»Was hatte eigentlich Ihr Mann mit dem Straubenhardt'schen Weinberg zu tun?« Emma zeigte Eva Rabold den Zeitungsartikel vom initiierten Spatenstich im August 2012, der den Beginn der Umbauphase des ehemaligen Altenheims in die neue St.-Anna-Klinik symbolisieren sollte.

»Mein Mann Günther. Er wollte doch nur helfen. Und jetzt ist er tot.« Sie kramte nach einem Taschentuch in der Sesselspalte und schnäuzte sich. »Und ich bin pleite.«

»Was meinen Sie mit ›helfen‹?«

»Die Klinik brauchte noch Geld, um den Umbau durchführen zu können. Also hat er fast eine Million Euro gespendet. Eine Summe, die wir nie hatten.«

»Hat er sich vielleicht deswegen das Leben ...« Emma dachte an den immer noch möglichen Selbstmord des Paters, als Eva Rabold sie verärgert unterbrach.

»Nein, natürlich nicht. Mein Mann hat sein Leben geliebt. Und mich auch. Er hätte mir so etwas nie angetan.«

»Und da sind Sie sich hundertprozentig sicher? Er wäre nicht der Erste, der sich aus einer Kurzschlusshandlung heraus das Leben genommen hätte.«

»Ausgeschlossen. Zumal damals mehrere Möglichkeiten ins Auge gefasst worden sind: Herzinfarkt, Mord, ...«

»Mord?«

»Ja, ich muss wohl bei der ersten Vernehmung gesagt haben, dass die Tür zum Weinkeller verschlossen war. Aber bei meinem zweiten Gespräch mit den ermittelnden Kommissaren konnte ich mich nicht mehr daran erinnern, ob die Tür geöffnet war oder nicht, als ich ihn ...« Und jetzt weinte Eva Rabold bitterlich. Sie nahm das Bild ihres Mannes, das auf dem Tisch stand, und drückte es fest an ihre Brust.

»Aber wer soll ihn denn umbringen wollen? Und warum?«

»Wurde damals denn nicht weiterermittelt?«

»Nein, nach dem medizinischen Gutachten ist er in seinem Weinkeller erstickt. Er war einfach zu lange unten.« Sie schluckte erneut. »Irgendwann war der Sauerstoff verbraucht.«

»Das tut mir leid.«

Sie nickte. »Ist schon okay. Ich hab mich gleich wieder gefangen.«

»Ich muss Sie trotzdem noch etwas fragen.«

»Nur zu, es geht schon wieder.«

»Ich bin sicher, Ihr Mann war ein treusorgender Mann mit hohen moralischen Ansprüchen. Aber trotz allem verstehe ich noch nicht so ganz, was ihn dazu bewogen hat, der Klinik eine Million Euro für den Umbau zu geben, wenn er selbst das Geld überhaupt nicht hatte?«

»Ich weiß es nicht. Mein Mann hat nie mit mir über finanzielle Angelegenheiten gesprochen.« Ihre Stimme klang schwach und sie senkte etwas beschämt den Kopf. »Aber ich verstehe, ehrlich gesagt, auch nicht, was ihn dazu bewogen hat. Er hätte es nie zugelassen, dass ich einmal in die Situation komme, nicht zu wissen, wie ich den morgigen Tag bestreiten soll. Dass ich jeden Cent umdrehen muss, nur um mir ein Brot zu kaufen, und dass ich täglich Angst haben muss, dass sie mir den Strom abstellen.«

Sie schwieg und spielte mit ihrem Ehering herum.
»Das sah ihm gar nicht ähnlich. Als wäre er nicht er ...«
Emma, die sich und Eva Rabold noch eine Tasse Kakao einschenkte, schaute ihre Gastgeberin interessiert an.
»Seitdem *er* wieder zurückgekehrt ist, war Günther wie ausgewechselt. Er zuckte jedes Mal zusammen, wenn nur das Telefon klingelte. Er hatte regelrecht Angst.«
Auch wenn sie schon ahnte, wen Eva Rabold mit *er* gemeint haben könnte, so musste sie dennoch nachfragen. Ganz gleich, in welche Richtung sie auch ermittelte, Dreh- und Angelpunkt schien immer eine ganz bestimmte Person zu sein. Und das konnte nun bei Weitem kein Zufall sein. Oder?
»Wen meinen Sie?«
»Pater Clemens Bauer.«
»Und können Sie sich erklären, wieso Ihr Mann Angst hatte? Der Pater soll doch eine sehr angesehene, sozial engagierte und zuvorkommende Persönlichkeit gewesen sein.«
Eva Rabold schüttelte den Kopf. Sie sah auf einmal sehr müde und erschlafft aus und Emma hatte den Eindruck, dass Eva die ganze Geschichte doch mehr mitnahm, als sie sich vielleicht selbst eingestehen wollte.
»Ich weiß es leider nicht. Günther, also mein Mann, ist mir immer ausgewichen, wenn ich nachgefragt habe.«
»Vielleicht, weil er Sie nicht belasten wollte.« Oder schützen wollte, wie Emma gedanklich hinzufügte.
Eva nickte erneut.
»Kannten Sie eigentlich den Pater?«
»Nein, ich komme ja gebürtig nicht aus der Ecke, sondern aus Maikammer, und auch nach seiner Rückkehr hatte ich nie etwas mit ihm zu tun. Außer ...«
»Ja?«, fragte Emma.
»Ich hatte ihn einmal am Telefon. Mein Mann war gerade in seinem Weinkeller.«
»Und, wie wirkte er so auf Sie und was wollte er von Ihnen oder von Ihrem Mann?«

»Er war so höflich, aber auch irgendwie ...«
Emma schaute sie interessiert an.
»Er war irgendwie fordernd.«
»Wie meinen Sie das?«
»Er sagte, dass er nur sichergehen wolle, dass Günther auch wirklich zum Spatenstich für den Umbau kommen werde.«
»Das klingt jetzt aber doch eher verbindlich.«
»Ja, aber als ich ihm dann sagte, dass ich nichts von diesem Termin wisse und Günther an dem Tag beim pfälzischen Landwirtschaftstag einen Vortrag hielte, da hat er mich fast angeschrien.«
»Angeschrien?«
»Ja, es sei wichtig und er, also mein Mann, müsse kommen. Und als ich ihn dann fragte, warum, was denn an dem Termin so wichtig sei, da sagte er nur, mein Mann wisse Bescheid und er sei es ihm und dem Schicksal schuldig.«
»Dem Schicksal? Das klingt jetzt schon etwas merkwürdig.«
Emma sah, dass ihr Mobiltelefon, das sie, um das Gespräch nicht unnötig zu stören, auf stumm geschaltet hatte, vibrierte und dabei wie wild auf der Wohnzimmertischdecke tanzte.
»Sie sollen sich vor vielen Jahren mal an einem Mädchen vergangen haben.« Sie stockte und erneut füllten sich ihre Augen mit Tränen. »Auch deshalb hat er mich wohl nie angefasst.« Sie wischte sich mit ihrem schon längst durchweichten Papiertaschentuch die Tränen, die nur so ihre Wangen herunterliefen, vom Gesicht, während Emma, leicht genervt wegen der Störung, ans Telefon ging.
»Hej!«
»Hier ist Matthias. Wir haben noch eine Tote. Eine Patientin der Klinik ist auf der nahegelegenen Burgruine bei Burrweiler gefunden worden.«

dreiundfünfzig

Ebenso wie die St.-Anna-Kapelle war auch die Burgruine Neuscharfeneck nicht direkt mit dem Auto erreichbar. Die Streifenbeamten aus Landau hatten die Kreisstraße, die von Burrweiler nach Ramberg führte, abgesperrt und ein Kollege begrüßte Emma, als sie den Waldparkplatz »Drei Buchen« erreichte.

»Da entlang, und dann nach einem guten Kilometer den kleinen Pfad hinauf zur Ruine«, sagte er und zwinkerte Emma zu. Auch wenn sie heute Morgen überstürzt ihre Wohnung verlassen hatte, sie war eitel genug, um sich zumindest fürs Büro angemessen zu kleiden. Dazu gehörten neben ihrer cognacfarbenen Lederjacke und der eng anliegenden Jeans auch die schwarzen Wildlederpumps, die sich jetzt schon auf die kleine Wanderung freuten. Und auch der junge Kollege musste genau das gedacht haben, als er an ihr herunterschaute. Dummerweise hatte sie ihre Sportschuhe, die sie nach ihrem letzten Einsatz an der Kapelle erst einmal gründlich hatte säubern und vom Matsch befreien müssen, nicht wieder in ihren Kofferraum zurückgelegt.

»Ich schlag mich dann mal durch«, sagte sie etwas gequält, weil sie weder auf die Wanderung, noch aufs erneute Schuheputzen allzu große Lust hatte. Wenn sie die Pumps danach nicht sogar wegwerfen musste.

Es dauerte gut zwanzig Minuten, dann war sie am kleinen Pfad angekommen. Sie musste sich nur die ersten Meter dieses Weges anschauen, um zu wissen, dass sie nun ihre Schuhe würde vergessen können. Und so sehr sie es auch probierte, verschlungene Wurzeln, spitze Steine und tiefe

Mulden machten ihren Schuhen den Garaus. Und Emma kam ganz schön ins Schwitzen. Denn obwohl sie die einhundert Meter immer noch unter 13 Sekunden laufen konnte und als Kind schon gern geklettert war, dieser unebene Parcours forderte mehr von ihr ab, als sie gedacht hatte.

Mit gerötetem Kopf, außer Atem und einem halb abgebrochenen Absatz ihres rechten Schuhs erreichte sie die Ruine Neuscharfeneck. Bedrohlich düster baute sich die Burg vor ihr auf. Obwohl sie auf einer Anhöhe stand, hatte es die Sonne an diesem Morgen noch nicht geschafft, die Burg mit ihren Strahlen zu erreichen.

»Da bist du ja«, wurde sie von Matthias begrüßt, nachdem sie – mit dem rechten Fuß bei jedem zweiten Schritt wegknickend – den Innenhof der Burgruine betrat. »Die Sportschuhe vergessen?«, fragte er mit hochgezogenen Augenbrauen.

»Ja, die stehen noch bei mir zu Hause, nachdem ich sie von unserem letzten Einsatz erst einmal gründlich reinigen musste.«

»Ich dachte schon, du kämst gar nicht mehr und ich müsste mich allein um die Sache hier kümmern.«

»Nur weil ich etwas zu spät dran bin? Ich meine, ich war gerade bei Eva Rabold, der Witwe des Winzers, der vor einigen Wochen in seinem Weinkeller gestorben ist.«

»Hat dir Hellmann auch davon erzählt? Ich konnte mich darum jetzt aber nicht auch noch kümmern, sondern bin erst mal hierher gefahren.«

»Das hast du jetzt nicht wirklich gesagt, oder?« Emma wurde stinksauer. Wusste er eigentlich, was er da sagte? Und vor allem, was sollte das? Immerhin war es doch Matthias, der wegen irgendeines wichtigen Termins jeden Abend pünktlich um 18 Uhr das Büro verlassen beziehungsweise Dienstschluss machen musste. Und wer war dann auf sich allein gestellt, zumindest was die Hauptermittlungsarbeit betraf?

Darüber werden wir auf jeden Fall noch einmal sprechen, dachte sie und knöpfte sich ihre Lederjacke zu. Der Wind blies eisig über die Burg und verfing sich vor allem im Innenhof, in dem sich, wie Emma feststellte, ungewöhnlich viele Menschen aufhielten.

»Was wollen die alle hier?«, fragte sie Matthias, um ihre Unterhaltung auf ein professionelles Niveau zu heben. Neben Rechtsmediziner Jung und zwei Kollegen der Kriminaltechnik, die gerade dabei waren, Spuren zu sichern, standen eine Gruppe Kinder mit ihren Betreuern - wohl Pfadfinder, wie Emma vermutete - sowie die Klinikchefin Dr. Hannah Weiden und auch Rosa Gadinger in der Nähe des Leichenfundortes. Während die Kinder unruhig von einem Bein auf das andere hüpften und versuchten, so viel wie möglich von der Arbeit der Kriminaltechniker mitzubekommen, verharrten die Erwachsenen in einem Schockzustand, kaum in der Lage, sich zu unterhalten. Das einzig Aufmunternde, was sie umgab, waren ihre neongrünen, knallroten oder leuchtendblauen Winterjacken und Anoraks. Diese bildeten einen bizarren Kontrast zu den in weißen Schutzanzügen umherlaufenden Kriminaltechnikern und Gerichtsmediziner Dr. Bertram Jung sowie der zerfallenen und von der wilden Natur längst eingenommenen Burgruine.

»Die Kollegen haben mit den Pfadfindern schon gesprochen, aber die haben die Frau nur gefunden«, bemerkte Matthias, der Emma folgte.

»Stopp! Ohne Schutzanzug kommt ihr mir keinen Schritt näher«, rief Jung und winkte mit einer Plastiktasche, in der ein klinisch sauberer Anzug eingeschweißt war.

»Aber hier sind doch sowieso keine Spuren mehr zu finden«, entgegnete Emma, die es hasste, sich einen Schutzanzug überzustreifen, und machte mit der Hand eine ausholende, über den Innenhof weisende Geste.

»Das weiß ich, Emma. Die Pfadfindergruppe hat ganze Arbeit geleistet und alles regelrecht zertreten und nur eigene

Abdrücke hinterlassen. Daher ist es ja besonders wichtig, dass wir das, was noch vorhanden ist, auch sichern.« Bertram Jung ließ sich auch wirklich niemals aus der Ruhe bringen, dachte Emma. Wenigstens nicht beruflich. Die Scheidung von seiner Frau im vergangenen Jahr hatte ihn entgegen seiner eigentlich eher stoischen Natur buchstäblich aus der Bahn geworfen, so sehr, dass er mit einer Gürtelrose, ausgelöst durch emotionalen Stress, erst einmal für fast ein halbes Jahr ausgefallen war.

»Wer ist die Frau?«, fragte nun Matthias, der bereits mit einem Bein im Anzug steckte und plötzlich das ganze Interesse der kleinen Pfadfinder auf sich zog. Sie beobachteten ihn kichernd und quiekend, während er sich weiter den Anzug über den Körper streifte, wobei er eine mehr als lustige Figur abgab, was auch Jung auffiel. »Die Frau ist eine gewisse Ruth Martin. Aber sagen Sie mal, Sie haben das wohl noch nicht so häufig gemacht, was? Emma, magst du ihm mal zur Hand gehen?«

»Was sagst du da? Wer ist das?«, fragte Emma und bedachte ihn mit einem bösen Blick. Den flottgemeinten Spruch überging sie bewusst. Dass jetzt auch noch die Frau tot war, mit der sie noch einen Tag zuvor sprechen wollte, das konnte einfach kein Zufall mehr sein. Was war hier nur los?

»Es ist Ruth Martin, aber vielleicht können dir ...« erwiderte Jung, aber Emma ging bereits zu der kleinen Menschengruppe hinüber.

»Tja, da müssen wir jetzt wohl alleine durch. Ich mit meinen Ausführungen und Sie mit der Schutzbekleidung. Aber Sie kriegen das schon hin, Sie haben es ja gleich geschafft«, sagte Jung und grinste Matthias an, der sich bereits die Kapuze über die Haare zog und nun neben dem Rechtsmediziner in die Hocke ging.

»Wie ist sie denn gestorben?«

»Sie ist erfroren. Ein bitterer Tod, aber wohl auch ein sanfter, denn laut erstem Schnelltest hatte sie eine hohe Konzentration Schlafmittel im Blut. Näheres kann ich euch dann nach der Obduktion sagen.« Er packte seinen Koffer zusammen.

»Und sie lag so hier? Nur im Nachthemd?« Matthias sah Ruth Martin irritiert und mitleidig an. Sie lag vor ihm wie ein Engel, der sich hingelegt hatte, um sich nur etwas von seinem himmlischen Dienst auszuruhen.

»Sie war dement und soll wohl nicht das erste Mal aus der Klinik abgehauen sein. Tragisch, aber sie hat wohl nicht mehr viel mitbekommen, weder die Kälte noch den Übergang in die andere Welt, um es einmal metaphorisch auszudrücken.« Bertram Jung stellte sich wieder hin, zog seine Gummihandschuhe aus und stopfte sie in die Seitentasche seines Tatortkoffers.

»Und wie lange ist sie schon tot?«

»Wie gesagt, genau sagen kann ich das erst nach der Obduktion in der Rechtsmedizin. Aber so grob würde ich sagen …«, er schaute auf seine Armbanduhr, deren beide Zeiger auf der Elf lagen. »Also, den bereits wieder verschwundenen Totenflecken und ihrem Zustand nach zu urteilen, abzüglich der Außentemperatur, ist sie schon gut zehn, eher zwölf Stunden tot.«

»Komisch, dass sie so spät noch rauskonnte«, bemerkte Matthias und fuhr sich mit beiden Händen durchs Haar.

»Sie ist weggelaufen, so sieht es zumindest aus.«

»Ja, aber haben solche Kliniken nicht besondere Vorkehrungen getroffen, damit ihnen kein Patient einfach so und unbemerkt davonlaufen kann?«

»Mag sein.« Jung sah den Technikern zu, wie sie letzte Untersuchungen vornahmen. »Aber eines wundert mich dann doch.« Er zog den Reißverschluss seines Schutzanzuges herunter, während er sich zu Matthias umdrehte, der – mittlerweile auch wieder stehend – ihn erwartungsvoll anschaute.

»Ja?«

»Sie hatte so viel Schlafmittel im Blut, dass sie es unmöglich schon in der Klinik genommen haben kann. Aber hier haben wir keine Tablettenverpackung oder Ähnliches gefunden.«

Emma war mittlerweile zu den zwei Frauen hinübergegangen. Sie hatte schon einen halb abgebrochenen Schuhabsatz, da musste sie sich jetzt nicht auch noch zum Affen machen, nur um sich diesen unangenehmen Polyesterschutzanzug überzuziehen. Matthias würde ihr die wichtigen Erkenntnisse gleich schon mitteilen, den aussagekräftigen Bericht gab es ja sowieso erst später.
»Hej.« Sie nickte den Frauen zu. »Sie wissen es also schon. Wer hat Sie verständigt?«
»Ein Betreuer der Pfadfinder hat uns angerufen, ob wir eine Patientin vermissen würden«, antwortete Dr. Hannah Weiden, die am gefasstesten war, während Rosa Gadinger, die nur körperlich anwesend zu sein schien, fortwährend den Kopf schüttelte.
Auch als Emma sie ansprach, brauchte sie einige Augenblicke, um sich zu sammeln. »Und was machen Sie hier?«
»Ich ..., ich, oh mein Gott, das ist alles so schlimm. Ich habe ihr immer vorgelesen.«
»Frau Gadinger ist ein grüner Engel und kommt einmal die Woche als ehrenamtliche Helferin, um den Bewohnern vorzulesen oder mit ihnen zu basteln«, erklärte Hannah Weiden. »Sie war gerade in meinem Büro, als der Anruf kam, und da ist sie gleich mitgekommen. Sie standen sich nahe, auch wenn Ruth Martin wohl nie so ganz wusste, wer sich gerade um sie kümmerte.«
Emma zog ihren Block aus ihrer Handtasche und notierte sich den Namen Gadinger in ihr mittlerweile engmaschiges Personengeflecht. Daneben las sie den Namen Elvira Paulus. Um beide Namen waren verschiedene andere Personen gruppiert und von beiden aus sowie zu beiden hin verliefen unterschiedliche Linien. So wie Elvira Paulus schon

fast überall vor Ort gewesen war, wo die Kommissare aufgetaucht waren, so verhielt es sich auch mit Rosa Gadinger. Doch im Gegensatz zu Elvira Paulus war Rosa Gadinger eher von zurückhaltender Natur, wirkte sensibler und nachdenklicher. Aber besaßen nicht gerade solche Menschen eine weitreichende Auffassungsgabe, konnten viel schneller Zusammenhänge erkennen und Schlussfolgerungen und Konsequenzen daraus ziehen als manch anderer? Konsequenzen, die für einige Menschen hier aus dem Dorf vielleicht sogar tödlich waren?

»Was ich mich frage: Warum ist sie eigentlich hierher gelaufen?«

»Das ist ja das unglaubliche Phänomen der Demenz, dass man nie weiß, was in den Menschen gerade vorgeht.« Hannah Weiden faltete die Hände, ganz so, als sollte ihr diese Haltung Sicherheit geben. Oder als wollte sie besonders andächtig erscheinen.

»Ich verstehe das trotzdem noch nicht so richtig. Ich bin ja fast bei jedem zweiten Schritt umgeknickt. Wie will eine ältere Frau, und dann auch noch in solch einem geistigen und körperlichen Zustand, so unversehrt auf die Burg gelangen?«

»Manche Menschen sind eben zu etwas ganz Besonderem fähig«, antwortete jetzt Rosa Gadinger kühl. Fast schon eiskalt, stellte Emma fest, als sich plötzlich Matthias neben sie stellte. Er grüßte die zwei Frauen wortlos.

»Wir müssen den Obduktionsbericht abwarten. Dann können wir mehr sagen. Ich glaube, das war's fürs Erste hier oben.«

»Wir melden uns dann bei Ihnen. Bitte halten Sie sich so lange zu unserer Verfügung«, wandte sich Emma, deren Gedanken immer noch rotierten, wieder den beiden Frauen zu. Ein Winzer, ein Pfarrer und eine alte Frau aus der Klinik? Was war nur die Gemeinsamkeit? Irgendwie kannten sie sich alle, hatten auch alle mehr oder weniger miteinander zu tun, aber was war das Verbindungsstück?

»Dürfen wir uns noch von ihr verabschieden?«, riss Rosa Gadinger Emma aus ihren Überlegungen.
»Ja, sicher.«

»Was wolltest du eben noch mit mir besprechen?«, fragte nun Matthias, als die zwei Frauen langsam zu Ruth Martin gingen, die gerade zugedeckt wurde. Wie bei einem Trauerzug stützte die Klinikchefin Rosa Gadinger. Ob sie schon an den freigewordenen Klinikplatz dachte, grübelte Emma und ärgerte sich selbst über diesen bösen Gedanken. Nein, als geldgierige Frau hatte sie Dr. Hannah Weiden beim besten Willen nicht kennengelernt. Und doch hatte auch die Klinikchefin ihre ganz eigenen Interessen, die sie verfolgte.
»Wir sollten jetzt besser fahren, Hellmann hat für heute Mittag eine Sitzung angesetzt.« Matthias war ungeduldig, sein Bauch grummelte wohl vor Hunger, wie Emma vermutete. Sie war hier aber noch nicht fertig.
»Warte noch einen Augenblick. Ich möchte noch kurz mit den Pfadfindern sprechen.«
»Die haben doch schon alles den Kollegen erzählt, was ihnen eingefallen ist«, rief Matthias Emma hinterher.
»Ich möchte trotzdem noch mal mit ihnen sprechen. Du kannst ja schon gerne vorfahren.«
»Hej, ich bin Emma«, sie zeigte ihren Ausweis, als sie die Gruppe erreichte. »Wer hat die Frau eigentlich gefunden?«
»Der Hugo«, riefen einige Kinder wie aus einem Munde.
»Und wer ist der Hugo?«
»Der da.« Kleine und große Kinderhände zeigten auf einen kleinen Jungen, der verängstigt auf den Boden schaute.
»Können wir das nicht später fortsetzen? Die Kinder stehen noch alle unter Schock, es ist kalt und wir wollen gerne nach Hause«, meldete sich nun eine Betreuerin.
»Wir sind sofort fertig«, erwiderte Emma.
»Hugo, kannst du noch mal erzählen, was du gesehen hast, als du die Frau gefunden hast?«

Hugo schaute weiter auf den Boden. Wie in Zeitlupe fuhr er mit dem Finger seiner rechten Hand am Zugende des Schultergurts entlang.
»Hugo, sag schon«, riefen einige Kinder. Ein Junge, der neben ihm stand, stupste ihn an, um ihn endlich zum Reden zu bewegen. Doch Hugo verharrte weiterhin in seiner Position.
Ob er ein Autist ist, fragte sich Emma und ging in die Hocke, mit dem Kopf so tief, dass sich ihre Blicke trafen.
»Hugo, bitte hilf mir.«
Doch er sagte immer noch nichts. Er nahm nur die Hand vom Schultergurt und zeigte stumm in die Richtung, in der die Frau lag. Neben Dr. Bertram Jung, der sich mit einem Kriminaltechniker unterhielt, standen nur Klinikchefin Dr. Hannah Weiden und Rosa Gadinger in Höhe der ehemaligen Küche der Burg.
»Komm Emma, aus dem kleinen Jungen bekommen wir heute wohl nichts mehr heraus«, flüsterte Matthias ihr plötzlich ins Ohr. Er hatte es sich anders überlegt und war, anstatt schon ins Präsidium zu fahren, Emma zu der kleinen Gruppe gefolgt.
»Vielleicht hast du recht. Und danke, Hugo«, sagte sie zu ihm und gab ihm wie auch den anderen Kindern und den Betreuern jeweils eine Visitenkarte von sich, als auf einmal ihr Telefon klingelte.
»Ich bin sofort da«, sagte Emma zu Matthias und ging ein paar Meter weiter in den Innenhof, um ungestört das Telefonat anzunehmen.
»Hej.«
»Emma, ich bin's.« Rike klang gestresst, irgendwie getrieben. Doch was Emma wirklich beunruhigte, war die Tatsache, dass sogar Angst in der Stimme ihrer Freundin mitschwang.
»Was ist los?«
»Ich fühle mich einfach nicht mehr so sicher hier.« Rike stockte und Emma vermutete, dass ihre Freundin, die auch

schon mal eine esoterische Phase durchlebt hatte, nicht so richtig wusste, wie sie Emma ihr Gefühl wohl am anschaulichsten beschreiben sollte.

»Ich muss hier raus.«

»Rike, du hast doch gerade erst angefangen. Vielleicht musst du der ganzen Sache auch mal eine Chance geben.«

»Es sind lauter komische Leute hier. Die eine hasst Kinder, die andere erdrückt sie fast vor Liebe und andauernd streiten sich Menschen.«

»In der Klinik?« Emma merkte, dass ihr so langsam die Geduld und vor allem die Zeit fehlten, sich jetzt auch noch um ihre Freundin zu kümmern. Und auch Matthias zeigte ihr mit einem lautlos gesprochenen »Komm, wir fahren«, dass das Team seine Arbeit beendet hatte und zurück ins Präsidium wollte.

»Nein, ich war gestern mal draußen, bin durch den Weinberg gelaufen bis zur Kirche oben auf dem Berg. Und in der Kapelle haben sich der Pfarrer und eine Frau gestritten. Oder eher ist die Frau dem Pater, der hier bei uns Seelsorger ist, an den Hals gesprungen.«

»Wer war die Frau?«, fragte Emma, klemmte ihr Telefon zwischen Ohr und Schulter ein und notierte sich »Streit – Frau – Pater« in ihren Block.

»Ich weiß es nicht. Die Stimme kam mir auf jeden Fall bekannt vor, aber mir will einfach nicht einfallen, woher ich sie kenne. Obwohl …« »Ja? Rike, bist du noch dran?«

»Ich hab's! Die Frau ist bei uns aus der Klinik!«

»Was sagst du da? Aus der Klinik? Eine Patientin? Oder eine Schwester?«, fragte Emma etwas gehetzter nach als sonst. Ihr Handy hatte kaum mehr fünf Prozent Akkuleistung und sie wollte, sie musste für dringende Anrufe erreichbar sein. Das besagte zumindest die Dienstvorschrift.

»Nein, sie liest manchmal den alten Leuten vor. Sie ist so eine ehrenamtliche …, wie sagt man noch gleich? Ist ja auch egal, auf jeden Fall, ich war noch im Weinberg, da hörte ich

zwei Männer miteinander streiten. Es ging um einen Auftrag und wohl um viel Geld oder so was. Echt. Emma, die spinnen hier. Wie soll ich mich da erholen?«
»Rike, ich melde mich, versprochen«, sagte Emma und legte auf. Auftrag? Geld? Wer könnte das nur sein, fragte sich Emma und sie hatte bereits eine Vermutung. Denn der Einzige, auf den diese beiden Worte am besten passten, war Professor Michael Häußler. Schon wieder der Professor, dachte Emma und ihr fiel ein, dass sie schon einmal so überrascht reagiert hatte, als von Michael Häußler die Rede gewesen war.
War der Professor also doch zu weit gegangen? Hatten seine Geldsorgen auf der einen und die Gier nach Ruhm, Ehre und Anerkennung als Wissenschaftler auf der anderen Seite ihn dazu getrieben? Emmas Gedanken kreisten wie wild und sie sehnte sich nach einer Tasse heißer Schokolade. Denn irgendetwas schien nicht zu passen. Häußler die Morde an Alois Straubenhardt und an Pater Clemens Bauer nachzuweisen, war das eine. Immerhin kannte er den alten Winzer, hatte er bei ihm doch eine Ausbildung abgeschlossen, wie sie mittlerweile erfahren hatte. Aber wieso sollte er auch Ruth Martin, die an Demenz erkrankte Patientin aus der St.-Anna-Klinik, umbringen? Welche Verbindung gab es zwischen den beiden? Und wenn sie sich gekannt hatten: Was muss sie gewusst haben, dass auch sie ihm zu gefährlich geworden war?

vierundfünfzig

Michael Häußler wirkte äußerlich sehr gefasst. Wie es in ihm aussah, das vermochten Emma Hansen und Matthias Roth nicht zu beurteilen. Anders als die Büros der Kommissare war der Verhörraum, in dem die drei jetzt saßen, nicht aus Glas gebaut. Die dicken Wände gaben ihm eine gewisse Gemütlichkeit und bedrückende Enge zugleich. Es hatte wieder leicht angefangen zu schneien und die kleinen Flocken vor dem Fenster ließen die Welt außerhalb des Gebäudes geradezu unwirklich erscheinen. Hinter einem Fenster des gegenüberliegenden Hauses brannte Licht. So grell, dass es die Trostlosigkeit des Nachmittags durchbrach.

»Wie geht es Ihnen?«, fragte Emma und drückte den Knopf der Videokamera, die etwas abseits ihres Stuhles stand. Sie setzte sich neben Matthias, dem Professor direkt gegenüber.

»Was soll das Geplänkel? Sie halten mich von meiner Arbeit ab. Wie soll es mir da schon gehen?« Er hatte die Arme verschränkt und sich in seinen Stuhl zurückgelehnt. Griesgrämig sah er die beiden Kommissare an.

»Außerdem weiß ich immer noch nicht, was ich hier soll.«

»Sie sollen uns erklären, warum Sie Alois Straubenhardt und Pater Clemens Bauer umgebracht haben.« Selbst wenn sie keine eindeutigen Beweise hatten, auch Matthias war mittlerweile überzeugt, dass Michael Häußler als Täter durchaus in Betracht kam.

»Sie wollen mich locken, aber ich werde mich nicht locken lassen.« Häußler lächelte in einer herablassenden Art, dass Emma sich innerlich schüttelte.

»Sie wussten, dass Paul Straubenhardt die Hälfte des Weinbergs beim Tod seines Vaters erben würde, und nahezu das gesamte Grundstück, sobald der Pfarrer das Zeitliche gesegnet hat.«
»Und woher soll ich das wissen?«
»Das sagt Paul Straubenhardt«, entgegnete Emma.
»Dann lügt er. Und den Pfarrer kenne ich auch nicht. Oder behauptet er das auch?«
»Nein, das sagt Rosa Gadinger, die uns erzählte, dass Sie mehrmals den Pater im Pfarrhaus aufgesucht haben. Und dabei sei auch ein paar Mal das Wort Testament gefallen.«
»Es sieht nicht gut für Sie aus«, ergänzte Matthias. Er stand auf und ging zum Fenster hinüber. Der Schneefall war in einen Schneeregen übergegangen und nun lag eine graue Matschsuppe über der Stadt und dem Rhein-Neckar-Becken. Schön ist was anderes, dachte er und wünschte sich in den Süden, an ein türkisblaues Meer mit einem wolkenlosen Himmel und einem weißen Sandstrand. Ob es richtig gewesen war, diese Stelle hier anzutreten, mit einem Fall, der schier unlösbar zu sein schien?
»Wie muss das nur für Ihre Kollegen im Institut, in den Forschungseinrichtungen und bei den Ministerien aussehen, wenn einer von ihnen gerade in einer Mordserie befragt wird? Unter einer guten Reputation stelle ich mir etwas anderes vor«, sagte Matthias, zum Fenster gewandt. Er konnte in der sich spiegelnden Scheibe sehen, wie Häußler auf seinen Satz reagierte, während Emma ihm kaum merklich zunickte.
»Ich werde aktenkundig? Das hier ist doch nur eine Befragung.« Häußler war empört.
»Vernehmungen in Tötungsdelikten werden immer dokumentiert, Herr Professor.« Emma hatte sich den Stuhl näher herangeschoben und beugte sich nun Michael Häußler über dem Tisch entgegen.
»Es sei denn ...«

»Ja?« Der Mann, der von jetzt auf gleich nahezu vollständig seine Gesichtsfarbe verloren hatte, wurde hellhörig.
»Versprechen können wir Ihnen natürlich nichts. Aber eine Zusammenarbeit wirkt sich auf jeden Fall positiv für Sie aus.«
»So, und jetzt noch mal von vorne. Kannten Sie nun den Pfarrer oder nicht?« Matthias kam wieder zurück an den Tisch. Doch anstatt auf seinen Stuhl setzte er sich auf eine Kante des Tisches und schaute Häußler über die Schulter hinweg an.
»Ja. Er war ja schon einmal Seelsorger in Burrweiler. Wobei, Seelsorger trifft es wohl nicht ganz.«
»Und woher kannten Sie ihn?«, wollte jetzt Emma wissen und sie schlug ihren Block auf.
»Vor meinem Studium habe ich doch die Ausbildung zum Winzer abgeschlossen.«
»Und?«
»Der Ausbildungsbetrieb war das Weingut von Alois Straubenhardt.«
Emma und Matthias tauschten einen schnellen Blick, ehe Emma sich wieder Michael Häußler zuwandte.
»Wollen Sie jetzt kooperieren oder nicht?«
»Vielleicht sagen Sie uns jetzt endlich mal von sich aus die Wahrheit und warten nicht darauf, bis wir Sie erst fragen.« Matthias war sauer und er hatte keine Lust mehr, sich von Häußler noch weiter vorführen zu lassen.
»Auch wenn ich viel von ihm gelernt habe, der alte Straubenhardt war ein cholerischer Sack, der weder seinen Sohn noch seine Frau wirklich gut behandelt hat. Nie konnte man ihm irgendetwas Recht machen. Vor allem Straubenhardts Frau Hilli hat sehr unter seinen Ausbrüchen gelitten.«
»Und das haben Sie mitbekommen?«
»Ja, aber sie hat es mir auch erzählt und sich bei mir ausgeweint ...«
»Ausgeweint?« Matthias hob die Augenbrauen an.

»Mein Gott, ja, wir waren ineinander verliebt. Es war eine wunderschöne Zeit, sie blühte regelrecht auf, wenn sie mit mir zusammen war. Bis, ja, bis wir erwischt wurden.«
Michael Häußler war unruhig. Er zog sein Sakko aus und hängte es über den Stuhl. Unter den Achseln seines Hemdes hatten sich Flecken gebildet. Auch auf der Stirn zeigten sich erste Schweißtropfen. Er suchte in seiner Hosen- und auch in der Innentasche seines Sakkos nach einem Papiertaschentuch. Als er keines fand, rieb er sich immer und immer wieder seine Hände.
»Und von wem sind Sie erwischt worden? Von Straubenhardt?«
»Was? Nein, vom Pfarrer.« Er stockte. Emma vermutete, er schwelge gerade in Erinnerungen an seine große Liebe, die wie eine Seifenblase in den Händen unwiederbringlich zerplatzt war.
»Wir hatten uns in meinem dritten Lehrjahr unsterblich ineinander verliebt. Insgesamt zwei Jahre waren wir glücklich und konnten unsere Affäre auch vor Alois Straubenhardt geheim halten. Entweder nutzten wir die knapp bemessene Zeit, wenn er gerade nicht im Weingut war, oder wir sahen uns abends an der Kapelle, oben auf dem Berg.« Er seufzte. »Und da hat er uns dann erwischt. Wir saßen auf der Bank vor dem Kirchturm, Händchen haltend, wie man das eben so macht, und genossen den Blick über das Land. Wir müssen wohl so in Gedanken gewesen sein, dass wir ihn nicht haben kommen hören. Und plötzlich stand er da. Mit diesem süffisanten Grinsen. Er meinte nur: ›Die Sünde den Sündern‹ und ›Ihr wisst schon, jeder bekommt das, was er verdient‹.«
»Und was war das?«
»Wir waren noch nicht zu Hause, da kam Alois uns schon auf der Straße entgegengerannt. An den Haaren zog er Hilli ins Haus. Wie mir Paul erzählt hat, muss er sie grün und blau geschlagen haben. Mich hat er vom Hof gejagt. Ich solle mich nie mehr hier blicken lassen. Hilli ist daran zerbrochen. Sie

starb wenige Jahre später, vor Kummer und Sehnsucht ...«
Jetzt war es Häußler, der aus dem Fenster blickte. Er rang um Fassung, während Emma kurz den Raum verließ. Mit einer Box Papiertüchern in der Hand kam sie zurück und stellte sie ihm hin. Er sah sie dankbar an, nahm sich eins und schnäuzte sich kräftig.

»Und ich, ja, ich ging erst nach Berlin, studierte Betriebswirtschaftslehre in Frankfurt und dann noch Weinbau in Geisenheim und jetzt bin ich hier. Aber eins beruhigt mich: Der hinterlistige Pfarrer bekam anscheinend auch, was er verdiente.«

»Von Ihnen?

»Von mir? Hören Sie doch auf. Auch wenn ich ihn liebend gern umgebracht hätte. Allein schon für Hilli, denn er wusste, was für ein schlechter Ehemann Alois Straubenhardt war. Aber nein, wegen ihm hätte ich mir nicht meine Hände schmutzig gemacht. Das wird ein anderer dankenswerterweise übernommen haben.«

»Trotz allem brauchen wir ein Alibi von Ihnen, gerade weil sie ja eben doch einen mehr als triftigen Grund gehabt haben, den Pfarrer vom Kirchturm der St.-Anna-Kapelle zu stoßen.«

»Ich habe kein Alibi. Obwohl ...«, er stutzte. »Wann soll er ermordet worden sein?«

»In der Zeit zwischen 22 Uhr und Mitternacht.«

Michael Häußler atmete erleichtert durch: »Da war ich, na ja, also, ich war in Mannheim, im Club »Paradise«. Ich brauchte einfach ein bisschen Abwechslung nach den letzten Tagen. Das können Sie gerne nachprüfen, wenn Sie wollen.«

»Das werden wir tun. Hatten Sie denn auch wieder mit Straubenhardt Kontakt, seitdem Sie am Institut arbeiten?«

»Nein, außer mit seinem Sohn. Irgendwie hatte ich das Gefühl, dass ich Hilli das schuldig bin.«

»Und mit dem Pater?«, fragte Emma.

»Auch nicht.«

»Herr Häußler, allerletzte Chance. Wir wissen nämlich von einem Streit zwischen Ihnen und Pater Bauer im Weinberg, kurz bevor er vom Kirchturm gestoßen wurde.«
Sie hatten ihn. Entgeistert sah der Professor die beiden Kommissare an, während er unruhig auf seinem Stuhl hin- und herrutschte.
»Das Testament nahm Paul seine ganze Zukunft.«
»Sie meinen wohl Ihre Zukunft.«
»Ich konnte das doch nicht einfach so stehen lassen. Ich wollte nur mit ihm reden. Aber er ließ ja nicht mit sich reden. Wie immer.«
»Und was haben Sie dann gemacht?«, hakte Emma nach.
»Das habe ich Ihnen doch schon gesagt. Ich bin nach Mannheim gefahren.«
»Nachdem Sie ihn ermordet haben, an der Stelle, an der er Sie vor vielen Jahren ins Unglück hat stürzen lassen.«
»Ich war's aber nicht. Das müssen Sie mir glauben. Ja, auch wenn ich allen Grund und vor allem sicherlich auch sehr viel Lust dazu gehabt hätte, ich habe weder Alois noch den Pfarrer ermordet.«
»Kennen Sie eigentlich eine Ruth Martin?«
»Nein, nie gehört. Wer soll das sein?«
»Eine Patientin aus der St.-Anna-Klinik.«
»Ich kenne sie nicht. Sie wird ja wohl unmöglich auch tot sein, oder?« Er schaute die beiden Kommissare an. Sein Blick verriet genau, was er von beiden hielt.
Sei mal nicht so überheblich, du eingebildeter Kerl, dachte Emma. Sie stand auf, ging zur Tür und hielt ihm diese auf. Er wollte gerade an ihr vorbei in den Flur treten, als sie sich ihm leicht in den Weg stellte: »Auch Ruth Martin hat den Pfarrer gekannt. Und jetzt ist sie tot.«

fünfundfünfzig

Es stimmte, Häußler war kurz vor 21 Uhr gekommen und den ganzen Abend im Club geblieben. Das hatten den Kollegen unabhängig voneinander der Türsteher, die Bardame und zwei junge Frauen aus Weißrussland bestätigt, mit denen der Professor über mehrere Stunden zusammen gewesen war. Er hatte das »Paradise« erst gegen 3 Uhr wieder verlassen und diese Uhrzeit konnten die Rechtsmediziner als Tatzeit definitiv ausschließen, da der Pater zu dem Zeitpunkt schon mindestens vier Stunden tot war.
»Wir kommen einfach keinen Schritt weiter.« Emma knallte ihren Blazer auf den Stuhl, der vor ihrem Schreibtisch stand. Nachdem ihre Migräne etwas nachgelassen hatte, war sie nun mit unverminderter Stärke zurückgekehrt und jede Bewegung schmerzte. Körperlich wie seelisch.
»Was sollte das eigentlich auf der Burg?« Auch wenn sie sich zu ausgelaugt fühlte und eigentlich nicht imstande war, jetzt ein solches Gespräch zu führen – Emma wollte und konnte Probleme und Unstimmigkeiten einfach nicht auf die lange Bank schieben. Schon gar nicht, wenn diese Misstöne beruflicher Natur waren. Dafür verbrachte sie zu viel Zeit im Büro, auf der Arbeit, mit ihrem Partner, als dass Dinge unausgesprochen zwischen ihnen stehen dürften. So hatte sie es immer mit Martin Jost gehandhabt und auch mit Matthias würde sie genau so weitermachen.
»Was meinst du?«, fragte er, ohne sie anzuschauen. Er tippte gerade den Vernehmungsbericht zum Verhör mit Michael Häußler und wollte sich eigentlich nicht dabei stören lassen.
»Als ob du alles alleine machen würdest! Phhh …«

»Das habe ich so nicht gesagt.« Jetzt schaute er doch auf. Seine blaugrauen Augen strahlten und eigentlich hätte sie ihm bei diesem Blick nicht länger böse sein können. Doch es ging ihr ums Prinzip. Warum fragte keiner danach, warum er immer pünktlich Dienstschluss machen musste, aber alle regten sich auf, nur weil sie zum ersten Mal nach langer Zeit verschlafen hatte und damit zu spät im Präsidium erschienen war?
»Es kam aber so 'rüber und ich fand das echt blöd von dir. Ich mache dir doch auch keine Szene, wenn du wieder pünktlich das Büro verlassen musst.«
»Weil es dazu auch nichts zu sagen gibt.«
»Findest du nicht, dass ich wissen sollte, was ...«
»Wir müssen den Professor wieder laufen lassen. Der Staatsanwalt hat sich nicht dazu bereit erklärt, ihn noch länger festzuhalten. Die Beweise sind einfach zu schwach.« Hellmann war ohne anzuklopfen ins Büro der beiden gekommen und seiner Miene war anzusehen, dass er ziemlich unter Stress stand.
»Und die Presse scharrt auch schon mit den Hufen. Bisher konnten wir alles mehr oder weniger geheim halten. Aber mittlerweile haben wir drei Leichen, mit dem toten Winzer aus dem Weinkeller im Dezember sogar vier, das ist doch für die Presse ein gefundenes Fressen. Ich sehe schon die Schlagzeilen ...« Hellmann war aufgebracht. Auch wenn er versuchte, es zu verbergen, konnte Emma die Anspannung, die ihren Chef von Kopf bis Fuß ergriffen hatte, förmlich fühlen. Und sie musste aufpassen, wollte sie doch bei ihrer starken Migräne einen klaren Kopf bewahren und sich nicht von seiner Nervosität und seiner inneren Unruhe anstecken lassen.
»Bei euch scheint aber auch etwas in der Luft zu liegen ...« Matthias schaute Emma fragend an. Sie lächelte ihn gequält, aber sicher an. Den Schwarzen Peter ließ sie sich jetzt nicht in die Schuhe schieben.

»Alles in Ordnung. Wir wollten gerade besprechen, wo wir noch ansetzen können. Wissen wir schon Näheres aus dem Labor?« Emma atmete innerlich durch. Sie schaffte es immer wieder, eine heikle Situation abzuwenden oder ein Thema elegant zu wechseln. Fast immer.
»Also wenn ihr beiden etwas zu klären habt, dann tut das jetzt. Verstanden? Wir haben für Unstimmigkeiten jetzt keine Zeit. Ich rufe Bertram an.« Hellmann schlug die Tür hinter sich zu, als er aus dem Büro der beiden Kommissare hinausstapfte.
»So habe ich den auch noch nicht erlebt«, sagte Matthias.
»Ja, er ist nervlich gerade stark angespannt.« Konnte man es ihm verdenken? Irgendwie tat ihr Hellmann leid. Wie konnte sie ihm nur helfen? Und vor allem, was konnten sie tun, um den Fall endlich zu lösen und dem Staatsanwalt, der Öffentlichkeit und der immer lauter werdenden Presse den Mörder zu präsentieren?
Emma hatte sich, bevor sie in ihr Büro gekommen war, eine heiße Schokolade am Automaten in der Küche gezogen. Vielleicht konnte ihr ein Schluck ja auch dieses Mal helfen, ihre Gedanken noch weiter zu spinnen. Nein, im Denken durfte es keine Grenzen geben, gerade dann nicht, wenn sie es vielleicht mit einem eiskalten und berechnenden Mörder zu tun hatten, der jederzeit wieder zuschlagen konnte.
»Warum hast du eigentlich eine Bibel auf deinem Schreibtisch liegen?«, fragte Matthias und zeigte mit seinem Kopf in die Richtung, in der das schwarze, in Leder gebundene Buch lag.
»Ich habe gestern aus dem Safe des Pfarrhauses das Testament von Straubenhardt mitgebracht, das die Kollegen der Rechtsabteilung gerade untersucht haben. Und die Bibel lag auch im Safe.«
»Die Bibel? Warum legt sich ein Pfarrer eine Bibel in seinen Safe?« Matthias lehnte sich nach hinten in seinen Bürostuhl und beobachtete Emma, die ihren Blazer nahm und auf

einen Bügel an der Stehgarderobe hängte, ehe sie wieder zu ihrem Schreibtisch zurückkehrte.

»Ich weiß es auch nicht. Irgendwas muss es ja mit dieser Bibel auf sich haben. Aber ich habe es leider noch nicht geschafft, mich um sie zu kümmern.« Emma fuhr sich durch ihr blondes Haar. Einige Strähnen fielen ihr zurück ins Gesicht, weswegen sie sie hinter ihre Ohren strich. Sie fing an, Unterlagen zu sortieren, während Matthias sie weiter ansah.

»Soll ich das übernehmen?«

»Was?«

»Na, soll ich mir die Bibel näher anschauen?«

»Bist du so gläubig? Das wusste ich ja gar nicht.«

»Du weißt noch so vieles nicht von mir. Und vielleicht gibst du mir ja eine Chance, mich näher kennenzulernen.«

Emma schmunzelte ihn an.

»Du, ganz ehrlich. Ich habe gerade zu viel um die Ohren, um jetzt auch noch etwas mit einem Kollegen anzufangen. Und überhaupt: Interessierst du dich denn eigentlich für mich? So richtig?«

»Ich verstehe dich nicht.« Matthias schaute sie irritiert, fast schon ein wenig treudoof an.

»Lass gut sein.« Sie stand auf, ging um ihren Schreibtisch herum direkt auf ihn zu und gab ihm einen Kuss auf sein Haar. »Und danke, dass du dir die Bibel anschaust. Ich habe es wirklich nicht so mit den ganzen Geboten und Gesetzen.« Sie lächelte ihn an.

»Weißt du, was ich nicht verstehe?« Sie saß wieder auf ihrem Stuhl und griff sich die Akte mit den Aufzeichnungen zum Mord an Alois Straubenhardt.

»Hm?«

»Wenn der alte Winzer doch gar kein so asozialer Mensch war und seinem Sohn die Hälfte seines Weinbergs vererbt hat, wieso sollte er dann den Weinberg der Klinik überschreiben? Das ergibt doch gar keinen Sinn.«

»Vielleicht ja doch.« Hellmann war zurück ins Büro der beiden Kommissare gestürmt und hatte die letzten Worte noch mit aufgeschnappt. Emma und Matthias schauten ihren Chef fragend an.
»Aber dazu gleich mehr. Ich habe gerade mit Bertram gesprochen. Die Frau, diese Ruth Martin, ist definitiv ermordet worden. Also zu 99 Prozent. In ihrem Blut war eine so hohe Konzentration eines Schlafmittels nachzuweisen, dass sie niemals hätte selbst von der Klinik zu Fuß oder mit dem Auto zur Burgruine gelangen und dann auch noch diesen kleinen, holprigen und sehr steilen Weg hinaufsteigen können. Das ist ein Ding der Unmöglichkeit.«
»Das bedeutet ...« Emma malte wieder etwas in ihren Block.
»Jemand muss sie auf die Burg gebracht haben.«
»Ja, oder dahin gelockt haben.« Matthias verschränkte die Arme zwischen Nacken und Hinterkopf und wippte leicht in seinem Sessel.
»Was offenbleibt, ist natürlich die Frage nach dem Grund. Wer kann so eine alte Frau, die ja nahezu täglich auch eines natürlichen Todes hätte sterben können, auf dem Gewissen haben?« Emma brauchte dringend mehr Schokolade. »Ich bin sofort wieder da«, entschuldigte sie sich und lief aus dem Büro in Richtung Küche.
»Kakao?«, fragte Hellmann, dem Matthias mit einem kurzen Nicken seine Annahme bestätigte.
»Magst du auch noch kurz wohin oder können wir weitermachen?« Hellmann, der bis vor wenigen Augenblicken noch gelöst, fast schon erleichtert schien, war die Verärgerung ins Gesicht geschrieben. Er hasste es einfach, während einer so wichtigen Unterhaltung wie dieser gestört zu werden. Selbst wenn Emma der Störenfried war.
»Wie wir wissen, kannten sich Ruth Martin und der Pfarrer. Und genau darin muss die Verbindung liegen«, versuchte Matthias seinen Chef wieder etwas zu beruhigen.

»Was hat die beiden verbunden? Eine Affäre? War sie gar schwanger von ihm und musste das Kind abtreiben?« Hellmann dachte laut.
»Oder es abgeben und es rächt sich jetzt an seinen Eltern für diese Tat, die entgangene Liebe, den Verlust und den Schmerz.«
»Ja, oder die beiden deckten ein Geheimnis, eine lang zurückliegende Schuld, die jetzt gesühnt werden will«, sagte Emma, die mit einer Tasse heißem Kakao in der einen Hand und zwei Schokoladenbonbons in der anderen Hand wieder ins Büro kam. Sie steckte erst Hellmann und dann Matthias ein Bonbon zu, um sich dann mit ihrem Becher, der mit seinem Duft das komplette Büro erfüllte, wieder an ihren Schreibtisch zu setzen.
»Was meinst du?«, fragte Hellmann etwas nuschelnd, weil das Bonbon nicht in seiner Wange bleiben wollte.
»Ich glaube, da steckt etwas mehr dahinter. Eva Rabold hatte da so etwas angedeutet. Zumal, wenn es ein Kind gäbe: Warum sollte es sich dann erst jetzt rächen?«
»Weil es vielleicht erfahren hat, dass es gar nicht das Kind ist, das es immer zu sein glaubte.« Hellmann schien seinen Erfolg merklich auszukosten, denn Emma und Matthias klebten jetzt förmlich an seinen Lippen. Er nahm sich den Stuhl, auf dem eben noch Emmas hingeworfener Blazer gelegen hatte, setzte sich vor die beiden Schreibtische und beobachtete seine beiden Kommissare, die vor angespannter Neugier kurz vorm Platzen waren.
Emma war die Erste, die sich wieder gefangen hatte: »Das heißt, Paul ist gar nicht der Sohn der Straubenhardts?«
Hellmann nickte nur.
»Er war nicht *sein* Sohn. Pauls DNA stimmt nicht mit der des toten Winzers überein.«
»Dann ist die Frage, wer ist sein Vater?« Matthias wippte weiter in seinem Stuhl, was seinen Chef ziemlich nervös

machte. Der strafte ihn dementsprechend auch mit einem maßregelnden Blick.

»Das ist die nächste spannende Neuigkeit, die ich für euch habe.« Hellmann schien seinen Wissensvorsprung sehr zu genießen. »Nun, der Vater von Paul Straubenhardt ist Jakob Gadinger. Das hat der DNA-Test eindeutig ergeben.«

»Was? Wie kann das denn sein?«, fragte Matthias.

»Ja - und wusste Alois Straubenhardt, dass Paul gar nicht sein Sohn war?« Emmas Augen funkelten. Sie schienen endlich eine Spur zu haben, auch wenn diese noch äußerst vage war. Aber immerhin war da etwas, mit dem man weiterarbeiten konnte.

»Er kann es nicht gewusst haben, sonst hätte er doch längst sein Testament geändert«, warf Matthias ein.

»Dazu kam er einfach nicht mehr, denn der Notartermin wäre doch am Dienstag gewesen, einen Tag nach seinem Tod.« Hellmann stand auf und ging zur Notiztafel hinüber. Er schrieb die Namen der Toten sowie der Verdächtigten und der Personen auf, die mit beiden Gruppen in welcher Beziehung auch immer zueinander standen und malte um jede Person einen Kreis. Anschließend verband er die Personen, die bisher miteinander zu tun gehabt hatten.

»Aber von wem hat er es erfahren? Wer hat Straubenhardt gesagt, dass er nicht Pauls Vater ist?«, dachte Emma laut.

»Das kann ja eigentlich nur eine Person sein, die auch von diesem Wissen profitieren konnte.«

»Dann müssen wir herausfinden, wer alles wusste, dass Paul nicht Alois' leiblicher Sohn ist.« Emma war voller Tatendrang. Sie wollte, sie musste jetzt einfach hier raus und weiter die Menschen befragen, die etwas über das Burrweilerer Beziehungsgeflecht wissen konnten. Aber wo sollte sie anfangen? Wer war der Mensch, der das größte Interesse daran haben könnte, dass Alois Straubenhardt von seinem falschen Sohn erfahren sollte.

»Emma, nicht so schnell. Wir dürfen nicht vergessen, dass wir zwei weitere Todesopfer haben. Und wir hier im Raum sind alle überzeugt davon, dass diese, zumindest die letzten drei Todesfälle, eng miteinander verbunden sind.«
»Dann können also der Pfarrer oder die alte Frau nicht die Personen gewesen sein, die Alois von seinem Kuckuckskind erzählt haben«, bemerkte Matthias, der sich mittlerweile nach vorne gebeugt hatte und sich nun mit beiden Armen auf seinem Schreibtisch abstützte.
»Die Wahrscheinlichkeit ist gering, sie ist aber da, wenn wir von zwei Tätern ausgehen, beispielsweise von Mutter und Sohn.«
»Wie meinst du das?«, fragte Matthias seinen Chef, der an dem Flipchart stand und mit seinen Zeigefingern an der jeweiligen Daumeninnenseite kratzte, bis sich die Haut löste und erste Blutstropfen zum Vorschein kamen. Das tat Hellmann immer, wenn er besonders aufgeregt, angespannt oder überempfindlich war.
»Vielleicht wusste die Mutter ja auch all die Jahre nicht, dass Paul ihr Sohn ist, weil sie ihr Kind vielleicht zur Adoption freigeben musste.«
»Und dann erfahren beide die schreckliche Wahrheit und schließen sich als mörderisches Duo zusammen. Die eine ist der Racheengel, der andere der Rächer.«
»Schön gesagt, Emma, aber wäre das nicht zu einfach?« Matthias ging zum Flipchart hinüber, an der immer noch sein Chef stand und vorsichtig bereits gezeichnete Verbindungslinien nachmalte, nahm ebenfalls einen Filzstift zur Hand und umkreiste den Namen »Paul«.
»Ich glaube, er ist unser Dreh- und Angelpunkt. Und wenn wir wissen, wer seine Mutter ist …«
»Sollen wir Straubenhardts Frau exhumieren?«, fragte Emma.
»Ich glaube, wir überprüfen erst einmal das Geburtenregister, wer als Pauls Mutter dort eingetragen ist. Matthias, kannst du das übernehmen?«

»Klar«, erwiderte er knapp und ging wieder zurück zu seinem Platz und wählte die Nummer der Verbandsgemeindeverwaltung in Edenkoben. Es würde jedoch an ein Wunder grenzen, um diese Uhrzeit noch einen Mitarbeiter dort anzutreffen.

»Emma, kannst du bitte noch zu den Gadingers fahren? Es wird ja langsam Zeit, dass wir nun von denen auch mal die Wahrheit hören«, sagte Hellmann.

Emma war immer noch wie vor den Kopf gestoßen. Paul Straubenhardt war der Sohn vom Gadinger. Wenn dem so wäre, dann konnte Rosa Gadinger die Person auf dem Flipchart sein, die Alois Straubenhardt die Wahrheit über seinen Sohn erzählt hat. Oder sie war die Person, die sich an den Menschen rächte, die ihr ein unvorstellbares Leid zugefügt hatten, weil sie ihr das Wichtigste genommen hatten, was es für eine Frau auf der Welt gab: das eigene Kind. Und damit war Rosa Gadinger von jetzt auf gleich von einer bemitleidenswerten Winzergattin zu einem potenziellen Racheengel geworden.

sechsundfünfzig

Wie erwartet war niemand mehr in der Verbandsgemeindeverwaltung zu erreichen. Er würde direkt morgen früh die zuständige Mitarbeiterin kontaktieren, um die Familienverhältnisse der Straubenhardts und Gadingers zu klären. Wenn sie sich denn klären ließen, dachte Matthias. Er legte seinen Kopf in beide Hände und atmete tief durch. Immerhin konnte es ja gut sein, dass Paul schon bei der damaligen Eintragung ins Geburtenregister eine ganz andere Identität bekommen hatte. Wer auch immer derjenige war, der das Schicksal eines Menschen so nachhaltig beeinflusst hatte, er oder sie wird schon seine Gründe dazu gehabt haben, dachte Matthias.

Viel wichtiger war die Erkenntnis, dass Paul der Sohn des alten Gadinger war. Ob Gadinger das wusste? Und wenn ja, wie hätte er das so lange geheim halten können, wenn sein Sohn mit ihm Tür an Tür wohnte? Daher sprach also doch sehr vieles dafür, dass die Gadingers, ging man davon aus, dass Hilli Straubenhardt Pauls leibliche Mutter gewesen war, nicht die Wahrheit kannten. Aber warum wussten sie das nicht? Gab es einen geheimen Plan, eine Abmachung zwischen beiden Familien, die jetzt, warum auch immer, von einer Partei aufgekündigt worden war - mit fatalen Folgen?

Matthias wollte nach Hause. Er hatte keine Lust mehr, seine Gedanken waren sowieso längst bei einem anderen, bei einem ganz besonderen Menschen. Und doch musste er sich noch etwas konzentrieren, wenigstens für eine Stunde, wenn überhaupt, da es bereits kurz nach 17 Uhr war.

Er ging noch einmal zum Flipchart. Die Namen schrien ihn regelrecht an. Paul und Alois Straubenhardt. Die Gadingers. Der Pater, Clemens Bauer. Ruth Martin. Irgendetwas ging hier einfach nicht mit rechten Dingen zu. Als hätte der Teufel höchstpersönlich seine Finger im Spiel.

Er schaute durchs Fenster. Die Straße war bereits erleuchtet und auch in den gegenüberliegenden Fenstern brannte Licht. Familienväter kamen nach Hause, Mütter bereiteten das Abendessen vor und die Kinder spielten oder erledigten letzte Hausaufgaben, ehe sich alle am gedeckten Tisch trafen und jeder von den Erlebnissen des Tages berichtete.

Wie muss sich das anfühlen, einer Familie von seinem Leben zu erzählen, die gar nicht die eigene Familie war? Oder viel schlimmer: von einem Leben, das einem gar nicht gehörte. Augenblicklich musste Matthias an den Pater denken, als sein Blick auf die Bibel fiel.

Eigentlich war er kein besonders gläubiger Mensch. Nein, seinen Glauben hatte er verloren, seit ihm das Schicksal so übel mitgespielt hatte. Immer und immer wieder stellte er sich die eine Frage nach dem Warum. Warum war er an diesem Morgen nur schon so früh gegangen, warum hatte er überhaupt das Haus verlassen? Warum hatten sie sich gestritten, über etwas völlig Banales und warum hatte er es dann vor lauter Stolz nicht übers Herz gebracht, sich zu entschuldigen und sich zu verabschieden? Warum hatte er nicht noch einmal »Ich liebe dich« gesagt? Wenn er nur gewusst hätte, dass es die letzte Möglichkeit gewesen wäre.

Warum musste er sich jetzt damit befassen? Aber die Wahrscheinlichkeit, dass er etwas in der Bibel finden würde, was die Ermittlungen entscheidend voranbringt, war nahezu gleich null. Auch wenn es schon spät war und er sich beeilen musste, wie er mit einem raschen Blick auf seine Armbanduhr feststellte, verspürte er plötzlich einen ungeheuerlichen Durst auf Kaffee.

Er ging in die Küche – erste Kollegen verabschiedeten sich auf dem Flur bereits in den Feierabend – nahm sich einen Becher aus dem Schrank, stellte ihn in die Automatenöffnung und drückte gleich dreimal den Knopf für Espresso. Er trank ihn am liebsten schwarz und ohne Zucker.
Wie konnte man nur keinen Kaffee mögen? Er dachte an Emma, seine neue Kollegin, seine Partnerin, mit der er jetzt mehr Zeit verbrachte als mit ... Ja, womit eigentlich ...? Und ein Schauer von Scham und Selbstmitleid durchfuhr ihn.
Nein, er war eigentlich kein Mensch, der nah am Wasser gebaut war. Aber warum auch immer – es war wieder so eine verflixte Warum-Frage – ihm schossen die Tränen in die Augen. Hoffentlich sieht mich jetzt keiner und spricht mich an, dachte er und ging mit gesenktem Kopf über den Flur zurück in sein Büro.
Der Raum war wohlig warm. Die beiden Schreibtische, die von Metallschränken im Rücken der Bürosessel eingerahmt wurden, standen dominierend im Raum. Während sein Stuhl leer war und darauf wartete, wieder von ihm benutzt zu werden, lag über Emmas Stuhlrückenlehne ihr Schal mit dem typischen Glencheckmuster. Der Schal sah schon etwas getragen aus – es war das Kleidungsstück, das sie am häufigsten trug, wie sie stets mit einem Lächeln betonte – und er wirkte, wie er so verkrumpelt da lag, wie lieblos hingeworfen. Und so fühlte sich auch Matthias an diesem späten Donnerstagnachmittag. Unbeachtet, gleichgültig, einsam.
Er wollte keinen falschen Eindruck vermitteln, hätte er jemandem von seinem Leben erzählen dürfen. Ihm ging es körperlich gut, er hatte viele Freunde, ein starkes soziales Umfeld, einen Beruf, der ihn ausfüllte und der ihm Spaß machte, und er genoss die Stunden beim Tanzen. Früher stand er noch selbst mit seiner Partnerin auf dem Parkett und tanzte sich von Sieg zu Sieg, heute trainierte er die Formationstanzgruppe des TSC Blau-Gelb Royal Mannheim.

Und trotz allem war er nicht mehr er selbst. Seit diesem Tag war nichts mehr so, wie er es für sein Leben gebraucht hatte. Er musste und wollte es für immer festhalten, um selbst zu überleben.
Und wie war es jetzt? Jetzt wurde er geliebt, in Liebe zweifelsohne, und trotzdem blieb kein Raum, kein Platz mehr für ihn und seine Bedürfnisse. Womit hatte er das nur verdient? Wieso durfte er nicht glücklich sein? Ein bisschen träumen darf doch erlaubt sein ...
Und jetzt hatte er doch Emmas Schal in seiner Hand und roch daran. Sie duftete so gut, so sinnlich, so nach Leben, schwelgte er, um im nächsten Augenblick vor Schreck den Schal zurückzuwerfen.
Er wischte sich die Hände an seiner Jeans ab. Immer und immer wieder. Er riss die oberste Schublade seines Rollcontainers auf und suchte verzweifelt. Hier muss es doch irgendwo sein. Er suchte und kramte, hielt Unterlagen und Ordner hoch, um mit der anderen Hand darunter zu fühlen, ob es sich da versteckt hatte. Er atmete tief durch, als er es endlich in seiner Hand hielt. Er nahm vorsichtig die kleine Kappe des Eau de Toilette ab und sprühte es erst auf seine Haare, dann auf seinen Nacken und zuletzt auf seine Hände. Das Zeug stank erbärmlich, es war irgendein Billigduft aus dem Discounter, aber es ließ jeden vorher dagewesenen Geruch verschwinden, wie er erleichtert bemerkte, während er unablässig seine Hände aneinanderrieb.
Es war höchste Zeit, er musste schon bald los, wie er mit Erschrecken feststellte, und so nahm er die in Leder eingebundene Bibel zur Hand, um sie durchzublättern. Seite für Seite sah er sich genau an, doch es war nichts zu finden. Weder eine Eintragung, eine Markierung, eine Bleistiftnotiz noch ein Eselsohr. Er war schon beim Buch Hiob, als seine Augen immer schwerer wurden. War das nicht eigentlich die Aufgabe eines Praktikanten, fragte er sich, als er die Psalmen aufschlug. Auch hier wieder das Gleiche: Es gab

einfach keinen Hinweis auf irgendetwas, was für die Ermittlungsarbeit von Relevanz gewesen wäre. Die Bibel schien wirklich nur für den Pater eine Bedeutung gehabt zu haben, vielleicht, weil sie seine allererste Bibel gewesen war oder weil er sie von seinen Eltern zur Priesterweihe geschenkt bekommen haben könnte und er mit ihr etwas ganz Besonderes verband.
Er wollte die Bibel schon zurück auf den Schreibtisch legen, als er sie noch einmal von allen Seiten in Ruhe betrachtete. Das Gold des Blattschnitts war an manchen Stellen bereits verblasst und ergraut und der Ledereinband war leicht aufgeraut und abgegriffen vom häufigen Gebrauch. Ansonsten sah die Bibel immer noch tadellos, fast jungfräulich aus. Besonders das schwarze Leder des Einbandes faszinierte ihn. Es war nicht ganz glatt, sondern wies eine leichte Maserung auf, die er mit seinen Fingerkuppen sehr gut spüren konnte. Während die Vorderseite eben war, wie eine zweite Haut, konnte Matthias auf der Rückseite eine leichte Erhebung fühlen. Es war, als hätte die Bibel dort eine Kante, die mit dem bloßen Auge nahezu nicht zu erkennen war.
Was konnte das nur sein, dachte er und schlug die Bibel erneut auf. Doch dieses Mal nur die beiden Buchdeckel. Seine Neugier war geweckt und so löste er vorsichtig den Ledereinband von der Bibel. Als er die Bibel herausgenommen hatte, schaute er sie sich erneut ganz genau an, doch wieder war nichts zu erkennen. So nahm er den Einband, der innen mit einer zarten Samtschicht ausgelegt war. Er schaltete seine Schreibtischlampe an und hielt den Ledereinband unters Licht, um sich die Innenseite noch genauer ansehen zu können. Und da war es. Auf der Seite des Einbands, der den Rückendeckel der Bibel bedeckt hatte, befand sich eine kleine Einstecktasche. Vorsichtig steckte er zwei Finger hinein. Matthias' Puls stieg, als er plötzlich etwas ertasten konnte, was sich wie zusammengefaltetes Papier anfühlte. Er griff mit seinen beiden Fingern danach und holte

vorsichtig das Dokument hervor. Es waren vier sehr dünne, bereits leicht vergilbte Blätter, die beidseitig handschriftlich beschrieben waren. Matthias vermutete eine Frau als Verfasserin, so sauber waren die Schwünge der Buchstaben gezogen. Ob der Pfarrer doch eine Geliebte oder gar eine feste Freundin gehabt hatte, grübelte Matthias und las die erste Seite, die mit Psalm 37, Vers 29 begann: *Die Gerechten werden das Land besitzen und darin wohnen für alle Zeiten.*

Aber was war das für ein Text, dachte er, da die Zeilen einfach keinen Sinn ergaben, nicht im eigentlichen Sinne, denn sie erzählten schon eine Geschichte, aber die einer Frau, die für ihren Beruf brannte, ihn mit Leidenschaft ausübte und dank ihm Leben schenken konnte: Sie ist oder war eine Hebamme. So viel stand fest.

Aber was sollten diese Aufzeichnungen, diese Lebensgeschichte in einer Bibel? War sie etwa die Frau, mit der der Pfarrer ein Verhältnis gehabt hatte und für die er Burrweiler damals hatte verlassen müssen?

Je weiter er las, desto sinnloser schienen ihm diese Zeilen vorzukommen. Sie hatten einfach keinen Aussagewert. Es waren Tagebucheintragungen einer anscheinend glücklichen und von ihrem Beruf erfüllten Frau. Die Enttäuschung stieg, als er auf der letzten Seite angelangt war. Diese jedoch war die einzige Seite, die kaum beschrieben war. Sie begann mit dem vierten Vers aus dem fünften Kapitel des Matthäusevangeliums: *Selig sind die Trauernden; denn sie werden getröstet werden.* Dann war die Seite leer. Nur am unteren Rand des Blattes hatte die Verfasserin noch etwas notiert. Dieses Mal war die Schrift jedoch nicht so sauber und akkurat wie auf den sieben Seiten zuvor:

»Diese ach so dummen Jungs, was haben die 3 nur für schwere Schuld auf sich geladen. Und was taten wir? Wir versuchten, sie zu retten und haben damit die Hölle heraufbeschworen …

Und dann kam er, der Tag der immerwährenden Hölle.
Es war der Tag meines Untergangs, als ich zu spät zu den Straubenhardts kam. Es fehlte ihm an Luft. Zwei Tage kämpfte es und dann war es nur noch tot.
Tot, tot, tot.
Und ich höre es heute noch schreien. So, wie sie geschrien hat, als wir meinten, Gott spielen zu müssen.
Es war der 15. 8. 1968. Mariä Himmelfahrt.«

siebenundfünfzig

Die Nacht hatte sich bereits sanft über die Rheinebene und das angrenzende Pfälzer Hügelland gelegt. Der Feierabendverkehr auf der A 65 war dicht und Emma musste sich stärker konzentrieren als sonst. Sie war eigentlich eine rasante Autofahrerin, die stets aufpassen musste, nicht einem riskanten Leichtsinn zu verfallen. Doch heute Abend gab es keine Gelegenheit, ihren Mini auszufahren, rechts zu überholen, wenn auf der linken Spur mal wieder jemand stoisch 90 Stundenkilometer fuhr, oder während der Fahrt zu telefonieren, zu trinken und sich gleichzeitig auch noch einen losen Dutt zu binden, wenn ihr die Haare wieder einmal ins Gesicht fielen und ihr so die Sicht beeinträchtigten.

Schon von Weitem erkannte sie die erleuchtete St.-Anna-Kapelle. Emma erreichte kurz vor 20 Uhr das Anwesen der Gadingers. Das Weingut der Straubenhardts nebenan lag völlig im Dunkeln und auch im Hause der Gadingers brannte nur im Wohnzimmer schwach ein gedimmtes Licht.

Emma atmete kurz, aber tief durch, als sie aus ihrem Wagen stieg, zum Haus hinüberlief und die Klingel betätigte. Sie wusste, sie würde einer bereits gebrochenen Frau noch einmal das Herz brechen müssen. Auch wenn sie ihre Arbeit so sehr liebte, ohne sie sogar nicht mehr leben konnte – Nachrichten zu überbringen, deren Inhalt und Auswirkung nicht mehr rückgängig gemacht werden konnten, war das, was sie an ihrem Beruf am meisten hasste. Aber es gab keine Alternative, sie musste da durch, wenngleich es sie eine große Überwindung kostete.

»Guten Abend, Frau Gadinger«, sagte sie daher auch mit gedämpfter Stimme, als die Tür vorsichtig geöffnet wurde.
»Ach, Sie sind es. Ich dachte, es wäre mein Mann. Aber er konnte es eigentlich gar nicht sein, die Gemeinderatssitzungen sind gewöhnlich nicht vor 23 Uhr zu Ende«, erwiderte Rosa Gadinger. Sie musste viel geweint haben, denn ihr Gesicht war verquollen und unter ihren Augen zeichneten sich bereits tiefe Ränder ab. Ihr Haar war verstrubbelt und sie wirkte noch gräulicher als tags zuvor. Es hatte fast den Eindruck, dass sie sich an der Tür abstützen musste, um nicht umzufallen.
»Ist alles in Ordnung?« Emma war besorgt. Sollte sie morgen noch einmal wiederkommen und die Frau sich erst einmal erholen lassen? Auf der anderen Seite war Rosa Gadinger, auch wenn Emmas Intuition ihr etwas anderes sagte, mittlerweile in den Kreis der möglichen Verdächtigen aufgestiegen und da galt es, keine unnötige Zeit zu verlieren.
Rosa Gadinger nickte stumm. »Es geht schon. Die Todesfälle …, also mich haben die vergangenen Tage doch etwas mitgenommen.«
»Darf ich trotzdem reinkommen? Ich müsste mit Ihnen sprechen.« Das »leider« verkniff sich Emma und folgte ihr lieber durch den Flur in den Wohnbereich. Hier müsste auch mal wieder gelüftet werden, dachte Emma. Aber sie wollte der Frau gerade jetzt nicht zu nahe treten. Rosa Gadinger schien ganz andere Sorgen zu haben, als sich um ihr Äußeres oder das Lüften ihrer Wohnräume Gedanken zu machen.
Das gedimmte Licht, das Emma vom Innenhof des Weinguts aus gesehen hatte, kam von einer Stehlampe mit Fransenschirm, die vielleicht zuletzt in den 60er-Jahren modern gewesen war. Ein deckenhoher Schrank, der die eine Wand des Wohnzimmers komplett ausfüllte, dominierte den Raum, welcher schon durch seine tief hängende Decke erdrückend wirkte.

Emma fühlte sich unwohl und sie war froh, dass dieser Besuch nicht so lange dauern würde. Zu schrecklich war das, was sie ihrer Gastgeberin gleich zu sagen hatte. Und auch Rosa Gadinger hoffte inständig, aus diesem Albtraum endlich aufzuwachen. Doch sie wusste, dass dieser nie enden würde. Dass sie gerade erst mittendrin war. Und dass das Schlimmste sogar noch kommen sollte.
»Geht es wieder um die tote Frau von Neuscharfeneck?«, fragte sie mit schwacher Stimme. Sie blickte Emma mit leeren, kalten Augen an.
»Auch. Wir ermitteln in alle Richtungen. Aber wir müssen davon ausgehen, dass sie ermordet worden ist.«
Rosa Gadinger zeigte keine Mimik. Ihr Blick blieb starr auf Emma hängen. Sie schluckte kurz.
»Sie kannten ja die Frau, nicht wahr?« Erst jetzt bemerkte Emma, dass im Hintergrund leise das Radio lief.
»Ja.« Rosa Gadinger nickte. »Ich habe ihr des Öfteren mal etwas vorgelesen. Sie war immer sehr dankbar dafür, weil sie ja nie bei den Therapiestunden mit den Babys mitmachen wollte.« Jetzt schaute sie Emma wieder bewusst an. »Sie war ja früher die Hebamme hier im Ort. Sie hat ja auch meinen Sohn Simon …« Und wieder musste die Frau schlucken. Sie kämpfte mit den Tränen. Als diese dann doch flossen und sie kein Taschentuch griffbereit liegen hatte, nahm sie ihren Handrücken und wischte sich die Tränen damit ab.
»Was ist damals eigentlich mit Ihrem Sohn passiert?«, fragte Emma so behutsam wie möglich, auch wenn sie wusste, dass man bei einem solchen Thema nie behutsam genug sein konnte. Das, was Eltern, insbesondere Mütter, beim Tod ihres eigenen Kindes erlebten, das konnte niemand, der nicht selbst ein Kind verloren hatte, auch nur ansatzweise nachempfinden.
»Er hat sich damals von St. Anna gestürzt.« Plötzlich schien Rosa Gadinger gefasster zu sein, als Emma erwartet hatte. »Und er war nicht der Einzige.«

»Frau Rabold hatte da so etwas angedeutet …«
»Ach, wusste sie es auch schon die ganze Zeit? Ist ja toll, alle haben es gewusst und nichts unternommen, sondern diesen Dreckskerl auch noch gedeckt. Und ich auch, bis ich vor ein paar Tagen von seinen abscheulichen Taten erfahren habe. Aber da war es schon zu spät.« Sie drückte mit Zeigefinger und Daumen ihrer rechten Hand so fest in die Spanne ihrer linken Hand, dass sich ein tiefroter Abdruck bildete, der bereits ins Bläuliche überging.
»Dieser widerliche Hund! Jahrelang hat er sich an ihnen vergangen, um dann hier wieder aufzutauchen, als wäre nichts gewesen. Töten sollen hätte man ihn.«
»Sie wurden noch kurz vor seinem Tod in der Kapelle gesehen …«
»Deshalb kommen Sie hierher, um mir mitzuteilen, dass sie mich verdächtigen, ihn getötet zu haben?« Rosa Gadinger schüttelte unentwegt den Kopf. Und wieder waren ihre Augen mit Tränen gefüllt, nur dieses Mal waren es Tränen der Wut. »Was haben Sie damals eigentlich unternommen, als die ersten Verdächtigungen aufgekommen sind? Als alle schon von ihm und seinen pädophilen Gelüsten wussten? Weggeguckt habt ihr alle und euch blenden lassen, von seinem Charme, seiner Rhetorik, seiner Macht.«
»Frau Gadinger, ich weiß …«
»Nein«, zischte jetzt Rosa Gadinger. »*Sie* wissen gar nichts. Und ja, ich war noch oben in der Kapelle und habe ihn zur Rede gestellt. Ich wollte ihm einmal alles das sagen, was er ist und was er verdient hat. Aber ich habe ihn nicht getötet. So sehr ich ihm das auch gewünscht habe, ich konnte es einfach nicht. Und ich habe all die Jahre für den Mann gearbeitet, der meinen Sohn auf dem Gewissen hat. Ist das nicht schlimm?« Rosa Gadinger schluchzte.
»Es tut mir leid.«
»Was tut Ihnen leid? Dass heute immer noch nichts gegen diese verdammten Pädophilen getan wird?« Rosa Gadinger

stand auf, ging zur Schrankwand hinüber, nahm ein eingerahmtes Bild in die Hand und streckte es Emma entgegen. »Hier, schauen Sie ihn sich an. Das ist mein Simon. Er war ein so fröhlicher, ein immer lachender, ein so lieber Junge. Er hat mein Leben erst lebenswert gemacht. Was war ich froh, ihn zu haben ...« Wieder kullerten ihr die Tränen die Wangen hinunter. Emma stand auf, ging zu ihrer Handtasche, die sie auf einem Stuhl im Esszimmer abgelegt hatte, holte ein Päckchen Papiertaschentücher hervor und reichte es Rosa Gadinger. Diese nickte nur und zog direkt zwei Taschentücher heraus. »Er war mein größtes Glück. Und mein einziges.« Sie ging zum Radio hinüber, das auf dem TV-Tisch stand, und drehte es lauter. Gerade lief ihr Lieblingslied »Mein Herz« von Beatrice Egli. Sie summte leise mit, als der Refrain durch die Boxen klang. Sie mochte diese junge, sympathische und so natürlich wirkende Schweizerin, deren Musik sie oft aus ihren manchmal trüben Gedanken befreite und deren offensichtliche Lebensfreude sie ermutigte, weiterzuleben.

»Das heißt ...« Emma stockte. Die Frage, wer Paul Straubenhardts Mutter war, hatte sich gerade erledigt. Rosa Gadinger war es definitiv nicht, so viel stand fest. Und trotzdem würde sie noch einmal gezielt nachfragen müssen. Und auch ein DNA-Abgleich würde aller Wahrscheinlichkeit nach morgen fällig werden.

»Ja, es war ein Unfall. Wollen Sie mich jetzt dafür verurteilen?«

»Wie kommen Sie darauf?«

»Sie schauen so entsetzt.« Rosa Gadinger drehte das Radio wieder leiser. Sie ging zurück zum Sofa und setzte sich, während sie Emma unvermindert anschaute.

»Und im Nachhinein war es der beste Unfall, der mir in meinem Leben je hätte passieren können. Einen weiteren gab es nicht.« Sie schaute aus dem Fenster zum Hof ins Dunkel der Nacht. Weder der Mond noch die Sterne zeigten sich, und

auch das Licht der Straßenlaterne vor dem Haus reichte nicht bis in den Innenhof. Das Einzige, was sie sah, war das sich in der Scheibe spiegelnde Wohnzimmer, in dem zwei Frauen saßen. Während die eine interessiert, vielleicht ein wenig besorgt, aber auf jeden Fall lebendig und stark wirkte, sah sie im Spiegelbild noch eine Frau, die genau das Gegenteil von dem war: entkräftet und von Schmerzen ausgezehrt. »Ich weiß nicht, wie ich es sagen soll, aber es gibt da etwas, dass ich Ihnen sagen muss. Und es hat mit Ihrem Mann zu tun.«
»Mein Mann ist doch im Gemeinderat.«
»Ja, aber es betrifft auch Sie. Haben Sie wirklich nur ein Kind gehabt?«
Rosa Gadinger schaute Emma wie entgeistert an: »Ja, Simon war unser einziger Sohn.«
»Das ist leider nicht ganz richtig. Wir haben festgestellt …«
»Jetzt sagen Sie schon«, drängte Rosa Gadinger.
»Wir haben festgestellt, dass die DNA Ihres Mannes und die von Paul Straubenhardt zweifelsfrei belegen, dass die beiden Vater und Sohn sind. Und da dachten wir …«
»Nein, nein, nein«, kreischte Rosa Gadinger. »Hört das denn niemals auf?« Als ob ihre Worte ein letztes Aufbäumen gewesen war, fiel sie jetzt wie ein Kartenhaus in sich zusammen. Sie hatte sich beide Hände ins Gesicht geschlagen und zitterte.
Emma, die überlegte, wie sie jetzt am besten und vor allem angemessen reagieren sollte, stand von ihrem Platz auf, ging zu Rosa Gadinger hinüber und setzte sich neben sie. Vorsichtig legte sie ihren Arm um die Frau und drückte sie ganz leicht an sich. Es war jetzt ihr Moment und sie sollte erzählen, wenn ihr danach war. Auch wenn Rosa Gadinger damit trotz allem immer noch nicht entlastet war. Leider.
»Tja, das ist der Preis, den man für sein größtes Glück bezahlen muss«, sagte Rosa Gadinger, als sie sich wieder etwas beruhigt und ihre Stimme wiedergefunden hatte.
»Ich verstehe Sie nicht so ganz. Meinen Sie Ihren Mann?«

»Ja.« Rosa Gadinger nickte. »Es war Weinfest hier in Burrweiler und na ja, da ist man gut drauf, hat Spaß, tanzt viel, trinkt noch viel mehr und da ist es eben passiert.« Sie schaute Emma an: »Ich bin von ihm schwanger geworden.«
»Von Jakob Gadinger?«
Wieder nickte sie. »Es war eine wilde, aufregende Zeit, so mit Anfang 20. Damals. Wir waren eine tolle Clique. Die drei Winzersöhne und wir drei Mädels, die Hilli, die Eva und ich. Hilli war damals auch schwanger, kurz nach dem Weinfest. Tja und heute sind drei von uns schon tot. Eva Rabold hat sich total zurückgezogen und mein Mann und ich ...« Sie brach ab. Emma spürte, wie sich das Zittern in ihrem Arm wieder verstärkte. Dann muss also doch Hilli Straubenhardt Pauls Mutter gewesen sein. Ob Rosa Gadinger von der Affäre ihres Mannes wusste? Und wenn Hilli Straubenhardt parallel schwanger gewesen war, dann muss Jakob Gadinger seine damalige Freundin Rosa mehr oder weniger während des Weinfestes, also während dieser wilden, aufregenden und angeblich ja so glücklichen Zeit, hintergangen haben. So idyllisch das Dorfleben dank bestimmter Landschaftsmagazine, Fernsehreportagen und Reisesendungen auch war, wenn es um Neid, Eifersucht und Verrat ging, da standen romantisch anmutende Weinorte einer anonymschnelllebigen Stadt in nichts nach.
»Wenn ich so indiskret sein darf: Warum haben Sie und Ihr Mann nicht wieder versucht, ein Kind zu bekommen?«
»Als Simon starb, da war ich über 40. Wer bekommt da noch ein Kind?«
»Und vorher?«
Und jetzt fing Rosa Gadinger bitterlich an zu weinen. »Seit Simons Geburt hat er mich nie mehr angerührt.«
»Sie sind eine attraktive Frau ...«
»Vielleicht war ich das mal. Danke.« Sie lächelte schwach. »Aber was zählt das schon, wenn er mich nie geliebt hat.« Sie schniefte erneut.

»Er hat sie nicht geliebt? Warum haben Sie ihn dann geheiratet?«
»Weil es sich nicht gehörte, eine Frau zu schwängern und sie dann einfach sitzenzulassen. Nicht hier in der Pfalz. Nicht in Burrweiler.«
»Aber sagten Sie gerade nicht, dass Sie ein Paar waren?«
»Wir sechs hatten alle Spaß, und in der Nacht des Weinfestes ist halt was passiert zwischen uns. Etwas Einmaliges. Aber geliebt hat er mich nie. Sein Herz gehörte einer anderen.«

achtundfünfzig

ROCKENHAUSEN/PFALZ, FEBRUAR 1969

Sie stand mit ihrem Koffer am Bahnhof in Rockenhausen und wartete auf die Regionalbahn, die sie über verschiedene Umsteigestationen nach Edenkoben bringen sollte. Sie wollte, sie musste, so schnell es nur irgendwie ging, wieder an die Südliche Weinstraße zurück. Nach Burrweiler. Ein halbes Jahr war es jetzt her, dass sie ihr Kind zur Welt gebracht hatte. Doch eigentlich war es *sein* Kind. Der Bastard eines Teufels.

Doch damit nicht genug. Warum hatten sie auch noch ihr Herz durchbohren müssen, als sie ihr das Neugeborene aus den Händen gerissen hatten? Sie kämpfte gegen die aufkommende Wut, gegen die tiefe Verzweiflung, gegen den aufgestauten Hass.

Sie war noch ganz benommen von der Anstrengung der Geburt gewesen, als sie gespürt hatte, wie ihr jemand eine Spritze in die Armvene stach. Sie hatte sich noch wehren wollen, doch sie war längst nicht mehr Herrin ihres eigenen Körpers gewesen. Langsam, aber stetig war sie in ein Zwischenreich hinweggedämmert. Eine Welt, in der sie schwebte, fast schon flog, in der alles bunt und so leicht war. Und in der sie sich zum ersten Mal geborgen fühlte.

Umso härter, schmerzvoller, rücksichtsloser war der Aufprall in der Wirklichkeit. Und ihre Wirklichkeit war die Psychiatrische Anstalt der Nordpfalz in Rockenhausen gewesen. Soviel hatte sie in den sechs Monaten herausbekommen. Ansonsten wurde sie abgeschottet, isoliert, alleingelassen. Mit sich und der Trauer und der immerwährenden Frage nach dem Warum. Was hatte sie nur verbrochen, dass sich der liebe Gott so von ihr abgewandt hatte? Schlimmer noch: Sie dabei auslachte, wie sie versuchte, ihr Schicksal anzunehmen, um dann, wenn sie es akzeptiert hatte, noch eine Schippe obendrauf zu legen. Es ihr noch schwerer zu machen und sich an ihrem Leid zu erfreuen. Warum half er ihr nicht? Wo waren alle die, die christliche Nächstenliebe, Barmherzigkeit und Mitmenschlichkeit predigten? Wo waren ihre Eltern, deren einziges Kind sie war, so wie das Baby ihr einziges Kind gewesen war.

Sie hatte ihre Eltern ein letztes Mal vor ihrer Abfahrt nach Rockenhausen besuchen wollen. Obwohl es eigentlich kein Besuch gewesen war, sondern die letzte Möglichkeit, das Rad des Schicksals noch anzuhalten. Sich zu befreien. Der Pater hatte sie in seiner gespielt liebenswürdigen und ach so hilfsbereiten Art nach Hauenstein zu ihren Eltern gefahren. Sie wollte unbedingt wieder nach Hause, dringender als je zuvor. So hatte sie an der Haustür geklingelt. Ihre Eltern waren bereits in einem hohen Alter und gebrechlich und schwach durch die viele harte Arbeit in der Ledermanufaktur. Doch das Schlimmste für sie war es, dass ihre Tochter nicht das Kind gewesen war, das sie sich immer gewünscht hatten. Daran waren sie zerbrochen.

»Hallo Papa«, hatte sie mit dünner Stimme gesagt, als ihr Vater endlich die Tür geöffnet hatte. Er wollte sie schon schließen, als sie sie mit ihrer rechten Hand aufhielt. Ihre Augen schrien *Bitte,* als er sie ansah.

»Ich kenne dich nicht. Wer bist du …«

»Ich bin deine Tochter.«

»Ich habe keine Tochter. Nicht mehr …«

»Aber es ist doch mein Kind, dein Enkel.« Sie hatte gegen ihre Tränen angekämpft, doch es hatte nichts genutzt. Sie hatte bitterlich geweint. »Es ist mein Leben.«

»Das hättest du dir vorher überlegen müssen. Wir haben dich immer gewarnt. Und du wolltest ja nicht auf uns hören. Du hast Schande über unsere Familie gebracht. Du hast unsere Herzen gebrochen. Hier ist kein Platz mehr für dich. Deine Mutter liegt deswegen im Sterben.« Und dann war die Tür auf immer und ewig ins Schloss gefallen.
Erneut füllten sich ihre Augen mit Tränen, als die letzten Erinnerungen an ihre Eltern sie überfluteten. Und nicht nur an ihre Eltern. Auch an ihr Kind.
Wieder und wieder hatte sie weinen müssen, um ihr Kind, aber auch um sich selbst, bis sie keine Tränen mehr hatte. Bis sie nicht mehr imstande war, überhaupt noch zu irgendetwas fähig zu sein. Und wenn es nur das Weinen gewesen wäre.
Nachdem sie in den ersten Wochen mit einer rauen, unbändigen Aggressivität auf ihr neues Umfeld, ihre Pfleger und die Ärzte reagiert hatte und man sie daraufhin ruhiggestellt hatte, war sie in den letzten Wochen ihres Aufenthalts in eine tiefe Depression verfallen, aus der es kein Entrinnen zu geben schien. Die Ausweglosigkeit ihres Daseins hatte sie aufgefressen, während ihr sonst alles gleichgültig zu sein schien. Ihr Körper war ausgemergelt, die Kleider hingen an ihr herunter wie die Lumpen an einer Vogelscheuche, ihre Haare waren stumpf und platt und ihre vormals frische Ausstrahlung hatte sich in ein bemitleidenswertes Grau gewandelt.
Doch wer sie nicht kannte und sie für einen flüchtigen Moment zum ersten Mal sah, der konnte immer noch ihre Schönheit sehen. Auch wenn diese tief verborgen, fast schon verschüttet war, so war sie doch da. Als ob selbst der liebe Gott es nicht vermochte, sie ihr wieder wegzunehmen. Sie zu löschen. Sie zu zerstören. Und genau das war ihr einziger Triumph, auch wenn sie wusste, dass er für sie längst wertlos geworden war.
Und doch schien sich das Schicksal gerade zu wenden, sich ihrer wieder zu erinnern. Pater Bauer hatte sie zu sich be-

stellt. Darum stand sie jetzt hier und wartete auf ihren Zug, der sie nicht nur in die Pfalz, sondern endlich auch wieder in die Freiheit bringen sollte. Zumindest hoffte sie das. Auch wenn sie nicht wusste, was er von ihr wollte - auch der Klinik schien er anscheinend nicht den Grund genannt zu haben -, so freute sie sich auf ihre Rückkehr. Und darauf, endlich wieder ihr Kind zu sehen. Es mitnehmen zu dürfen, wohin auch immer. Ihre Gesichtszüge lockerten sich, als sie an ihr Kind dachte. Auch wenn es das Fleisch und Blut ihres Peinigers war, so war es doch ebenso das ihrige, und deshalb liebte sie ihr Kind. Mehr als ihr Leben.

Was aus ihm nur geworden war? Wie es ihm wohl ging? Und ob es sich genauso auf ein Wiedersehen freute wie sie?

Eine eisige Böe zog über den Bahnsteig und sie presste sich tiefer in ihren Anorak hinein. Sie suchte nach Wärme, doch ganz gleich, wie stark sie sich auch in die warme Jacke hineindrückte, sie fror. Elendig. Sie ging ein paar Schritte zurück, um dem Wind nicht noch mehr Angriffsfläche zu bieten. Der Zug müsste jeden Moment kommen, die Bahnhofsdurchsage hatte die Ankunft bereits angekündigt.

Sie atmete tief durch. Sie war zwei Stunden zu früh. Eigentlich hätte sie schon in Rockenhausen vom Pater in Empfang genommen werden sollen, doch die Klinik hatte sie früher entlassen als erwartet. Da sich niemand um sie kümmern konnte und man den Pater nicht erreichen konnte, hatte man sie gehen lassen. Was sollte auch schon passieren?

Als der Bus Hainfeld hinter sich ließ und die Weinstraße Richtung Burrweiler entlangfuhr, begann sie zu zittern. Erste Schweißperlen bildeten sich auf ihrer Stirn und ihr war schlagartig heiß. Zum ersten Mal fragte sie sich, ob ihre Entscheidung zurückzukehren die richtige gewesen war. Aber es gab keine Alternative, keinen Ausweg. Sie hatte in Burrweiler etwas zurückgelassen, was ihr gehörte. Was sie unbedingt wieder haben wollte. Was sie zum Überleben brauchte.

Sie schaute aus dem Busfenster. Über dem Dorf thronte die Kapelle. Als kleiner weißer Punkt inmitten eines schwarzen Lochs. Eine letzte Warnung? Erneut durchfuhr sie ein Zittern. Nein, ich werde nicht klein beigeben. Ich will mein Kind, dachte sie, ehe sie an der Bushaltestelle ausstieg.
Sie lief zum Pfarrhaus. Auch wenn das der Ort war, an dem alles angefangen hatte, so arbeitete dort die Person, die ihr jetzt am ehesten weiterhelfen konnte. Dessen war sie sich ganz sicher. Warum auch sonst hatte der Pater sie aus der Klinik holen wollen? Er hatte sicherlich endlich eingesehen, dass sie nicht Täter, sondern Opfer war. Dass es endlich an der Zeit war, für Gerechtigkeit zu sorgen.

»Was machst du denn hier?« Eine Frau, die am Schreibtisch saß und gerade etwas auf einer Schreibmaschine tippte, schaute sie mit weit aufgerissenen Augen an. »Weiß der Pater, dass du hier bist? Und wie bist du überhaupt hierhergekommen? Er wollte dich doch abholen ...« Die Stimme der Frau wurde von Wort zu Wort schärfer und aggressiver, während sie aufstand und um den Tisch herumlief.
»Ich hoffe, dich hat niemand gesehen.« Ihre Augen funkelten dunkel. »Wie siehst du eigentlich aus? Konntest du dich nicht ein bisschen manierlicher kleiden? Man muss sich ja regelrecht für dich schämen ...« Die Frau packte sie am Arm und wollte sie schütteln, als sie sich von ihr losriss, ihre Tasche über ihre Schulter warf und aus dem Haus rannte. »Bleib hier, er kommt doch gleich und nimmt dich mit ...«, rief die Frau ihr hinterher, doch sie lief, so schnell sie konnte. Sie wollte nur noch zu ihm.
Sie klingelte Sturm, als sie das Anwesen der Gadingers erreichte.
»Was machst *du* denn hier? Bist du nicht in Rockenhausen, da, wo du hingehörst?«, sagte die Frau, von der sie wusste, dass sie Jakobs Mutter war.

»Ist Jakob da?«, fragte sie mit schwacher Stimme. Ihr Selbstbewusstsein war wie weggeblasen. Als ob es der kalte Ostwind davon getragen hätte.
»Was willst du von ihm? Willst du dich wieder an ihn ranmachen? Hast du nicht schon genug Unglück über uns gebracht? Scher dich zum Teufel, für Huren wie dich haben wir hier keinen Platz.«
Sie merkte, wie sich ihre Augen mit Tränen füllten. Dabei hatte sie sich so fest vorgenommen, nie mehr zu weinen, erst recht nicht vor anderen. Doch sie konnte einfach nicht anders. Es schien, als würde alles einfach so weitergehen. Als hätte es nie aufgehört. Als würde es nie enden.
Und wieder musste sie weg, weit weg. So schnell sie ihre Füße tragen konnten. »Und lass dich hier nie wieder blicken, hörst du?«, hörte sie die Frau sagen. Sie wusste, Jakobs Mutter würde als Nächstes im Pfarrhaus anrufen und nach dem Pater verlangen. Er solle sich endlich um das Problem kümmern, hörte sie Jakobs Mutter bereits ins Telefon sagen.
Vor ihr lag der Weinberg. Und hier irgendwo musste er sein. Sie suchte fieberhaft nach Jakob, ihrem Freund. Auch wenn er ihr nie geschrieben, sich nie bei ihr gemeldet und sie auch nie in der Klinik besucht hatte, so wusste sie, dass sie beide zusammengehörten.
Völlig außer Atem erreichte sie die ersten Rebstöcke. Sie schaute in jede Reihe, bis sie ihn endlich am Ende des Weinbergs sah.
»Jakob, Jakob, Hilfe«, rief sie und stürzte sich in seine Arme. Völlig perplex konnte er sie gerade noch so auffangen, ehe er sie sanft, aber bestimmt von sich wegschob.
»Was machst du denn hier? Bist du nicht in Rocken…«
»Sie sind hinter mir her, bitte hilf mir«, flehte sie ihn an.
»Jetzt beruhig dich erst mal. Was ist denn los?« Er nahm sie mit zur kleinen Bank, die jenseits des Weinbergs direkt am landwirtschaftlichen Weg aufgestellt worden war. Er nahm

ihre Hand und legte sie in seine. So wie früher. Und es fühlte sich auch genauso an.
Er wollte alles ganz genau wissen, jedes Detail. Und sie erzählte ihm alles. Es tat so gut, geborgen und sicher zu sein.
»Und jetzt bin ich hier hergekommen. Der Pater wollte mich eigentlich abholen. Aber ich konnte schon früher gehen. Sie brauchten mein Bett. Aber eigentlich wollte ich nur zu dir. Und zu ihm.« Sie lächelte ihn mit verquollenen Augen an. Doch ihr Lächeln wurde nicht erwidert. Ganz im Gegenteil.
»Das geht nicht.«
»*Was* geht nicht?«, fragte sie und in ihrer Stimme klangen bereits erste Anzeichen einer aufkommenden Panik mit.
»Du weißt doch, ich bin der Rosa versprochen.« Es war nur ein Schlag, aber der saß. Sie fühlte sich, als würde sie taumeln, als würde ihr Oberkörper in sich zusammenfallen.
»Was ist los? Das habe ich dir doch immer gesagt ...«
Von irgendwoher hörte sie ein Auto, das sich mühsam den Berg hinaufquälte.
»Für uns gibt es keine Zukunft.« Jetzt war es Jakob, der milde lächelte.
»Und ..., und wo ist mein Kind?«, fragte sie und musste schlucken, sonst wäre sie an ihrer Verzweiflung erstickt.
»Welches Kind?«
»Mein Kind!«
»Es ist nicht mehr dein Kind ...« Er stand auf. Noch nie hatte sie solch eine Kälte gespürt.
Er wollte ihr aufhelfen, doch sie blieb sitzen. Ihr Körper schien alle motorischen Funktionen eingestellt zu haben. Und sie fiel unaufhörlich und das Schwarz dieses Tunnels hätte schwärzer nicht sein können. Auch wenn sie nicht glauben konnte, nicht glauben wollte, was sie da gerade gehört hatte, so wusste etwas tief in ihrem Innern, dass er die Wahrheit gesagt hatte.
»Wo ist mein Kind?«, wiederholte sie. Doch er gab ihr keine Antwort.

»Ich will es sehen, Jakob.« Sie bettelte ihn an, aber er blieb stehen und schaute wie abwesend über die Weinberge und Burrweiler in die weite Rheinebene hinein. Er verzog keine Miene. Und dennoch konnte sie alles aus seinem Gesicht lesen.

Sie ging auf ihn zu und wollte ihn gerade schütteln, wachrütteln, als ein Wagen am Grünstreifen hielt und der Pater sowie ein anderer, ihr völlig fremder Mann ausstiegen.

»Jakob, es ist mein Kind«, schrie sie ihn an, als er sie in den Arm nahm und fest an sich drückte. Sie weinte bitterlich. Um ihn, um ihr Kind und um sich selbst.

Plötzlich spürte sie mehrere Hände, die sie anpackten und von Jakob Gadinger wegzogen. Durch ihren Tränenschleier sah sie, wie ein hagerer Mann sie an sich drückte, während der Pater Jakob nur kurz zunickte.

Sie fragte nicht, aber jeder der Anwesenden konnte genau lesen, was ihr Gesichtsausdruck Jakob entgegenschrie: *Warum tust du mir das an?*

Als ob er es gehört hätte, sagte er: »Geh, es ist besser für dich.« Dann drehte er sich um und ging wieder in seinen Weinberg zurück.

neunundfünfzig

FREITAG, 31. JANUAR 2014

»Tot?«, fragte die Mitarbeiterin der Verbandsgemeindeverwaltung von Edenkoben. »Nein, Herr Roth, im Geburtenregister ist nur ein Kind, ein Junge mit dem Namen Paul eingetragen. Als sein Geburtstag ist der 15. August 1968 festgehalten worden.«
»Das kann nicht sein.«
»Wenn ich es Ihnen doch sage.«
»Und da gibt es kein anderes Kind, einen Zwilling?«
»Na hören Sie mal, die Frau wird doch wissen, ob sie ein Kind oder Zwillinge zur Welt gebracht hat. Glauben Sie, das ist ein Unterschied, und ich habe meine zwei Kinder nacheinander bekommen.«
Was sollte das? Wer spielte da mit ihm? Oder hatte er gar etwas überlesen, falsch verstanden oder gar verwechselt? Er las wieder und wieder die Tagebuchstelle, aber es stand genau das da, was er der Verwaltungsangestellten vor wenigen Augenblicken erzählt hatte.
»Woher haben Sie denn Ihre Informationen?«, wollte die jetzt wissen.
»Aus einem Tagebuch, das wir im Zusammenhang mit dem Mord an Pater Bauer gefunden haben.«
»Ist das nicht schlimm? Ein Mörder mitten unter uns? Ich habe davon gelesen. Man ist auch wirklich nirgendwo mehr sicher.« Die Frau atmete schwer. »Aber ob das Tagebuch so eine sichere Quelle ist? Da kann man ja viel reinschreiben. Also was ich alles im Tagebuch meiner Tochter …« Sie brach

ab und räusperte sich, ehe sie verlegen fortfuhr: »Ich will damit nur sagen, vielleicht stimmen diese Aufzeichnungen ja nicht. Unser Geburtenregister, das ist so sicher wie das Amen in der Kirche, darauf können Sie wetten.«
Sie verabschiedete sich von Matthias, nicht ohne ihm vorher zu versichern, dass der Auszubildende der Abteilung das Dokument kopieren, einscannen und anschließend zu ihm ins Polizeipräsidium faxen würde.
Schon wieder kam er nicht weiter. Warum sprach die Verfasserin der Tagebuchaufzeichnungen von einem toten Kind, wenn Paul Straubenhardt lebte? Und ihn konnten sie schlecht dazu befragen, weil er selbst genau an dem Tag zur Welt gekommen war.
Auch wenn er es sich nicht anmerken lassen wollte, aber Matthias war kurz davor, zumindest seinen beruflichen Optimismus zu verlieren. So langsam gingen der mittlerweile eingerichteten Sonderkommission »St. Anna« die Optionen aus. Sie brauchten dringend einen Ermittlungserfolg, wenn sie nicht wollten, dass das Landeskriminalamt aus Mainz den Fall übernahm.
Es war erst kurz nach 8 Uhr. Emma war noch nicht da und auch mit Hellmann konnte er noch nicht sprechen, weil dieser seit einer halben Ewigkeit am Telefon hing.
Warum kamen sie nicht weiter? Warum drehten sie sich ständig im Kreis, obwohl das Offensichtliche doch zum Greifen nah war? Was war das fehlende Puzzleteil, das die Mordfälle in Burrweiler miteinander verband?
Matthias fuhr sich mit beiden Händen durchs Haar. Er schloss für einen kurzen Augenblick die Augen. Vielleicht half ihm ja die Ruhe des Büros, die nur vom Surren des Druckers und dem leisen Ticken seiner Armbanduhr gestört wurde, seine Gedanken zu ordnen. Der dritte Becher Kaffee hatte ihm auf jeden Fall nicht weiterhelfen können.
Als er seine Augen wieder öffnete, fiel sein Blick erneut auf die Bibel. Er nahm nochmals die handgeschriebenen Seiten

heraus und suchte den Text der letzten Seite. *»Die 3 haben schwere Schuld auf sich geladen. Wir versuchten, sie zu retten und haben damit die Hölle heraufbeschworen ...*
Es war der 15. 8. 1968. Mariä Himmelfahrt.«
Was hatte die Verfasserin nur damit gemeint? Wer waren die drei, die schwere Schuld auf sich geladen hatten? Und vor allem: Wer war die andere Person, die zusammen mit der Hebamme die drei retten wollte?
Immer und immer wieder las er diesen einen, letzten handschriftlich geschriebenen Tagebucheintrag. Was wollte er ihm nur sagen? Welche Botschaft versteckte sich hinter seinen Worten? Was war es nur, was er ständig überlas, obwohl sich die Worte längst in sein Gehirn eingebrannt hatten?
Immer und immer wieder sichtete er seine Unterlagen, blätterte sich durch seine Aufzeichnungen und sah sich die verschiedenen Ermittlungsnotizen an, die den Protokollen der Vernehmungen beigefügt oder im Nachgang der Verhöre angefügt worden waren.
Da ist es, dachte er, als die Tür geöffnet wurde und Emma ins Büro trat.
»Hej«, begrüßte sie Matthias und lächelte ihn an. Ihre Wangen waren von der Kälte des Morgens leicht gerötet. Ihr blondes Haar glänzte wie ein Weizenmeer im Sonnenschein und ihre Augen leuchteten. Ob sie wohl Kontaktlinsen trug, überlegte Matthias, aber er hatte Emma noch nie eine Brille tragen sehen. Sie trug einen cremefarbenen Mantel, eine dunkelblaue, eng anliegende Jeans und schwarze, knielange Stiefel, die sie über ihre Hose gezogen hatte.
»Hier ist er ja«, sagte sie und nahm den Schal vom Stuhl und steckte ihn in einen Ärmel ihres Wintermantels. »Den habe ich seit gestern Abend gesucht. Ich dachte schon, ich hätte ihn bei Rosa Gadinger liegen gelassen. Und da wollte ich nach unserem gestrigen Gespräch heute Morgen eigentlich nicht schon wieder hin.« Sie erzählte ihm kurz und in den wichtigsten Stichworten, wie ihre Unterhaltung mit einer

mehr als gebrochenen und vom Leben enttäuschten Frau verlaufen war.
»Da scheint sich sehr viel angesammelt zu haben.«
»Ja, für nur ein Leben eindeutig zu viel.« Emma, die mittlerweile ihren Mantel an der Garderobe aufgehängt hatte, setzte sich an ihren Schreibtisch und fuhr ihren Computer hoch.
»Oder genau so viel«, entgegnete Matthias, »wie es braucht, um sich an den Menschen zu rächen, die für diese Schicksalsschläge verantwortlich sind.«
Emma lehnte sich etwas zur Seite und schaute Matthias über ihren Schreibtisch hinweg an.
»Rosa Gadinger – eine Mörderin?«
»Der Pater hat ihr alles genommen, was ihr wichtig gewesen war. Das hat sie dir selbst erzählt ...«
»Ja, aber sie kam mir einfach nur gebrochen vor. Als ob sie ihr Schicksal schweren Herzens akzeptiert hätte. Ich kann es mir einfach nicht vorstellen, dass ...«
»Wir sollten es aber weiterhin mit berücksichtigen.«
»Und, hast du was in Ruth Martins Bibel gefunden?« Emma wechselte das Thema. Ob er doch recht hatte und Rosa Gadinger war innerlich bereits so tot, dass ihr alles egal war, grübelte Emma und schaute ins Leere. Vielleicht war sie mittlerweile sogar so weit, dass sie vor nichts und niemandem zurückschreckte, nur um endlich Gerechtigkeit zu erfahren.
Als sie wieder zu Matthias herüberblickte, sah sie in ein nachdenkliches Gesicht. Hatte ihn die Annahme, Rosa Gadinger könnte für die Mordfälle in Burrweiler verantwortlich sein, so sehr ins Grübeln gebracht, oder warum schaute er auf einmal so geistesabwesend?
»Die Bibel gehört Ruth Martin?«, fragte er, immer noch gedankenverloren.
»Ja, der Frau, die wir auf der Burgruine gefunden haben. Warum?«
»Weil ich vielleicht den Schlüssel zu unserem Schloss entdeckt habe.«

sechzig

Emma nippte vorsichtig an ihrer mittlerweile nicht mehr ganz so heißen Schokolade, die sie sich an der Tankstelle in Edenkoben geholt hatte, als sie ihren schwarzen Mini durch den engen und kurvigen Edesheimer Ortskern lenkte.
Fünf Minuten später fuhr sie unfallfrei und ohne Flecken die Theresienstraße entlang. Wie schon bei ihrem letzten Besuch fand sie direkt gegenüber des Rabold'schen Anwesens einen Parkplatz.
Sie hatte noch lange mit Matthias im Büro gesessen und über das in der Bibel versteckte Tagebuch von Ruth Martin gesprochen, als ihr Chef Joachim Hellmann mit einem kurzen »Guten Morgen« den Kopf in die Tür gesteckt hatte. Da sie wusste, dass er dringend ein Erfolgserlebnis brauchte, erzählten sie ihm schnell und in wenigen Stichworten von den neuesten Entwicklungen in der Burrweilerer Mordserie. Mittlerweile gingen Emma und Matthias längst davon aus, dass auch der Pater dem sogenannten Racheengel, so ihr inoffizieller Name für den Mörder, zum Opfer gefallen war. Auch wenn das Motiv für diese Tat immer noch nicht ganz klar war.
Auch deswegen wollte sie jetzt zu Eva Rabold, war sie es doch gewesen, die ihr von dem Missbrauch an Simon Gadinger durch den Pfarrer erzählt hatte. Und wenn der Mörder davon gewusst haben sollte, dann wäre das mehr als nur ein Motiv gewesen, den Pater vom Kirchturm der St.-Anna-Kapelle zu stoßen.
»Schön, Sie wieder zu sehen«, begrüßte Eva Rabold Emma. »Soll ich uns wieder einen Kakao machen?«

»Oh, vielen Dank, aber so lange möchte ich eigentlich gar nicht bleiben. Ich habe nur noch ein paar Fragen an Sie und ich hoffe, Sie können mir auch dieses Mal weiterhelfen.«
Sie folgte Eva Rabold in die Küche, in der diese gerade eine Linsensuppe vorbereitete, wie Emma vermutete. Sie hatte bereits alle dafür notwendigen Zutaten zusammengetragen. Emma sah einen Beutel getrocknete Linsen auf der Anrichte stehen. Daneben lagen Kartoffeln, Möhren, Lauch, Sellerie, Tomaten, Zwiebeln, Knoblauch und zwei Scheiben durchwachsener Schweinebauch.
»Ich hoffe, es stört Sie jetzt nicht, aber ich bekomme morgen Besuch, und die Kinder meiner Schwester wünschen sich immer einen selbstgemachten pfälzischen Linseneintopf von mir.«
Sie setzte sich an den Küchentisch und begann, das bereits geputzte Gemüse in feine Stücke zu schneiden. »Wie kann ich Ihnen helfen?«
Emma freute sich, dass Eva Rabold so voller Tatendrang steckte und nur noch wenig der Frau ähnelte, die Emma noch einen Tag zuvor kennengelernt hatte.
»Sie wissen von der Leiche, die wir auf Neuscharfeneck gefunden haben?«
Die Frau nickte.
»Jetzt haben wir das Tagebuch der toten Frau entdeckt. Es war in einer Bibel versteckt, die wiederum im Safe des Paters lag.«
»Sie sprechen von Ruth Martins Tagebuch?« Eva Rabold schaute Emma etwas ungläubig an.
»Ja. Und sie schreibt in ihrem letzten Eintrag, dass drei Menschen große Schuld auf sich geladen haben. Ich würde jetzt gerne wissen, ob Sie mir mehr ...«
»Oh nein!« Eva Rabold hörte abrupt auf, Möhren und Sellerie kleinzuschneiden. Tief getroffen, fast schon schuldvoll schaute sie nach unten.
»Was ist mit Ihnen?«

»Nichts, es ist nur …« Eva Rabold atmete tief durch. Sie musste sich sammeln, ehe sie fortfahren konnte. »Ich hatte gehofft, dass es irgendwann mal vorbei sein würde. Irgendwann muss die Vergangenheit doch Vergangenheit sein. Das muss doch irgendwann mal aufhören. Aber als Sie gestern bei mir klingelten und nach dem Tod meines Mannes fragten, da wusste ich, dass die Vergangenheit uns nie loslassen würde. Und jetzt kommt alles ans Licht …«

einundsechzig

Der Ostwind blies scharf von der Rheinebene her über die Weinberge. Auch der kleine Friedhof von Gleisweiler war den kräftigen Böen schutzlos ausgeliefert. Rosa Gadinger presste sich in ihren Wintermantel. Sie zog sich ihre Wollmütze tiefer über die Ohren, um der Kälte möglichst keine Angriffsfläche zu bieten.

Die kahlen Rosenstöcke auf einer alten Familiengruft bewegten sich fast synchron zu den blattlosen Ästen der Lindenbäume, die inmitten des Gottesackers thronten. Die meterhohen Zypressen, die den Friedhof einrahmten, waren noch immer leicht eingezuckert und der eisige Wind tat sein Übriges dazu, dass sich das saftige Grün auch jetzt noch nicht durchsetzen konnte.

Das Grab, zu dem sie wollte, lag etwas abseits, kurz vor der knapp einen Meter hohen Bruchsteinmauer. Es war akkurat angelegt und ordentlich gepflegt. Weder herabgefallene Äste und Blätter noch winterresistentes Wildkraut störten die Reinheit der weißen Kieselsteine, die die Grabfläche komplett bedeckten. Einzig zwei kleine, quadratische Marmorplatten durchbrachen die fast schon unheimlich anmutende Gleichförmigkeit. Auf der einen Platte stand eine ausladende Schale mit Heidekraut und einem kleinen Buchsbaum. Auf der anderen brannte in einem Glasgehäuse ein Grablicht munter und doch einsam und verloren vor sich hin. Am Kopfende des eingefassten Grabes stand ein Stein aus schwarzem Granit, auf dem Rosa Gadinger neben einem geschwungenen Kreuz und den Lebensdaten ihres Sohnes auch ein Bild von ihm hatte einsetzen lassen.

Schon von je her war sie von Friedhöfen besonders fasziniert gewesen. Es waren nicht nur die Schönheit der Grabinschriften, die gepflegten Gräber oder die geschichtsträchtigen Familiengruften, die sie in den Bann zogen. Es waren vor allem die Ruhe, die Würde und die Kraft, die von diesen Orten ausgingen. Und die sie aufsog wie ein Schwamm.
Als Kind hatte sie davon geträumt, dass auf den Gräbern ihre Großeltern tanzten. Als junge Frau war sie jeden zweiten Tag hierhergekommen, um mit ihren Eltern Zwiesprache zu halten und sie um Rat zu fragen. Doch seitdem ihr einziges Kind von ihr gegangen war, war der Friedhof wie ihr zweites Zuhause geworden. Nun kam sie täglich hierher, um mit ihrem Sohn zu sprechen, ihm von ihren Ängsten und Sorgen zu erzählen, ihm ganz nah zu sein. Ein paar Mal war sie dabei gesehen worden, wie sie sich im Sommer auf das Grab gelegt hatte, weil sie ihn so gerne umarmen wollte. Oder wie sie das Bild küsste, das ihren Sohn - nur wenige Wochen vor seinem Tod - zeigte. Auch hatte sie ihm des Öfteren sein Lieblingsgericht, Kaiserschmarrn mit Vanillesoße, aufs Grab gestellt. Aber der Friedhofsgärtner hatte jedes Mal, wenn er sie erwischte, mit ihr geschimpft und anschließend den Teller weggeworfen, damit Simons Leibspeise keine Ratten anlockte.
Rosa Gadinger stand nun am Grab ihres Sohnes und wollte endlich wieder weinen, doch sie hatte keine Tränen mehr. Schon lange nicht mehr.
Die Kälte dieses Januarmorgens kroch über die Gräber. Das Grablicht flackerte melancholisch vor sich hin, als Rosa Gadinger um das Grab herumging. Vorsichtig nahm sie ihre Hand aus dem Handschuh und strich sanft über das Bild ihres Sohnes. Auf einmal fühlte sie, wie er sie in seine starken Arme nahm. Er lächelte sie an, während er ihren Kopf mit seiner anderen Hand leicht anhob. Als sich ihre Blicke trafen, spürte sie die Wärme und die ewige

Liebe, die sie verband. »Simon, mein Simon«, hauchte sie und endlich konnte sie wieder weinen. Nur dieses Mal vor Glück.
»Rosa?« Mit dem Ruf nach ihrem Namen wurde sie jäh aus ihren sehnsuchtserfüllten Gedanken gerissen. Sie brauchte einige Momente, um zu realisieren, wer sie war und wo sie sich gerade befand. Hatte sie überhaupt jemand gerufen oder hatte auch das nur zu ihrem Traum gehört?
»Bist du es?«
Rosa Gadinger drehte sich abrupt um. Doch da war niemand. Sie schaute wieder nach vorne über die Bruchsteinmauer Richtung Gleisweiler, als sie eine Frau dort stehen und dann den Bürgersteig entlanglaufen sah. Die Frau passierte die kleine Pforte zum Friedhof und kam schnurstracks auf sie zu. Kennt sie mich, fragte Rosa sich, als die Frau sie erreichte und sie behutsam in den Arm nahm.
»Alles wird gut, glaube mir.«
»Nein, nichts ist gut. Und es wird nie mehr gut werden. Aber wer sind Sie eigentlich?« Rosa Gadinger schaute die Frau von oben bis unten an. Sie schien nahezu im gleichen Alter wie sie zu sein, war etwas größer gewachsen und hatte dunkle, fast schwarze Haare, die modisch frisiert waren. Sie trug einen schwarzen Anorak. Als modisches Accessoire hatte sie sich einen knallroten Schal um den Hals gebunden. Ihre Augen waren freundlich und tiefgründig. Sie hatte eine kleine Stupsnase und volle Lippen, die mit einem ebenfalls auffallend roten Lippenstift bemalt waren.
»Dass du mich nicht mehr erkennst …« Doch die Frau schien alles andere als gekränkt zu sein. Sie lächelte, als sie Rosa Gadinger ansah.
Wie schön muss sie erst in jungen Jahren gewesen sein, wenn sie noch heute so eine Ausstrahlung besitzt, bemerkte Rosa Gadinger. Sie wollte gerade zaghaft zurücklächeln, als ihr plötzlich einfiel, wer ihr da gegenüberstand. Mit offenem Mund und geweiteten Augen schaute sie die Frau an.

»Oh Gott, das kann doch nicht sein. Was machst du denn hier, nach all den Jahren?«, fragte Rosa Gadinger die Frau und sie wusste nicht, ob sie sich jetzt freuen sollte über das Wiedersehen oder nicht. Zu viel war in den vergangenen Jahrzehnten und vor allem damals passiert, um so zu tun, als hätte sich nichts verändert, als wäre alles immer noch so wie früher.

»Viel wichtiger ist doch, wie es dir geht, Rosa.« Und wieder lächelte die Frau, doch dieses Mal nur kurz, denn schon im nächsten Augenblick zeigte ihr Gesicht eine sorgenvolle Miene.

»Es scheint, als habe dir das Leben böse mitgespielt, wenn ich ehrlich sein darf ...«

Rosa Gadinger löste sich aus der Umarmung und drehte sich weg. Ihre Augen brannten, aber sie wusste nicht, ob es wegen des eisigen Windes oder ihrer tränenverquollenen Augen war.

»Liegt hier etwa Simon?«, fragte die Frau und zeigte mit dem Kopf auf das Grab. Rosa Gadinger nickte nur. »Ja, er hat sich von St. Anna gestürzt.«

»Er auch?«

»Ja, aber nicht weil er schwul war und seinem Vater keine Schande bereiten wollte. Seinem Vater, phhh.« Sie bückte sich nach einem Ast, der vor Simons Grab lag.

»Du kennst doch Jakob.«

»Ja, aber um ihn ging es gar nicht. Er hat sich selbst ..., er hat es einfach nicht mehr länger ausgehalten, von unserem Pfarrer missbraucht zu werden. Jahrelang hat sich dieses Schwein an meinem Sohn vergangen. Und alle wussten es, außer mir.« Der Ast knackte in ihren Händen, als sie ihn zerbrach. Dann warf sie ihn achtlos über die Mauer in den angrenzenden Weinberg.

»Und wenn das nicht schon alles wäre, dann muss ich gestern auch noch erfahren, dass der Paul nicht Alois' Sohn ist.«

»Er ist nicht Alois' Sohn?«
»Nein, er ist der Sohn meines Mannes ...«
»Der Jakob ist sein Vater?«
»Ja, dieser DNA-Test, oder wie das heißt, hat es zweifelsfrei bestätigt. Und Hilli? Was habe ich alles für sie gemacht, wie habe ich ihr geholfen, als sie so schwer krank wurde. Angelächelt hat sie mich, die falsche Schlange und hat sich sicherlich erfreut an meiner Dummheit. Die kleine doofe Gadinger. Ich höre jetzt noch ihr Lachen.«
»Töten sollte man ihn.«
»Wen? Der Pater ist schon tot.«
»Ich weiß«, sagte die Frau. »Ich weiß. Aber ärgere dich nicht, Rosa. Ich sagte doch schon, alles wird gut.«
Rosa Gadinger zuckte mit den Schultern. »Allein die Hoffnung daran habe ich nicht mehr. Mein Simon kommt nicht mehr wieder und Jakob, ja, es war wohl nie das, was ich in uns gesehen habe.«
Die Frau lächelte. »Ich rede gerne mal mit Jakob. Er wird mich sicher verstehen.«
»Wenn du meinst, dass das hilft. Aber letztendlich sind wir doch sowieso machtlos. Unser aller Leben liegt einzig und allein in Gottes Händen.«
»Nein, Rosa, jetzt nicht mehr.«

zweiundsechzig

»Es war der Tanzabend des Dorffestes in Gleisweiler. Samstagabend. Wir Mädchen wollten schon früher nach Hause gehen - wir waren doch schon ziemlich müde -, nur die Jungs und Giulia blieben noch da. Nicht viel länger. Aber lange genug.« Eva Rabold stockte.

»Und da muss es dann passiert sein.« Ihre Stimme zitterte leicht.

»Was musste passiert sein?«, fragte Emma. Sie wurde jetzt wirklich ungeduldig.

»Sie waren schwer angetrunken, die Jungs, nein, ich würde eher sagen, schwerst besoffen, und sie wollten sich wohl gegenseitig beweisen, wie männlich und erwachsen sie schon sind. Und drei halbstarke, junge Männer und ein zierliches, junges ...« Eva Rabold konnte ihre Tränen nicht länger zurückhalten. Es waren Tränen der Wut und des eigenen Versagens.

»Und das Schlimmste ist, wir wussten, was geschehen würde und wir haben es geschehen lassen. Es sollte ihr eine Lehre sein ...«

»Dass sie vergewaltigt worden ist?« Emma hatte es vermutet. Und obwohl sie schon einiges privat wie auch beruflich erlebt hatte, so war sie doch mehr als schockiert. Wie konnte man es nur zulassen, dass eine Freundin, zumindest aber ein anderes junges Mädchen aus dem Dorf vergewaltigt wurde. Doch Emma musste ihre Wut unter Kontrolle behalten.

»Frau Rabold, jetzt erzählen sie mal alles von Anfang an. Wer war das junge Mädchen, das damals vergewaltigt wurde? Wie ist es damals dazu gekommen?« Emma versuchte Eva Rabold dazu zu bringen, endlich reinen Tisch zu machen. Sie war ungeduldig und musste trotzdem die richtige Mischung aus Druck und Verständnis finden, ja sie musste der *gute Polizist* und der *böse Polizist* in einer Person sein, denn ihr Partner Matthias war ja nicht da, mit dem sie sich die Rollen hätte teilen können, so, wie es oft in Vernehmungen passierte. »Sie waren damals also eine Freundesclique, die alles zusammen unternommen hat. So hat es mir zumindest Frau Gadinger erzählt.«

»Ja, das waren wir. Bis sie ins Dorf kamen ...«

»Wer sie?«

»Die Gastarbeiter. Die Italiener.«

Emma schaute Eva Rabold interessiert und erwartungsvoll an.

»Die Italiener?«

»Genauer gesagt Giulia Scaduto, das schönste Mädchen weit und breit. Was hat sie den Jungs den Kopf verdreht.« Sie schob die klein geschnittenen Gemüsewürfel in den Topf, legte das Brettchen wieder zurück auf den Tisch und nahm ein Stück Schweinebauch.

»Der Abend des Winzerfestes hat alles verändert, damals im Herbst 1967 ...« Verbissen und grob fuhr sie mit dem Messer durchs Fleisch. Immer und immer wieder, bis das zähe, fettige Bauchstück endlich nachgab und sie einzelne Fleischstreifen vor sich auf dem Holzbrett liegen hatte, die sie nun ebenfalls in Würfel schnitt.

»Vor allem uns.« Sie schaute Emma an. Das Leben schien komplett aus der Frau gewichen zu sein. Ein grauer Schleier hatte sich über Eva Rabold gelegt, ihre Augen waren kleinen, schwarzen Punkten gewichen und die Falten, die Spuren des Glücks, die das Leben auf ihr Gesicht gezeichnet hatte, waren zu tiefen Furchen geworden, in denen nun die Trauer, Verzweiflung und Wut der vergangenen Jahrzehnte sichtbar wurden.

»Wir waren eine eingeschworene Gemeinschaft, der Jakob, der Alois, der Günther, die Hilli, die Rosa und ich. Es gab nichts, was wir nicht zusammen gemacht haben. Schon von Kindesbeinen an. Wir hatten eine glückliche, eine wunderschöne Zeit, so kurz nach dem Krieg, als unsere Eltern alles tun mussten, uns Kinder durchzubekommen und gleichzeitig den Weinbau wieder anzukurbeln. Wer trank damals schon Wein? Das konnte sich doch nach dem Krieg hier niemand leisten. Und die Franzosen haben es den Pfälzer Winzern noch schwerer gemacht, um ihren eigenen Wein zu schützen und die Preise diktieren zu können. Daher betrieben die meisten damals neben dem Weinanbau auch Landwirtschaft, um irgendwie über die Runden zu kommen. Es gab sonst nicht viel Arbeit, zumindest nicht hier bei uns. Und für die Industrie – die Schuhfabriken oder den Sandsteinabbau – waren einfach zu wenige Männer aus dem Krieg zurückgekehrt. Daher holte man die Italiener, bis Ende der 60er-Jahre. Die Scadutos kamen als eine der letzten italienischen Gastarbeiterfamilien in die Pfalz. Aber ich bin sicher, sie haben von allen Gastarbeitern den größten bleibenden Eindruck hinterlassen.«
Eva Rabold stand auf, nahm den Topf, den sie von ihrer Großmutter vererbt bekommen hatte, ließ bis zur Hälfte Wasser einlaufen und stellte ihn auf den Herd. Sie schaltete die Platte auf mittlere Temperatur und legte einen Deckel auf den Topf, ehe sie sich wieder Emma zuwandte.
»Giulia war so alt wie wir, als sie zu uns ins Dorf kam. Nach Burrweiler. Auch wenn es genug Arbeit zu tun gab, Giulia war nicht für die schwere Feldarbeit oder die Weinlese geboren. Sie lernte schnell deutsch. So nahm der Pater sie als Haushaltshilfe in die Lehre. Ja, und irgendwann war sie wie eine von uns.« Eva Rabold hatte sich die Knoblauchreibe aus dem Gewürzschrank genommen und war mit zwei halben Zehen bewaffnet zu Emma an den Tisch zurückgekehrt.
»Was meinen Sie mit *wie eine von uns?*«

»Wissen Sie, was es heißt, eifersüchtig auf jemanden zu sein?« Auch wenn Eva Rabold eine offene Frage gestellt hatte, so wusste Emma nur allzu gut, was ihre Gastgeberin damit meinte.

»Gar neidisch? Und wenn sich dann diese Gefühle so stark ins Herz fressen, dass man nicht mehr imstande ist, das Gute vom Bösen zu unterscheiden?«

Emma musste ihr Gegenüber wohl etwas zu sprachlos angeschaut haben, als Eva Rabold sie verständnisvoll anlächelte.

»Sie machte allen schöne Augen, auch unseren Jungs. Doch besonders der Gadinger war hin und weg. Die arme Rosa konnte einem da nur leidtun.«

»Die beiden waren also doch ein Paar?« Emma erinnerte sich, was Rosa Gadinger ihr über ihr Techtelmechtel mit Jakob Gadinger erzählt hatte. Wenn man der Winzerfrau Glauben schenken durfte, dann sollte es ja keine große Sache zwischen den beiden gewesen sein.

»Das hätte Rosa - und bitte verzeihen Sie mir, dass ich das jetzt sage, liebste Rosa - gerne gehabt. Aber der Jakob hatte nur Augen für Giulia. Und die beiden gingen auch heimlich miteinander. Aber das durfte ja keiner wissen. Weder Jakobs Eltern, die in den Italienern nur die - wie soll ich sagen -, die fremden Menschen sahen. Noch Giulias Eltern, die viel zu streng und katholisch waren, um ihr zu erlauben, mit einem deutschen Jungen, und dann auch noch vor der Hochzeit, auszugehen. Aber nicht nur der Jakob war ganz verrückt nach Giulia. Auch der Alois Straubenhardt hatte sich bei ihr Chancen ausgerechnet. Sie wissen ja, wie die Jungs so sind, wenn sie zu Kerlen heranwachsen. Oder es zumindest versuchen.« Emma hatte jetzt ein Lächeln erwartet, aber Eva Rabolds Gesicht wirkte verschlossener als noch zuvor und sie legte ihre ganze Konzentration auf das Reiben und Zerdrücken der Knoblauchzehe.

»Und dann musste ja kommen, was kommen musste.« Eva Rabold atmete schwer durch.
»Erzählen Sie ruhig weiter …«
»Der Alois versuchte immer mehr, auf teils plumpe und vor allem provokative Art, Giulia und erst recht den Jakob zu bedrängen. *Ob sie schon miteinander geschlafen hätten. Ob er überhaupt ein richtiger Mann sei. Vielleicht wollte die Giulia ihn nur an der Nase herumführen, dabei müsste man sie nur mal ordentlich …* Ich glaube, ich brauche das nicht weiter auszuführen.« Sie hielt sich am Tisch fest und Emma hatte den Eindruck, Eva Rabold kämpfte gegen einen nahenden Kreislaufzusammenbruch. Sie wollte gerade aufstehen, um ihr ein Glas Wasser zu holen, als Eva Rabold sie zurückhielt.
»Es geht schon, danke.«
»Und was ist dann passiert?«
»Wir hatten ja nie gedacht, dass es so weit kommen würde. Wir dachten, die Jungs würden ihr nur ein bisschen Angst machen, wo sie sich doch so vor der Dunkelheit des Teufelsbergs fürchtete. Giulia war durch und durch abergläubisch, fast schon besessen davon, dass dunkle Mächte im Berg wohnten.«
»Und dann haben die drei Jungs Giulia vergewaltigt?«
»Nein, nur der Alois.«
»Nur Alois Straubenhardt? Woher wissen Sie das, wenn Sie nicht dabei waren?«
»Günther und ich, wir waren damals schon verlobt, und er hat es mir erzählt. Und ihm kann man glauben. Ich konnte es …«
»Entschuldigen Sie, aber haben Sie nie daran gedacht, dass er Ihnen das nur erzählt haben könnte, um sich zu schützen? Er hätte doch damit rechnen müssen, dass Sie die Verlobung lösen würden, sollte er sich tatsächlich ebenfalls an Giulia vergangen haben.«
»Ich habe ja nicht gesagt, dass er nicht dabei war. Ich sagte nur, er hat sie nicht vergewaltigt.«

»Frau Rabold, ich bitte Sie. Was hat er denn sonst gemacht? Das Röckchen gehoben, sie niedergedrückt, Wache gestanden?«
»Ja, so war es. Jakob und er haben alles mitangesehen.«
»Und sie haben nicht eingegriffen?«
»Ja, mit Ruhm und Ehre hat sich in dieser Nacht niemand bekleckert. Aber sie wollte uns die Männer ausspannen, die hatten ja gar kein Interesse mehr an uns. Und sie hätte sie alle haben können, sie musste nur mit den Fingern schnippen.«
»Ich verstehe Sie nicht: Und dann hilft man ihr nicht, wenn sie von drei Männern missbraucht wird? Und, ja, ich finde, zugucken und nicht eingreifen kommt der seelischen Vergewaltigung sehr nahe, das ist Beihilfe zur Vergewaltigung.«
»Die Jungs waren betrunken, sie wussten nicht, was sie taten. Es war einfach nur schlimm.« Eva Rabold stand an der Arbeitsplatte ihrer Küche und stützte sich daran ab. Sie schaute nach draußen in den Innenhof ihres Weinguts. So sieht also jemand aus, der sich schuldig gemacht hat, dachte Emma, und der Drang aufzustehen und ihrer Gastgeberin mit einer Umarmung Halt zu geben, war verflogen. Als wäre dieses Bedürfnis nie dagewesen.
»Und was ist dann passiert? Was wurde aus dem Mädchen? Aus dieser Giulia? Hat sie die drei Winzersöhne angezeigt?«
»Ich weiß es nicht. Es gingen Monate ins Land und plötzlich war sie weg, wie vom Erdboden verschwunden. Da wir alle diese Nacht vergessen wollten, haben wir nie gefragt, was aus ihr wurde. Sie war ja das Opfer und gleichzeitig die einzige Zeugin der Nacht. Und wir waren einfach beruhigt, dass alles vorbei war. Oder zumindest alles vorbei zu sein schien.«
»Hat Giulia sie nicht anonym angezeigt?«
»Nein, wo denken Sie hin. Wer hätte ihr geglaubt?«, sagte Eva Rabold kleinlaut und Emma merkte, wie die Schuld sie förmlich erdrückte. Emma war klar, was Eva Rabold meinte.

Vergewaltigung in einem Pfälzer Winzerdorf, wo jeder jeden kannte. In den sechziger Jahren. Wo man im Zweifel zusammenhielt. Die Täter: die Söhne der angesehenen, respektablen Winzer des Ortes. Das Opfer: die Tochter eines Gastarbeiters aus Italien. Ausländer, die man zwar als Arbeitskräfte brauchte, sie aber trotzdem »Itaker« schimpfte. Man hätte ihr nie geglaubt. Niemals. Und wer weiß, ob die eigenen Eltern ihr geholfen hätten.

»Und die Männer kamen ungestraft davon?«

»Glauben Sie mir, die Jungs bekamen ihre Strafe. Wenn auch vorher, aber mehr, als Sie sich je vorstellen können ...«

Emma nahm einen Schluck Wasser, das sie sich zuvor eingegossen hatte.

»Als Messdiener, wie soll ich sagen, kamen sie dem Pater sehr nahe ...« Wieder stockte Eva Rabold und sie drehte sich erneut zum Fenster hin. Weinte sie etwa, fragte sich Emma und so langsam schwante ihr, dass sich in diesem Dorf nicht nur drei heranwachsende Männer schuldig gemacht hatten. Es schien, als hätten sich damals menschliche Abgründe aufgetan, die bis weit in die Gegenwart hineinreichten und mit denen alle Beteiligten von damals bis zum Tod belastet zu sein schienen.

Tod! Wie ein Blitz durchfuhr es Emma. Natürlich, das war es. Die drei Toten der vergangenen Tage und Günther Rabold, der in seinem eigenen Weinkeller erstickte Winzer, waren nicht nur alle Hauptakteure des damaligen Dramas – sie waren auch durch ein Geheimnis auf alle Zeit miteinander verbunden. Und dieses Geheimnis schien so mächtig zu sein, dass sie dafür sterben mussten. Und noch viel schlimmer: Dass dafür jemand töten musste.

»Der Pater hat sich also an den drei Winzern, an Straubenhardt, Gadinger und an Ihrem ...«

»Sagen Sie es ruhig! Ja, auch an meinem Mann vergangen. Was glauben Sie, warum er mich all die Jahre nie angefasst hat? Er war kalt wie ein Fisch, nicht in der Lage, Liebe zu geben, zärtlich oder verschmust zu sein. Und wenn, ja wenn, dann musste er sich besaufen, um sich mir zu nähern. Aber nicht, weil ich ihm nicht recht oder gar zuwider war. Er brauchte es, um das Schönste, was zwei Menschen miteinander erleben können, auszublenden. Sonst hätte es ihn krankgemacht, zerstört. Er hätte es nie aushalten können. Und jetzt scheint es ihn getötet zu haben.«

»Er hat sich also doch selbst das Leben genommen, als er in seinen Weinkeller hinunterging?«, fragte Emma, und erneut nahm das Burrweilerer Drama eine Wendung. Doch wieder war es keine zum Guten hin.

»Davon ist auszugehen. Aber ich weiß es nicht mehr genau. Ich war damals so fertig, nachdem ich ihn gefunden hatte. Ich konnte mich einfach nicht erinnern, ob die Tür zum Weinkeller offen stand oder verriegelt war. Ich hatte einen Nervenzusammenbruch und lag einige Tage sogar im Krankenhaus ...«

Eva Rabold saß in ihrem Stuhl wie ein Häufchen Elend. Sie war längst nicht mehr imstande, sich um das Gemüse, den Schweinebauch oder das bereits kochende Suppenwasser im Topf zu kümmern.

»Der Pater hat viel Leid über das Dorf gebracht.«

»Ich verstehe wirklich nicht, dass ihn niemand angezeigt hat.«

»Heute ist das schwer zu verstehen, aber damals war das anders. Erst eine Generation später, als sich neben dem Simon Gadinger auch noch zwei andere Jungen, einer aus Hainfeld und noch einer aus Burrweiler, von St. Anna in den Tod gestürzt haben, sind die Eltern der toten Kinder aktiv geworden. Der Pfarrer musste von jetzt auf gleich die Südliche Weinstraße verlassen und ward nie mehr gesehen. Bis, ja bis vor etwas mehr als einem Jahr. Da war er plötzlich wieder da.«

»Wie das?«

»Politik. Der Landrat und er schienen gute Freunde zu sein.

Und mit der neuen St.-Anna-Klinik hatten sie beide ein gemeinsames Projekt, das verwirklicht werden wollte.«
»Und der Landrat wusste nichts von der Vergangenheit des Pfarrers? Das kann ich mir nun wirklich schlecht vorstellen.« Emma nahm erneut einen Schluck Wasser.
»Es gibt eben eine Vergangenheit, die das verklärt, was einmal passiert ist. Und, wie heißt es so schön: Jeder hat eine zweite Chance verdient. Zumal niemand wirklich Anzeige erstattet hat, weder zu unserer Zeit noch in Simons Tagen. Der Pfarrer war eben auf einmal weg und damit schien sich das Problem ja ganz wie von selbst gelöst zu haben.«
Was für eine Geschichte, was für ein Drama. Emma, die versuchte, alle Eventualitäten zu berücksichtigen, mochten diese auch noch so furchtbar und niederschmetternd sein, konnte kaum glauben, was sie da hörte. Ein Ort, der von außen wie eine friedvolle Idylle erschien, musste es geschehen lassen, dass das Böse in seiner rauen, unmenschlichen und zerstörerischen Art wie aus dem Nichts in diese Harmonie einfiel und sich alles nahm, was es für das eigene Überleben brauchte.
»Glauben Sie, die Gadingers wussten davon, dass ihr Sohn missbraucht worden war? Hat er ihnen davon erzählt?«
Eva Rabold zuckte nur mit den Schultern. »Ich weiß es nicht. Aber manchmal weiß ich sowieso nicht mehr, was ich weiß oder was ich glauben soll. Es ist einfach so viel passiert. Man schwimmt in so viel Schuld, dass man darin ertrinkt …«
»Rosa Gadinger muss erfahren haben, dass ihr Sohn vom Pater missbraucht worden ist. Und nun ist sie …«
»Nein!«, rief Eva Rabold mit so viel Vehemenz, dass Emma fast erschrak. »Rosa war es nicht! Nein, nein, nein. Sie hat so viel durchgemacht, so viel ertragen müssen und gelitten. Das scheint ihr Kreuz zu sein, schlimm genug. Aber sie würde niemals jemanden umbringen. Denn sie wüsste, dass dadurch ihr Kreuz nur noch schwerer werden würde!«

»Aber irgendjemand muss für die Taten verantwortlich sein. Haben Sie nie daran gedacht, dass auch ihr Mann ermordet worden sein könnte?«
»Ich weiß es nicht, Frau Hansen, ich weiß es einfach nicht.« Wieder rang Eva Rabold um Fassung. »Bitte, lassen Sie es gut sein. Ich kann nicht mehr.«
Sie stand auf, ging zum Herd zurück, nahm den Deckel vom Topf herunter und gab die bereits aufgequollenen Linsen in den Topf.
»Aber darf ich Ihnen noch eine Frage stellen?« Emma war ebenfalls aufgestanden.
»In einer Sache kommen wir nämlich auch nicht weiter: Können Sie sich erklären, warum Paul Straubenhardt nicht Alois Straubenhardts Sohn ist? Im Geburtenregister gibt es nur einen Sohn.«
»Oh mein Gott!« Eva Rabold fiel der Holzlöffel aus der Hand.
»Was?« Emma sah die wie erstarrt am Herd stehende Frau an.
»Dann ist Giulia zurückgekehrt. Um sich endlich das zurückzuholen, was ihr gehört: ihr Leben.«

dreiundsechzig

Auch wenn der Weinberg bereits von den ersten Sonnenstrahlen des Jahres geküsst wurde, so gab sich der Winter auch an diesem Morgen noch längst nicht geschlagen. Über Nacht hatte es wieder Frost gegeben, ein hauchzarter Reif schmiegte sich in die Baumwipfel und die Rebstöcke begrüßten Jakob Gadinger wie eine Armee stummer, erstarrter und in unschuldigem Weiß gekleideter Diener.
Sein Weinberg lag direkt neben Straubenhardts Teufelsberg und reichte bis tief ins Modenbachtal hinein. Nur schwach konnte man von hier aus noch den Ort Burrweiler erkennen. Auch die Kapelle und die Klinik waren hinter dem Teufelsberg verschwunden.
Alles war ruhig, fast schon zu ruhig, wie Jakob Gadinger bemerkte. Er hörte kein Vogelgezwitscher und auch keinen Traktor eines anderen Winzers durch den Weinberg fahren. Aber er war weder ein abergläubischer Mann, noch glaubte er an die Existenz übersinnlicher Phänomene, daher fuhr er unbekümmert weiter den landwirtschaftlichen Nutzweg hinauf.
Er lenkte den Traktor zur höchsten Stelle des Weinbergs, von der aus er nun Reihe für Reihe hinabsteigen würde. Er musste an diesem Morgen die Drahthalterungen überprüfen und Reben, die den Winter nicht überlebt hatten und bereits erste Fäulnisspuren aufwiesen, herausschneiden, um den starken, gesunden Trieben genügend Freiraum für Luft und Sonne zu geben.
Es sollte ein harter, anstrengender Tag werden und so hatte er sich von seiner Frau einen Proviantrucksack packen

lassen, der eine Plastikdose sowie eine Kanne leicht gesüßten schwarzen Tee enthielt. In der Dose befanden sich vier mit grober Pfälzer Leberwurst bestrichene Vollkornbrote, eine in Streifen geschnittene Gurke und ein Ei.
Er nahm einen tiefen Atemzug, als er von seinem grün-gelblackierten Schlepper stieg. In seinen Lungen konnte er die klare und reine Luft des jungen Wintertages spüren.
Was musste nur der Günther empfunden haben, als seine Lungen sich mit Kohlendioxid gefüllt hatten, dachte Jakob Gadinger und erinnerte sich wehmütig an den Freund aus Kindertagen zurück. Vor wenigen Wochen war der Winzer in seinem Weinkeller erstickt, weil er es nicht mehr geschafft hatte, rechtzeitig aus dem Gewölbekeller herauszukommen. Ob es wirklich ein Unfall gewesen war? Seine Frau Eva hatte erst angegeben, dass die Tür verschlossen war, als sie ihn gefunden hatte. Tage später musste sie diese Aussage jedoch zurückziehen, da sie sich plötzlich einfach nicht mehr einhundertprozentig sicher gewesen war.
Die gute Eva, seitdem hat sie sich hier nicht mehr blicken lassen. Als ob sie etwas zu verbergen hätte, grübelte er und stapfte zur ersten Reihe, an der er mit den Ausbesserungsarbeiten beginnen würde.
Der Wald hinter ihm baute sich bedrohlich auf. Er war so dunkel, dass er weder einzelne Bäume noch Lichtungen erkennen konnte. Einfach nur schwarz, so stand der Wald regungslos da und bedeckte die östlichen Ausläufer des Pfälzer Hügellands.
Er stellte den Rucksack ab, öffnete den Werkzeugkoffer und begann damit, sich jeden Draht genauer anzusehen. Hier und da musste er einen Draht verbiegen, eine Drahtlasche festbinden, ein verfaultes Ästchen zur Entlastung des Drahtes herausnehmen oder gar eine neue Drahtschnur einziehen.
Er war bereits in der Mitte der knapp einhundert Meter langen Reihe angelangt, als er den Berg hinaufschaute. Über

ihm thronte sein Traktor. So wie die Kapelle über dem Teufelsberg, Alois' ehemaligem Weinberg, thronte.
St. Anna. Der Teufelsberg. Straubenhardt. Diese drei Namen waren mit seinem eigenen Schicksal untrennbar verbunden und bildeten den Inbegriff seines Untergangs.
Während er einen Draht zurechtschnitt, dachte er an jene Nacht im Spätherbst 1967 zurück. An die Nacht, die alles verändert hatte. Warum hatten sie nur so viel trinken müssen? Warum hatte Alois nicht einfach seine Finger von ihr lassen können, so wie sich das für einen richtigen Freund gehörte? Und warum hatte er nichts unternommen, als er sah, was Alois mit ihr gemacht hatte. Sie war doch seine Freundin gewesen. Und sie hatten sich doch geliebt, nur wenige Tage vor dem Dorffest in Gleisweiler.
So oft hatte er sich gefragt, ob er sich eigentlich vor sich selbst ekelte. Aber wirklich angewidert war er von seinem Verhalten nicht. Vielleicht war Alois etwas zu weit gegangen, hatte den Zeitpunkt, wann es genug gewesen war, verpasst. Aber ekeln? Vielmehr geekelt hatte ihn das, was *er* ihnen angetan hatte. Immer und immer wieder. Dabei wollten sie nur Gott dienen. Doch in der kleinen Sakristei, diesem unscheinbaren, schlicht gehaltenen Zimmer hatten sie *ihm* dienen müssen. Da hatte die Hölle auf Erden auf sie gewartet und sie verschlungen, wie es das Fegefeuer niemals auch nur ansatzweise würde tun können.
Wehgetan hatte er ihnen nicht. Nein, das musste er zugeben. Aber er hatte sie zerstört. Ihnen das genommen, worauf sie so gerne stolz gewesen wären: ihre Männlichkeit. All die Jahre hatten sie schweigen müssen, erst, weil ihnen doch sowieso niemand geglaubt hätte. Sein Wort hätte gegen das ihre gestanden. Und dann, weil sie sich Jahre später schuldig gemacht hatten, als sie einmal ihre Männlichkeit hatten ausleben, sie der Welt und vor allem *ihr* hatten zeigen wollen. Der Alois, der Günther und er.

Obwohl, eigentlich war es nur der Alois gewesen, aber sie alle hatten sie in den Weinberg gelockt, mit ihr gespielt und sie geneckt. So betrunken waren sie gewesen. Doch als der Alois mehr wollte und sich auch mehr nahm, da hatten sie nur zugeschaut. Wie kleine Schuljungen, die nicht wussten, wie ihnen geschah, hatten sich der Günther und er umgedreht und es geschehen lassen. Und als sie um Hilfe gerufen hatte, da waren sie einfach weggegangen. Erst gegangen und dann gelaufen. Immer schneller. Sie hatten es einfach nicht mehr ausgehalten, ihr Schreien zu hören.
Jakob Gadinger musste sich schütteln. Ihm kam es vor, als wolle er sich die aufgeladene Schuld abschütteln. Aber ganz gleich, wie heftig er sich auch bewegte, die Schuld blieb an ihm haften.
Geschehen war alles im Teufelsberg, in Alois' Berg. Und über ihnen gewacht hatte St. Anna, von der sich nur wenige Jahre später sein eigener Sohn in den Tod gestürzt hatte. Weil auch er von *ihm,* dem lebendigen Teufel, gebrochen worden war.
Wie der Vater so der Sohn, hatte er ihm ins Gesicht gesagt, als er seinen Sohn rächen und ihn mit einem Kerzenständer in der Kapelle hoch oben auf dem Berg erschlagen wollte, nachdem sein Sohn ihm davon erzählt hatte.
Doch er konnte es nicht tun, sein Arm war wie gelähmt. Und sein Sohn war zu diesem Zeitpunkt schon längst auf den Kirchturm von St. Anna geklettert. Noch heute konnte er die Schreie hören. Erst den Schrei des Sohnes und dann den seiner Frau, als sich Simon Gadinger in seine Freiheit stürzte. Erst im Tod hatte er als vollkommen unschuldiges Geschöpf sein Leben gefunden. Endlich.
Mit unbändiger Kraft zerrte er an einem morschen Weinstock, bis dieser endlich mit einem knackenden Geräusch nachgab. Wie gerne hätte er dieses Geräusch in einem ganz anderen Zusammenhang gehört. Doch ehe er die Möglichkeit dazu gehabt hatte – und dieses Mal wäre er bereit ge-

wesen, es zu tun, dem Pater das Genick zu brechen, war ihm jemand zuvorgekommen und hatte die Ausgeburt des Bösen vom Turm von St. Anna heruntergestoßen. Auch wenn die Gerechtigkeit endlich zurückgekehrt war, für Jakob Gadinger hatte sich eigentlich nichts geändert. Sein Sohn war tot und seine Frau mit ihm. Und auch er würde nie mehr der Mensch sein, der er noch gewesen war, bevor der Pater sich an ihm vergangen hatte.

Er riss den Rebstock aus der Erde und legte ihn zur Seite. Er würde ihn später mit hoch zum Traktor nehmen, wenn er wieder zurückkam. Er ging Stock für Stock weiter, besserte Halterungen aus, schnitt verfaulte Triebe heraus und notierte sich auf einem Stück Papier, wo er im Frühjahr neue Reben anpflanzen musste.

Jakob Gadinger war fast am Ende der Reihe angelangt, als er erneut einen verkümmerten und kraftlosen Weinstock entdeckte. Er kniete sich hin, den Traktor in seinem Rücken, nahm eine kleine Schaufel aus seinem Koffer und versuchte, die immer noch harte und teilweise durchgefrorene Erde zu lockern. Er bewegte den Rebstock immer heftiger, bis sich dieser so langsam vom Erdreich löste. Er war so mit seiner Arbeit beschäftigt, dass er nicht merkte, wie plötzlich jemand den morschen Rebstock, der weiter oben im Weinberg lag, packte und langsam näherkam. Er wollte gerade aufstehen, als plötzlich jemand hinter ihm stand.

Der Schlag traf ihn am Hinterkopf und er fiel wie vom Blitz getroffen in seinen Weinberg.

Simon, ich komme, dachte er noch, bevor er das Bewusstsein verlor.

vierundsechzig

Emma war bereits auf dem Weg nach Burrweiler, als sie Matthias endlich erreichte.

»Wo warst du?«, fragte sie ihn. Doch bevor er antworten konnte, fuhr sie leicht aufgebracht fort: »Komm sofort nach Burrweiler und bring weitere Einsatzkräfte und sicherheitshalber einen Krankenwagen mit. Die Gadingers sind in großer Gefahr!« Wenn es nicht schon zu spät war. Aber daran wollte sie jetzt nicht denken. Emma hupte, als ihr ein Lkw in Hainfeld den Weg versperrte.

»Soll ich nach Paul Straubenhardt schon mal fahnden lassen?«

»Mensch, aus dem Weg, sehen Sie nicht, dass ich es eilig habe!«, schrie Emma und gestikulierte heftig aus ihrem Fahrzeug heraus. »Paul Straubenhardt? Wie kommst du auf den?«

»Ist er nicht unser Mörder?«

»Nein, ich denke nicht.« Ganz sicher war sich Emma immer noch nicht, aber das, was ihr Eva Rabold erzählt hatte, klang einfach zu plausibel und zu erschreckend zugleich. Und es schien wirklich so zu sein, dass der Rachenengel an die Südliche Weinstraße, nach Rhodt unter Rietburg und nach Burrweiler, zurückgekehrt war, um endlich eine alte, fast schon längst vergessene Schuld zu sühnen.

Sie erzählte ihm kurz, was sie von Eva Rabold erfahren hatte. Von der Nacht des Dorffestes und der anschließenden Vergewaltigung, vom Missbrauch der Winzer. Von den Selbstmorden der anderen Missbrauchsopfer wie Simon Gadinger. Und von Ruth Martin und ihrem großen Fehler.

Ein Fehler, den ein Kind, ein Neugeborenes, hatte mit dem Leben bezahlen müssen.
»Wie bitte?«, fragte Matthias am anderen Ende der Leitung.
»Ja, Hilli Straubenhardt war schwanger. Als sie ihr Kind zur Welt bringen wollte, wurde Ruth Martin als Hebamme gerufen. Doch sie war leider nicht in der Lage, das Kind der Straubenhardts zu entbinden. Sie war betrunken, zu betrunken, um zu erkennen, dass mit dem Baby etwas nicht in Ordnung war.«
Emma flog fast die Kreisstraße zwischen Hainfeld und Burrweiler entlang. Sie musste einmal kräftig in die Eisen steigen, als ein Fahrradfahrer die Straße kreuzen wollte, es sich aber im letzten Augenblick anders überlegte, als er Emma heranrauschen sah.
»Und was ist dann passiert?«
»Es ist zwei Tage nach der Geburt in Ruth Martins Armen verstorben. Damals gab es ja im ehemaligen Altenheim noch ein kleines Krankenhaus, in dem die Frauen der umliegenden Dörfer ihre Kinder zur Welt bringen konnten, um nicht den mühevollen Weg nach Landau antreten zu müssen. So hat es mir Eva Rabold erzählt. Doch das Beste kommt noch. Nur einen Tag nach der Geburt haben die Wehen bei Giulia eingesetzt. Der Frau, die neun Monate zuvor im Weinberg vergewaltigt worden war. Und da ihre Eltern sie verstoßen hatten und sie nicht wusste, was sie mit einem unehelichen Kind tun sollte, haben es ihr der Pater und Ruth Martin abgenommen und es Hilli und Alois Straubenhardt gegeben.«
Emma trat das Gaspedal bis zum Anschlag durch. Sie musste zu den Gadingers, je schneller, desto besser. Es ging um Leben und Tod.
Die Handyverbindung war kurz vor Burrweiler immer mal wieder instabil. »Bist du noch da?«, fragte Emma, als sie für einige Sekunden nichts mehr von Matthias gehört hatte.
»Ja, ich habe gerade nur nachgedacht.«

»Dafür haben wir jetzt keine Zeit mehr. Warte, ich muss mal kurz schalten ...« Emma lenkte ihren Wagen an der großen Kreuzung nach rechts in den Ort Burrweiler hinein.
»Da bin ich wieder.«
»Dann ist also der lebende Paul Straubenhardt der Sohn von Alois und dieser Giulia. Aber warum passt dann seine DNA nicht mit der von Alois Straubenhardt überein, wenn er doch diese Giulia im Weinberg vergewaltigt haben soll? Was haben wir übersehen?«
»Nichts. Denn Giulia war wohl schon vor der Vergewaltigung schwanger. Das hat zumindest Eva Rabold angedeutet. Giulia und Jakob Gadinger waren ein heimliches Liebespaar.«
»Das ist ja unglaublich. Die Frage ist jetzt nur: Wo ist diese Giulia? Wie hieß sie noch gleich? Giulia Sca ...?«
»Scaduto. Giulia Scaduto. Hast du über sie irgendetwas in diesem Tagebuch gelesen? Immerhin war es erst Ruth Martins Fehler, der die ganze menschliche Katastrophe oder, wie es Eva Rabold ausdrückte, der Giulias Hölle auf Erden erst so richtig in Gang gesetzt hat.«
»Nein, außer den Tagebucheinträgen, die ich dir vorgelesen habe, habe ich nichts entdeckt«, hörte sie Matthias sagen. »Ich schreibe sie auf jeden Fall schon mal zur Fahndung aus.«
»Ja, und komm bitte sofort nach Burrweiler. Zu den Gadingers. Ich befürchte das Schlimmste. Wenn wir nicht sogar schon zu spät kommen.«

fünfundsechzig

Als sie auf den Hof der Gadingers fuhr, sah Emma, wie sich jemand hinter einem Fenster hin- und herbewegte. Ansonsten lag das Weingut in unberührter Stille und wartete darauf, endlich wieder ins Leben zurückkehren zu dürfen. Wenn es überhaupt noch ein Leben hier geben sollte.
Giulia! Das junge Mädchen, die bildhübsche Tochter der italienischen Gastarbeiterfamilie! Der Racheengel war also zurückgekehrt. Und er hatte eine verheerende Spur der Vergeltung durch die Pfalz gezogen. Und er würde sich weiter an den Menschen rächen, die für ihr Schicksal verantwortlich waren. Und die Gadingers schienen die nächsten zu sein. Vor allem Jakob Gadinger.
Emma klingelte Sturm, in der Hoffnung, ein mögliches Vorhaben zu stören, es gar zu unterbrechen, auch wenn sie wusste, dass dieser Gedanke ziemlich weit hergeholt war. Kein Mörder würde sich durch ein Türläuten von irgendetwas abbringen lassen. Er würde eher aus einem Affekt heraus direkt handeln und sein Opfer sofort töten.
Rosa Gadinger kam an die Tür und öffnete. Sie schaute überrascht, als sie Emma sah.
»Guten Morgen, Frau Kommissarin.«
»Darf ich reinkommen?« Rosa Gadinger trat einen Schritt zurück, um Emma Platz zu machen.
»Sind Sie allein?« Emma wartete, bis Rosa Gadinger die Haustür geschlossen hatte und an ihr vorbei durch den Flur lief. Sie folgte der Winzerfrau ins Wohnzimmer. Rosa Gadinger bat sie, Platz zu nehmen, doch Emma schlug das freundliche Angebot mit einem kurzen Kopfschütteln aus.

»Ja, mein Mann ist im Weinberg. Wollen Sie mit ihm sprechen? Was ist denn überhaupt los?« Rosa Gadingers Gesicht war angespannt. Kleine rötliche Flecken bildeten sich auf ihren Wangen und ihrem Hals. Ein eindeutiges Signal dafür, dass sie nervös, wenn nicht sogar schon panisch war.

»Kennen Sie eine Giulia?«

»Sie meinen Giulia-Maria?«

»Nein, Giulia, Giulia Scaduto. Kennen Sie sie?«

»Ja, Giulia-Maria Kuhnert. Schwester Maria aus der St.-Anna-Klinik. Sie hieß früher Giulia-Maria Scaduto. Bevor sie geheiratet hat.«

»Sie hat in der Klinik gearbeitet?« Emma sah Rosa Gadinger irritiert an. »Und sie hat mit den älteren Menschen zusammengearbeitet?«

»Ja, auch mit den Demenzpatienten, soweit ich weiß ... Oh mein Gott.« Rosa Gadingers Gesichtsfarbe war von dem Entsetzen, das diese Neuigkeit bei ihr ausgelöst hatte, vollkommen verschluckt worden. Kreidebleich, zitternd und um Fassung ringend stützte sie sich auf die Rücklehne eines Esszimmerstuhls. Sie war nicht imstande, ein weiteres Wort über die Lippen zu bekommen.

»Das heißt, dann hat sie auch Ruth Martin betreut?«, fragte Emma.

»Oh mein Gott ... Ich muss mich setzen«, stotterte Rosa Gadinger.

»Was?«, fragte Emma und sie hörte jetzt zum ersten Mal selbst Panik in ihrer Stimme.

»Ich habe Maria vorhin auf dem Friedhof getroffen, als ich am Grab meines Sohnes war.«

»Ja und? Was ist passiert? Bitte, Frau Gadinger, sprechen Sie schon!«

»Sie meinte nur: *›Töten müsste man ihn‹* ...« Rosa Gadinger vergrub ihren Kopf in ihre Hände und schüttelte ihn in einem fort.

»Wen?«, fragte Emma, obwohl sie die Antwort bereits wusste.
»Meinen Mann. Sie wollte zu ihm. In den Weinberg.«

sechsundsechzig

DEIDESHEIM/PFALZ, NOVEMBER 2013

Sie stand in der Küche und rührte im Wurzelgemüse.
Sie bereitete gerade sein Lieblingsgericht vor: Erbsen und Möhren mit Stampfkartoffeln, dazu Frikadellen und braune Soße. Und heute sollte es ihm besonders gut schmecken.
Denn es sollte sein letztes Abendessen sein.
Sie kochte gerne, das hatte sie von ihrer Mutter. Auch wenn sie es ihm, ganz gleich, was sie ihm auch zubereitete, nie recht machen konnte. Die Eier zu hart, das Fleisch zu trocken, an den Kartoffeln fehlte Salz und die handgeschabten Spätzle waren nicht akkurat genug – ihr Mann hatte immer und an allem etwas auszusetzen. Als würde er nur des Meckerns wegen zum Essen kommen.
Wobei es nicht nur das Essen oder das Kochen an sich war, woran er sich störte. Generell war er ein mit sich und der Welt zutiefst unzufriedener Mensch. Und sie war der Grund dafür. Seitdem sie in sein Leben getreten war, hatte sich alles verändert. Das war seine felsenfeste Überzeugung. Und er ließ keine Gelegenheit aus, ihr dies auch zu zeigen. *Du kannst nichts. Du bist doch selbst zum Atmen zu doof. Selbst der liebe Gott schämt sich, dass du geboren wurdest.*
So lauteten seine Beschimpfungen – in guten Zeiten. Doch die meiste Zeit war er in keiner guten Stimmung. Und dann rutschte ihm die Hand aus. Oder er warf nach ihr mit dem Schlüsselbund oder einem Schuh. Oder er schubste sie die Treppe hinunter, wenn sie nicht schnell genug die Stufen herunterlief. Oder, weil sie ihm einfach nur im Weg war.

So oft hatte sie sich gefragt, warum er sie überhaupt geheiratet hatte. Nur hatte sie sich nie getraut, ihm diese Frage auch zu stellen. Außer einmal, vor wenigen Wochen, als er sie mit seinem Gürtel grün und blau geschlagen hatte, weil sie ihm aus Versehen den falschen Joghurt vom Einkauf mitgebracht hatte. Er hatte sie an ihren Haaren gepackt und sie durch die Wohnung geschleift. Wie ein räudiges Stück Vieh, das darauf wartete, gleich vom Schlachter aufgeschlitzt zu werden. Er hatte sie in die Ecke zwischen das Sofa und seinen Sessel geworfen, seine Gürtelschnalle geöffnet und das Leder mit Schwung aus den Laschen gezogen. Noch heute hörte sie das schnalzende Geräusch, wie das Leder am Stoff vorbeirauschte.
Er hatte den Gürtel an den beiden Enden zusammengenommen und mit der jetzt zweilagigen Lederpeitsche immer und immer wieder auf sie eingeschlagen. Ausgepeitscht. Gedemütigt. Sie hatte gespürt, wie Äderchen platzten, Muskelfasern rissen und Körperteile anschwollen, aber er hatte erst von ihr abgelassen, als sie sich nicht mehr rührte. Als er meinte, sie endlich totgeschlagen zu haben.
Danach war er zum Fußballplatz gefahren und hatte der ersten Mannschaft beim Training zugesehen. So war es immer gewesen, wenn er sich befreit hatte. Wenn es ihm wieder besser ging.
Als er wiedergekommen war, hatte sie auf der Couch gelegen, mit Eisbeuteln auf ihrem geschundenen Körper, nicht in der Lage, sich zu bewegen. Selbst wenn sie mit weiteren Schlägen zu rechnen hatte, weil sie das Abendessen noch nicht vorbereitet hatte, es war ihr egal, was mit ihr passieren würde. Sie wünschte sich einfach nur, sie wäre tot. Und innerlich war sie es längst.
Griesgrämig und bereit, jeden Moment wie ein Vulkan erneut auszubrechen, war er ins Wohnzimmer gekommen. Er hatte sie nicht beachtet. Oft fragte sie sich, ob die Geschichten, in denen schlagende und gewalttätige Ehemänner ihren

Frauen einen Blumenstrauß oder eine Schachtel Pralinen als Entschuldigung für den letzten Ausbruch mitbrachten, nur der Welt der Märchen entstammten. Er hatte sich noch nie bei ihr entschuldigt, geschweige denn ihr etwas gekauft, um ihr zu zeigen, wie leid es ihm tat. Nein, er war ein Sadist und er liebte es, sie zu quälen. Das hatte er ihr unmissverständlich klar gemacht, als sie die eine Frage gestellt hatte, während sie mit schmerzverzerrtem Körper unbeweglich auf dem Sofa lag.

»Warum hast du mich eigentlich geheiratet, wenn du mich so hasst?«, hatte sie mehr gestammelt als gesprochen.

»Warum ich dich geheiratet habe, du blöde Kuh? Das fragst du wirklich?« Er hatte regelrecht geblökt und sie verächtlich von oben herab angesehen.

»Ja, weil ich immer versucht habe, dich zu lieben, Liebe für dich zu empfinden.« Sie wusste nicht wie, aber die Worte waren ihr einfach so und geradeheraus über die Lippen gekommen.

»Liebe? Du willst Liebe? Hier hast du sie ...« Er trat ihr mit seinem rechten Fuß so fest in den Bauch, dass sie aufschrie, während ihr Körper wie ein Taschenmesser zusammenklappte. Sie krümmte sich vor Schmerzen und sie war kurz davor, das Bewusstsein zu verlieren, als er mit seiner rechten Hand ihr Gesicht packte, es zusammendrückte und sich zu ihr herunterdrückte.

»Weil ich eine Frau brauche, die mir willig zur Verfügung steht. Aber selbst fürs Bumsen bist du nicht zu gebrauchen.« Dann war er einfach gegangen. Tagelang hatte er sich nicht blicken lassen. Selbst heute sah sie immer noch lädiert aus.

Aber auch er hatte ihr ihre Schönheit nicht nehmen können. So sehr er es auch versucht hatte.

Schon an jenem Tag, als die beiden Männer im Weinberg aus dem Wagen ausgestiegen waren und sie in Empfang genommen hatten, da hatte er sie lüstern von oben bis unten

angestarrt. Er hatte geschwitzt und ein leichter Speichelfilm hatte sich um seine Mundwinkel gebildet. Sie hatte ihn angewidert angeschaut. Er sah aus wie ein Lurch, der seine klebrig-feuchte Zunge herausschnellen ließ, wenn er ein Opfer gefunden hatte.
Und sie war sein Opfer. Aber nicht mehr lange.
Sie nahm die Frikadellen aus der Pfanne und legte sie auf eine Porzellanplatte. Es war das einzige Stück, das sie von ihrer Mutter zur Hochzeit 1968 geschenkt bekommen hatte, ehe diese dann an Krebs verstorben war. So zumindest hatte es ihr der Pater erzählt.
Was für eine Hochzeit! Es war das letzte Mal gewesen, dass sie den Pater gesehen hatte. Er hatte sie in der katholischen Kirche unter Ausschluss der Öffentlichkeit getraut. Niemand war da gewesen, außer dem Pater, ihrem Ehemann und ihr. Es konnte ihm nicht schnell genug gehen, sie zu einer ehrbaren Frau zu machen, damit er sie endlich besteigen konnte, so wie ein Hengst eine Stute bestieg. Schon in der Kirche hatte er gesabbert und sie mit seiner Hand immer wieder unsittlich berührt.
Doch sie hatte sich ihm verweigert, über all die Jahre. Sie konnte, sie wollte ihn, den Mann, vor dem sie sich so sehr ekelte, nicht an sich heranlassen. Er probierte es immer wieder, bedrängte sie von Mal zu Mal mehr, aber er konnte tun und lassen, was er wollte, sie ließ es nicht geschehen. Auch als aus seinen Annäherungsversuchen immer gewalttätigere Übergriffe wurden, blieb sie standhaft. Sie lächelte ihn fast noch an, als er erst die Wohnung verwüstete und sie dann grün und blau schlug. Er war sexbesessen und sie versagte sich ihm. Eine gefährliche, eine explosive Kombination. Und sie war sein Ventil. Immer und immer wieder.
Sie war mittlerweile ins Wohnzimmer gekommen und stellte die Platte mit den Frikadellen neben die Schüsseln mit dem Wurzelgemüse und den Stampfkartoffeln. Er saß bereits am Tisch und schaute sie verächtlich an. Sie wusste, es herrschte

keine Liebe in diesem Haus, zwischen ihnen, sondern nur reiner, blanker Hass. Und sie konnte es spüren, in jeder Sekunde ihres Lebens, mit jeder Faser ihres Körpers.
Wie es ihre Aufgabe war, bereitete sie ihm sein Essen vor. Sie legte drei Frikadellen auf den Teller, schaufelte einen Löffel Stampfkartoffeln und eine große Kelle Wurzelgemüse daneben und goss am Ende reichlich braune Bratensoße über die Kartoffeln und das Fleisch. Sie wollte ihm gerade den Teller servieren, als sich eine Frikadelle verselbstständigte und über den Tellerrand in seinen Schoß fiel.
Er schreckte entsetzt auf und ließ dabei den Fleischballen auf den Teppichboden fallen, der beim Wegrollen eine braune Spur hinter sich ließ.
»Du bist doch für nichts zu gebrauchen, du wertloses Stück Scheiße«, schrie er sie an und dann tat er das, was das Schlimmste war, was er ihr antun konnte.
Er trat an sie heran, wie er ihr sich noch nie genähert hatte. Er fuhr ihr mit seiner Hand von hinten so heftig zwischen die Beine, dass sie aufschrie. Sie versuchte, sich zu wehren, doch je stärker sie sich bewegte, desto tiefer grub er seine Hand mit Gewalt und Nachdruck in ihren Schritt.
»Na, gefällt dir das, du kleine Itakerhure.« Dann wollte er sie packen und auf den Tisch legen, als ein heftiger Schmerz seine Brust durchfuhr.
»Scheiße«, rief er und ließ von ihr ab. »Was ist das nur«, sagte er und nahm einen Schluck Wein, als der Schmerz etwas nachgelassen hatte.
»Hau ab, du Schlampe. Ich will in Ruhe essen.« Sie war mit ihrem Teller fast schon in der Küche, als er ihr hinterherrief: »Und nicht, dass du denkst, das war's. Ich werde nachher dort weitermachen, wo ich eben aufgehört habe. Du gehörst mir, hörst du, du Schlampe. Und bring mir noch Soße mit, diese Dinger sind ja furztrocken.«
Sie stand in der Küche und atmete tief durch. Sie setzte den Topf an die Sauciere an und ließ die Bratensoße hineinlau-

fen. Mit der anderen Hand hielt sie ein Sieb über der Soßenschüssel, denn ihr Mann hasste nichts mehr, als wenn nur ein Klümpchen in der Soße war.
»Wo bleibst du«, schrie er aus dem Esszimmer. »Ich wollte meine Soße noch heute haben.«
»Ich komme«, erwiderte sie, stellte sie Sauciere ab, öffnete die Schranktür unter der Spüle und nahm eine Dose heraus. Nachdem sie zwei Messerspitzen des Dosenpulvers in die Soße gestreut hatte, nahm sie einen Schneebesen, rührte die Soße noch einmal um und brachte sie ihrem Mann.
»Besonders cremig, so wie du es magst«, sagte sie und ließ ihn mit seinem grunzenden Schmatzen allein.
Als sie wieder in die Küche zurückkehrte, fiel ihr Blick auf die aktuelle Ausgabe der Zeitung. Sie lächelte. Der Zeitungsartikel hatte alles in Bewegung gebracht und es fühlte sich so gut, so richtig an.
Sie drückte wieder den Deckel auf die Plastikdose, in der laut Etikett ein Geschmacksverstärker abgefüllt sein sollte, in der sie aber ein anderes Pulver aufbewahrte: Netzschwefel. Es war ein Pflanzenschutzmittel, mit dem ihr Mann die Trauben vor dem gefährlichen Mehltau schützte, der die Reben zerstörte und im Nachgang deren Frucht tötete.
Und jetzt würde sie ihn damit töten. In den letzten Monaten hatte sie ihrem Mann bereits eine kleine Dosis des Giftes in sein Essen gerührt. Jeden Tag. Nur so viel, dass er es nicht merkte, aber genug, um ihn damit zu schwächen. Und es zeigte seine Wirkung, denn sie merkte, dass es ihm von Tag zu Tag schlechter ging, dass er mehr und mehr um sein Leben kämpfte.
Vergebens, wie sie mit einem Lächeln feststellte. Sie wusste, heute hatte sie ihm die letzte, die tödliche Dosis untergemischt.

siebenundsechzig

»Mit *dem* Wagen wollen Sie jetzt in den Weinberg?« Rosa Gadingers Stimme überschlug sich fast, als sie Emmas Mini sah. Sie stand ganz offensichtlich unter Schock.

»Wir haben keine Wahl, Frau Gadinger. Kommen Sie, es geht um Ihren Mann!« Emma nahm die Frau unter den Arm, zog sie zu ihrem Mini, der glänzend auf dem Hof stand, und setzte sie auf den Beifahrersitz. Sanfte Sonnenstrahlen tanzten auf seinem schwarzen Lack und es sah aus, als würde der Mini wie ein spielfreudiger Hund mit seinem Schwanz wedeln und darauf warten, von seinem Frauchen endlich die ganze Aufmerksamkeit zu bekommen.

Emma rauschte vom Innenhof des Weinguts und bog nach rechts in die St.-Anna-Straße ab, immer weiter in die Weinberge hinein. An der Klinik lenkte sie ihren Wagen erneut nach rechts, um die Straße, die hinter der Klinik in einen landwirtschaftlichen Nutzweg überging, weiter in Richtung Modenbachtal entlangzufahren.

»Da hinten ist der Weinberg meines Mannes.« Rosa Gadinger zeigte emotionslos mit ihrem ausgestreckten Zeigefinger auf einen Berg, der sich direkt hinter dem Teufelsberg anschloss. Mühsam kämpfte sich die Sonne Zentimeter für Zentimeter um den Berg herum.

»Er steht noch ...«

»Wer?«, fragte Emma, die für einen Moment unkonzentriert war und zu weit nach rechts abdriftete. Fast wäre sie komplett über den Grünstreifen des angrenzenden Weinbergs und gegen die ersten Rebstöcke gefahren. Gerade noch rechtzeitig schaffte sie es, ihren Mini wieder auf den

Weg zurückzulenken. Beide Frauen erschraken leicht, als sie hörten, wie Steine und gefrorene Matschbrocken durch das ruckartige Manöver mit einem lauten Knall erst in den Radkasten gewirbelt und dann wieder herausgeschleudert wurden.

»Ist was kaputt?«

»Ich hoffe nicht. Haben Sie Ihren Mann schon gesehen? Und geht er an sein Handy?« Rosa Gadinger hatte bereits auf dem Weingut und dann noch zwei weitere Male während der Autofahrt probiert, ihren Mann über sein Mobiltelefon zu erreichen. Aber anscheinend hatte er es auf lautlos gestellt oder es im Traktor liegen lassen, denn es klingelte mehrere Male, ehe sie auf den Anrufbeantworter umgeleitet wurde.

»Nein, er geht immer noch nicht dran. Ich hoffe, ihm ist nichts ...« Und jetzt weinte Rosa Gadinger zum ersten Male bitterlich. »Ich habe doch sonst niemanden mehr«, schluchzte sie.

»Ich dachte, sie hätten ihn gesehen?«, fragte Emma, als sie, von Rosa Gadingers wilden Gesten geführt, ihren Wagen in einen weiteren Seitenweg lenkte.

»Nein, nur den Traktor, da steht er noch.«

Vor ihnen tauchte nur das grün-gelb-lackierte Gefährt auf. Und jemand saß am Steuer.

»Das ist aber nicht ...«

»Das ist Giulia-Maria«, unterbrach Rosa Gadinger Emma. Plötzlich schrie sie hysterisch los. »Was macht sie da? Und wo ist Jakob? Mein Jakob?«

»Bleiben Sie ruhig!« Emmas Ton wurde etwas schärfer. Wo blieben nur Matthias und die Kollegen der Streife? Und wenn Giulia-Maria auf dem Traktor saß, wo war dann Jakob Gadinger?

»Und vor allem: Bleiben Sie sitzen!« Sie fuhr den Mini gut 50 Meter entfernt auf den rechten Grünstreifen und stieg aus. Sie nahm ihr Mobiltelefon hervor, drückte mit der lin-

ken Hand die Kurzwahltaste für Matthias' Nummer, während sie ihre rechte Hand an ihre Waffe legte, und lief los. Es klingelte, doch Matthias ging nicht an sein Telefon.
»Scheiße«, rief sie und rannte schneller, direkt auf den Traktor zu. Anscheinend schien Giulia-Maria sie nicht bemerkt zu haben, denn plötzlich hörte Emma, wie der Motor des Treckers gestartet wurde. Sie hatte das Gefühl, dass das Rattern und Tuckern den gesamten Berg erfüllte.
Plötzlich sah Emma aus dem linken Augenwinkel heraus, wie sich jemand von hinten näherte. In dem Moment setzte sich der Traktor in Bewegung und fuhr langsam über die Kuppe der Anhöhe in den Weinberg hinein.
»Jakob, oh mein Gott, das ist Jakob«, schrie Rosa Gadinger, die einige Schritte bis an die Stelle weitergegangen war, wo eben noch der Traktor gestanden hatte. Emma folgte ihr und blickte den Hang hinunter. Fassungslos sah Emma, wie sich der Traktor immer weiter in den Weinberg hineinfraß, auf den kleinen, grünen Punkt zu, der Jakob Gadinger war.
»Bleiben Sie hier«, ermahnte sie Rosa Gadinger. Doch so weit kam sie nicht. Die Winzerfrau hatte sich ihrem Kreislauf bereits geschlagen geben müssen und war neben Emma in die Knie gegangen. Apathisch saß sie im Weinberg, an einem Weinstock gelehnt, und wirkte, als wäre sie inmitten eines bösen Albtraums, von dem es kein Erwachen gab.
Nein, ich muss zu Jakob Gadinger, ermahnte sich Emma, sich erst einmal nicht um dessen Frau Rosa zu kümmern, und lief den Weinberg hinab.
Sie überlegte kurz, auf die schweren Reifen zu schießen. Aber es wäre sinnlos gewesen. Und auch Giulia-Maria anzuschießen hätte nichts gebracht. Der Traktor würde dann bestimmt außer Kontrolle geraten und das Leben des Winzers trotzdem in Gefahr bringen.
Immer schneller fuhr nun der Traktor auf Jakob Gadinger zu. Emma sah, wie plötzlich jemand hinter Jakob Gadinger

kniete und versuchte, ihn hochzuhieven. War das Matthias, fragte sie sich? Doch es war das Letzte, was Emma sehen konnte, ehe der Traktor ihr die Sicht versperrte.
Erst ein gellender Schrei, der von oben kam, ließ ihr bewusst werden, dass sie erneut zu spät gekommen war.

epilog

»Emma, hier ist Rike.«

»Hej«, begrüßte Emma ihre Freundin. Sie merkte, dass irgendetwas nicht in Ordnung war. Noch nie hatte Emmas langjährige Freundin so niedergeschlagen geklungen. Und so stark sie das Bedürfnis verspürte, sich um Rike kümmern zu müssen – es kam fast einer unausgesprochenen Verpflichtung gleich –, so war Emma gerade überhaupt nicht in der Lage, Rike jetzt beizustehen. Sie hatten gerade Giulia-Maria Scaduto alias Schwester Maria Kuhnert verhaftet und sie mussten nun das Verhör dokumentieren, damit die Staatsanwaltschaft die Anklageschrift vorbereiten konnte.

Giulia-Maria Kuhnert hatte nicht nur Alois Straubenhardt, Pater Clemens Bauer und Ruth Martin ermordet. Sie war auch für die Morde an Günther Rabold und an ihrem eigenen Ehemann Klaus Kuhnert verantwortlich. Vom Mordversuch an Jakob Gadinger ganz abgesehen. Im letzten Augenblick war Matthias auf den Traktor gesprungen und hatte die wie paralysiert am Steuer sitzende Giulia-Maria daran gehindert, Jakob Gadinger zu überfahren, während ein Kollege von der Streife den bewusstlosen und an einen Weinstock gefesselten Winzer losband. Es war die Rettung im sprichwörtlich allerletzten Moment gewesen. Matthias hatte sich bei seiner fast schon heldenhaft anmutenden Aktion den Knöchel verstaucht. Und Jakob Gadinger war vorsichtshalber in die Notaufnahme eines Landauer Krankenhauses eingeliefert worden. Auch wenn er wohl keine bleibenden Schäden zurückbehalten würde, so sollte er in den nächsten Stunden von Kopf bis Fuß durchgecheckt werden.

So weit die nüchternen Fakten, die ihnen Giulia-Maria Kuhnert, geborene Scaduto, in allen Einzelheiten dargelegt hatte. Doch das war nur die eine Hälfte der Wahrheit. Die eine Seite der Geschichte.

Was nach ihrem Geständnis kommen sollte, hatte die beiden Kommissare sowie ihren Chef Joachim Hellmann fassungslos, sprachlos, ja sogar entsetzt zurückgelassen. Sie hatten erst Giulia-Maria, dann sich gegenseitig und dann wieder die kleine, zierliche und immer noch wunderschöne Frau angestarrt, fast so, als ob sie gerade die unglaublichste Geschichte erzählt bekommen hätten, die sich ein Mensch überhaupt hatte einfallen lassen können.

Giulia-Maria Scaduto. Sie hatte ihnen in den schönsten, aber auch traurigsten Bildern von ihrer Kindheit in der kleinen sizilianischen Stadt Ispica, vom harten und zehrenden Leben als arme Bauerntochter, vom hoffnungsvollen Aufbruch in eine bessere Welt und von der alles verändernden Nacht im Teufelsberg erzählt. Und sie hatten erfahren, dass der Pater und die Hebamme des Dorfes, Ruth Martin, Giulia-Maria nach der Geburt ihren Sohn nahmen, um ihn zu Alois und Hilli Straubenhardt zu bringen, die zur gleichen Zeit ihr Kind verloren hatten. Die Hebamme Ruth Martin war an diesem Sommerabend im August 1968 betrunken gewesen, als Hilli Straubenhardt in den Wehen lag. Hillis Sohn starb kurz nach der Geburt. Um ihren Fehler zu vertuschen, hatte die Hebamme Giulia-Marias Sohn als Kind der Straubenhardts ausgegeben und damit noch mehr Schuld auf sich geladen. Eine Schuld, vor der sie sich wohl in die Demenz geflüchtet hatte. Ein Trauma aber, vor dem Giulia-Maria niemals hatte fliehen können. Auch wenn ihr Sohn, der als Paul Straubenhardt aufwuchs, das Produkt einer Vergewaltigung war, wie sie glaubte. Und so war sie nach Burrweiler zurückgekehrt, um die zu bestrafen, die ihr Leben zerstört und ihr den Sohn genommen hatten.

Es war nicht so, als hätte sich jemand von den schrecklichsten Taten, die ein Mensch einem anderen hatte antun können, freisprechen wollen. Es war, als wollte sie sich dafür entschuldigen, überhaupt geboren worden zu sein. So, als wäre alles vorbestimmt gewesen. Als hätte jemand an den Strippen einer Marionette gezogen und so Giulia-Marias Weg gezeichnet. Als ob alles so hatte kommen müssen, wie es sich zugetragen hatte. Ohne die Möglichkeit, dieser Vorhersehung zu entkommen. Einen anderen Weg zu beschreiten. Sich davon zu befreien.
Endlich frei sein. Das war in all den Jahren Giulia-Marias größter Antrieb gewesen. Jetzt, wo sie ihr Schicksal mit tödlicher Macht selbst in die Hand genommen hatte, da würde sie wieder nicht frei sein. Und dieses Mal war sie es, die sich gegen das Schicksal versündigt hatte. Unwiderruflich. Unentschuldbar. Doch empfand Emma mehr als nur Empathie für die Frau, die, obwohl vom Leben gebrochen, deren Herz zerstört, ja, die irgendwie schon lebendig tot war, immer noch eine natürliche Schönheit ausstrahlte, die schier unzerstörbar zu sein schien.
Wie hätte sie gehandelt, wenn das Leben ihr so mitgespielt hätte, überlegte Emma, doch sie kannte ihre Antwort. Und obwohl sie sich manchmal so allein, gar einsam fühlte, so war sie nie wirklich vom Schicksal verlassen worden. Und vielleicht war es gerade das, was Giulia-Maria zu dem Menschen hatte werden lassen, der sie heute war. Eine Frau, die nie eine Chance erhalten hatte, einfach nur leben zu dürfen. Der man nie den Wert zugesprochen hatte, den sie verdiente. Die nie einfach nur ihrer selbst wegen geliebt worden war.
»Bist du noch in Burrweiler? Ich muss mit dir sprechen. Dringend ...«, holte Rike Emma zurück in die Wirklichkeit. Es war Freitagnachmittag und der Tag war gerade dabei, sich hinter dem Horizont zu verabschieden.
»Rike, ich kann jetzt gerade nicht mit dir sprechen ...«

»Ich kann nicht mehr, Emma.« Rike ließ sich nicht abschütteln. »Ich werde hier noch verrückt. Nach den letzten Tagen, den Morden, der ganzen Aufregung.«
»Rike!«
»Emma, ich breche die Therapie ab.«
»Was? Warum das denn? Du hast doch gerade erst angefangen. Bitte, überleg es dir doch noch mal.« Emma wusste nur zu gut, dass ihre Freundin stets impulsiv und aus dem Bauch heraus handelte. Ohne Rücksicht auf Verluste, selbst wenn es jetzt nicht nur um sie allein, sondern auch um ihre kleine Tochter ging. Rike und Verantwortung, das passte einfach nicht zusammen.
»Nein!« Wie ein kleines Kind schnaubte Rike durchs Telefon.
»Rike, können wir später in Ruhe darüber reden? Soll ich zu dir in die Klinik kommen?«
»Ich glaube, das wird dann schon zu spät sein. Ich bin gerade am Packen und wollte dich nur fragen, was ich mit Amelie machen soll?«
Emma, die gerade allein in ihrem Büro saß, streifte sich mit ihrer linken Hand durchs Haar. Sie war müde und kraftlos und hatte so gar keine Lust, jetzt auch noch dieses anstrengende Gespräch zu führen. Weder hier am Telefon noch später bei Rike in der Klinik. Sie hasste Rikes Kurzschlusshandlungen, zumal es meist wirklich schon zu spät war, um irgendwie noch eingreifen oder Rike von einer anderen Option überzeugen zu können.
»Wie, *was du mit Amelie machen sollst?* Sie ist dein Kind. Du nimmst sie mit.«
Stille. Emma wusste, dass es genau der Satz war, den Rike jetzt nicht hören wollte.
»Rike, bist du noch da?«, fragte Emma und so langsam schwante ihr, dass Rike es wirklich ernst meinte.
»Wegen ihr bin ich doch hier …« Rike atmete immer noch schwer, während sie gleichzeitig wohl weiter ihre Reise-

taschen packte. Emma hörte im Hintergrund, wie Rike immer wieder irgendetwas aus einem Schrank holte.
»Ich kann einfach nicht mehr.«
»Aber du kannst doch Amelie nicht einfach in der Klinik lassen.«
»Deshalb habe ich ja dich angerufen.«
»Du willst doch wohl nicht ...«
Wieder Stille.
»Rike!« Jetzt schrie Emma ins Telefon. Die Kollegen in den Nachbarbüros schauten sich schon irritiert zu ihr um.
»Ich kann Amelie nicht zu mir nehmen.« Emma senkte die Stimme, aber nicht den Tonfall. Bestimmt und nachdrücklich musste sie ihr klar machen, dass Rikes Plan zum Scheitern verurteilt war. »Wie stellst du dir das denn vor? Wie soll das gehen, ich und Amelie?«
»Und was soll *ich* tun?«
»Keine Ahnung, so auf die Schnelle. Was ist mit deiner Mutter, Kinderheim, Adoption, ach Rike, Mensch, musst du immer alles so überstürzen. Das ist eine Entscheidung, die man nicht so mal eben am Telefon trifft. Das ist eine Entscheidung fürs Leben. Und vor allem: Das ist ein Problem, dass ich nicht für dich lösen kann! Du kannst doch nicht einfach dein Kind bei mir abgeben und dir dann ein fröhliches Leben machen!« Jetzt war es Emma, die tief durchatmen musste. Und wie auf Bestellung kündigte sich bereits eine Migräneattacke an. Auch das noch, dachte sie. Das ist das Letzte, was ich jetzt noch gebrauchen kann.
»Du hast gut reden! Du bist ja nicht in meiner Lage.« Und dann war Rike plötzlich weg. Emma schaute ihr Mobiltelefon an. Rike hatte einfach so aufgelegt. Was fiel der eigentlich ein, dachte sie und spürte, wie sich neben dem Schmerz in ihrem Kopf nun auch der Ärger ausbreitete. Rike war manchmal einfach so egoistisch. Nein, viel zu egoistisch. Und nun auch noch auf Kosten ihrer kleinen Tochter.

»Wie siehst du denn aus? Alles in Ordnung?«, fragte Matthias, der, ohne dass es Emma bemerkt hätte, ins Büro zurückgekehrt war. Er lächelte sie milde an, während er zu seinem Schreibtisch ging.

»Emma?« Er schaute sie über seinen Bildschirm hinweg eindringlich an.

»Was?« Sie blickte irritiert zu ihm hinüber. Ihre sonst glatte Stirn lag in tiefen, angestrengten Falten. Sie brauchte einige weitere Momente, ehe sie sich gefangen hatte. »Ach, Rike, meine Freundin aus der Klinik, du kennst sie, sie ..., also ..., es ist gerade alles etwas kompliziert«, antwortete sie.

»Erzähl ...«, sagte Matthias sanft und strahlte dabei eine so geborgene Ruhe aus, dass sie seinem Blick nicht länger standhalten konnte und sich fast schon etwas verlegen wegdrehte. »Wenn du magst«, fügte er an.

»Warum muss im Leben eigentlich immer alles so kompliziert sein?«

»Ist es das denn?«

»Du hast gut reden!« Emma schaute erneut aus dem Fenster. Hinter der Scheibe tanzten die Lichtstrahlen der Straßenlaterne mit der Dunkelheit einen gemütlichen Walzer.

»Seitdem ich dich jetzt kenne, gibst du mir das Gefühl, dass alles ganz einfach ist. Besonders das Leben. Und das Ganze unter einen Hut zu bekommen, Job und Privatleben.« Wenn man denn eins hätte, fügte sie gedanklich hinzu.

»Komm, ich zeig dir was.« Er nahm seine Lederjacke vom Bügel an der Stehgarderobe.

»Wir können doch jetzt nicht ...«

»Doch, ich muss sowieso jetzt gehen und dann kann ich dich gleich mitnehmen. Du wolltest doch sowieso gerne von mir wissen, warum ich immer pünktlich gehen muss. Was ich abends so mache, wenn ich nicht gerade im Tanzstudio bin.«

»Soll ich die Augen zumachen?«, fragte Emma, als sie durch die Mannheimer Innenstadt fuhren.

»Ganz wie du willst«, antwortete Matthias. Er schaute aus dem Augenwinkel kurz zu ihr herüber, ehe er sich wieder auf den Verkehr konzentrierte.
Der Feierabendverkehr hatte die Stadt erobert. Zäh schoben sich die Blechkarossen von einer Ampel zur nächsten. Die Stadt war grell erleuchtet. Signalspiele der Ampeln, neongrüne Werbebeleuchtungen und die wie an einer Perlenkette aufgezogenen roten Rücklichter und gelben Scheinwerfer der Autos vor ihnen ließen die Neckarmetropole in einem bunten, flackernden Lichtermeer erstrahlen. Überall hupte es, hier und da zischte ein Fahrradfahrer an ihnen vorbei und auf den Zebrastreifen drängelten sich Fußgänger, ältere Herrschaften mit ihren Rollatoren oder Mütter mit ihren Kinderwagen, um ja schnell genug vor der nächsten Ampelschaltung die andere Straßenseite zu erreichen.
Matthias und Emma kämpften sich über die Rheinbrücke und dann Richtung Süden. Im dichten Verkehr brauchten sie fast eine halbe Stunde, ehe Matthias von einer Hauptstraße nach links in eine ruhige Seitenstraße abbog. Emma kannte sich in Mannheim nicht besonders gut aus, aber sie wusste, dass sie sich gerade im Stadtteil Lindenhof befanden. Lindenhof war ein ruhiger, nobler Stadtteil, der zentrumsnah als Wohngegend besonders begehrt war, weswegen auch hier die Mietpreise in den vergangenen Jahren explodiert waren, wie ein Kollege Emma vor einiger Zeit bei einem Plausch in der Abteilungsküche erzählt hatte.
»Wir sind da«, sagte Matthias, stellte den Motor ab und stieg aus. Was hatte er wohl vor, fragte sie sich. Sie folgte ihm vom Parkplatz aus durch eine kleine, dezent beleuchtete Parkanlage. Je weiter sie liefen, desto mehr konnte sie zwischen den Bäumen erkennen. Als sie den Park hinter sich gelassen hatte, sah sie ein dreistöckiges, von Bodenleuchten angestrahltes Gebäude. Es war gelb getüncht, hatte große Fenster und ein Wasserspiel mit Brunnen und Wasser-

lauf krönte die einladende Atmosphäre. Auf einem schlichten Schild stand *Residenz Nova Vita.*

»Was machen wir hier?«, fragte Emma irritiert. Sie hörte das Plätschern, am Himmel kreiste irgendwo ein Helikopter, sonst war alles ruhig. Gespenstisch ruhig.

»Komm, ich zeig's dir!«

Ein dezentes Licht empfing sie, als sie durch den Flur der Station gingen. Die Wände waren in warmen Farben gestrichen, Bilder von Weizenfeldern im Sommerwind und Wellen am Strand wechselten sich mit Motiven von bunten Blumenwiesen ab und gaben dem Flur ein Gefühl von Geborgenheit.

Sie waren fast schon am Ende des Ganges angelangt, als Matthias plötzlich stoppte.

»Wir sind da!«

Er drückte vorsichtig die Klinke der Tür hinunter. Der Raum lag in einem sanften Halbdunkel, die hellblauen Vorhänge reichten bis zum Boden und waren zugezogen. Im Hintergrund lief leise »Dante's Prayer« von Loreena McKennitt. Die sanfte Stimme der irischen Folksängerin erfüllte den Raum mit einer fast mystischen, aber sehr beruhigenden Atmosphäre. Ein einziges Bett stand im Zimmer. Darin lag eine Frau und schaute mit halbgeöffneten Augen an die Decke. Ihr langes, blondes Haar war um ihren Kopf drapiert worden. Und auch wenn ihre Gesichtszüge starr und leicht eingefallen waren, so musste sie einmal eine bildhübsche Frau gewesen sein, wie Emma feststellte.

»Das ist meine Abendbeschäftigung.« Matthias lächelte sie erneut an. Dabei spielte sein Grinsen mit seinen Grübchen.

Doch Emma erwiderte sein Lächeln nicht. Was sollte jetzt dieser Sarkasmus, fragte sich Emma, aber sie unterließ es, ihn darauf anzusprechen. Sie wollte diese nicht zu beschreibende Situation nicht durch so etwas Banales zerstören. Auch wenn sie sich für einen kurzen Moment ärgerte,

versuchte sie doch, das Gefühl so schnell, wie es in ihr hochgestiegen war, auch wieder loszuwerden.
»Darf ich vorstellen, Emma: Das ist Isabell, meine Frau.«

»Sie ist deine *Frau?* Warum hast du mir das nicht erzählt? Wir sind doch Partner, oder etwa nicht?« Emma war immer noch tief berührt. Sie und Matthias hatten mittlerweile das Zimmer wieder verlassen. Sie standen am Fenster, das nur wenige Schritte vom Zimmer seiner Frau entfernt war. Während Matthias in den dunklen Park schaute, fuhr sich Emma nervös durchs Haar. Sie musste das, was sie erfahren hatte, erst einmal verdauen. Matthias war verheiratet. Seine Frau lag hier im Pflegeheim. Er kümmerte sich offenbar liebevoll um sie. Wie muss es ihm damit gehen? Sie hatte ihren Partner ganz offensichtlich völlig falsch eingeschätzt.
Noch im Zimmer hatte ihr Matthias alles erzählt. Seit fünf Jahren war er nun mit Isabell verheiratet. Er hatte sie auf einem Weinfest in der Pfalz kennengelernt und sich von Beginn an neben ihrer natürlichen Schönheit besonders in ihre lebensbejahende Art und in ihren schwarzen Humor verliebt. Es war ihre besondere Gabe, ihn mit den einfachsten Dingen - mal war es eine schief aufgesetzte Mütze, mal ein Stolpern beim Ausziehen der Hose oder Puddingspritzer auf ihrer Brille, wenn sie den Deckel eines Bechers zu schnell aufgerissen hatte - zum Lachen zu bringen. Sie hatten ihn glücklich gemacht. Bis zu jenem Tag, als sie zum zweiten Mal an der Schauspielschule abgelehnt wurde. Dieser Tag hatte alles verändert. Aus einer anfänglichen Traurigkeit über die erneute Absage entwickelte sie eine schwere Psychose. So wurde aus einem optimistisch denkenden Menschen eine abgeschottete, in sich gekehrte, depressive Persönlichkeit - antriebslos, destruktiv, ohne Freude am Leben. Und genau diese Lebensmüdigkeit hatte an ihrem Geburtstag in der schlimmsten Tragödie geendet, als sie sich am Bahnhof vor eine einfahrende S-Bahn warf. Mit schwers-

ten Kopfverletzungen sowie multiplen inneren Verletzungen war sie zurück ins Leben geholt worden. Wenn man noch von Leben sprechen konnte. Denn seit diesem Tag lag sie nun in diesem Pflegeheim im Wachkoma und wartete darauf, dass Matthias sie jeden Abend besuchte. Und darauf, dass das Leben endlich gnädig sein würde.
»Ja, natürlich sind wir Partner. Aber man geht mit so etwas doch nicht hausieren.« Matthias schaute immer noch aus dem Fenster. Seine Gesichtszüge hatten sich verhärtet und er schien gekränkter zu sein, als Emma vermutet hätte.
»Ich möchte kein Mitleid. Zumal nicht jeder meine Situation versteht.« Das saß. Emma schnaubte. Was wollte er ihr damit sagen. Sie hätte doch niemals so reagiert, hätte sie von seiner Frau und der besonderen Situation, in der er sich befand, gewusst.
»Gerade bei deinem Antritt war es dir so wichtig, dass wir offen, ehrlich und vertrauensvoll miteinander umgehen.«
»Ich habe dich nie belogen.«
»Aber mir etwas verschwiegen, was ich hätte wissen müssen.«
»Warum?«
»Um dich und deine Situation besser verstehen zu können. Und sie richtig einzuschätzen.«
»Du bist nicht mein Chef, Emma. Du hättest mir ja auch einfach nur vertrauen können.« Er blickte sie mit hochgezogenen Augenbrauen an. »Und wer ist jetzt mit dir hier und öffnet sich? Und das schon wenige Stunden, nachdem wir eine Mordserie aufgeklärt haben.« Er drehte sich um, lehnte sich an das Fensterbrett und verschränkte die Arme. Sein Blick war finster und Emma konnte spüren, dass er sich zügelte, um nicht zu explodieren.
»Und außerdem: Bist du immer offen zu mir gewesen?«
Emma schaute ihn fragend an. Sie wollte ihm gerade antworten, als ihr Mobiltelefon klingelte. Ob es wieder Rike war? Ihre Freundin hatte ihr, kurz bevor sie mit Matthias

das Kommissariat verlassen hatte, eine Nachricht geschrieben: *Meine Mutter holt Amelie zu sich, Rike*. Von einer Entschuldigung war nichts zu lesen gewesen.

Doch dieses Mal war es ihr Chef, Joachim Hellmann. Was der jetzt nur wollte, dachte sie. Für einen kurzen Augenblick überlegte sie, das Gespräch nicht anzunehmen, entschied sich aber dann doch dafür. Vor allem, weil sie einem Automatismus folgend bereits die »Anruf annehmen«-Taste gedrückt hatte.

»Hej!«

»Hallo Emma, wo bist du?«, fragte Hellmann.

»Ich ...«

»Bist du noch in der Nähe des Präsidiums?«

»Nein, ich bin gerade in Mannheim - unterwegs«, schob sie schnell noch hinterher.

»Du musst sofort zurückkommen.«

»Wieso? Hat das nicht Zeit bis morgen?«

»Ich glaube eher nicht. Aber sag mal, warum hast du mir gar nicht erzählt, dass du Mutter bist? Hab ich da was nicht mitbekommen? Ich weiß ja, es gibt Frauen, denen sieht man bis zuletzt ihre Schwangerschaft nicht an.« Joachim Hellmann lachte.

»Mutter? Ich? Tschuldigung Chef, aber nach unserem Fall in Burrweiler sind derartige Witze nicht sonderlich komisch ...« Emma schaute Matthias mit einem großen Fragezeichen im Gesicht an. Entweder hatte sich ihr Chef schon einen genehmigt, wovon eher nicht auszugehen war, oder er wollte sie, warum auch immer, auf den Arm nehmen.

»Emma, ich mache keine Witze. Gerade war eine Frau hier und hat ein kleines Kind für Dich vorbeigebracht ...«

ENDE

danksagung

»Alle Träume können wahr werden,
wenn wir den Mut haben, ihnen zu folgen«
Walt Disney

Und mein Traum ist wahr geworden. Ich kann es wirklich immer noch nicht fassen, begreifen, glauben. Aber das Schönste ist: Obwohl es ein teilweise sehr einsamer Weg ist, ein Buch zu schreiben, so haben viele Menschen mit mir meinen Traum gelebt. Und tun es immer noch. Dafür möchte ich mich bei diesen besonderen Menschen auch von Herzen bedanken:

Meinen Eltern Jutta und Rudolf Böhm, die immer an mich geglaubt haben. Danke, dass es euch gibt.

Heribert Stuppy, Leiter des Kommissariates 11 des Polizeipräsidiums Rheinpfalz, der mir mit Rat und Tat zur Seite gestanden hat und mich vor manch schriftstellerischer Falle bewahrt hat. Dank Ihnen wird Emma Hansen erst zu einer richtig guten Kommissarin.

Dr. Ulrich Cremer, Rechtsmediziner und wissenschaftlicher Mitarbeiter am Institut für Rechtsmedizin der Uniklinik Köln für alle Fragen rund um Leichen, Mordopfer und Todesspuren. Ich und damit dieses Buch haben unglaublich von Ihrem Wissen profitiert.

Dr. Yvonne Rieker, Giacomo Rubino und vor allem Giuseppe Bruno. Danke, dass Ihr mich auf eine wunderschöne Reise nach Sizilien mitgenommen habt. Ich hoffe, ich habe alles so wiedergegeben, wie es sich damals auch wirklich zugetragen hat.

Beata Koch - deine großartige Unterstützung ist Motivation und Ansporn zugleich.
Meinen Testleserinnen, besonders Andrea Licht, Lydia Völker und Gudrun Stather. Eure belesenen Augen haben mich vor einigen Fettnäpfchen gerettet.
Stephanie Wielan und Julia Barisic von Der Kleine Buch Verlag, die mich auf diesem wunderbaren Weg von Anfang an begleitet haben. Und natürlich meiner Lektorin Eva Lichtenberger, die aus einem guten Buch ein noch viel besseres gemacht hat.
Und dann ist da noch mein Mann Boris Henn: Einfach nur danke für alles!

Ganz besonders möchte ich mich bei allen Buchhändlern, Bibliotheken und vor allem bei Ihnen, meinen Lesern bedanken. Es ist ein unglaubliches Gefühl, Ihnen mit diesem Buch spannende Lesestunden schenken zu dürfen. Sie sind es, für die ich schreibe und die mich auch weiterhin motivieren, meine Geschichten für Sie aufzuschreiben.

Ihr Jörg Böhm　　　　Winter 2015